엘릿소에

얼럿소에

달시 리틀 배저 장편소설 | 로비나 카이 그림

강동혁 옮김

arte

깊은 사랑을 담아 나의 할머니 진과 애니타 '엘랏소에',

아버지 패트릭, 어머니 헤르멜린다, 형제 존, 내 사랑 T,

그리고 마지막으로 우리가 사랑했던 모든 개들에게 이 책을 바친다.

차례

일러두기

옮긴이 주는 괄호 안에 '옮긴이'를 함께 넣어 표기하였습니다.

1

엘리는 이웃이 중고 물건들을 내다 팔 때 실물 크기의 플라스틱 두개골을 하나 샀다. (고스룩을 좋아하는 이웃들은 세일럼으로 이사할 예정이었고, 핼러윈 의상으로 가득 차 있던 창고 전체를 검은 밴 차량에 실을 수 없어 물건들을 내다 팔았다.) 산 물건을 집으로 가져온 엘리는 공구함을 뒤져 텅 빈 해골의 눈구멍에 부리부리한 눈알 두 개를 풀로 붙여넣었다.

"새 친구 데려왔어, 커비!" 엘리가 말했다. "여기야! 얼른 와!"

커비는 이미 테니스공과 강아지용 장난감들을 가져온 뒤였다. 보이지 않는 개의 입에 물린 채 방을 가로질러 날아다니면 뭐든 놀라워 보이는 게 당연하지만, 눈알을 두리번거리며 날아다니는 해골이라면 더욱 특별할 것이다.

불행히도 커비는 해골에 겁을 먹었다. 건드리기는커녕 다가오려

하지도 않았다. 어쩌면 해골에 악마 같은 진공청소기 유령이 씌었을지도 모른다. 그보다는 그냥 *기괴한* 냄새가 나는 것일 테지만. 중고 장터에 나온 콩기름 양초와 향을 봤을 때, 이웃들은 향기 나는 물건 태우기를 즐긴 것 같았다.

"봐, 간식이네!"

엘리가 네모난 치즈 조각을 해골의 입에 집어넣었다.

유령은 음식을 먹지 않지만, 커비는 닭고기 간식, 땅콩버터, 체더 치즈 등 예전에 좋아하던 음식 냄새를 즐겼다. 커비는 17년 동안 엘리의 가장 친한 친구였다. 12년은 살아 있는 채로, 5년은 죽은 채로. 그런 만큼, 엘리는 음식마저 통하지 않으면 그 무엇으로도 커비에게 용기를 끌어낼 수 없을 거라고 자신했다.

"얌얌!" 엘리가 말했다. "치즈 냄새가 나네! 해골은 친구야, 안 물어!"

잉글리시 스프링어 스패니얼의 표본이라고 할 수 있는 커비는 침대 밑에 숨었다.

"뭐, 좋아." 엘리가 말했다. "시간이야 여름 내내 있으니까."

엘리는 이 장난감에 5달러를 썼다. 고작 치즈 조각 한 개를 낭비했다고 이 장난을 포기할 생각은 없었다.

커비는 죽은 이후로 많은 발전을 이루었다. 엘리는 아직 커비를 학교에 데려가도 좋다는 허락을 받지 못했다. 그러나 커비는 6학년 때의 하울링 사건 이후로 말썽을 부린 적이 한 번도 없었다. 게다가 부릴 수 있는 재주의 수는 두 배로 늘었다. 앉아, 가만히, 따라와, 죽은 척(실은 죽은 '척'이 아니었다!), 냄새 추적 등 평범한 재주에 더해 놀라운 초자연적 힘도 쓸 수 있게 됐다. 커비는 실수로 너무 많은 혼란을 일으키지 않으면서 그런 능력을 익히기만 하면 됐다.

엘리는 치즈를 먹은 다음 삑삑 소리가 나는 노란색 곰 인형을 방저편으로 던졌다. 인형은 호선을 그리다 말고 회색 카펫 위로 60센티미터쯤 떨어진 자리에 멈췄다. 곰 인형 고미고미의 주변 공기가 아른거리더니 머리가 두 차례 눌렸다. *삑, 삑!*

"잘했어." 엘리가 말했다.

어쩌면, 커비의 마음의 평화를 위해서라도 해골에서 재미있는 소리가 나게 해야 하는 걸지도 몰랐다. 찰찰 소리? 슝 하는 소리?

고미고미가 커비의 입에서 툭 떨어졌다. 가엾게도 삑 하는 소리를 내며 단단한 나무 바닥에 떨어졌다. 이상한 일이었다. 보통 커비는 엘리에게 장난감을 가지고 왔다. 커비는 가져오기 놀이를 '나 잡아봐라' 게임처럼 하는 개가 아니었다.

"고미고미 데려와!" 엘리가 말했다. "가져와."

커비는 대답 대신, 누가 '투명하게 아른거리기'에서 '불투명'으로 스위치를 젖히기라도 한 것처럼 완전히 모습을 드러냈다.

"너 괜찮아?" 엘리가 물었다.

죽은 존재가 모습을 드러내는 데는 노력이 필요했다. 커비는 엘리가 모습을 드러내라고 분명히 명령하지 않는 한 눈에 보이는 경우가 거의 없었다.

"왜 그래? 지금도 무서워? 이러면 좀 나으려나?"

엘리는 낡은 스웨터로 해골을 가려주었지만, 커비는 긴장을 푸는 대신 꼬리를 말아 넣고 침실에서 쏜살같이 달려 나갔다.

"야!" 엘리가 복도로 달려갔지만, 커비는 그곳에 없었다. "커비, 이리 와!"

커비는 낑낑거리며 시멘트를 칠한 벽에서 튀어나왔다. 초자연적인 진동이 엘리의 뼛속에서 전해졌다. 엘리는 걱정으로 윙윙대는 소리굽쇠가 된 것 같은 기분이었다.

커비는 불안해하고 있었다. *끔찍할* 정도로. 왜지? 해골 때문에? 아니, 그 우스꽝스러운 물건은 커비에게 더 이상 보이지 않았다.

엘리의 할아버지가 심장마비에 걸렸을 때, 커비는 할아버지의 고통을 느낄 수 있는 것처럼 몹시 흥분했다. 어쩌면 유령 개들에게는 감정이 라디오 신호와 비슷하게 느껴지는 건지도 몰랐다. 그 감정이 사랑하는 사람의 감정이라면 신호가 더욱 강렬해지고.

누군가 고통스러워하고 있는 걸까? 커비가 아는 누군가가?

엘리의 부모님은 영화를 보러 가서 핸드폰을 꺼놓은 상태였다. 어두운 극장에 앉아서, 드물지만 소중한 밤 데이트를 즐기는 중이었다. 그게 두 분의 마지막 데이트일까?

아니. *아니야.*

그래도 혹시?

엘리는 두 분 모두에게 전화를 걸어보았지만, 받지 않았다.

부모님은 아마 괜찮을 것이다. 하지만 엘리는 집을 나설 때마다 오븐이 *아마* 꺼져 있을 거라고 생각하면서도 두 번씩 밸브를 확인하는 성격이었다. 부모님이 안전하다는 걸 확실히, 절대적으로 확실히 알아야 했다.

상영관 여섯 개짜리 극장은 집에서 8킬로미터쯤 떨어져 있었다.

오래된 철교로 강을 건너가면 5킬로미터 정도. 그 다리는 오랫동안 쓰이지 않았다. 기차가 철교의 녹슨 철길을 따라 헤로토닉 강을 마지막으로 건넌 게 언제인지 기억도 나지 않았다.

이따금 학교에서 돌아올 때 버려진 다리에 사람들이 보이긴 했다. 밤에는 더욱 많은 사람이 몰렸는데, 어둠이 그라피티 예술가들을 보호해주었다. 그들은 강 위 10, 15, 20미터까지 기어올라, 가장 높은 트러스에 그림을 그렸다. 엘리는 그런 위험을 무릅쓸 만큼 그라피티가 주는 보람이 큰 건지 궁금했다. 난간이 있는 곳에서라면 헤로토닉 강에 곤두박질쳐도 살아남을지 몰랐다(예술가가 수영을 할 줄 알고, 강이 잔잔하다면 말이다). 그보다 훨씬 높은 곳에서라면? 아마 어려울 것이다.

밤에 다리를 기어오르는 사람들은 평범한 인간에 비해 회복력이 좋을 수도 있었다. 아니, 그럴 가능성이 컸다. 그렇다면 엘리는 그들을 만나고 싶지 않았다. 총이나 칼을 든 폭력적인 남자 등 일상적인 위험에는 대처할 수 있었지만, 도시의 모든 터널과 다리, 버려진 건물은 괴물의 집이나 마찬가지라고들 했다. 엘리는 청소년의 모습을 한 뱀파이어, 육식성 모스맨(나방과 인간을 합성한 모습의 괴물-옮긴이), 죽지 않는 연쇄살인범, 악마 숭배자들, 식인종 가족, 슬렌더맨(인간의 몸에 기생하는 악귀로, 미국 도시 괴담에 등장하는 괴생물체-옮긴이)에 관해 수군대는 소문을 들었다. 도시 괴담 대부분이 가짜일 수는 있겠지만, 따지고 보면 엘리에게도 유령 개 친구가 있었다. 기묘한 일이라면 얼마든지 받아들일 준비가 되어 있었다.

엘리는 현관에서 테니스 신발을 신고 야광 운동복 재킷을 입었다. 자전거는 핸들과 안장에 빨간 조명이 달려 있었다. 그 불빛만으로도 운전자들은 엘리의 위치를 알 수 있을 것이다. 하지만 엘리는 길을 건널 때 앞을 비춰줄 더 강한 빛이 필요했다. 주방 서랍장의 절반 가까이 열어놓으며 미친 듯이 주위를 뒤진 끝에, 엘리는 잡동사니가 들어 있던 서랍에서 배터리로 작동되는 손전등을 찾았다.

"이리 와, 커비!"

엘리는 커비를 부른 후, 함께 집을 나섰다.

엘리는 작은 산의 산꼭대기 근처에 살았다. 자전거를 타고 내려가면 안전하지는 않더라도 빠를 것이다. 엘리는 헬멧을 조이고 페달을 밟으며 이리저리 금이 가 있는 시멘트 도로로 내려갔다. 대단치 않은 잔디밭을 점령하다시피 한 100년 된 떡갈나무에서 가면올빼미가 두 차례 부엉부엉 울었다. 엘리가 손전등으로 비추자 부엉이는 앉아 있던 나뭇가지에서 날아올라 조용히 떠났다.

"젠장." 엘리가 말했다.

많은 올빼미, 그러니까 대부분의 올빼미는 실제보다 현명하다고 알려진 평범한 새에 불과했다. 엘리는 종종 맹금류 재활 센터에서 자원봉사를 했는데, 거기 사는 로지라는 이름의 거대한 수리부엉이는 움직이는 모든 것을 공격했다. 그 공격 대상 중에는 옆 우리의 대머리독수리와 수의사, 조련사, 부스럭거리는 나뭇잎, 심지어 로지 자신의 그림자까지 있었다. 엘리의 할머니는 "현명한 여자는 싸움을 골라서 하는 법이야"라고 말씀하시곤 했다. 엘리는 이 말에 현명하지 않은 새는 자기 그림자를 공격하다가 죽을 수도 있는 법이라는 말을 덧붙이고 싶었다.

하지만 두 번째 종류의 올빼미, '그' 올빼미는 열 배 정도 불길한 징조였다. 그 올빼미는 누군가의 인생이 비극의 벼랑에 스칠 때까지 기다렸다가 그 사람을 깊은 심연으로 밀어 떨어뜨렸다.

엘리가 자전거 바퀴를 철컥, 철컥, 철컥 굴려대며 빠르게 언덕을 내려가는 내내, 텅 빈 거리에는 귀뚜라미 우는 소리만 들릴 뿐이었다. 육체노동자들이 주로 사는 엘리의 동네에서는 사람들이 일을 일찍 시작했다. 밤 9시면 그들이 아직 잠들어 있지는 않더라도 슬슬 잠자리에 들 시간이었다. 커튼이 쳐지지 않은 창문 너머로 보이는 TV 화면에서 토크쇼와 시트콤이 흘러나왔다.

산을 거의 내려오자 엘리가 지나치는 건물들이 갑자기 가정집에서 사업체로 바뀌었다. 엘리가 가파르게 방향을 틀어 대로에 접어들자 브레이크가 부틸 합성고무에 물리며 쉭 소리가 났다. 오른쪽에서 남자 세 명이 록시라는 술집 앞에서 매운 냄새가 나는 담배를 피우고 있었다. 엘리는 그 고약한 연기를 가르고 지나갔다.

"야, 천천히 가!" 한 남자가 소리쳤다.

엘리는 그 사람이 화를 내는 건지, 재미있어하는 건지 알 수 없었다.

강 양옆에는 벽돌 공장 건물들이 서 있었다. 건물 정면은 금방이라도 무너질 듯했으며, 창문은 어둑했고 이따금 깨져 있었다. 마을에서는 과거에 플라스틱을 제조했다. 그때 남은 화학적 발자취는 도무지 사라지지 않았다. 흰 팻말 여러 개에 낚시꾼에 대한 경고가 적혀 있었다. **경고! 물고기 식용 금지! 헤로토닉 강의 물고기와 야생동물은 PCB로 오염되어 있음!** 그중 다리 근처에 있는 **식용 금지** 팻말은 누가 두개골에 뼈다귀가 교차된 그림을 그려 훼손해놓았다.

엘리는 자전거에서 내린 다음 거리와 다리 사이에 있는 돌투성이 잡초밭으로 자전거를 끌고 걸어갔다. 긴 풀잎이 먼바지에 스쳤다. 간지러운 느낌이 날 때마다 긴장감이 들었다. 병균으로 가득한 진드기가 다리로 허둥지둥 기어오르는 것만 같았다. 진드기가 물면 살갗에 채찍을 맞은 듯한 자국과 고리 모양의 발진이 생길 터였다. 엘리의 아버지는 공공 유기동물 보호센터에 있는 개와 고양이에게서 떼어낸 진드기를 모두 헤아렸다. 해가 지날수록 진드기 문제는 심각해졌다. 숫자가 늘어났거나 놈들의 사냥 솜씨가 좋아진 거겠지만, 어느 쪽이 더 나쁜 건지는 알 수 없었다. 눈앞에서는 널따란 다리의 난간에서 강철 트러스가 솟아올라 하늘을 여러 개의 다이아몬드 모양으로 쪼개놓았다. 해 질 녘에는 조각조각 비어 있는 그 공간이 거인의 목걸이에 박힌 보석들처럼 보였다.

다리 한쪽에는 금속으로 만들어진 인도가 있었다. 울퉁불퉁한 시멘트보다는 매끄럽고 좁은 그 표면이 자전거를 타고 건너기에 더 쉬웠다. 엘리는 자전거에 올라탄 다음 기어를 높이고 속도를 냈다. 종아리부터 허벅지까지 불타오르는 듯했다. 엘리는 자전거를 자주 탔지만, 늘 주변에 관심을 기울이며 천천히 달렸다. 하지만 지금은 밤이었다. 어둠에 시야가 가로막혔고, 어차피 피해야 할 보행자들도 없었다.

어쨌든 엘리는 그렇게 생각했다. 다리를 반쯤 건넜을 때, 낮은 사선형 들보의 일부가 움직였다. 누군가가 거대한 구조물을 기어오르려 애쓰고 있었다.

핵심은? 애쓰고 있었다는 것이다. 엘리가 다가가자 그 사람은 한 뼘쯤 미끄러지며 뭔가를 떨어뜨렸다. 수상하게도 스프레이 페인트 깡통처럼 생긴 그 물건이 강으로 떨어졌다.

"그냥 지나가는 거예요!" 엘리가 외쳤다.

엘리는 머릿속으로 커비를 불렀다. 커비는 몇 초 만에 엘리 곁으로 다가왔다. 눈에 보이지는 않았지만 위로가 됐다. 산 개든 죽은 개든, 개들은 깊이 잠들어 의식이 없다가도 순식간에 깨어나 무슨 일이든 할 수 있는 상태가 된다. 엘리는 그런 개들의 능력이 부러웠다.

상대방은 다람쥐들이 눈에 띄지 않으려 할 때 땅바닥에 배를 깔고 바짝 엎드려 움직이지 않듯이 넓은 들보에 납작 엎드렸다. 엘리는 멈추었다. 자전거 바퀴로 균형을 잡고 한 발은 땅에 디딘 채 언제라도 다시 달려갈 태세였다. 커비가 꼬리를 쳤다. 스파이더맨 지망생을 아는 눈치였다. 정말 아는 사람일까? 그래서 커비가 아까 그토록 불안해한 걸까?

"괜찮아요?" 엘리가 물었다.

엘리는 기어오르던 사람을 손전등으로 비추었다. 손전등이 어색한 각도로 그의 등을 비추었다. 정말이지 어디서 본 듯한 엉덩이였다.

"물러서!" 그가 외쳤다. "뛰어내릴 거야."

그래, 목소리도 정말 낯익었다. 하지만 그럴 리가.

"제이?" 엘리가 물었다. "너 설마…… 야, 조심해! 물에 빠지면 어떡하려고 그래!"

다리를 기어오르던 사람은 들보에서 내려오려고 금속에 가슴을 댄 채 몸을 뒤틀었다. 두 발이 난간에서 수십 센티미터 떨어진 곳에 달랑거렸다. 그런 다음, 그는 우아하게 쿵 소리를 내며 인도에 떨어지더니 굴렀다. 맞네. 엘리는 전에도 저런 공중제비를 본 적이 있었다. 역시 예상대로 제이 로스가 맞았다. 엘리와 제이는 둘의 엄마가 똑같은 라마즈 요법(자연 무통 분만법의 일종-옮긴이)을 받으러 다닐 때 만났다. 옆집에 사는 사이는 아니었지만, 같은 골목에 살았고 같은 학교에 다녔다. 생일도 함께 축하했다. 요점은, 엘리가 제이를 잘 알았다는 것이다. 제이라면 낙서를 해봐야 고작 인도에 분필로 뭔가를 그리는 정도일 텐데. 두 번째 요점은, 커비도 제이를 잘 알았다는 것이다. 어쩌면 엘리는 부모님 걱정을 할 필요가 없는 걸지도 몰랐다.

엘리는 흔들거리는 받침다리를 내려 자전거를 받쳐놓았다.

"뭐해?" 엘리가 물었다.

"엘리?"

제이는 검지를 뻗은 채 한 손을 들어 엘리의 이마 한가운데를 쿡 찔렀다.

"너 맞구나!" 제이는 당황한 듯 웃으며 고개를 숙였다. "미안, 네가 귀신이 아닌지 확인해야 했어. 이 다리에 유령이 나온다잖아."

"그건 맞는 말이야." 엘리가 말했다. "내가 커비를 데려왔거든. 너 괜찮아?"

"커비를? 야아아, 커비! 산책하는 거야?" 제이는 허리를 숙이고 손가락을 위아래로 움직이며 개를 불렀다.

옛 친구를 만날 때마다 흥분하는 커비가 제이에게 달려갔다. 제이는 커비의 몸통에 손을 집어넣지 않으려고 신경 쓰면서, 뜨거운 아스팔트 위에서 어른거리는 듯한 신기루를 쓰다듬었다. 그 신기루가 눈에 보이지 않는 유령의 존재가 있다는 신호였다.

"엘리, 내 스프레이 잡았어?" 제이가 물었다.

"강물이 잡았어."

제이는 자기 이마를 가볍게 탁 때렸다. "이래서 도와줄 사람이 필요하다니까. 꼭 이런 식으로 일을 망치지."

"정확히 '뭘' 망쳤는데? 내가 걱정할 만한 일이야?"

"그냥…… 개인적인 일이야. 걱정하지 마. 아무튼 스프레이가 없으면 계속할 수도 없으니까."

"그래. 집으로는 걸어가? 재킷 빌려줄까? 자동차들이 널 피할 수 있게 말이야."

아마 난생처음이겠지만, 제이는 턱 밑에서부터 발가락까지 검은 옷을 걸치고 있었다. 테니스 신발에서부터 운동복 바지, 터틀넥 셔츠까지 제이의 모든 옷은 만화에 나오는 도둑 옷을 그대로 가져다 걸친 것 같았다. 사실, 각도만 맞으면 그는 떠다니는 머리처럼 보였다. 짧고 곱슬곱슬한 금발과 미간이 넓은 헤이즐넛 색깔 눈이 달린 머리. 제이와 엘리는 겉모습이 상당히 달랐다. 엘리는 예전에 이 점이 짜증난다고 생각했다. 어렸을 때 둘은 쌍둥이인 척했지만, 처음 만난 사람들은 켈트족과 노르드족의 혼혈처럼 보이는 미국인 소년과 갈색 피부의 아파치 소녀가 같은 가족이라고 믿지 않았다.

"고마워." 제이가 말했다. "근데 괜찮아. 이 옷 밑에 노란색 민소매 셔츠를 입고 있거든. 봐."

제이가 터틀넥 셔츠를 너무 빨리 벗는 바람에, 천에서 일어난 정전기로 그의 머리카락이 부스스해졌다.

"그래 봐야 물에 빠지면 아무 소용 없어." 엘리가 말했다. "인간 피라미드에 몇 번 올라가봤다고 이런 일을 할 자격이 생기는 건 아니잖아."

"아아, 그건 아니야. 난 피라미드에 기어오르지 않아. 공연할 때는 내가 맨 아래층이거든." 제이가 말했다. 치어리더 활동에 대한 엘리의 오해가 진짜 문제라도 되는 것처럼.

"기물 파손을 하고 싶다면 여기보다 안전한 데를 찾아야지. 기물 파손을 하지 말든가. 안 그래?"

"엘리, 난 여기 그림을 그리러 온 게 아니야." 제이가 말했다. "*브리트니* 때문에 왔어."

제이는 무릎을 가슴에 바짝 댄 채 철길에 푹 주저앉았다. 슬픈 얼굴이었다. 비 맞는 강아지처럼 슬픈 얼굴. 엘리는 연애와 관련된 대화를 싫어했다. 엘리는 한 번도 데이트를 해본 적이 없었고, 데이트를 할 생각도 없었으며, 온갖 '데이트' 관련 문제에 대해서 친구들에게 상담해주거나 조언을 건넬 방법도 몰랐다. 그래도 비 맞는 강아지를 그냥 놔둘 수는 없었다.

"브리트니?" 엘리가 물었다. "네 여자친구 브리트니, 아니면 널 싫어한다는 체스 동아리 브리트니?"

"여자친구." 제이가 말했다. "*전* 여자친구. 지금은 두 브리트니가 다 나를 싫어하는 것 같아."

"미안, 헤어진 줄 몰랐어."

"겨우 어젯밤에 일어난 일인걸." 제이는 등 뒤의 금속 막대를 두드려댔다. "지난번에 여기 왔을 때 브리트니가 다리에 하트를 그렸어. 거기에 우리 둘의 이름이 적혀 있었고. 제이 플러스 브리트니라고. 난 그냥, 그 하트 가운데에 지그재그로 갈라진 틈을 그리고 싶었어. 심장이 찢어진 것처럼."

"아하." 엘리는 생각에 잠겨 잠시 침묵을 지키다가 다시 입을 열었다. "그럼, 혹시 20분 전에 강한 감정을 느꼈어? 두려움이라든지?"

"딱히 그렇진 않은데." 제이가 말했다.

"젠장, 내일 더 안전한 그라피티 계획을 세워보자. 알았지?" 엘리가 말했다. "난 가봐야겠어."

제이는 고개를 끄덕이며 물러섰다. "넌 왜 서두르는 거야, 엘리? 같이 가줄까?"

"음, 괜찮아." 엘리는 자전거에 한쪽 다리를 걸치고 발가락 끝으로 균형을 잡았다. "부모님이 걱정돼서……. 뭐, 아마 아무 일도 아니겠지만. 신경 쓰지 마."

"내 번호 알잖아." 제이가 말했다. "뭐든 필요하면 전화해."

"너도."

엘리가 손을 뻗어 제이의 머리카락을 흩뜨려놓았다. 제이는 키가 150센티미터인 친구가 자기 머리를 쓰다듬을 수 있게 턱을 잔뜩 집어넣었다. 엘리는 제이의 두피에서 전기가 오르자 깜짝 놀랐다.

"그렇게 전기가 오르면 운이 좋아진대." 제이는 머리를 눌러 펴며 말했다.

엘리는 문득 운이 나쁠지도 모르겠다는 생각이 들었다.

다리를 건너고 이리저리 얽힌 거리를 지나 영화관 주차장을 가로지르는 내내, 공포가 점점 더 커지며 엘리를 따라왔다. 엘리 브라이드는 자기 가족의 자동차를 알아보았다. 닳아빠진 모습의 미니밴이 입구 근처에 서 있었다. 부모님은 다니는 사람이 별로 없어서 주차장에도, 극장에도 로열석이 비어 있다는 이유로 월요일 밤 영화를 즐기는 사람들이었다.

엘리는 자동차 대신 바퀴 두 개짜리 자전거를 타고 오느라 얼굴이 상기된 채 티켓 부스에 기대며 물었다. "〈론섬(The Lonesome)〉 언제 끝나요?"

"15분요." 직원이 말했다.

안내원 유니폼인 빨간 조끼가 몇 치수쯤 커서 헐렁거렸다. 그 옷 때문에 직원은 야간 교대 근무를 하기에는 너무 어려 보였다.

"로비에서 기다려도 될까요?" 엘리가 물었다.

"그러세요. 벨벳 로프 안쪽에만 들어가지 마시고요."

직원이 자전거에 대해서는 별다른 생각이 없는 것처럼 보였으므로, 엘리는 도둑맞지 않으려고 자전거를 가지고 들어갔다. 엘리의 산악자전거에는 새로운 고성능 타이어가 달려 있었다. 타이어의 성능 평가는 접지력, 조종력, 내구성에 따라 이루어지는데, 도둑들을 끌어들이는 성능도 뛰어날 듯했다. 게다가 엘리의 자전거는 형광 초록색이었다. 눈에 안 띄는 색깔이라고는 할 수 없었다.

로비 안에는 포마이카 상판이 달린 테이블 여러 개가 매점 뒤쪽에 모여 있었다. 팝콘이 엘리의 테니스 신발에 밟혀 으스러지고 구불구불한 신발 밑창 무늬에 끼였다. 엘리는 버터 냄새가 나는 공간에 앉아 몸을 녹였다. 비교적 침착한 분위기에 마음이 놓였다. 부모님은 무사히 영화관에 도착했다. 고속도로를 지나다가 불타는 자동차에 갇힌 게 아니었다. 엄마나 아빠가 극장 안에서 커비에게 전해질 만큼 고통스러운 건강 문제를 겪었다면, 밖에 구급팀이 대기해 있고 엘리의 핸드폰에도 부재중 전화가 몇 통은 찍혀 있었을 것이다.

하지만 커비는 보이지 않는 꼬리를 집어넣고 있었다. 재미 삼아 벽을 넘어 다니지도 않았다. 커비가 아는 사람이 또 누구지? 제이, 엘리, 엘리의 부모님. 모두가 안전했다. 고스룩을 좋아하는 이웃도 커비를 좋아했었다. 뭐, 그야 이상한 일도 아니지만. 하지만 그들은 지금 수천 킬로미터 떨어진 곳에 있었다. 엘리는 그 가족을 전혀 도와줄 수 없었다. 커비는 엘리의 할아버지와 할머니, 사촌들, 삼촌과 이모 등 친척에게도 마음을 썼다. 친척들 전화번호가 있을까? 엘리는 DM 목록을 쭉 내려보다가 2년 전 사촌 트레버와 나눈 대화를 발견했다. 엘리와 트레버는 가깝게 지냈지만, 트레버가 레노어 무어라는 이름의 교사와 결혼해 리오그란데 계곡으로 이사를 떠나고 아이를 낳으면서 바빠져 자주 만나지 못했다. 이제 7개월이 된 아기는 미숙아로 태어나 신생아 중환자실에서 두 번이나 죽을 고비를 넘겼다. 하지만 지금은 아기 그레고리도 잘 지내고 있었다. 그렇겠지?

"선생님, 뭐 필요하세요?" 매점 직원이 물었다.

엘리는 17세가 된 지금, 모르는 사람들이 자신을 '선생님'이라고 부를 만큼 나이를 먹었다는 사실을 받아들이는 데 잠깐 시간이 걸렸다.

"아뇨, 괜찮아요." 엘리가 말했다.

오늘 밤은 아무도 죽지 않고 끝나야만 했다. 엘리가 과민 반응을 보인 것이어야 했다. 커비의 흥분도 우연한 것이어야 했다. 하지만 그래야만 하는 것일까, 아니면 엘리가 그러기를 *바라는* 것일까?

제이는 헤로토닉 다리에 그려진 만화 심장을 꼭 찢어놓아야만 했을까? 제이의 행동만 보면 그랬다. 제이는 그 일을 하려고 목숨까지 걸었다. 때로는 소원이 필요처럼 느껴지기도 하는 모양이었다. 그 소원이 이루어지지 않는 경우가 너무 아프게 느껴지니까.

몇 분 뒤, 영화를 보고 나온 관객들이 로비에 꽉 들어찼다. 엘리는 자전거를 테이블에 기대 세워두고 화장실 근처에서 부모님을 찾았다.

"엘리, 대체 여기서 뭐하는 거니?" 아빠가 물었다. 다행히 화가 났다기보다 걱정하는 목소리였다.

"여기까지 자전거를 타고 왔어?" 엄마가 물었다. "이렇게 어두운데? 얼마나 위험한 일인지 아니, 엘리? 자동차 사고라도 났으면 어쩔 뻔했어?"

"핸드폰을 꺼두셨잖아요! 거기다, 제 자전거에는 경고등도 달려 있어요. 커비도 같이 왔고요." 엘리는 음수대에서 물을 한 모금 마신 후 말했다. "커비가 난리였어요. 쌩쌩 벽을 넘나들었다고요. 지난번에 그랬을 때는 할아버지가…… 어, 왜 그러세요?"

부모님은 스마트폰 화면에서 눈을 떼지 못했다.

"부재중 전화 여섯 건." 엄마가 말했다.

"당신 오빠가 건 거야?" 아빠가 물었다. "나한테도 걸었는데."

"메시지는 없어요, 엄마? 아빠?"

"쉿, 엘리. 음성 메시지 듣는 중이야."

"삼촌이 왜요?" 엘리는 물으면서도, 팔에 소름이 돋는 것을 느꼈다.

"모르겠어. 목소리가 말이 아닌데." 엄마가 말했다. "전화해봐야겠어."

가족은 극장에서 나와 미니밴 근처에 모였다. 근처의 산들이 땀을 흘리는 듯했다. 엘리가 한 번 숨을 삼킬 때마다 수프 같은 물안개의 맛이 섞여들었다. 엘리는 통화의 한쪽 단면을 엿들었다. 말이 한마디, 한마디 나올 때마다 점점 두려워져갔다. "얼마나 심한데?"라는 말이 "의사는 뭐래?"라는 말과 "깨어날 수도 있대?"라는 말로 이어졌다. 이어 엘리의 엄마는 너무 심하게 몸을 떨다가 하마터면 핸드폰을 떨어뜨릴 뻔했다. 엄마는 그런 식으로 울었다. 눈물은 흘리지 않으면서 몸을 심하게 떠는 식으로. 엄마의 슬픔은 폭풍이 아니라 지진이라는 듯이. 통화가 끝났을 때쯤 극장 주변에는 그들뿐이었고, 엘리는 겁에 질려 있었다.

"트레버가 심각한 자동차 사고를 당했어." 엄마는 이미 트레버의 죽음을 애도하는 듯 고개를 숙이고 있었다. "마리아 북부 외상 센터에서 치료받는 중이야. 그래도…… 아마 목숨을 구하지 못할 거야."

"내 사촌 트레버요?" 엘리가 물었다.

의미 없는 질문이었다. 사촌 트레버가 아니면 누구겠는가?

"그래."

"엄마." 엘리의 목소리에 잔뜩 날이 섰다. 절망적이었다. "트레버가 죽으면, 제가……."

"엘리." 엄마가 엘리의 말을 잘랐다. "안 돼."

"하지만 제가……."

"절대 안 돼!" 이제 엄마는 목소리를 높였다. "*절대로* 안 돼. 모든 인간은…… 우리 모두는……."

"……예외는 없어." 아빠가 말을 이었다. 아빠는 침착하게 말할 수 있었으니까. 아빠는 수의사였다. 마음이 무뎌지지는 않았으나 고통의 징후를 삼가는 방법을 배웠다. "인간의 유령은 끔찍한 존재야."

엘리는 하늘을 올려다보았다. 머리 위를 빙빙 도는 올빼미가 보였다.

2

그날 밤 꿈에서 엘리는 헤로토닉 철교를 건너려 했지만, 다리가 도무지 끝나지 않았다. 강은 큰 바다가 되었고 달은 '그' 부엉이의 노란 눈이 되었다. 엘리는 커비를 불렀다. 그러나 엘리가 불러낸 것은 금발에 터틀넥을 입은, 제이 로스라는 이름의 치어리더였다. 제이가 둘이서 '우리 집에 왜 왔니' 게임이라도 하자는 듯 미소 지으며 엘리의 앞을 가로막았다.

"야, 이러지 마." 엘리가 말했다. "비켜. 농담하는 거 아냐."

제이는 위를 가리켰다. 거기에, 가장 높은 수평 들보에 단 한 줄의 문구가 적혀 있었다. **트레버의 마지막 유언과 증언.**

다시 아래를 보니 제이는 사라지고 빽빽한 기차 모양의 물안개가 다리를 따라 밀려들어 엘리를 삼켰다. 축축한 흙과 엔진오일의 냄새가 났다. 흐릿한 형체가 어두컴컴한 곳에 서 있었다. 엘리는 그의 실루엣을 알아보았다.

"트레버?" 엘리가 물었다. "여기서 뭐하는 거야?"

"죽어가고 있어, 사촌." 트레버가 말했다. 목소리에서 강물처럼 꾸르륵대는 소리가 났다.

"안 돼! 이건 아니야."

"내 말이."

트레버가 가까이 다가오자 그의 모습이 자세히 보였다. 얼굴이 부풀어 오르고, 찢어지고, 피투성이였다. 엘리는 고개를 돌렸다.

"이젠 안 아파." 트레버가 말했다. "부탁 하나 해도 돼?"

"응. 뭐든지. 뭐가 필요한데?"

"에이브 앨러턴이라는 사람이 날 죽였어." 트레버는 엉망진창이 된 자기 얼굴을 가리켰다. "윌로비 출신의 에이브 앨러턴이야."

"오빠를 죽였다고? 왜?"

"나도 그게 걱정이야, 사촌. 내가 하려던 건……." 트레버가 털썩 무릎을 꿇었다. "약해지고 있어. 엘리……."

"트레버, 힘내." 엘리는 달려가 트레버를 끌어안으려 했지만, 안개가 당밀처럼 짙었다. "에이브가 누구야? 아는 사람이야?"

"잘 몰라." 트레버가 말했다. "전에 딱 한 번 봤어. 학부모 간담회에서. 2년 전 일이야. 잘 들어."

엘리가 앞으로 몸을 숙였다. 트레버의 목소리는 조용하면서도 약간 떨렸다. 꼭 메아리 같았다.

"에이브가 내 가족을 해치지 못하게 해줘." 트레버가 말했다.

"약속할게."

"고마워. 아스테요(리판 아파치어로 '고맙다'는 뜻-옮긴이)."

잠깐 주위가 맑아졌을 때, 엘리는 트레버가 미소 짓고 있다는 걸 알 수 있었다. 그의 젊은 얼굴에는 상처가 하나도 없었다. 슬픈 미소였지만, 한이 서린 미소는 아니었다. 후회가 담겨 있는지는 몰라도.

꿈이 채 끝나기도 전에 트레버는 사라졌다.

3

엘리는 알람 시계가 울리기 한참 전에 일어났다.

"죽은 사람 꿈을 꿨어." 엘리가 말했다. "이제 어쩌지?"

커비가 침대에서 깡충 뛰어내렸다. 커비는 밤새 엘리의 발치에 웅크리고 있었다. 대체 뭘 하고 있었는지는 알 수 없었지만 말이다. 유령들은 잠들면 지하 세계로 돌아가므로, 커비가 꿈을 꾼 게 아니라는 점은 분명했다. 어쩌면 커비는 일곱 시간 동안 다람쥐와 치즈 생각을 했는지도 몰랐다.

"어때, 커비?" 엘리가 물었다. "진짜 그랬어?"

커비가 흔들어대는 유령 꼬리가 엘리의 침대에 부딪혀댔다. 탁, 탁, 쿵. 엘리가 커비의 아른거리는 형체에 집중하자 커비의 형태가 나타났다. 꼭 숨겨진 입체 그림에서 형체가 갑자기 튀어나오는 것 같았다. 감정을 잘 전달하는 북슬북슬한 꼬리, 이마에서 코까지 널

찍하게 흰 줄무늬가 이어져 있는 잉글리시 스프링어 스패니얼의 검은 얼굴. 영혼이 느껴지는 갈색 두 눈.

"누가 깨어 있는지 보자."

엘리는 흰색 티셔츠와 데님 오버올 바지를 입었다. 바지 무릎 부분을 때운 천이 해져 있었다. 엘리는 자전거만큼 롤러블레이드도 좋아했다. 엘리가 철이 들어 정강이 보호대를 사기 전까지는 이런 활동 때문에 엘리의 모든 청바지와 레깅스, 오버올에 구멍이 잔뜩 생겼다. 엘리의 무릎에는 지금도 흉터와 짙은 색 자국이 어지럽게 남아 있었다. 엘리의 피부는 색소 침착이 잘 됐다. 긁히거나 상처가 나거나 티가 생길 때마다 몇 개월씩 짙은 갈색 자국이 남았다.

엘리가 2층 화장실에서 세수하는 동안, 엘리의 정신은 길을 잃고 무서운 곳으로 향했다. 대부분의 꿈은 렘수면(잠을 자고 있는 듯이 보이나 뇌파는 깨어 있을 때의 알파파를 보이는 수면 상태-옮긴이) 단계에서 일어나는 가짜였다. 바보 같고, 무섭고, 일상적이고, 무의미하고. 하지만 트레버와의 대화는 다르게 느껴졌다.

사실, 트레버와 대화하고 나자 어떤 이야기가 떠올랐다. 뼛속까지 한기가 드는 이야기였다.

젊은 시절에, 팔대조 할머니는 쿠네타이(리오그란데 강) 남부를 찾았다. 연달아 발생한 실종 사건을 조사하기 위해서였다. 사람들이 비옥한 쿠네타이 강어귀에서 사라지고 있었다. 처음에 지역 주민들은 그 사람들이 당한 불행을 어쩌다 일어난 불운한 사건이라고 생각했다. 쿠네타이에는 온갖 짐승과 괴물이 살았지만, 강 자체만큼 치명적인 존재는 별로 없었다. 강은 힘이 세고 수영을 잘하는 사람조차 질식시키고 생명이 빠져나간 그 몸뚱이를 바다에 내던져버리곤 했으니까. 그러나 성인 열한 명, 어린이 네 명, 짐말 한 마리가 한 계절이 채 가기 전에 실종되고 나자 누군가가, 혹은 *무언가가* 일부러 피해를 주는 게 분명해 보였다.

이런 수수께끼에 관한 소식이 전해졌을 때 팔대조는 강어귀와 500킬로미터쯤 떨어진 곳에 있었다. 팔대조는 그 거리를 걸어서 이동했다. 말은 잘 놀라는 동물이라 유령과 함께 다니는 걸 좋아하지 않았기에 팔대조의 개들이 썰매에 실린 그녀의 짐을 운반했다. 개들의 도움을 받았는데도 강에 도착했을 때쯤 팔대조는 기진맥진한 상태였다. 가장 가까운 리판 부족의 마을까지 아직 하루가 남아 있을 때, 팔대조는 강어귀에 야영지를 만들고 개들에게 그녀가 자는 동안 주위를 경계하라고 명령했다.

그날 밤, 팔대조는 심란한 꿈을 꾸었다. 그 꿈에서 10대 소년 한 명이 검은 웅덩이에서 기어 나와 말했다.

"당신이 괴물을 죽이는 여인인가요?"

"그래." 팔대조가 말했다.

"난 운이 아주 나빴어요, 아주머니." 소년이 끙 소리를 내며 말했다. "그놈이 방금 나를 물에 빠뜨렸다니까요! 어휴, 겨우 2분 전에 말이에요!"

"뭐야?" 팔대조가 물었다. "악어였니?"

"악어보다 나쁜 거였어요." 소년이 말했다. "머리는 사람이었는데 몸은 물고기였어요. 조심하세요, 아주머니. 공격을 당하는 동안 물속에서 뭔가가 저를 쏘았어요."

"가시 같은 거였어?" 팔대조가 물었다. "아니면 해파리 촉수 같은 거였니?"

"그런 거였어요. 팔다리가 마비되더라고요. 쉴 시간은 없어요. 서두르세요. 또 누군가를 죽이기 전에 그 생물을 찾으셔야 해요."

팔대조는 매우 놀란 채로 잠을 깼다. 사람은 자신이 내뱉은 마지막 숨결에 실려 지하 세계로 간다. 아마 그 마지막 숨결로 마지막 메시지를 전할 수도 있는 모양이었다. 메시지를 잘 받아들이는 사람이 꿈을 꾸고 있을 때 그 사람의 귀에 속삭이는 방법으로.

팔대조가 목적지에 도착했을 때 리판 부족은 혼란에 빠져 있었다. 또 한 명이 사라졌다.

10대 소년이.

몽상에 잠겨 있을 시간은 없었다. 엘리는 엄마의 방수 아이라이너를 가져다가, 새로 깎아둔 그 끄트머리로 팔에 '윌로비 출신의 에이브 앨러턴'이라고 적었다. 혹시 모르니까.

에이브가 내 가족을 해치지 못하게 해줘.

화장대에서 엘리의 핸드폰이 울렸다. 문자메시지 알림이었다. 엘리는 메시지를 열어서 읽었다.

제이 (오전 9:31) - 너 괜찮아?

메시지의 내용과 나무랄 데 없는 타이밍에 엘리는 불안해졌다. 제이에게 예언 능력이라도 있는 걸까? 제이에게는 영매인 이모가 있었지만, 그건 아무 의미가 없는 일이었다. 그런 재능은 유전되지 않는다. 파란색 눈이나 큰 발과 달리 물려받는 것이 아니다.

핸드폰이 다시 울렸다.

제이 (오전 9:33) - 집에는 들어갔어?

엘리는 잠시 후에야 극장에 도착했을 때 깜빡하고 '나 아직 살아 있어'라는 최신 소식을 전해주지 않았다는 걸 깨달았다. 제이가 걱정하는 것도 당연했다.

엘리는 답장을 보냈다.

엘리 (오전 9:34) - 집이야.

엘리 (오전 9:34) - 안 괜찮아.

제이 (오전 9:34) - ???

제이 (오전 9:35) - 왜 그래?

제이 (오전 9:35) - 부모님은 괜찮으셔?

엘리 (오전 9:35) - 응.

엘리 (오전 9:36) - 근데

엘리 (오전 9:36) - 모르겠다.

엘리 (오전 9:36) - 가봐야겠어.

엘리 (오전 9:36) - 나중에 얘기하자.

제이 (오전 9:37) - 그래 :)

제이 (오전 9:37) - 선디 먹을래?

아이스크림선디를 먹자는 건 제이가 엘리에게 쇼핑몰에서 만나자고 얘기하는 방법이었다. 쇼핑몰은 마을에서 유일하게 생 아이스크림을 파는 곳이었으니까. 제이는 종이 맛이 난다면서 종이 상자에 담긴 아이스크림은 먹지 않으려 했다. 솔직히 엘리는 차이점을 알 수 없었지만.

엘리 (오전 9:36) - 12시에 봐.

인사를 하고 나서, 엘리는 꼬인 머리카락을 가지고 씨름했다. 엘리의 머리카락은 허리까지 오는 긴 머리에 층이 져 있지 않았으며, 실내에서는 검게 보이는 짙은 갈색이었다. 엘리는 보통 머리를 풀고 다녔으나 오늘만큼은 뒤통수에 딱 붙게 말아 올렸다. 엘리는 거울에 비친 자기 모습을 바라보았다. 얼굴을 자세히 살폈다. 두 뺨과 목 옆으로 흘러내리는 머리카락이 없으니 얼굴이 더 크고 성숙하게 보였다. 엘리는 이런 새로운 모습에 익숙해지기를 바랐다. 리판족의 방식에 따라, 어떤 변화나 애도를 나타내기 위해서는 머리를 잘라야 했다. 엘리에게는 변화와 애도가 둘 다 묵직하게 느껴졌다.

엘리는 화장대 서랍의 가위를 꺼내려다가 망설였다. 아니, 아직은 아니야. 트레버가 살았을지도 몰라.

엘리는 계단을 삐걱거리며 1층으로 내려갔다. 엘리의 가족이 사는 집은 다락방을 빼고 2층이었지만, 누가 양옆에서 짓누른 것처럼 비좁았다. 할인점에서 사온 그림과 액자에 넣은 사진이 얼마 안 되는 벽 공간에 북적거렸다. 엘리는 층계참에 잠시 멈추어 서서 나무 난간을 꽉 쥐었다. 걸려 있는 액자 하나가 비어 있었다. 아버지가 어젯밤에 치운 게 분명했다.

어른들은 누군가 어린 나이에 죽으면, 그 사람의 이름을 말하거나 그의 얼굴을 보거나, 다른 방식으로 그를 불러오는 건 위험한 일이라고 자주 경고했다.

엘리는 트레버의 미소 띤 얼굴이 있던 빈자리를 만져보았다. 그 자리가 비어 있으니 집이 미묘하게 안락해 보이지 않았다. 꼭 모르는 사람의 집 같았다. 어쩌면 엘리가 다른 우주에서 눈을 뜬 걸지도 몰랐다. 엘리가 속한 우주와 너무 비슷해서, 빠져 있는 사람들로만 구분할 수 있는 다른 우주.

"안녕." 엘리가 말했다. "나중에⋯⋯."

엘리는 그 말을 끝까지 하지 않았다. *나중에 다시 만나.* 엘리는 재회의 순간을 너무 일찍 약속하고 싶지 않았다.

엘리는 부모님과 어른들의 지혜를 믿었다. 엘리는 인간의 유령에 관한 음험하고 폭력적인 이야기들을 들어왔다. 인간의 유령은 많지도 않고, 존재하더라도 잠깐만 존재하는 것으로, 지나간 자리에 거의 항상 폭력의 흔적을 남겼다.

문제는 엘리가 인간 유령이 그토록 끔찍한 존재인 이유를 전혀 알 수 없었다는 것이다. 트레버는 가족과 친구들을 사랑했다. 죽음이 어떻게 그런 점을 바꿀 수 있다는 걸까? 어떻게 트레버의 일부가 잔인해질 수 있다는 걸까? 상상조차 할 수 없는 일이었지만⋯⋯.

엘리는 액자에서 손을 뗐다. 가끔은 세상이 마음에 들지 않을 정도로 수수께끼로 가득했다. 엘리는 언젠가 그 점을 바꾸어놓을 생각이었다.

주방에 가보니 아빠가 커피잔을 들고 있었다.

"12시도 안 됐는데 일어난 거니?" 아빠가 물었다. "내가 자는 동안 여름이 다 지나가기라도 한 건가?"

아빠는 입으로 미소 지었으나, 갈색 눈은 슬퍼 보였다.

"그런 것 같아요." 엘리가 말했다. "엄마는요?"

"새벽 비행기를 타고 매캘런으로 갔어."

"그 이유가 혹시……." 엘리는 말을 흐렸다.

이번 비극에 대한 말은 무엇이든 머릿속을 베고 지나가는 종잇장처럼 느껴졌다. 너무 많이 베이다 보면 울고 말 것이다. 눈물을 흘린다고 부끄러울 건 없었지만, 엘리는 흐느낄 때 얼굴이 아픈 게 싫었다. 꼭 감기에 걸려 머리가 아픈 것 같은 통증이었다.

"언제였어요?"

"오늘 새벽에." 아빠가 말했다. "2시 30분쯤이었어. 평화로이 지하 세계로 향했단다. 괴롭지도 않고, 고통스럽지도 않게."

"고통스럽지 않았다고요? 그건 모르죠, 아빠."

엘리는 조용히 말했지만, 아빠는 엘리의 말을 분명히 들었다. 들은 게 틀림없었다. 아빠는 더 이상 미소 짓는 척하지 않았다.

"레노어가 아기 그레고리를 돌보는 데 도움이 필요해. 그래서 엄마가 갑자기 가게 된 거란다."

아빠는 커피잔을 조리대에 내려놓고 엘리를 끌어안았다. 아빠의 모직 조끼가 턱을 간질였다. 엘리의 아빠는 직장에서 파란색 수술복이나 의사가 입는 흰 가운을 입어야 했지만, 휴일에는 케이블 니트 스웨터와 트위드 바지, 가려운 느낌이 나는 울 조끼를 꺼내 입었다.

"다른 일도 있고. 네 외삼촌과 숙모는 슬픔에 정신을 못 차리고 있어. 자기들끼리는 장례식을 준비할 수 없단다."

이상하게도, 트레버의 남겨진 아내와 갓난아기인 아들, 그리고 트레버의 부모님을 생각하자 힘을 내는 데 도움이 됐다. 엘리에게는 할 일이 있었다. 그들을 에이브 앨러턴으로부터 보호해야 했다.

"경찰이 사고를 조사하고 있어요?" 엘리가 물었다.

"그렇겠지."

"제가 도울게요. 에이브 앨러턴이 사촌을 죽였어요. 윌로비라는 마을 출신의 에이브 앨러턴이에요."

아빠는 놀라서 한 발 물러섰다. "왜 그렇게 생각하니?"

"사촌이 꿈속에서 말을 걸었어요. 누가 자기를 죽였는지 말해줬어요. 물에 빠져 죽은 그 아이가 팔대조 할머니한테 강의 괴물에 대해서 말했을 때처럼요."

"그렇구나." 찌푸린 이마를 보면, 이해하는 듯한 아빠의 말은 잘 해봐야 과장이었다. "잠깐, 무슨 괴물을 말하는 거냐? 팔대조 할머니께서는 꽤 많은 괴물과 싸우지 않았니?"

"인간의 얼굴에, 독 비늘이 달린 괴물이에요. 그게 중요한 게 아니에요. 아빠, 제 생각에 사촌은 마지막 숨을 내쉬었지만 영혼이 아래로 내려가기 전에, 그 사이 단계에서 말을 건 것 같아요."

"그럴 수 있지. 너와 팔대조는 닮은 점이 아주 많으니까."

"그렇게 생각하세요?" 엘리가 물었다.

"그럼. 당연히 그분을 직접 만나본 적은 없지만, 너와 팔대조는 둘 다 놀라운 유령 조련사잖니. 머리가 좋고 용감하기도 하지."

엘리는 희미하게 미소 지은 후 말했다. "고마워요."

엘리는 찬장에서 컵을 가져다가 자기가 마실 오렌지 주스를 따랐다. 제대로 된 아침 식사를 하기에는 식욕이 없었다.

"그래도 이게 다 무슨 뜻인지는 아시죠? 월로비 출신의 에이브 앨러턴은 살인자예요. 그 사람이 다른 누군가를 해치게 두어서는 *안 돼요*."

"흠."

"저 자신을 의심해야 할까요? 그렇게 의심하는 위험을 무릅써도 되는 거예요? 팔대조는 자기 꿈을 믿었어요. 아마 그 결정으로 수많은 목숨을 구했을 테고요."

"그건 그렇지. 하지만……." 아빠는 커피 한 모금을 길게 마셨다. "네가 잠들어 있을 때, 트레…… 내 말은, *네 사촌이* 살인에 대해서 설명해줬니?"

엘리는 고개를 저었다. "시간이 부족했어요. 아빠, 사촌은 끔찍한 모습이었어요. 피를 흘리고 있었고, 망가져 있었다고요. 엄청나게 괴로웠을 게 틀림없어요. 어딘가에 전화를 걸어볼까요? 보안관이라든지?"

"경찰에 며칠 시간을 주자꾸나." 아빠가 말했다. "그쪽에서 수사하게 하는 거야."

"근데 수사를 하긴 할까요?" 엘리가 유리잔을 조리대에 탁 내려놓았다. 과육이 들어 있는 주스가 잔에서 흘러넘쳐 타일 사이에 고였다. "다들 자동차 사고라고 생각하잖아요? 레노어까지도요!"

"아, 글쎄. 뜻밖의 일은 아니지." 아빠는 사무적인 말투로 말했다. 직장에서 의료 내용을 자세히 설명할 때 쓰는 말투였다. "네 사촌의 부상은 과속으로 인한 충돌 때 발생하는 상처와 일치하거든."

"과속했대요? 어디서요? 고속도로였나요? 목격자는 없어요?"

"없어. 어떤 농부가 나무가 우거진 도로에서 네 사촌을 발견했다는구나. 외진 곳이었어, 네 사촌이 평소 집으로 돌아갈 때 이용하는 길이 아니라. 하지만 네 사촌은 망가진 자동차 안에 혼자 있었단다."

"그거 정말 수상하네요. 경찰에 사촌은 어지간한 이유가 없으면 절대 과속하지 않는다고 말해주세요. 에이브 앨러턴이 사촌을 쫓고 있었던 게 분명해요."

하지만 분명한 이유라 할 수 없었다. 엘리의 꿈에서, 트레버는 과속하며 추격전을 벌였다는 얘기를 전혀 하지 않았으니까. 에이브가 자기를 살해했다고 했다. 그러려면 앨러턴에게 트레버를 죽일 의도가 있어야 했다. 살인의 동기가 무엇이었을까?

"지금은." 엘리의 아빠가 말했다. "다들 누가 그런 짓을 저질렀는지보다는 *무슨 일이 일어났는지* 알고 싶어 한다."

"*무슨 일인지*랑 *누가 저질렀는지*가 연관되어 있잖아요! 그러니까 누가 저질렀는지를 통해 무슨 일이 일어났는지를 알아내야 해요!"

"그 말도 틀리지 않지."

엘리의 아빠는 식탁 하나와 라탄 의자 세 개가 놓여 있는 식사 공간으로 갔다. 그는 텍사스 종이 지도를 펼쳐 빵 부스러기가 군데군데 흩어져 있는 딱딱한 나무 식탁 상판에 올려놓았다. 지도가 도로와 강, 주 경계선이 이리저리 얽혀 있는 주름진 식탁보처럼 보였다.

"그건 왜요?" 엘리가 물었다.

"너희 엄마한테 자동차가 필요해서, 우리가 차를 타고 묘지까지 갈 거야. 밴을 엄마한테 주고, 집에 올 때는 비행기를 탈 생각이다."

"엄마가 오랫동안 거기 계실 건가요?"

엘리의 엄마인 비비언은 고등학교 수학 교사였다(학생들은 그녀를 브라이드 선생님이라고 불렀다). 힘든 직업일 수는 있지만, 한 가지 특장점이 있었다. 여름방학이 두 달이었으니까.

"제가 도와드릴 수 있어요!"

"정말이니? 엄마는 일이 수습될 때까지 레노어와 살고 싶어 한단다. 몇 주가 걸릴지도 몰라."

"정말이에요."

1,300킬로미터라는 거리를 사이에 두고서는 엘리가 트레버의 가족을 보호할 수 없었다.

"고맙구나." 아빠는 텍사스 북부에서 남부로 이어지는 길을 손가락으로 따라갔다. "이게 우리가 갈 길이다."

"언제 떠나요?" 엘리가 물었다.

"이틀 뒤에." 아빠는 눈을 가늘게 뜨고서 지도 쪽으로 허리를 숙이더니, 텍사스 가장 아래쪽 근처의 한 점을 가리켰다. "저 마을 이름이 뭐니, 엘리? 안경을 안 쓰고 있어서."

엘리는 아빠의 손가락 끝에 있는 단어를 바라보았다. 인쇄가 잘 못된 것처럼 흐린 글자였다.

"윌로비라고 적혀 있어요. 아빠……."

"어쩐지 이름이 익숙하다 싶었다." 아빠는 지도의 축척을 확인했다. "윌로비는 초등학교에서 약 50킬로미터, 도로에서 한 16킬로미터 떨어져 있구나."

"도로라뇨?" 엘리가 물었다.

"네 사촌이 발견된 곳 말이야." 아빠가 고개를 들었다. "난 네 말을 믿는다, 엘리."

4

　푸드코트는 쇼핑객들로 가득했지만, 엘리는 프레첼 가판대 근처에서 빈 테이블을 찾았다. 엘리는 그곳에서 꿀을 바른 땅콩을 조금씩 먹었다. 좌절감은 식욕에 전혀 도움이 되지 않고 배 속을 바윗덩어리처럼 채울 뿐이었다. 꿀 바른 땅콩 한 입 한 입이 전부 퀴퀴하게 느껴졌다. 제이도 종이 상자에 담긴 아이스크림을 먹을 때 이렇게 느끼는 걸까?

　엘리는 테이블을 손가락으로 타닥타닥 두드리며 생각의 방향을 살인과 슬픔에서 돌리려고 노력했다. 아빠의 조언을 받아들이기가 어려웠다. 경찰이(낯선 사람들이!) 트레버를 마땅히 정의롭게 대해주리라고 믿으라니. 그것도 트레버가 엘리의 꿈을 찾아와 엘리에게 자기 가족의 안전을 맡기기까지 했는데 말이다.

　엘리는 아직 트레버의 죽음을 두고 울지 않았다. 어쨌든, 많이 울지는 않았다. 쇼핑몰로 자전거를 타고 오는 동안 눈물 몇 방울이 두 뺨에 흘러내리기는 했지만, 바람이 재빨리 그 눈물을 실어 갔다. 커비가 죽었을 때 엘리는 커비가 가장 좋아하던 삑삑이 장난감을 들고 몇 시간씩 울다 말다 했다. 당시에 엘리는 커비가 다시 돌아올 줄 몰랐다. 유령을 깨우는 것은 까다로운 기술이었고, 모두가 그 기술에 능숙한 건 아니었다. 엘리의 엄마는 오직 깊은 명상에 빠져 있을 때만 죽은 자들을 불러낼 수 있었다.

어쩌면 눈물이 나지 않는 마법을 거는 게 최선일지도 몰랐다. 울면 상실감의 날이 무뎌지는 데 도움이 됐지만, 엘리는 현재의 고통이 날카롭게 남아 있기를 바랐다. 트레버의 복수를 할 때까지 그 고통이 갈비뼈를 계속 찔러주었으면 했다.

마음 같아서는, 경찰 수사를 통해 복수가 이루어지길 바랐다. 수사가 체포로 이어지고, 체포가 배심원단에 의한 성공적인 재판과 살인죄의 유죄 판결로 이어진다면 좋을 것이다. 하지만 사법 제도는 완벽하지 않았다. 많은 범죄가, 특히 원주민들을 상대로 한 폭력 범죄가 해결되지 못했다. 게다가 트레버의 죽음은 너무도 이상해서 마법이 개입되어 있을지도 몰랐다. 그건 사법 제도를 향한 치명타가 될 수 있었다. 다른 영역에 속한 에너지인 마법은 현실의 구조를 오염시키고 바꿔놓았다. 에이브 앨러턴의 변호사들은 범죄 현장에서 보이는 마법의 모든 흔적이, 그가 공정한 재판을 받을 가능성을 부정한다고 주장할 수 있었다. 합리적인 의심의 영역을 넘어서까지 증거를 믿을 수 없다고 했고, 100만 달러짜리 변호사를 고용한 사람들 열 명 중 아홉 명에게는 그런 주장이 유리하게 작용했다. 이상하게도, 그런 변호사를 고용하지 못한 사람들에게는 이런 주장이 통하는 경우가 거의 없었다.

경찰이 실패하면, 엘리는 바쁜 여름방학을 보내게 될 터였다.

엘리는 메시지를 보냈다. '프레첼 가게 근처에 앉아 있어. 선디 가져와.'

엘리는 지금 있는 곳에 가만히 있어야 했다. 그러지 않으면 자리를 빼앗길 수도 있었다. 음식을 들고 테이블 사이를 비집고 다니며, 정처 없이 앉을 자리를 찾는 사람들이 몇 명 있었다. 탁자들이 너무 가까이 붙어 있어서 옆 테이블의 대화가 들려왔다.

"세상에." 어떤 여자가 말했다. "허수아비라고?"

"응." 남자가 말했다. "지푸라기가 들어간 허수아비 말이야. 근데 눈이…… *진짜 인간의 눈이었어.*"

"세, 상, 에. 난 절대 차를 타고 아이오와를 가로지르지 않을 거야. 옥수수밭이 얼마나 컸댔지?"

"누가 알겠어? 우린 40킬로미터쯤 지나서 방향을 돌렸어. 기름도 거의 다 떨어졌고, 걱정되더라고……."

"무슨 걱정?"

"허수아비 말이야. 허수아비가 지켜보고 있었어. 그 들판에서 차가 퍼지기라도 했다간 허수아비들이……."

"안녕, 엘리!" 제이가 말했다.

그는 바나나 스플릿(바나나를 길게 가르고 그 속에 아이스크림, 견과류 등을 채운 디저트-옮긴이)을 손에 들고, 엘리 앞의 빈자리에 앉았다. 초록색 폴로 셔츠와 황갈색 슬랙스 바지를 입고 밝은 흰색 신발을 신은 모습이었다. 검은색으로만 이루어진 괴상한 옷차림보다는 이 복장이 훨씬 더 잘 어울렸다.

"타이밍이 완벽한걸." 엘리가 말했다.

조금이라도 더 옆자리 대화를 엿들었다간 허수아비 이야기 때문에 텍사스를 가로지르기 전부터 소름이 돋았을 것이다. 아이오와의 농장은 기묘한 일이 자주 일어나는 것으로 유명했다. 한때 미국 중서부를 뒤덮고 있던 대초원이 그랬듯이 말이다.

"좀 어때?" 제이가 물었다.

걱정하고 있었는지 목소리가 평소보다 다정했다.

"별로야." 엘리가 말했다.

"무슨 일 있었어?"

이 질문에 어떻게 대답할 수 있을까? 엘리는 제이의 동정심이나 친절함, 위로를 바라지 않았다. 이유는 모르겠지만, 누군가가 자신을 위로할지도 모른다는 생각은 엘리에게 본능적인 불쾌감을 일으켰다.

"누군가 내 사촌을 죽였어." 엘리가 말했다. "그래서 어젯밤에 커비가 흥분했던 거야."

"무슨…… 트레버를?"

"조심해. 이름 말하지 마."

"미안."

제이가 테이블 너머로 손을 뻗어 엘리의 손을 꼭 잡았다. 엘리는 아래를 보고, 깍지를 낀 두 손의 차이점을 자세히 살폈다. 제이의 손톱은 짧고 끝을 평평하게 다듬은 모양이었다. 엘리는 손톱을 형광 초록색으로 칠했고 끝을 뾰족하게 갈아놓았다.

"내가 할 수 있는 일이 있을까?"

엘리는 제이한테서 손을 빼고 탁자를 타닥타닥 두드렸다.

"내 사촌을 다치게 한 사람은 그 대가를 치러야 해." 엘리가 말했다.

제이가 망설임 없이 말했다. "내가 도와줄게."

"고마워."

둘은 조용히 음식을 먹었다. 엘리는 꿀 바른 땅콩을 깨작거렸다. 제이는 플라스틱 숟가락으로 아이스크림을 찔러댔다. 엘리는 지금 흐르는 침묵이 다정한 침묵이 아니라는 걸 깨달았다. 최소한 엘리에게는 그랬다. 가장 오래 사귄 친구가 곁에 있는데 어색함이 느껴졌다. 어쩌면 전에는 살인 같은 묵직한 문제를 다룰 필요가 없었기 때문인지도 몰랐다. 인생의 문제라고 해봐야 그라피티를 그리다가 실수하거나, 눈알을 부라리는 두개골에 개가 겁을 먹는 정도의 문제뿐이었다.

그때가 그리웠다.

"다리에 그린 하트는 어떻게 됐어?" 엘리가 물었다.

"난…… 아, 아아. 맞네. 그거. 더는 문제가 아니야. 누나가 어젯밤에 나를 몰아붙이더라고. 내가 뭔가 이상한 일을 꾸미고 있다는 걸 알아냈어."

"검은 옷을 보고 힌트를 얻었나 보지?"

제이는 그렇다는 뜻으로 고개를 살짝 기울였다. "로니가 그라피티 일은 비밀로 해주기로 했어. 근데 남자친구한테는 예외였나 봐.

이제는 앨이, 그러니까 로니의 남자친구가 나 대신 다리에 올라가고 싶어 하거든. 대역처럼 말이야."

"앨은 높은 데 잘 올라간대?"

"그럴걸. 저주받았거든." 제이는 입술을 보고 대화를 엿듣는 사람들한테서 입을 가렸다. "뱀파이어 저주 말이야."

"와, 그거 드문 일이잖아."

미국에서는 저주받은 사람들을 뱀파이어 시민 센터, 다시 말해 VCC(Vampiric Citizen Centers)를 통해 추적했다. VCC에서는 매년 저주의 진행도를 파악했고, 해로운 부작용이 '안전한' 선을 넘어서자마자 저주받은 사람을 요양원으로 옮겨 죽을 때까지 살도록 했다. 이런 제약을 피하기 위해 많은 뱀파이어들은 미국을 떠나 좀 더 유연한 나라에 살았다.

"둘이 어떻게 만났대?" 엘리가 물었다.

"학교에서. 로니랑 앨, 둘 다 노스 헤로토닉에 다니거든."

"대학 지원 시기가 되기 전에 그 두 사람하고 얘기를 해봐야겠다." 엘리가 말했다. "헤로토닉이 내가 가장 가고 싶은 학교 중에 하나거든."

제이는 흥미가 생기는지 허리를 세워 앉았다. "대학이라고? 난 네가 사립 탐정 사업을 시작하고 싶어 하는 줄 알았는데."

"뭐, 내가 생각했던 건……."

초자연현상 수사관이 되는 데 대학 학위가 꼭 필요한 건 아니었다. 엘리는 온라인으로 여러 가지 방법을 조사했다. 어쨌든, 초자연현상 수사관이 엘리가 가장 원하는 진로였으니 말이다. 두 번째로 원하는 진로는 고생물학자가 되는 것이었다. 유령 공룡들을 활용한다면 재현된 공룡을 늘 두 번씩 확인해볼 수 있을 테니 말이다. 하지만 엘리는 개와 모기, 나비, 쥐를 아래쪽 세상에서 불러온 적은 있어도 멸종된 종을 깨우려는 시도는 해보지 않았다. 그런 기술을 쓰는 데는 연습이 필요했다. 여름방학에 연습을 시작하면 가능할지도 몰랐다.

"노스 헤로토닉에서는 괜찮은 침입형 괴물 과정을 들을 수 있고, 현장 연구 기회도 많아." 엘리가 말했다. "지난 학기에는 초자연현상과에서 오스틴 외곽의 헐떡이는 동굴 현장 연구에 돈을 대줬어."

"헐떡이는 동굴이라고? 거기 위험하잖아. *사람을 잡아먹는 식으로 위험하다던데.*"

제이는 무서워한다기보다 매료된 목소리였다. 제이라면 그럴 줄 알았다.

"무슨 말인지 알겠지? 그게 현장 연구의 멋진 점이야." 엘리가 말했다. "동굴은 먹잇감을 유인하려고 수작을 부려. 그러니까 준비만 잘해서 가면 그냥 지하 동굴일 뿐이야. 나도 그래서 학위를 따고 싶은 거고. 경험 많은 사립 탐정들한테서 배우고, 그 사람들이 이미 알아낸 것을 토대로 새로운 지식을 쌓는 거야. 팔대조의 비밀도 그런 식으로 배웠거든. 엄마도 늘 그렇게 말씀하셨어. '바퀴부터 다시 발명할 필요는 없다'라고."

"시간을 많이 아낄 수 있겠지." 제이가 동의했다. "부모님이 허락만 하시면 나도 헤로토닉에 지원할 거야. 부모님은 앨을 못마땅해하셔."

"저주 때문에?"

"응. 부모님은 앨한테 치료비를 주겠다고 하셨어. 뱀파이어가 된 지 겨우 2년밖에 안 됐으니까. 근데 앨이 싫다고 했어. 장점이 단점보다 많다나?"

"뱀파이어가 되면 영원히 살 수 있다고 생각하는 거야?"

평균적으로 뱀파이어는 92년을 살았다. 그럭저럭 긴 수명이었지만, 영생이라니? 터무니없었다. 저주는 오래될수록 단점이 기하급수적으로 늘어났다. 자외선차단제가 늘 앨을 지켜주지도 못할 테고, 나이 든 뱀파이어들에게는 신선한 혈액이 필요했다. 봉지에 담겨 나오는 건 속에 받지 않아서 말이다.

"모르겠어." 제이는 바나나 주변의 아이스크림이 녹고 있다는 걸 알아차렸는지 녹아내린 아이스크림 몇 숟가락을 입에 퍼 넣고 나서 말을 이었다. "근데 아마 그래서 나한테 잘해주는 걸 거야."

"그래?"

"응." 제이는 한 손으로 턱을 괴고 한숨을 쉬었다. "앨이 무슨 뜻으로 그러는지는 알겠는데…… 좀 난처해. 앨이 정말 좋은 사람인 건지, 그냥 내 마음에 들려고 꾸며내는 건지 모르겠다니까? 체스의 폰이 된 것 같은 기분이 마음에 안 들어."

"그야 넌 나이트니까 그렇지. 나이트는 점프를 하잖아."

"맞아! 그리고, 폰이 이런 걸 할 수 있겠어?" 제이는 반쯤 일어나 어깨 너머를 힐끗 보더니 천천히 다시 앉았다. "지금은 사람이 너무 많다."

"점프할 생각이었어?" 엘리가 물었다.

"풍차 돌리기를 할 생각이었지."

"그랬으면 재미있었을 텐데."

"그러게." 제이는 다시 한숨을 쉬었다. 이번에는 진심이 조금 덜 실려 있었다. "난 내일 다리에서 앨을 만날 생각이야. 해 질 녘쯤에."

"나도 가도 돼?" 엘리가 물었다.

안 될 이유도 없지 않나?

"오고 싶어?" 제이가 물었다.

"뭐, 내가 형제애를 다질 순간을 망치기라도 할까 봐?"

제이는 허리를 쭉 펴고 숟가락을 아이스크림 접시에 떨어뜨렸다. "형제라니? 앨이랑 로니는 결혼한 게 아냐. 너도 알잖아."

"난 진지한 관계라고 생각했지. 너희 부모님이 치료비를 대겠다고 하셨다면서. 그거 비싸잖아."

"응." 제이가 말했다. "진지한 관계는 맞지만, 약혼한 건 아니야. 둘 다 너무 어리잖아! 스무 살에 결혼한다니 상상이나 돼?"

"나? 개인적으로? 난 결혼이라는 것 자체가 상상이 안 돼."

"그럴 수 있지." 제이가 말했다. "음. 엘리, 넌 지금 더 중요한 일을 처리해야 하는 것 같은데. 진짜, 만약에……."

"다리에서 만나자." 엘리가 끼어들었다. "내가 텍사스 남부에 갈 때까지는 어차피 앨러턴을 어떻게 할 수도 없어."

"언제 떠나는데?" 제이가 물었다.

"30시간 후에." 엘리가 말했다. "기다리기도 힘들다."

❯❯❯ 5 ❮❮❮

시간이 흘러 엘리와 제이는 해골과 엇갈린 뼈다귀 두 개가 그려진 PCB 경고 팻말 근처에서 만났다. 무르익어가는 햇빛으로 밝혀진 하늘 아래에서, 헤로토닉 강이 수은처럼 빛났다.

"일찍 왔네!" 엘리가 말했다.

둘은 해 질 녘에 만나기로 했지만, '해 질 녘'의 뜻이 확실하지 않았으므로 엘리는 안전하게 노을 쇼가 시작되기 전에 도착하기로 했다.

"아무도 기다리게 하고 싶지 않아서." 제이가 말했다.

제이는 청바지 주머니에 두 손을 집어넣었다. 안됐지만, 바지가 너무 꽉 끼어서 손마디 부분부터는 더 들어가지 않았다.

"근데 앨은 하늘이 빨간색이 될 때까지 오지 않을 건가 봐."

"설마." 미네소타 억양이 희미하게 느껴지는 말투로 세 번째 사람이 말했다. "난 자외선차단제를 쓴다고. 게다가 일찍 일어나는 새가 토스트를 먹는 법이야, 꼬맹아."

엘리와 제이는 둘 다 너무 빠르게 돌아보는 바람에 서로 부딪칠 뻔했다. 젊은 남자가 강가의 화강암 덩어리 위에 서 있었다. 가죽 오토바이 재킷에 흰 티셔츠, 슬레이트 청바지까지 복고풍 폭주족 같은 모습이었다. 창백한 이마가 포마드를 발라 넘긴 검은 머리카락 아래에서 반짝였다. 불투명하게 보이는 안경이 백미였다. 아마 패션보다는 기능상의 이유로 쓴 것이겠지만 말이다. 엘리가 보니, 귀 주변에 희게 뭔가를 바른 자국도 있었다. 그가 허튼소리를 한 게 아니라는 증거였다.

"벌레 아니야?" 제이가 미소 지으며 물었다. "일찍 일어나는 새가 벌레를 잡는다?"

"맞아. 근데 새들이 토스트를 더 좋아해." 앨이 말했다. "건강한 선택은 아니지만, 건강 때문에 포기하는 새들이 있나? 거위가 빵가루 싫다는 거 본 적 있어? 그 녀석들은 자기 파괴적이라고. 가엾은 놈들이지."

앨은 정말로 시끄럽게 웃었다. 엘리는 앨이 늘 오페라 가수처럼 목소리를 내는 건지 궁금해졌다. 앨도 긴장한 것인지 몰랐다. 특히 처음 만나는 사람을 상대로는 그런 점을 알아내기가 어려웠다.

"그러게." 엘리가 말했다. "나도 조류 재활 센터에서 자원봉사를 한 적이 있어. 거기서 처음에 가르쳐주는 게, 동물한테 빵을 주지 말라는 거야."

앨이 바위에서 폴짝 뛰어내린 다음 다가왔다. 여전히 씩 웃고 있었다. 앨의 치아는 이제 막 내린 눈처럼 유난히 희어 뉴스 앵커의 미소를 연상시켰지만, 그렇다고 살을 뚫을 수 있을 만큼 뾰족해 보이지는 않았다. 바늘처럼 뾰족한 두 번째 송곳니를 숨겨둔 걸까? 저주받은 지 얼마 안 되는 뱀파이어도 제대로 된 음식보다는 피를 더 많이 먹어야 했다. 사설 기관에서 혈액 주머니를 살 수는 있었지만, 미리 포장되어 나오는 혈액은 공급량이 달리는 경우가 많았다.

"앨, 얘는 엘리야." 제이가 말했다. "엘리, 이쪽이 앨이야."

엘리는 악수를 하려 했지만, 신호가 엇갈렸는지 앨은 대신 주먹을 내밀었다. 주먹을 부딪치려는 사람과 악수를 하려는 사람이 맞부딪치는, 오래전부터 해결되지 않던 난제가 재현됐다. 엘리가 결단력 있게 행동하지 않으면, 이런 혼란은 반쯤 인사하다가 어색하게 웃음을 터뜨리는 행위가 여러 번 이어지는 손발 오그라드는 상황으로 변할 터였다. 엘리는 가위바위보를 할 때 '보자기'로 '바위'를 감싸듯이 앨의 손을 감싸고 흔들었다.

"헤로토닉대학교에 다닌다면서?" 엘리가 말했다. "전공이 뭐야?"

"화학." 앨이 말했다. "로니랑 같아. 우린 둘 다 의대에 들어갈 생각이야."

"몰랐네." 제이가 말했다. "로니는 연구를 하고 싶댔는데……."

"맞아. 생물의학 연구지. 언젠가 우리 둘이 사설 기관을 열려고 해." 앨은 팔짱을 끼며 말했다. "이런 얘기는 재미없을 것 같고. 하트는 어디 있어?"

"잠깐만." 엘리가 말했다. "높은 데 잘 올라가?"

"물기둥을 만난 거미처럼." 앨이 위를 보며 말했다. "비가 안 오니까 괜찮아."

"잘됐다." 엘리가 말했다. "하트는 어디 있어, 제이?"

"이쪽이야."

제이는 다리 쪽으로 향했다. 이번에도 손가락을 주머니에 쑤셔 넣고 있었다. 삼총사가 금속 인도를 가로지를 때, 엘리와 제이는 테크노 음악 박자를 맞추며 인도를 굴러댔다. 앨은 발로 그런 소란을 일으키지는 않았으나 모두의 몫을 할 만큼 실컷 수다를 떨었다.

"너희, 볼링 좋아해?" 앨이 물었다. "팀을 꾸려서 지역 토너먼트에 나가고 싶은데."

"좋아하긴 해. 그렇다고 잘하는 건 아니지만. 그래도……." 엘리가 말했다. 어쩌면 볼링공이 거터에 빠지지 않게 막도록 커비를 훈련시킬 수 있을지도 몰랐다. "토너먼트에 상품도 있어?"

"트로피랑 기프트카드를 줘." 앨이 말했다. "작년에는 우승팀 선수 한 명당 주크박스 버거 상품권 50달러어치를 줬어. 괜찮은 상품이지. 주크박스 버거에는 양념 고구마튀김이 있거든. 넌 어때, 제이?"

"볼링팀? 음, 난 별로. 바쁘거든. 치어리더팀 연습을 해야 해." 제이가 다리의 안전 난간에 기대며 머리 위 들보를 가리켰다. "저기 있어. 보여?"

돌풍이 휙 하고 거대한 강철 트러스를 지나쳐오더니, 노을이 입을 맞추고 있는 강에 물결을 일으켰다. 앨과 제이가 자리를 바꾸었다.

"경치 끝내주는데." 앨이 숨을 깊이 들이쉬더니 말했다. "우웩, 방금 건 실수. 이 냄새 나? 썩은 물고기에 하수 냄새, 녹슨 냄새. 난 세상이 이렇게 오염된 게 싫어."

앨은 몸을 떨며 기침을 하더니 강에 침을 뱉었다. 침방울이 핑크 빛이었다. 핏빛이 감도는 색깔. 엘리는 앨의 눈물도 핏빛일지 궁금했다.

"흐르는 물 때문에 그래." 앨이 설명했다. "보면 메스껍더라고. 왜 그런지는 모르겠어. 저주 때문이겠지."

"뭐라고?" 제이는 가슴이 철렁했는지 물었다. "꼭 안 해줘도 돼. 정말이야."

"별것도 아닌데 뭐. 변하기 전에는 늘 아팠어. 소화가 약간 안 되는 정도는 괜찮아." 앨은 검은색 스프레이 페인트 깡통을 달칵, 달칵, 달칵 흔들더니, 생각에 잠긴 채 멋 부린 머리를 갸웃했다. "좋아. 간다."

앨은 들보로 폴짝 뛰어 올라가더니 수평으로 이루어진 그 표면을 기어오르기 시작했다.

"진짜 거미 같다." 엘리가 말했다. "다리 네 개짜리 거미. 그러니까 거미 인간, 스파이더맨이네."

"도마뱀 같기도 하고." 제이가 말했다. "누가 뱀파이어를 쫓는 페인트를 발명했대. 그 페인트를 칠해놓은 곳에는 달라붙지 못한다는 거야. 도둑을 막는 데는 쓸모 있겠지만, 어차피 저주받은 사람은 초대받지 않는 한 다른 사람 집에 못 들어가는 거 아니었어?"

"비슷해." 엘리가 목소리를 낮췄다. "아무 집에나 들어갈 수는 있지만, 환영받지 못하면 저주 때문에 아파져. 그래도 앨이 있을 때는 이런 얘기 하지 말자. 민감한 주제일 수도 있어."

"아, 미안. 난 그냥……."

"X를 그어줄까?" 앨이 소리쳤다. "전 여자친구니까 말이야."

"아니, 지그재그로 해줘." 제이가 말했다. "마치 심장이 찢어진 것처럼!"

"그거 좀 딱한데, 꼬맹아." 앨이 말했다. "진짜 그렇게 해줘?"

"꼬맹아, 라고 부르는 것 좀 그만둘래?" 제이가 말했다. "형은 나보다 세 살밖에 안 많아."

"습관이란 게 무서워서." 앨은 분사형 페인트로 쉭 소리를 내며 하트를 가로지르는 번개를 그렸다. "내가 여동생들을 그렇게 부르거든."

"난 아직 형의 동생이…… 무슨 뜻이야?" 제이가 소리쳤다. "엘리, 네가 물어봐."

"알았어, 알았어." 엘리가 말했다. "앨, 로니랑은 얼마나 진지한 사이야?"

"그거 재미있는 질문인데." 앨이 말했다. "안 그래도 보여줄 생각이었거든."

앨은 기어오르기 시작했다. 1분도 안 걸려서, 그는 헤로토닉 철교에서 가장 높은 들보에 이르러 있었다. 강에서 20미터도 더 위에 있는 위쪽 구조물은 그림을 그릴 수 있는 가장 눈에 띄고 위험한 캔버스였다.

"저거 지금 뭐하는 거야?" 제이가 물었다.

"뭘 그리나 본데? 쓰는 건가? 잘 안 보여." 엘리가 난간 바깥으로 몸을 쭉 내밀었다. 이 시점에서는 들보는커녕 앨도 거의 보이지 않았다. "확실히 뭘 쓰고 있어. 손 좀 잡아줘. 떨어지긴 싫으니까."

엘리는 제이를 닻으로 써서 메시지가 보이는 곳까지 몸을 내밀 수 있었다. 엘리가 그 글자를 읽었다. "로, 니, 나…… 로니, 나…… 랑. '랑'이네! 로니, 나랑……."

"나랑 뭐?" 제이가 물었다. "뭔데? '결'이라고 쓰고 있어?"

"응. 확실히 '결'이야. 그 뒤는 '혼'이고. 와, 그라피티로 너희 누나한테 청혼하다니 믿어지지 않는다. 로니의 취향에 따라서 아주 사랑스러운 일이거나 끔찍한 일이겠는데."

"부모님이 난리 날 거야! 진짜로! 로니 학비도 끊으실 거라고! 막아야 해!"

제이는 엘리가 다리로 다시 돌아오도록 도와주더니, 엘리가 안전해지자마자 가장 낮은 들보로 올라가 자벌레처럼 기어오르기 시작했다. 제이의 두 손과 무릎에 쓸려 녹가루가 떨어졌다. 평범한 인간들에게는 불행한 일이지만, 트러스는 X자 형태였다. 처음 절반을 올라가기는 쉬워도 교차하는 부분을 끝까지 올라가는 건 스키니진을 입고서는 하면 안 될 짓이었다.

"그만해." 엘리가 말했다. "제이, 진심이야. 그러다 떨어져! 이카로스 얘기 못 들어봤어?"

"평균대보다 넓은걸. 괜찮을 거야!"

불행히도 평균대는 가파른 데다 녹이 슬어 있지 않았다. 제이의 하반신이 산화철을 안개처럼 흩뿌리며 미끄러졌다. 제이는 강 위에 대롱대롱 매달렸다. 그의 두 발이 엘리의 머리 위 3미터 지점에 있었다.

"젠장!" 엘리가 말했다. "매달려 있어! 앨, 조금만 도와줄래?"

앨이 뭐라고 소리쳤지만, 엘리는 그 말을 듣지 못했다. 제이가 미끄러지고 있었고, 엘리가 그를 잡아야 했는데…….

엘리는 난간 너머로 몸을 내밀어 제이를 잡으려다가 추락하고 말았다. 커비를 부를 시간은 없었다. 비명을 지르기에도 빠듯한 시간이었으니까! 강이 얼굴 아래 10미터 지점에 있었다. 5미터. 3미터. 엘리의 세상은 엄청난 거품을 일으키며 차갑고 어두운 곳으로 변했다. 물이 콧구멍을 채우자 코가 타는 듯이 아려왔다. 엘리는 수면으로 떠오르려고 발버둥 쳤다. 물을 잔뜩 머금은 청바지의 무게를 떨쳐내려고 애썼다.

데님 천은 액체를 흡수하자 납덩이처럼 무거워졌다. 엘리는 벌레에게 다리를 물리지 않으려고 긴 바지를 입고 다녔지만, 지금은 그 천 때문에 물에 빠져 죽을 판이었다.

엘리의 머리가 수면으로 불쑥 솟아올랐다. 엘리는 강 아래쪽으로 흘러가는 물살에 철교 아래로 끌려가면서, 천천히 깊게 숨을 들이쉬어 몸이 물에 뜰 수 있도록 공기로 폐를 가득 채웠다. 물은 시원했지만 차갑지는 않았다. 떨어지고도 살아남았으니 쉽게 빠져나갈 수 있을 터였다. 엘리가 철교 그림자를 지났을 때쯤 첨벙 소리가 났다. 몇 초 뒤, 제이가 기침을 하며 수면에서 깐닥댔다.

"너 괜찮아?" 엘리가 소리쳤다. 아니, 소리쳐야만 했다. 물 때문에 귀가 먹먹했다.

"응! 강가로 헤엄쳐! 대각선으로!" 제이가 물을 뱉어냈다. "떠 있기 힘드네! 바지가 너무 무거워!"

"나도!"

"이런 식으로!" 제이는 힘차게 평영을 하며 앞으로 나아갔다.

엘리도 제이를 따라 하려 했지만, 코에 들어온 물이 고춧가루처럼 따가웠다. 엘리는 아파하며 코를 풀고, 하던 대로 다시 개헤엄을 쳤다. 커비가 옆에서 떠가며 물에 아무 흔적도 남기지 않고 움직였다. 커비의 몸은 아스팔트가 뜨거워졌을 때처럼 아른거렸다.

"요 녀석, 재미있어?" 엘리가 물었다.

최소한 커비는 침착해 보였다. 그 말은 헤로토닉 강에서 가장 위험한 존재가 PCB와 메기라는 뜻일 것이다. 그러나 쿠네타이의 괴물이 팔대조를 공격했을 때도 그런 일이 일어날 거라는 생각은 아무도 못 했다. 팔대조의 개들을 포함해서 말이다.

엘리는 가슴에 두려움이 차오르는 것을 느꼈다. 그 괴물에게 친구가 있었다면? 인간의 얼굴과 복수에 불타는 마음을 가진, 독 비늘과 가시 꼬리가 달린 괴물이 또 있다면? 인간이 여러 세대를 거치는 동안 팔대조의 적들이 계속해서 원한을 품는 건 지금이 처음이 아니었다. 게다가 엘리는 강 한가운데에서, 질척거리는 청바지가 당기는 힘에 맞서 싸우고 있었다.

팔대조는 쿠네타이에서 괴물을 만났을 때 어떻게 살아남았던가?

팔대조는 남부 리판족 마을에 도착한 다음, 두 가지를 요구했다. 들소를 잡을 수 있을 만큼 커다란 그물과 자기 꿈에 나왔던 실종된 소년의 소지품이었다. 열두 명의 여인이 즉시 그물을 짜기 시작했고, 소년의 부모가 소년이 신던 무릎까지 오는 장화를 한 켤레 내놓았다.

"강둑에 버려져 있었어요." 소년의 아버지가 말했다. "마치……."

팔대조가 말했다. "아스테요, 셸라."

그러더니 팔대조는 개들에게 소년의 냄새를 쫓으라고 했다. 개들의 초자연적인 후각도 강물 때문에 혼란을 겪었다. 여자들이 그물을 짜는 사흘 동안 팔대조는 쿠네타이를 위아래로 훑으며 시신이나 괴물의 흔적을 찾았다.

넷째 날에, 팔대조의 개들은 강가에서 머리끈을 발견했다. 머리끈은 진흙이 잔뜩 묻은 채 말라가는 진창에 반쯤 파묻혀 있었다. 길고 검은 머리카락이 끈에 꼬여 있었다. 팔대조는 그 끈을 가방 깊숙이 집어넣고 자신을 초대한 사람들에게로 돌아갔다.

"그물은 다 짰어요." 여인들이 말했다. "혹시 다른 게 또 필요하신가요?"

"신선한 고기요." 팔대조가 말했다. "괴물을 꾀일 미끼입니다. 세초오니이(리판 아파치어로 모두들, 여러분이라는 뜻-옮긴이), 사라진 소년이 머리를 뒤로 묶고 다녔나요?"

그 시절에는 대부분의 사람이 머리를 길게 길러 풀어헤치고 다녔다.

"수영할 때만요." 한 여자가 말했다. "강이 아니라 호수에서 헤엄쳤어요. 우리 애들은 절대 강에서 놀지 않아요. 조심성을 가르치거든요!"

"알았어요." 팔대조가 말했다. "그럼, 아이가 장화를 벗고 머리를 뒤로 묶었다면……."

"묶었다면요?"

"자기 의지에 따라 물에 들어간 게 틀림없어요."

여인들은 항의했다. "왜 그런 짓을 하겠어요?"

"모르죠." 팔대조가 말했다. "아직은요. 그물 고마워요. 하아우(리 판 아파치어로 작별 인사를 뜻한다-옮긴이). 지금은 가서 뭘 좀 먹어야 겠어요."

다음 날 아침, 팔대조는 강이 휘어진 외진 곳으로 돌아왔다. 머리 끈을 찾은 곳이었다. 한 사냥꾼이 팔대조에게 죽인 지 얼마 안 된 수 사슴을 주었다. 팔대조는 사슴에게 희생해주어 고맙다고 인사한 다 음, 그 묵직한 몸을 강가에 내려놓았다. 사슴의 뒷다리가 물속에 둥 둥 뜰 정도로 가깝게 말이다. 노간주나무 덤불이 근처에서 자라고 있 었다. 팔대조는 그 덤불 밑에 앉아 기다렸다. 개들과 놀며 시간을 보 내고, 헝겊 조각과 가죽으로 개들에게 줄 장난감을 만들었다. 팔대 조는 말린 메스키트 씨앗 깍지가 배 속에 들어 있어서 잘각잘각 소 리가 나는, 미소 짓는 인형 한 꾸러미를 늘 가지고 다녔다. 개들은 지 칠 줄 모르고 그 인형을 물어오는 놀이를 했다. 팔대조는 자기도 그 렇게 쉽게 재미를 느낄 수 있으면 좋겠다고 생각했다.

그녀는 기다렸다.

계속 기다렸다.

밤이 내릴 때까지. 피로로 눈이 화끈거릴 때까지. 잠이 들 때까지.

비명에 눈이 뜨일 때까지.

잠시 방향감각을 잃은 팔대조는 개들을 소리쳐 불렀다. 개들은 어리둥절할 뿐 방어적이지는 않은 태도로 낑낑댔다. 팔대조는 조심 스럽게 노간주나무와 강 사이에 있는 덤불을 헤치고 나아갔다. 전갈 과 뱀이 그늘에 숨어 있기 때문이었다. 사슴은 풀밭에 눌린 자국만 남긴 채 사라지고 없었다.

"도와주세요, 아주머니!" 누군가가 외쳤다. "날 놔주지 않아요!"

팔대조가 달빛을 받아 빛나는 쿠네타이의 수면을, 그 은빛 물결을 보니 실종된 소년이 보였다. 소년이 고개를 뒤로 젖히고 둥둥 떠 있는 것처럼 그의 얼굴이 수면에서 깐닥거렸다.

"제발요!" 소년이 다시 말했다.

소년의 벌린 입으로 물이 흘러넘쳤다. 소년은 꾸르륵대는 소리를 내며 물속으로 들어갔다.

"얘야!" 팔대조가 소리쳤다. "밧줄을 던질게!"

팔대조는 개 썰매에서 밧줄을 풀고, 그 줄을 던질 만한 자리를 찾았다. 강에서는 아무 움직임도 보이지 않았다. 소년이 의식을 잃은 걸까? 애초에 그 소년에게 어떻게 의식이 있을 수 있을까? 이따금 죽은 사람들이 돌아오긴 했지만, 그러려면 시신 상태가 좋아야 했다. 부패가 시작되기 전에 폐에 마지막 숨결을 돌려놓을 수 없으면 아무 희망이 없었다.

팔대조는 강둑에서 망설였다. 소년은 왜 장화를 벗고 머리카락을 묶은 다음, 죽을 자리로 헤엄쳐갔을까?

"그렇게 피해자들을 강으로 유인하는 거냐?" 팔대조가 소리쳤다. "난 네 정체를 안다. 넌 인간이 아니야! 그 용감한 아이는 마지막 순간을 내 꿈속에서 보냈다. 너에 대해서 말해주었다, 짐승아. 사슴은 맛있게 먹었길 바란다."

수면이 물결치더니, 순식간에 괴물이 뛰어올랐다. 놈은 공중으로 불쑥 솟아올랐다. 온통 붉은 비늘과 검은 가시로 뒤덮인 놈이었다. 몸길이가 3미터를 넘었고, 얼굴이 두 개인 물고기였다. 첫 번째 얼굴은 커다란 동갈치처럼 생겼다. 대충 인간의 형태를 띠고 있으며 찰흙처럼 빚어 만들 수 있을 것 같은 두 번째 얼굴은 가면처럼 놈의 정수리에서 솟아나 있었다. 괴물이 뛰어오르자 두 얼굴이 모두 웃으며, 귀에 거슬리는 날카로운 비명으로 공기를 가득 채웠다.

"이 강은 길다." 괴물은 물로 첨벙 뛰어들더니 멀리 헤엄쳐가며 말했다. "다시는 날 볼 수 없을 거야."

팔대조의 개들은 그때에야 위험을 알아차리고 울부짖기 시작했다.

팔대조는 한 손을 들고 명령했다. "조용히 해! 쫓아갈 필요 없어."

팔대조는 노간주나무들이 있는 곳으로 돌아가 새벽까지 기다렸다. 그런 다음, 짜인 그물을 가지고 강을 따라 내려가기 시작했다. 팔대조는 하루 종일 걸은 끝에 놈을 보았다. 거대한 붉은색 몸체가 수면에 둥둥 떠 있었다. 죽은 채였다. 팔대조는 그물을 던지고, 놈을 쿠네타이에서 건져 올렸다. 팔대조는 대단히 주의를 기울여가며 놈을 사막 한가운데로 끌고 가 땅을 파헤치는 오소리조차 닿지 못할 깊은 곳에 묻었다.

팔대조는 사슴의 속을 독이 있는 약초로 채워두었다. 괴물은 자기 독을 맛보고 죽었다. 하지만 놈은 괴물이었고, 인간보다 죽이기 어려웠다. 팔대조가 놈을 강가에 묻으면 홍수가 났을 때 괴물이 다시 쿠네타이로 끌려 들어갈 수 있었다.

엘리는 팔대조를 생각하다가, 헤로토닉에서 깐닥거리는 제이의 얼굴을 보며 괴물의 뼈가 아직도 누군가 파헤쳐주기만을 기다리고 있을지 궁금해졌다.

근처 강둑에 서 있던 앨이 소리쳤다. "야! 너희 둘! 나뭇가지를 잡아!"

그는 땅에서 어린나무를 뽑아 들고 물에 드리우고 있었다. 제이와 엘리는 가는 나뭇가지들이 잔뜩 돋아난 그 나무 쪽으로 쏠려갔다. 둘은 각자 나뭇가지를 잡고, 앨이 강가로 끌어 올려주도록 가만히 있었다.

"고마워." 엘리가 말했다.

얕은 곳에 이르자 다리가 강바닥에 긁히며 탁한 진흙 구름을 일으켰다. 엘리는 끙 소리를 내며 자갈과 풀이 있는 곳으로 기어올라 제이 옆에 앉았다.

"이제 초능력이 생기거나 배가 아플 거야." 엘리가 쉰 목소리로 말했다. "우웩."

"너희 둘, 무슨 일이야?" 앨이 말했다. "인공호흡 필요한 사람? 911을 불러야 한다든지?"

"우린 괜찮아." 제이가 말했다. "괜찮은가?"

"응." 엘리가 말했다. "이제 물 밖으로 나왔잖아. 그래도 수건이 있으면 좋겠어. 거위 똥이랑 죽은 물고기 맛이 안 나는 마실 것도 한 병 있었으면 좋겠고."

엘리는 헤로토닉 강을 자세히 살펴보았다. 수면이 잔잔해서 안전해 보였다. 엘리는 그 점이, 뻔히 보이는 곳에 숨겨져 있는 위험이 가장 두려웠다.

"길을 따라가다 보면 주유소가 하나 있어." 앨이 말했다. "여기 있어. 5분 뒤에 돌아올게."

앨이 떠나자마자 엘리는 질척거리는 청바지에서 핸드폰을 억지로 꺼냈다. 걱정했던 대로 물 때문에 핸드폰이 망가졌다.

"죽음의 검은 화면이네."

"아, 이런. 내 건 방수가 되지만……." 제이는 재킷 주머니를 두드려보았다. "물속에 있어."

엘리는 몸을 움츠리며 발가락을 꼼지락거렸다. 양말이 꿀쩍거렸다. "밝은 면을 보자면, 이젠 얼굴 두 개 달린 물고기도 우리처럼 핸드폰으로 피자를 주문할 수 있게 됐네."

"뭐라고?"

엘리가 고개를 저었다. "그냥…… 그냥 옛날얘기야."

"엘리?" 제이가 이름을 불렀다.

"응?"

"진짜 미안해."

"뭐가?"

"넌 도와주려 한 건데 이런 일이 벌어졌잖아. 핸드폰은 내가 바꿔줄게."

"고맙지만, 괜찮아. 집에 예비용 폰이 있거든. 핸드폰 회사에서 원플러스 원 행사를 해서. 부모님이 나한테 두 개 다 가지라고 했어. 아빠는 80년쯤 된 플립 핸드폰을 바꾸지 않겠다고 하시고, 엄마는 늘 최신형만 쓰시거든."

엘리는 문득 추락하던 때를 떠올렸다. 그 일이 얼마나 빨리 일어났는지에 대해서. 그런 일을 계획한 적이 전혀 없다는 점에 대해서. 다리에서 장난을 치다가 물에 빠져 죽을 수도 있었다는 점에 대해서.

"내가 하울링 사건 얘기해줬던가?" 엘리가 물었다. "6학년 때 일어났던 사건 말이야."

"커비가 너희 반을 박살 냈댔지?"

"그런 셈이야." 엘리가 말했다. "커비 때문에 다들 코피가 났어. 너랑 나랑 같은 반이 아니었으니 망정이지."

"난 같은 반이었으면 좋았을 것 같은데! 재미있었을 거야."

"안 겪어봐서 하는 소리야, 제이. 넌 모른다니까!" 엘리가 손가락을 좌우로 움직였다. "아무튼, 내가 정학당한 채로 돌아오니까 엄마가 이카로스의 죽음에 관한 얘기를 해줬어. 아주 오래된 그리스 이야기야. 이카로스한테는 다이달로스라는 발명가 아버지가 있었는데, 다이달로스가 밀랍과 깃털로 실제 작동하는 날개를 만들었대. 당시로서는 인상적인 기술이었지. 다이달로스는 이카로스한테 '너무 높게도, 너무 낮게도 날지 말아라'라고 경고했어. 뻔한 얘기지만 이카로스는 듣지 않았대. 태양과 너무 가까운 곳까지 날아가는 바람에 날개가 녹아서, 지중해로 곤두박질쳤다가……."

"아아, 맞네. 나도 그 얘기 알아." 제이가 끼어들었다. "매년 고대 그리스 이야기를 배우잖아."

"나도 네가 알 거라고 생각하긴 했어. 근데 네가 얼굴 두 개 달린 물고기 농담을 못 알아듣길래 혹시나 해서."

"그 얘기가 유령이랑 어떻게 연결되는 건데? 뒷이야기가 있어?"

"이카로스 시리즈는 뒷얘기가 없어. 이카로스는 지금도 계속 죽어 있거든."

"저런."

"엄마가 그러셨어. '이카로스처럼 굴지 말아라, 엘리. 신중함은 우리의 친구란다.' 나는 그 당시에 철이 덜 들어서 '위험을 무릅쓸 줄도 알아야 하는 거 아니에요?'라고 물어봤어."

"좋은 질문인데." 제이가 말했다. "전혀 철없지 않아."

"엄마는 내가…… 엄마 말대로라면, *고집스럽게 군다고* 생각하셨어. 아마 엄마 말이 맞을 거야. 그때 내가 막 정학을 당한 상태였으니까. 아무튼 그게 중요한 게 아니고. 내가 하려던 말은, 이번 여름에 사촌의 살인 사건을 조사하려면 현명한 위험과 현명하지 않은 위험 사이에서 아슬아슬하게 줄타기를 하게 될 거라는 얘기야. 깃털이 떨어지기 시작할 때까지는 너무 높이 날아오른 건지 알기가 어렵잖아."

"걱정하지 마. 다 괜찮을 거야." 제이가 말했다. "우린 이카로스랑 달라."

"……라고, 방금 깊은 물로 추락한 분이 말씀하셨습니다."

"깊은 물로 추락했다가 *살아남은* 분이죠."

별들이 쑥스러운 듯 하나씩 나타났다. 땅거미가 짙어지자 제이가 손을 내밀었다.

"내가 방금 뭘 알아냈게?" 제이가 말했다.

흰 구슬 크기의 둥근 빛이 깜빡이며 나타나 제이의 손바닥 위에 떠 있었다. 처음에 엘리는 그걸 반딧불로 착각했다.

"마법이야?" 엘리가 물었다.

불빛은 점점 희미해지며 깜빡였다.

"응." 제이의 목소리는 긴장된 것처럼 들렸다. "도깨비불이야. 너희 가족의 비밀이 훨씬 더 강력하지."

"하지만 내 비밀은 마법이 아닌걸. 어떻게 한 거야?"

"난 오베론 공(중세 전설에 나오는 요정의 왕-옮긴이)의 후손이야."

제이가 손을 내리자 빛의 구체도 그 손을 따라갔다. 꼭 보이지 않는 막대로 제이와 연결된 것 같았다.

"진심이구나!" 엘리는 무릎을 탁 치며 말했다.

질척거리는 척 소리가 났다. 오베론의 혈통에는 보통 이상으로 강력한 마법의 재능이 깃들어 있는 것으로 알려져 있었다. 이세계의 수많은 기이한 현상과 마찬가지로, 그런 경향이 나타나는 이유는 알려지지 않았지만 말이다.

"전에도 네가 그 얘기를 한 적이 있지만, 미안……. 난, 어, '페이 왕족의 후손'이라는 대사는 그냥 사람들이 친구한테 잘 보이려고 하는 말인 줄 알았어. 다들 자기 고조할머니가 체로키족 공주라고 하는 것처럼 말이야."

"공정하게 말하면, 오베론한테는 후손이 *엄청나게* 많아." 불빛이 깜빡이다 꺼지자 제이가 손을 내렸다. "하지만 좀 지나면 우리 유전자에서 모든 마법이 희석되나 봐. 아마 우리 혈통에서 빛을 만들 수 있는 사람은 내가 마지막일 거야."

"커비는 다행이네, 우리 집안 비밀은 유전되는 게 아니라 지식이라서." 엘리가 말했다.

"예전부터 물어보고 싶었는데, 죽은 자를 깨우는 방법을 아무한테나 가르칠 수 있는 거야? 나한테도?"

"이론적으로는."

"와."

"보통 비밀은 적당한 나이가 됐을 때 집안의 맏딸에게 전수돼. 열두 살, 열세 살쯤에."

"왜?" 제이가 물었다. "왜 더 많은 사람한테 가르치지 않는 거야?"

"위험하니까. 하지만…… 알맞은 사람의 손에만 들어가면, 이 비밀은 세상을 바꿀 수 있어. 그래서 잊으면 안 되는 거야." 산들바람에 얼굴이 마르자 엘리가 말했다. "우리 팔대조 할머니가 살인자들로 이루어진 침략군을 묵사발 낸 적이 있어. 그때 열두 살이었대."

"그게 어떻게 가능해?"

"팔대조가 죽은 들소 1,000마리를 불러냈거든. 팔대조의 유령 개들이 그 들소들을 악당들의 군대로 곧장 몰아갔고, 끝장나게 밟아 놨대." 엘리가 손뼉을 치며 말했다. "궁지에서 빠져나온 거지. 난 열두 살 때 뭐했게?"

"귀 뚫었나?"

"아니, 어린애들로 가득한 교실을 엉망진창으로 만들고 정학을 당했어. 지금은 그때의 피해자들이 핼러윈마다 우리 집에 찾아온다니까. 팔대조는 날 한심하다고 생각할 거야."

"야, 그런 말 하지 마. 우리 할머니는 내가 신발 끈 묶는 방법을 배웠다고 쿠키를 줬어. 내가 하고 싶은 말은…… 할머니들은 쉽게 감명받는다는 거야. 팔대조는 네가 최고라고 생각하실걸."

"그렇게 생각하니까 좀 낫네."

엘리는 생각에 잠겨 다리를 바라보았다. 검은 잉크가 그림자에 섞여들긴 했지만, 앨의 그라피티는 아직도 보였다.

"하." 엘리가 말했다. "진짜 헤로토닉 철교에 '로니, 나랑 결혼해줄래?'라고 쓰다니. 이 도시에 다른 로니가 없었으면 좋겠는걸."

"난 어쩌지?" 제이가 물었다.

"그냥 놔둬. 우리의 그라피티 시대는 막을 내린 거야."

"이하 동문입니다. 인도로 올라가자." 제이가 말했다. "모기가 꼬이네."

"불 좀 켜주세요, 아기 오베론님."

도깨비불이 둘 사이의 허공에서 반짝였다. 간당간당하기는 했지만, 도깨비불은 운모로 반짝이는 돌멩이나 빈 맥주캔을 밟지 않고 강둑을 올라갈 수 있을 만큼 밝았다. 둘은 함께 고지로 올라가 앨이 수건을 가지고 돌아오기를 기다렸다. 엘리와 제이가 별을 바라보는 동안 커비는 도깨비불을 잡으려 했다. 도깨비불은 커비의 유령 입을 미끄러지듯 빠져나갔다.

엘리가 집에 돌아왔을 때는 아빠가 현관에서 어슬렁거리고 있었다.

"전화는 왜 안 받았니?" 아빠가 물었다. "밤새 걸었는데!"

"핸드폰이 망가졌어요."

"꼴 좀 봐라. 진흙 범벅이네."

아빠는 엘리를 주방으로 데려가, 손수건에 따뜻한 물을 적셔 엘리의 얼굴에 묻어 있던 진흙을 닦아냈다. 조명이 잘 들어오는 방에서 보니 스트레스 때문에 깊이 새겨진 아빠 이마의 주름이 보였다.

"죄송해요, 아빠. 사연이 길어요. 제이랑 저랑⋯⋯."

"뻔하네, 그 녀석이 관계되어 있을 줄 알았다."

"아니, 저희라고 강에 빠질 생각은 아니었어요. 사고였다고요."

"강이라고, 엘랏소에?" 아빠는 수건을 빈 싱크대에 던져놓고는, 눈을 부릅뜨고 식식거리며 주방을 나섰다.

"설명할 수 있어요! 아빠, 아빠도 아시잖아요. 사고가 일어날 때도 있는 거죠."

엘리는 아빠를 따라 거실로 갔다. 더 정확히 말하면, 그곳은 거실 겸 도서관이었다. 모든 벽에 책장이 늘어서 있었으니 말이다. 한 책장에는 비문학 도서가 들어 있었는데, 대부분 의학과 관련된 참고서적이나 원주민 위인전이었다. 또 한 책장은 엄마가 가장 좋아하는 장르인 페이퍼백 판타지 소설로 가득했다. 또 다른 책장은 아빠가 좋아하는 범인 맞히기와 범죄 소설로 채워져 있었다. 가장 큰 네 번째 책장에는 엘리가 모은 만화책이 대부분 들어 있었다. 엘리는 인디 출판물이나 자비 출판 시리즈를 좋아했다. 엘리한테는 그런 책이 대부분의 인기 있는 슈퍼히어로물보다 더 이입하기 좋았다.

"사고로 죽을 수도 있다." 아빠가 말했다.

"사촌 얘기를 하시는 거예요?" 엘리가 물었다. "사촌은 살해당했어요. 전 아빠가 제 말을 믿는 줄 알았는데요!"

"나는 네가, 강에 빠진 얘기를 하는 거야, 엘리."

아빠가 책장에서 만화책을 한 권 꺼냈다. 표지에 펄럭이는 빨간 망토를 두른, 갈색 피부의 여자가 그려져 있었다.

『주피터 점퍼』 3권, 특별판.

"이건 대리만족을 위한 작품이야." 아빠가 말했다. "알겠니? 건강한 삶을 살아가는 방법을 안내하는 책이 아니란 말이다."

"알아요."

"하는 짓만 보면 모르는 것 같은데."

"제가 망토라도 두르고 있나요?"

"넌 외출 금지다."

"내일모레 묘지에 간다면서요."

"장례식 끝난 다음에 외출 금지야! 가서 샤워나 해라. 헤로토닉 강은 방사능으로 오염됐을 수도 있어."

엘리는 대들 뻔했다. 아빠는 무슨 일이 일어났는지 몰랐다. 엘리는 위험을 무릅쓰려던 게 아니었다. 그저 제이를 도와주려던 것뿐이었다. 제이한테는 분명 도움이 필요했고.

하지만 모든 면을 생각해볼 때, 책임감에 대해 말싸움을 하는 건 아빠에게든 엘리에게든 전혀 필요하지 않은 일이었다.

"알았어요. 독성 폐기물 때문에 초능력 악당이 되기 전에 이 더러운 것들을 씻어낼게요."

엘리는 질척거리는 신발을 벗고 계단으로 향했다.

"엘리?" 아빠가 불렀다.

엘리는 첫 번째 계단에서 잠시 멈추어 뒤를 돌아보았다. "네?"

"우린 네 사촌의 마지막 소원을 기릴 거다." 아빠가 말했다. "함께, 가족으로서."

"가족으로서요." 엘리도 같은 생각이었다.

$$\approx\!\!\!\!\approx\ \ 6\ \ \approx\!\!\!\!\approx$$

텍사스는? 크다. 어떤 텍사스 사람들은 텍사스가 미국에서 가장 큰 주라고 우긴다. 그건 사실이 아니지만, 거의 비슷하다. 텍사캐나에서 매캘런까지 차로 이동하려면 열네 시간이 걸린다. 메인에서 코네티컷까지, 그러니까 뉴잉글랜드주를 통째로 가로지르는 자동차 여행을 하는 것보다 시간이 덜 걸릴 수도 있다. 그렇긴 하지만, 엘리는 창밖으로 세상이 흘러가는 모습을 지켜보는 게 즐거웠다. 엘리는 농장 동물들과 옥수숫대가 자라는 초원 한가운데의 커다랗고 울퉁불퉁한 나무들을 바라보았다. 남부의 들꽃으로 이루어진 무지개가 길가를 따라 드리워져 있었다.

아빠가 장거리 운전 때 즐겨 듣는 음악(1980년대 록)을 듣는 동안 엘리는 트레버에 관한 기억을 찬찬히 떠올렸다. 트레버가 잔인한 죽음을 맞게 되리라는 단서나 경고는 전혀 없었다. 인생이 책이라면,

트레버의 인생 마지막 장은 너무 빠르게 다가왔으며 장르도 달랐다.

세 살 때, 엘리는 트레버가 나이도 많고 현명하다고 생각했다. 트레버는 막 급격한 성장기를 지난 터라 엘리의 부모님보다 키가 컸다. 트레버는 엘리를 들어 올려 빙빙 돌리곤 했다. 너무 빠르게 돈 적은 없었지만, 엘리는 나는 기분이 들었다.

엘리가 글을 읽고 타자 치는 방법을 배운 이후로 트레버는 엘리에게 자기가 가장 좋아하는 MMORPG 취미를 붙여주려 했지만, 엘리는 그냥 트레버의 만화책을 읽는 것이 좋았다. 트레버에게는 만화책이 정말 많았다. 어떻게 그 많은 만화책을 살 수 있었을까? 트레버는 고등학교 학생은 열여섯 살이 되면 아르바이트를 할 수 있다고 설명해주었다.

"어린이 과외를 할 때도 있어." 트레버가 말했다. "혹시 수학이 어려우면, 그게 내가 가장 잘하는 과목이니까 도와줄게."

"고마워. 근데 학교에서는 잘하고 있어." 엘리가 말했다. "이거 빌려도 돼?"

엘리는 트레버의 울퉁불퉁한 빈백 의자 옆에 쌓여 있던 『모스맨 형사』 만화책 더미를 가리켰다.

"엄마한테 물어봐." 트레버가 말했다. "진짜 잔인하거든."

부모님은 둘 다 안 된다고 했다. 대신, 엘리는 『주피터 점퍼』 한 권을 빌렸다.

이후로도 열네 살짜리 엘리는 텍사스 남부로 트레버를 만나러 다니며 『주피터 점퍼』 시리즈를 100권 정도 읽었다. 트레버가 쿠네타이, 그러니까 리오그란데로 이사해 초등학교 선생님이자 아빠가 된 이후로는 그를 만나지 못했다. 그러다가 다시 트레버를 만났을 때 엘리는 그와 악수를 하려고 했다. 트레버는 웃음을 터뜨렸고, 엘리는 긴장이 다 풀렸다. 트레버는 엘리를 새로 맞이한 아내인 레노어라는 여자에게 소개해주었다. 레노어는 6주에 한 번은 손질해주어야 하는, 길게 한 줄 염색이 되어 있고 층이 진 헤어스타일을 하고 있었으며 치자나무 향을 풍겼다. 레노어가 엘리를 끌어안았을 때 겨우 느껴졌을 만큼 은은한 향수였다.

트레버와 레노어는 학기 중에 둘 다 교사로 일했으므로 봄에 빠르게 제대로 된 법적 결혼식을 올리고, 가족을 초대하는 결혼식과 신혼여행은 여름방학 때 치르기로 했다.

"어디로 가요?" 엘리가 물었다.

"일단은 과달라하라에 있는 우리 증조할아버지 내외분을 만나러 갈 거야." 레노어가 말했다. "두 분은 결혼식을 보러 여기까지 비행기를 타고 오실 수 없거든."

"좋아하시겠다." 엘리가 말했다. "그다음에는 어디로 가는데요?"

"대서양을 건널 생각이야. 영국, 프랑스, 스페인으로." 레노어는 손가락으로 나라를 하나하나 헤아리며 말했다.

프렌치팁(분홍색 매니큐어를 칠하고, 맨 윗부분에 흰색을 덧바르는 방식의 네일아트─옮긴이)으로 칠한 기다란 손톱이 눈에 띄었다.

트레버가 말했다. "아파치의 반격이지!"

"여행할 때는 그 농담 하지 마." 레노어가 말했다. "못 알아듣는 사람도 있어."

"그래도 넌 재미있다고 생각하지?"

"아니! 거기다 사실도 아니잖아."

가족에게 전해져오는 지식(소문 포함)을 모두 저장해둔 도서관과 같은 존재인 엘리의 엄마 말에 따르면, 그건 트레버와 레노어가 자주 입씨름을 벌이는 주제였다. 스페인 사람과 알 수 없는 혈통의 혼혈인 레노어는 원주민이 아니었지만, 트레버는 결혼으로 이런 상태를 바꿀 수 있다고 생각했다. 어쨌거나 둘의 자식들은 리판족이 될 테고, 소속감에서 가장 중요한 건 문화이니까 말이다. 트레버는 늘 그렇게 말했다. 하지만 레노어에게는 자기 나름의 문화와 경험이 있었다. 이건 프리사이즈 해답이 없는, 복잡하고 대단히 개인적인 정체성 문제 중 하나였고 엘리는 오랜 말싸움이 되풀이되는 걸 별로 보고 싶지 않았다. 엘리는 화제를 돌리느라 커비가 아는 모든 재주를 보여주었다. 나타나. 사라져. 이리 와. 앉아, 가만히, 굴러, 죽었지만 죽은 척해. 찾아와. 잘 들어. 물건을 공중에 띄워.

"우리 엄마네 강아지 폼보다 *훨씬* 똑똑하다!" 레노어가 아른거리는 공기를 어루만지려 하며 말했다.

커비는 레노어의 칭찬을 즐기면서 그녀의 손에 몸을 기댔다.

"언젠가 내가 둘이 낳은 첫째 아이한테 죽은 자를 깨우는 방법을 알려줄게요." 엘리가 말했다. "난 아이를 낳을 생각이 없거든요."

"아냐, 아냐, 아냐." 레노어가 말했다. "내가 낳을 가상의 아기들은 유령에 관한 비밀을 배우지 않을 생각이야. 죽음은 자연스러운 종착점이니까."

엘리도 커비를 쓰다듬었다. 이상한 감촉이었다. 꼭 같은 극의 자석 두 개를 서로 밀어대는 것만 같았다. 손에 저항감이 느껴지긴 했지만, 아주 미미했다. 따뜻하고 부드러운 털과는 전혀 달랐다.

"엄마도 나한테 가르쳐줄 때 그렇게 느끼셨대요." 엘리가 말했다. "지금도 무서워하시고요. 하지만 우린 사람은 절대 깨우지 않아요. 동물만 깨우죠."

"죽음은 죽음이야. 불쾌해하지는 마, 커비. 너는 완벽해, 페리토 (강아지라는 뜻의 스페인어-옮긴이)."

엘리는 그 이상 레노어를 설득하려 하지 않았다. 엘리가 간섭할 문제는 아니었다.

다음 날, 엘리와 트레버는 성스러운 산 근처의 국립 공원으로 하이킹을 떠났다. 처음에는 다른 사람을 몇 명 마주쳤다. 기분 좋은 봄날이었다. 햇빛이 화창하고, 딱 신선한 느낌이 들 정도로만 산들바람이 불어왔다. 조깅이나 산책을 하기에 완벽한 날씨였다. 하지만 산길은 수도 없이 여러 갈래로 갈라졌고, 그중에는 사람들이 덜 다니는 길도 있었다. 엘리는 가장 풀이 우거진 길을 골랐다. 엘리와 트레버는 휘파람새, 물총새, 개똥지빠귀 등 희귀한 새들을 찾고 있었다. 빨간색, 초록색, 노란색으로 이루어진 보석 같은 깃털들을. 그런 동물은 사람이 많이 다니는 곳을 피했다.

"매일 여기를 걸었으면 좋겠다." 트레버가 조용히 말했다. 새들을 놀라게 하지 않으려는 것이다.

"왜 안 걷는데?" 엘리가 물었다.

"시간이 없어, 사촌. 여름에는 무덥기도 하고. 은퇴하고 나면 해봐야지."

"그게 언젠데?"

"운이 좋으면, 50년 뒤일 거야."

트레버는 문득 멈춰 서서 발치를 보았다. 비좁고 풀이 우거져 있던 산길이 더욱 희미해졌다. 이 길이 공원 산책로이긴 한 걸까? 어쩌면 둘은 엉뚱한 길로 접어들어, 사슴이 다니는 길을 따라온 걸지도 몰랐다. 트레버는 카고 반바지에서 지도를 꺼내 펼쳤다.

"우린 이쪽으로 왔어." 그는 만화로 표현된 숲에 그려진, 이리저리 얽힌 밝은 색깔의 선들을 가리키며 말했다. "파란색 길로. 그러니까 여기쯤 있어야 해. 근데 오솔길이 어디 있지?"

"조명탄이라도 쏴야 하려나?" 엘리는 아직 겁먹지 않고 있었다.

핸드폰 배터리도 완전히 충전되어 있었고, 물이 든 보온병도 있었으며, 커비를 보내 도와달라고 울부짖게 할 수도 있었다. 지금 이곳이 어디인지에 대해서나 국립 공원에서는 핸드폰이 잘 터지지 않는다는 사실, 뜨거운 환경에서는 물을 빨리 마셔버리게 된다는 사실, 커비의 울부짖는 소리는 하이킹하는 사람들을 가까이 불러오기보다 쫓아낼 가능성이 크다는 사실 등은 생각하지 않았다.

"돌아가자." 트레버가 말했다. "최근에 새를 한 마리도 못 봤어. 꼭 새들이 숨어 있는 것 같아."

트레버의 말이 맞았다. 숲이 조용했다. 나뭇잎 부스럭거리는 소리는 언제 끊긴 걸까? 엘리는 꼭 귀마개를 낀 것만 같은 기분이었다. 트레버의 목소리조차 먹먹하게 들렸다.

온 길을 되밟아가는데, 단 한 명의 도보 여행자가 모퉁이를 돌아오며 인사를 건넸다. 나이 든 그 남자는 너무 낮게 허리를 숙이고 있어서 은색 머리카락이 나뭇잎 깔린 오솔길에 스칠 정도였다. 거의 베일처럼 보였다.

"실례합니다." 트레버가 말했다. "여기가 파란색 길 맞나요? 제가 보니까…… 아, 이런!"

트레버는 엘리와 여행자 사이로 뛰어들어 두 팔을 쫙 벌렸다. 꼭 인간 방패가 된 것 같았다. 검은 곰이 덤불에서 뛰쳐나오기라도 한 걸까?

"왜 그래?" 엘리가 물었다.

"도망쳐." 트레버가 말했다. "엘리, 가!"

"어디로? 우리 길 잃어버렸잖아!"

도보 여행자는 구부정하던 몸을 쭉 펴더니, 점점 솟아올라 트레버를 위압적으로 내려다보았다. 그의 잿빛 머리카락은 눈에 보이지 않는, 정전기로 가득한 풍선으로 간질이기라도 한 것처럼 떨리며 곤두섰다. 엘리한테는 그 가닥들이 안테나나 뱀의 혀를 닮은 것처럼 보였다. 맛보고, 생각하고, 먹잇감을 찾는 것처럼. 여행자에게는 입도, 코도, 눈도, 귀도 없었다. 그런데도 그의 텅 빈 얼굴은 허둥지둥 물러나는 엘리와 트레버를 쫓았다.

"네 강아지가 공격도 할 수 있어?" 트레버가 물었다.

"몰라! 그냥 반려동물인데! 어떻게 된 거야?"

"오래된 악마야. 거머리 리치."

"하지만 팔대조가 리치를 죽였잖아!"

엘리는 팔대조 할머니의 수많은 업적 중 하나에 관한 이야기를 떠올렸다. 엄마가 몇 년 전에 해준 이야기였다.

"옛날에, 아래쪽 세상에서 괴물이 기어 올라와 늪 안에 둥지를 틀었단다. 괴물의 머리카락은 뿌리처럼 물과 흙 전체에 뻗어갔지. 그 머리카락이 나무를 기어올라 가지를 휘감고, 나무껍질에 팬 고랑 사이사이로 미끄러져 들어갔어. 그 머리카락이 검은 균사로 늪을 뒤덮으며 땅의 생기를 흡수했단다. 많은 영웅이 리치를 죽이려 했지만, 진흙 때문에 움직이기가 불편했고 마치 거미줄에 둘러싸이듯 그 혐오스러운 머리카락에 휘감겨 잡아먹혔어. 수백 년 동안 리치는 번성하며 피를 먹고 점점 강해졌지. 결국 허리케인이 불어와 리치는 땅을 놓쳤고, 팔대조 할머니께서 놈의 저주받은 머리카락을 잘라내셨단다. 리치가 앞으로도 아래쪽 세계에 머물기를 바라야지."

"그 여자가 나를 죽이려 했다." 리치가 말했다. "그래."

놈의 목소리는 말벌의 날갯짓소리처럼 윙윙거렸다. 리치가 영어가 아닌 리판어로 말했기에 엘리는 그 말을 이해하기가 힘들었다. 엘리는 자기 부족의 언어를 배우기보다 커비를 훈련시키는 데 더 많은 시간을 썼다. 엄마가 계속 답답하게 여긴 점이었다.

"내게는 복수할 만한 힘이 있다." 리치가 말했다. "너에게서는 나를 그르친 자의 냄새가 나는구나."

몸부림치는 잿빛 머리카락이 잔가지들을 말아쥐고 뚝 꺾어 나뭇개비로 만들었다.

"오래된 자여." 트레버가 말했다. "나쁜 소식이 있다. 네 머리카락은 이제 양털보다도 희어졌어. 넌 죽어가고 있다. 내가 오늘 바늘 하나로 너를 끝장낼 수 있어. 아니면 이걸로."

트레버는 맥가이버 칼을 휘둘렀다. 5센티미터짜리 조각용 칼은 날이 날카로웠다. 한 번도 쓰지 않은 것처럼. 트레버한테는 맥가이버 칼에 들어 있는 족집게와 손톱 줄, 드라이버가 더 필요했을 것이다.

"과연 그럴까?" 리치가 물었다. 놈의 머리카락이 더욱 빠르게 뭉쳐 들었다. "어디 증명해봐라."

리치가 죽어가고 있긴 했지만, 엘리는 자신과 트레버가 그 조그만 칼을 써서 도망칠 수 있을 것 같지 않았다. 복수에 대한 리치의 갈증은 놈을 수백 년이나 이 땅에 매어놓을 수 있을 만큼 강력했다. 놈이 최후에 겪을 죽음의 고통이라니 얼마나 위험하겠는가? 낚싯줄처럼 가는 머리카락 뭉치를 지나갈 수도 없는데, 트레버가 어떻게 리치를 찌를 수 있겠는가? 놈의 머리카락 가닥가닥이 모두 바늘보다 날카로우며 모기보다 굶주려 있는데…….

엘리는 갑자기 한 가지 아이디어가 떠올랐다. 엘리는 땅 너머로 손을 내밀어, 공원 아래에 있는 죽은 자들의 바다를 의식으로 훑었다. 그들을, 이곳에서 죽은 모든 모기를 수천 마리나 일으켰다. 엘리와 트레버는 고강도 벌레퇴치제를 뿌리고 있었다. 그게 유령에게도 통할까? 엘리는 그러기를 바랐다. 죽은 모기들, 어쨌든 암컷 모기들이 지금도 피에 굶주려 있기를 바라기도 했다.

엘리는 모기들이 윙윙거리는 소리를 듣고, 땅에서 나뭇가지가 드리워진 곳까지 공기가 아른거리는 것을 보았으며, 팔이 따끔거리는 것도 느꼈다. 엘리에게서 피가 빨려 나갔다. 루비처럼 빨간 핏방울이 엘리의 피부에 닿은 채 살짝 떨리다가 보이지 않는 모기의 배에 실려 획 멀어졌다. 하지만 퇴치제가 대체로 통했다. 엘리와 트레버는 고작해야 각자 열두 번 정도밖에 물리지 않았지만, 리치는 반고체 상태인 유령 모기 떼에게 둘러싸여 몸부림치고 있었으니 말이다.

놈의 몸은 조금씩 진동하는 붉은 핏방울 껍데기로 감싸여 있었다.

트레버는 엘리의 손을 잡고 뛰었다. 나중에, 산림 관리원의 기지에 도착해 죽을 고비를 넘겼다고 알린 뒤 트레버는 이렇게 말했다.

"놀라웠어, 엘리. 넌 무시무시한 슈퍼히어로야."

"하, 무슨. 왜 이래? 난 팔대조가 아니야."

"아직은 아니지." 트레버가 말했다. "앞으로는 그렇게 될 거야."

"오빠가 은퇴할 때쯤에는 그렇겠지." 엘리는 웃으며 말했다.

당황스럽기도 하고, 자랑스럽기도 하고, 그때까지도 약간은 겁이 났다. 괴물이 예상치 못한 곳에서 덤벼든 만큼 이제는 과연 안전하다고 느낄 수 있을지, 그게 언제가 될지 알 수 없었다.

"그것보다는 훨씬 덜 걸릴걸." 트레버가 말했다.

공원은 일주일 동안 출입이 통제됐다. 그 기간에 모든 유령 모기들이 잠들어 아래쪽의 지하 세계로 돌아갔다. 산림 관리원들은 푸른색 길에서 꼬여 있는 잿빛 머리카락을 찾았다. 시간이 좀 걸리긴 했지만, 리치는 마침내 죽었다. 엘리가 팔대조의 과업을 마무리했다.

자랑스러운 순간이어야 했지만, 엘리는 깊은 슬픔을 느끼기도 했다. 그 리치는 자기 종의 마지막 개체였다. 조상이 살던 시대의 괴물들은 다른 위협으로 바뀌었다. 침입종, 외국에서 유래한 저주, 잔인한 마법, 연금술 같은 것으로 말이다. 뱀파이어가 새로운 거물 흡혈귀가 되었다.

"내가 레노어한테 말할게." 트레버는 기쁨을 주체하지 못했다. "우리가 낳을 가상의 아이들이 네 비밀을 배워야 한다고 설득하려고. 믿어지지 않는 일이야!"

엘리와 트레버가 함께 놀았던 건 그때가 마지막이었다. 이 기억이 엘리의 눈에 차마 흘리지 못할 눈물을 가져다주었다. 사촌은 이제 영영 은퇴하지 못할 테니까. 오락실에서 최고 점수를 깰 수도 없을 테고, 엘리에게 고양이 사진을 보내주지도 못할 테고, 학기 첫날에 알파벳이 수 놓인 부담스러운 조끼를 입고 가서 학생들을 닭살 돋게 하지도 못할 테니까. 엘리는 사촌을 구하지 못했다.

하지만 그의 가족들은 지킬 수 있었다. 어쨌든 트레버는 그렇게 생각했다. 엘리를 슈퍼히어로라고 불렀을 때 진심이었던 모양이다.

7

아홉 시간 동안 자동차 여행을 하고 나니 고속도로에 세워진 게
시판이 보였다. **돌 가게 트럭 정거장! 박물관! 출구 3킬로미터.**

"주유해야 해요?" 엘리가 물었다.

"기름이 반쯤 남았다." 아빠가 말했다.

그건 주유를 해야 한다는 뜻이었다. 아빠는 계기판의 주유량 바
늘이 4분의 1 미만으로 떨어지게 놔두지 않았다. 절반 미만으로만
떨어져도 불안해했다. 엘리가 아빠의 이런 습관을 놀릴 때마다 아빠
는 보통 최악의 상황에 대비하지 않았기 때문에 죽은 친구의 친구가
나오는, 경고성 이야기를 해주었다.

"반쯤 남았으면 오래 갈 수 있겠네요." 엘리가 고민하는 척하며
말했다.

엘리는 아빠의 이야기를 정말로 좋아했다.

"때로는 '오래'보다 더 가야 하는 경우가 생긴다, 엘리." 아빠가 말했다. "브라운존슨네 가족 이야기 기억나지? 네 예전 베이비시터 말이다."

"그런데요?"

"브라운존슨네 이웃 사람 직장 상사가 아이오와에서 엉뚱한 길에 접어들었단다. 절대 끝나지 않을 것처럼 보이는 옥수수밭을 가로질러 차를 몰게 됐지. 160킬로미터쯤 지나서 기름이 다 떨어졌을 때…… 저주받은 허수아비들이 그 사람한테 덤벼들었다는 거야. 그 사람 머리에 사료 자루를 씌우고, 그 사람을 기둥에 묶어놓았지. 그 사람은 간신히 목숨만 건져서 도망쳤어. 기름만 가득 있었어도 그런 일은 없었을 거다." 엘리의 아빠는 고개를 저었다. "나중에 후회하느니 안전하게 하는 게 낫지."

"어떻게 도망칠 수 있었던 거예요?"

"글쎄, 모르겠다. 아마 몸을 꿈지럭거려서 풀려난 다음 신발에 숨겨두었던 종이 성냥으로 옥수수밭에 불을 붙인 모양이지."

"그건 기억해둘게요."

그 주에 쇼핑몰에서 엿들은 소문으로 미루어보아, 사악한 허수아비들이 해충처럼 번지고 있는 모양이었다. 아마 단일 재배되는 옥수수와 콩밭을 따라 퍼져가는 것이겠지. 예전에는 다양했던 대초원의 무서운 이야기들은 지푸라기로 채워진 몸뚱이와 생기 없는 단추 눈으로 이루어진 존재를 만났다는 반복적인 이야기로 바뀌어가고 있었다. 다행히 엘리와 아빠가 텍사스 남부로 차를 타고 가는 동안 지나친 농장들은 상당히 평범했다.

"바위 가게 트럭 정거장에서 기름을 채울 수 있을까요?" 엘리가 물었다. "거기서 화석을 파는지 확인해보고 싶어요."

"그럼." 아빠는 하품하더니 어깨를 돌리며 말했다. "커피도 있었으면 좋겠구나."

"아빠, 피곤하세요? 두어 시간은 제가 운전할 수 있어요."

엘리는 1월에 운전면허증을 땄다. 절반의 미소와 절반의 눈 깜빡임이 뒤섞인 비호감 사진 때문에 면허증 자체는 마음에 들지 않았지만, 덕분에 모터가 달린 진짜 탈것을 몰 수 있었다. 그럴 기회가 많았던 건 아니지만 말이다. 10대가 사망하거나 다치는 가장 큰 이유는 자동차 사고였다. 저주와 욕실 바닥에서 미끄러지는 사고보다 차 사고로 죽는 10대가 많았다. 그러므로 부모님은 엘리가 고등학교를 졸업할 때까지 혼자 차를 몰아서는 안 된다고 했다.

아빠가 조수석에서 자는 것도 부모님과 함께 차를 모는 경우에 해당할까?

"아니, 안 돼. 주차장에서 잠깐 눈 붙이면 된다."

아빠가 이렇게 말한 걸 보면 아닌 모양이었다.

"그러다 타죽을 수도 있어요, 아빠."

"이젠 날씨가 그렇게 무덥지 않아. 그늘에 차를 대놓고 창문을 내리고 있으면 돼."

"알았어요, 그러세요. 하지만 커비는 데려갈게요. 뜨거운 자동차 안에 개를 놔둘 수는 없죠."

"나도 그러라고 할 생각은 없었단다."

아빠는 고속도로에서 나갔다. 앞에서 트럭 정거장이 뜬금없이 나타나 텍사스의 단조로운 풍경을 끊어놓았다. 지붕이 평평한 창고 크기의 건물이 주유기와 콘크리트로 둘러싸여 있었다. 아빠는 건물 앞 주차 자리에 차를 댔다.

"기름은 나가면서 넣으면 되겠네." 아빠가 말했다. "화석 살 돈 필요하니?"

엘리는 공짜로 돈을 주겠다는 데 거절하는 스타일이 아니었기에 "네, 주세요!"라고 대답했다. 아빠는 엘리에게 20달러를 주고 의자를 뒤로 젖혔다. "조(커피를 '조'(joe)라고 부르기도 한다-옮긴이)도 한 잔 사다 주렴. 있다면 말이야."

"조라뇨? 아빠가 식인종일 줄은 몰랐네요('조'가 사람 이름을 연상시키기 때문에 하는 농담이다-옮긴이)."

"이 녀석이, 늙은이가 낡은 속어 좀 쓰겠다는데 놔둬라. 그리고."

"아빠 안 늙었어요!" 엘리가 말을 잘랐다.

아빠는 눈썹을 치켜올렸다. 이마에 파도 모양 주름이 잡혔다.

"고맙구나. 그리고 더 중요한 건, 식인 행위를 가지고 농담하면 안 된다는 거야, 애야. 얘기를 꺼내는 것만으로도…… 말썽이…….'' 아빠의 말소리가 잦아들었다.

"아빠, 우린 아파치예요. 윈디고(원주민 민간전승에 나오는 식인 거인-옮긴이)는 북부 사람들한테나 괴물이라고요."

"흥분하지 마, 엘리. 나중에 후회하느니 안전하게 하는 게 낫지."

"알았어요. 조 한 잔에, 인간은 빼고 달라고 할게요. 화석 살 돈 감사합니다!"

엘리는 아빠에게 윈디고를 만난 친구의 친구에 관해 길고도 불안한 이야기를 늘어놓을 겨를을 주지 않고 뛰어내렸다. 갈 길이 반이나 남았으니 그 얘기를 들을 시간은 충분할 터였다.

바위 박물관 출입구 바로 너머에는 평범한 주유소 편의점이 있었다. 편의점에서는 사탕, 육포, 탄산음료, 담배 등 쪼들리는 운전자들을 위한 편의용품을 팔았다. 계산대에는 '**뒤에 바위 박물관이 있습니다, 문의하세요**'라는 광고 팻말이 걸려 있었다. 엘리는 계산원에게 다가갔다. 계란형 얼굴에 핑크색 테의 안경을 쓴 중년 백인 여자였다.

"화석이 많나요?" 엘리가 여자에게 물었다.

"많지. 화석도 있고, 호박에 들어 있는 곤충도 있고, 광석도 있고. 박물관은 5달러야."

"감사합니다! 아주 좋을 것 같네요. 메갈로돈 이빨이나 티라노사우루스 발자국도 있어요?"

"첫 번째 것은 들어본 것 같다만. 그래서?" 여자가 손을 내밀었다.

재미있게도, 여자의 손가락 끝에는 날카로운 아크릴 손톱이 붙어 있었다. 거의 벨로시랩터 발톱만큼 날카로워서 박물관에 잘 어울렸다.

"알겠어요."

엘리는 20달러를 내밀고 구겨진 5달러와 10달러짜리 지폐를 거스름돈으로 받았다. 원주민 학살자 앤드루 잭슨보다는 링컨과 해밀턴의 모습이 확실히 더 보기 편했다(미국 화폐에 그려진 대통령들에 대해 말하는 것이다-옮긴이). 그렇다고 엘리가 미국 건국 초기 대통령 중 누군가를 딱히 좋아한 건 아니었지만. 엘리가 박물관 입구로, 계산대

뒤쪽의 문으로 걸어가는데 계산원이 으흠! 하고 목을 가다듬었다.

"어, 네?" 엘리가 물었다.

여자는 현금 출납기 옆에 있는 화면을 가리켰다. 화면에서는 박물관 안을 보여주는 흑백 보안 카메라 영상이 나왔다. 처음에 엘리는 영문을 알 수 없었다. 재미있는 게 아무것도 보이지 않았다. 그저 진열장 사이에 있는 빈 통로들이 보일 뿐이었다. 사실, 지금 손님은 엘리뿐이었다.

아, 그게 문제인 게 틀림없었다. 여자는 엘리에게 *지켜보고 있다, 불량배 녀석아*라고 알려주고 싶었던 것이다.

"그래서요?" 엘리가 물었다. "아줌마네 TV에 나오려면 계약서라도 써야 하나요?"

여자는 대답하지 않았다. 심지어 미소 짓거나 인상을 쓰지도 않았다. 그래서 엘리는 빌어먹을 바위나 구경할 생각으로 문을 밀고 나갔다. 이런 식의 무례한 상호작용은 무시할 수 있었다. 저 여자는 낯선 사람, 수십억 명 중 한 사람일 뿐이었다. 다시는 볼 일이 없었다.

아빠는 늘 이렇게 말했다. "나쁜 기운은 오리의 등에 닿는 물이나 마찬가지야. 너도 알겠지만, 오리의 깃털은 물을 밀어내는 방수 기름으로 코팅되어 있지. 오리가 살아남는 데 꼭 필요한 거란다."

하지만 오리 깃털이 필요한 일상에 점점 싫증이 나려 했다. 엘리는 이미 셀 수 없이 많은 무례함을 훌훌 털어냈다. 왜 처음 보는 사람들이 엘리를 한 번 보고 *이 사람은 못 쓰겠군*이라고 생각하는 걸까? 그중에는 아마 모든 청소년을 잠재적인 말썽꾼으로 취급하는 사람도 있었을 것이다. 하지만 엘리와 제이가 동네 쇼핑몰에 갔을 때, 백화점에서 손실 방지 요원과 경비원들이 오직 엘리만을 따라다닌 이유는 설명되지 않았다.

엘리는 커비를 불렀다. 녀석의 아른거리는 이마를 쓰다듬자 커비가 애정을 담아 엘리의 손에 기댔다. 더 이상 차갑고 촉촉한 코나 부드러운 털은 없을지 모르지만, 쓰다듬어주고 긁어주는 걸 좋아하는 성격은 죽은 뒤에도 남았다.

"착하지." 엘리가 속삭였다. "착하다, 착하지."

박물관은 유리로 된 진열장이 줄줄이 놓여 있는 탁 트인 공간이었다. 엘리는 첫 번째 진열장으로 다가가면서 카메라의 시선이 등에 닿는 것을 느꼈다. 진열장은 황철광과 무지갯빛으로 빛나는 반동석 표본으로 채워져 있었다. 엘리가 가장 좋아하는 두 가지 광물이었다. 두 광물이 싸구려라는 건 상관없었다. 둘 다 아름다웠다.

엘리는 진열장으로 몸을 숙인 채 표본을 보고 감탄하면서, 자기 자세가 너무 위협적으로 보이지는 않을지 궁금했다. 어쩌면 진열장을 깨고 맥도날드에서 햄버거 한 개나 살 수 있을까 말까 한 광물을 들고 도망치지 않으리라는 점을 증명하기 위해 뒷짐을 지고 다녀야 하는지도 몰랐다. 얼마나 오래 있어야 할까? 너무 빠르게 지나가면 초조해하는 것으로 보일 것이다. 너무 느리게 지나가면 물건을 탐내는 것처럼 보일 것이다. 그건 그렇고, 카메라는 어디 있는 거지? 아니, 보지 마. 그것도 수상해 보일지 몰라. 엘리는 수상해 보이고 싶지 않았다. 하지만 무엇보다도, 신경 쓰는 것처럼 보이고 싶지 않았다. 대체 엘리가 웬 못된 여자 때문에 행동을 삼가야 할 이유가 뭐란 말인가? 왜 처음 본 사람의 의견에 신경을 써야 하나?

그런데 왜 신경이 쓰일까?

핸드폰이 울렸다. 엘리는 가족과 친구 모두에게 개별적인 벨 소리를 지정해두었다. 이 벨 소리는 치어리더 노래를 떠올리게 하는 에너지 넘치는 멜로디였다. 엘리는 화면을 쓱 보았다. **제이에게서 걸려온 전화**라는 글자가 떠 있었다.

엘리는 전화를 받았다. "무슨 일이야, 아기 오베론?"

"또 그 소리야? 하, 이젠 그게 내 이름인가?"

"그야 정하기 나름이지. 마음에 들어, 아니면 싫어? 별명에 대해서는 둘 중 하나잖아."

"마음에 들긴 하는데, '오베론'이라는 부분을 빼지는 마."

"너, 검은 장미 왕좌에 오를 수 있는 100만 번째 후손쯤 되지?" 엘리가 물었다. "그럼 왕족 비슷한 거 아니야?"

"전혀 아니야." 제이가 말했다. "나한테 있는 건 빛을 만드는 능력뿐이야. 그렇게 대단한 빛도 아니고. 책이나 겨우 읽을까 말까야."

"너희 누나도 마법을 쓸 수 있어?" 엘리가 물었다.

"아니, 근데 나만큼 연습하지 않아서 그런 걸지도 몰라."

"왜 안 해? 현실을 불안정하게 할까 봐 걱정된대? 친구들한테 보여줄 잔재주 정도로는 그런 일이 일어나지 않을 텐데."

"로니는 20대 후손이 만드는 도깨비불보다는 핸드폰이 더 밝으니까, 그런 잔재주에 시간을 낭비할 의미가 없대. 게다가 마법 사용이 환경에 끼치는 영향도 걱정하고 있어. 누나는 요정의 고리를 넘어갈 수 있는데, 그건 사실 능력은 아니지. 그렇더라도 말이야. 조그만 빛을 만드는 게 고리 교통보다는 환경에 훨씬 피해가 적을 텐데.

스쿠터에서 나오는 이산화탄소 배출량을 비행기의 이산화탄소 배출량이랑 비교하는 셈이라고."

"너랑 누나랑 둘 다 운이 좋은 거야." 엘리가 말했다. "1,000분의 1초 만에 오스틴에서 뉴욕시까지 갈 수 있다면, 난 자전거를 포기할 거야. 아빠랑 같이 텍사스를 가로지르는 게 싫은 건 아닌데, 여섯 시간쯤 지나고 나면 엉덩이가 마비되기 시작한다니까. 자동차 여행도 매력을 잃고."

간단히 말해, 요정의 고리는 버섯과 꽃으로 이루어져 있는 관문으로서 페이 세계의 마법을 통해 작동했다. 대부분의 대도시에는 고리 교통 센터가 있었다. 하지만 엘리는 그 고리를 이용할 수 없었다. 관문을 통한 모든 이동은 요정족의 승인을 받아 이루어져야 했는데, 요정들이 '낯선 자들'을 좋아하지 않았기 때문이다. 요정들의 생각에, 낯선 사람이란 보통 '페이'라고 알려진 차원 간 존재 최소 한 명과 가족 관계가 없는 모든 사람을 뜻했다. 예컨대 엘리라든가. 값비싼 비행기표를 사거나 수학여행에 빠져야 할 때마다, 이세계의 속물들을 향한 엘리의 경멸감은 심해져만 갔다. 다른 세계에서 온 인간형 생명체들이 엘리의 고향에서 엘리를 비롯한 여러 사람을 차별할 수 있다니 잔인한 일로 보였다. 아무튼, '요정'의 '정'은 '정의'의 '정'과 아무 관계가 없었고, 그들은 오직 자신들의 규칙에만 신경을 썼다.

"미안." 제이가 말했다. "나도 도와줄 수 있으면 좋겠다. 빈틈이 있긴 한데."

"결혼하는 거?"

"그런 셈이지."

"결혼하느니 뜨거운 차를 몇 시간씩 타는 게 낫지만, 아무튼 고마워." 엘리는 윙크했다가, 지나고 나서야 그게 에너지 낭비라는 걸 알았다. "근데 무슨 일이야?"

"그냥 안부 확인하려고." 제이가 말했다. "폐는 괜찮아? 강물을 흡입한 건 아니지? 내가 아는 어떤 사람이 2차적 익사라는 걸 말해줬는데, 그게…… 그러니까, 음, 폐에 물이 들어가고 나서 최대 하루 있다가 일어날 수 있는 치명적인 병이래. 숨쉬기 힘들어? 아니면 가슴이 아프다거나?"

"아니, 걱정하지 마. 멀쩡해."

"음, 알았어. 산소 흡입에 주의하고."

"산소가 더 이상 들이마셔지지 않으면 알려줄게."

"고마워." 제이가 하도 진심으로 말해서, 엘리는 빈정거린 것에 죄책감이 느껴질 정도였다. "여행은 어때?"

"잠깐 쉬는 중이야. 화석 가게를 찾았거든. 작고 해롭지 않은 걸 발견하면, 선사시대 유령 깨우기 연습을 하기에 좋을 거야. 그럼 딴 생각도 안 날 테고."

"그럴 수가 있어? 내 말은, 멸종된 생물을 깨울 수 있는 거야?"

"당연하지." 엘리가 말했다. "우리 할머니는 아주 오래전에 털 달린 매머드 엄니를 찾으셨어. 한 40년쯤 걸렸지만, 지금은 매머드가 할머니의 가장 친한 친구야. 할머니는 더 이상 자동차를 타고 다닐 필요도 없어. 장 보러 갈 때 매머드를 타고 읍내에 가신다니까."

"너희 조상님들은 기본적으로 다 슈퍼히어로인 거야?"

"응." 엘리가 말했다. "그래도 팔대조의 그림자 속에서 살아가는 셈이지. 팔대조는 대부분의 믿기 어려운 영웅담에 나오는 등장인물보다 훌륭한 이력의 소유자거든."

"그건 '물이 절반밖에 안 남았네' 하는 태도잖아. 너희 가족은 세대를 넘나드는 한 팀이라고! 팔대조의 그림자와 네 그림자는 같은 거야. 시간이 지나면 그 그림자가 점점 커져서, 머잖아 우리 모두를 가리게 될걸!"

"고맙다, 제이." 엘리가 미소 지었다.

제이 덕분에 얼마나 기분이 나아졌는지 제대로 알려줄 수 있도록 영상 통화를 하는 중이었으면 좋았겠다는 생각이 들었다.

"엘리⋯⋯." 제이가 말을 흐렸다.

"응? 왜?"

"내가 또 도와줄 게 있을까?"

엘리는 제이의 질문을 곰곰이 생각했다. 엘리는 트레버의 부검 결과에 따라 경찰이 살인 사건 수사를 시작할지 알 수 없었다. '물이 절반밖에 안 남았네' 하는 기분을 느끼고 있었기에, 엘리는 검시관이 트레버의 상처를 쓱 훑어보고 사망진단서에 '사고사'라고 적을 것만 같았다. 영매가 보는 환시는 마법이 아니므로 영매를 통해 사인을 확인해볼 수는 있었다. 유령과 마찬가지로 영매의 환시는 자연적으로 발생하는 것이라 법정에서도 활용될 수 있었다. 전문가 증언과 비슷했다. 그러나 경찰 소속 영매들은 믿음직스럽지 않은 것으로 유명했다. 그들은 요구가 있을 때마다 자세한 환시를 보는 걸 어려워했으나 자기가 상상한 내용을 진실로 쉽게 오인했다. 하지만 엘리는 경찰에게 제대로 대처할 기회를 주겠다고 약속한 터였다.

그렇다고 해롭지 않은 정보 수집을 시작해서는 안 된다는 뜻은 아니었다.

"있긴 있어." 엘리가 말했다. "너 자료 조사 잘해?"

"아주 많이 잘하지." 제이가 말했다. "로니가 헤로토닉대학교 디지털 도서관 학생 아이디를 빌려줄 수 있을 거야. 도서관에 책이랑 신문, 논문이 있어. 엄청나게 많아."

"내 생각에는 이 일을 하는 데 가장 좋은 친구는 구글일 것 같은데. 살인자 에이브 앨러턴에 대해서 더 알아봐야 하거든. 어떤 사람일까?"

"A-b-e A-l-l-e-r-t-o-n?" 제이가 물었다. "스펠링 맞아?"

"맞았으면 좋겠어. 그걸로 안 되면 다른 스펠링으로 해봐."

엘리는 벽에 기대, 별생각 없이 옆에 있던 가슴 높이의 보랏빛 정동석을 보았다. 눈을 가늘게 뜨고 보면, 정동석은 들쭉날쭉한 수정 이빨이 달린 입처럼 보였다. 정동석이 어떻게 만들어지는지 몰랐을 때 엘리는 그것들이 괴물의 화석이라고 생각했다. 화가 나거나 배가 고파 입을 쩍 벌린 채 얼어붙은 고대의 얼굴이 남긴 흔적이라고.

"에이브 앨러턴." 제이가 다시 이름을 언급하며 물었다. "텍사스주 월로비 출신, 맞지?"

"응."

"에이브 앨러턴에 대해서 또 아는 게 있어?"

"트레…… 우리 사촌이 3학년을 가르칠 때, 그 반 학생이던 아들이 있어. 2년 전이야. 그것 말고는 모르는 사람이야. 동기가 뭐였는지 짐작도 안 돼."

"최선을 다해볼게. 사실, 신상 털기는 쉽거든. 모든 사람이 온라인 어딘가에 있어."

"우리 할머니는 빼고." 엘리가 말했다. "아니, 아니다. 바이럴 동영상을 잊어버렸네. 할머니가 장 보러 가는 걸 누가 촬영했거든. 매머드가 보이지 않아서, 할머니가 지상 3미터 정도를 공중 부양하는 것처럼 보였어."

"그거 링크 보내줄 수 있어?"

"당연하지. 아, 그리고 조사 끝나면 전화해줘. 오늘 밤늦게까지는 계속 차를 탈 거야. 진짜, 9시쯤에는 윌로비를 지나고 있겠다. 그러니까 그전에 정보를 확인할 수 있으면……."

"행운을 빌어." 제이가 말했다. "조심해."

"너도. 제이, 우린 에이브가 얼마나 위험한 사람인지 몰라. 그 사람 주의를 끌면 안 돼. 그냥 기초적인 검색만 하는 거야, 알았지?"

"내 걱정은 하지 마. 곧 연락할게."

통화가 끝나자 엘리는 진열장이 늘어서 있는 새 통로로 들어섰다. 거기에 화석 수집품이 있었다. 나선형을 그리는 암모나이트 껍질, 곰보 자국이 난 산호, 부채꼴 바다나리, 섬세한 척추가 달린 삼엽충. 상어 이빨도 있었지만 메갈로돈 것은 없었다.

상관없었다. 엘리는 어쨌든 작은 화석을 원했다. 할머니도 하룻밤 사이에 개 유령에서 매머드 유령으로 건너뛴 건 아니었다. 할머니는 캄브리아기의 바퀴벌레와 강아지만 한 공룡을 가지고 연습했다. 오래전에 죽은 지구의 생물들 위에는 그보다 어린 영혼들이 에베레스트산처럼 높이 쌓여 있었다. 그 밑의 생물들을 깨우고 싶다면, 신체가 닿은 자국이나 이빨, 껍질, 뼈다귀 등 바위가 되어 보존된 연결 고리가 필요했다.

엘리는 화석을 하나하나 오래 살펴보며 그 유령을 파악하려 했다. 보는 것만으로는 그들과 연결될 수 없는 듯했다. 엘리는 화석을 손에 들고 그 형태와 크기를 느껴보아야 했다. 엘리는 기념품 가게로 갔다. 윤을 낸 바위와 광석, 화석들로 채워진 책장이 몇 개 있는 어둑한 공간이었다. 엘리는 10달러짜리 삼엽충을 골랐다. 그 2.5센티미터짜리 절지동물은 석회암 조각에 갇혀 있었지만, 몸통 대부분이 드러나 반짝반짝 닦여 있었다.

엘리는 계산대에서 물어보았다. "혹시 이 삼엽충이 무슨 종인지 아세요?"

박물관 앞쪽에서 만난 여자의 10대 모습으로 보이는(아마 엄마와 딸인 듯했다) 기념품 가게 계산원이 어깨를 으쓱했다. "잘 모르겠는데요. 삼엽충 종류가 몇 가지나 되는데요?"

"2만 가지가 넘어요." 엘리가 말했다. "저도 여기 박물관에서 본 건데."

"저는 박물관에 안 가봐서요." 계산원이 인정했다. "이 일은 그냥 여름방학 아르바이트로 하는 거예요. 돌을 좋아하지도 않고. 10달러입니다."

돈을 주고 잔돈을 받는 교환이 이루어지고 난 다음 엘리가 물었다. "영수증 주실래요?"

"왜요? 환불은 안 되는데요."

"알아요. 그래도 하나 주세요."

"아아, 그렇구나." 그 소녀는 포스트잇 쪽지에 물건 목록을 휘갈겨 썼다. "여기요. 이거면 될 거예요. 좋은 하루 보내세요."

"좋은 하루 보내세요!"

편의점으로 돌아온 엘리는 스티로폼 컵을 미지근한 커피로 채워 계산대로 가져갔다. "이것만 계산할게요."

"음료는 1달러야." 벌집 같은 헤어스타일의 계산원이 알려주었다. "크림 넣을 거면 25센트 추가이고."

"크림은 됐어요."

"그 화석은 돈 낸 거니?"

"당연하죠."

엘리는 포스트잇 쪽지를 1달러짜리 지폐에 붙여 계산대에 쾅 내려놓고 나왔다. 오리 등에 닿는 물처럼 신경 쓰지 않으면서.

8

엘리와 아빠가 윌로비에서 16킬로미터쯤 떨어진 곳에 도착했을 때 제이가 다시 전화했다.

엘리는 지난 한 시간을 창밖을 내다보며, I-35번 고속도로 주변의 그림자들에 대해 공상하며 보냈다. 집중만 하면, 엘리는 자신의 의식이 무수히 많은 다른 존재들에 스치는 것을 느낄 수 있었다. 그들은 지하 세계인 아래쪽의 유령들이었다. 엘리는 자기가 그들 모두를 깨울 수 있을지 궁금했다. 그러면 유령들은 어둠 속에서 얼마나 오랫동안 놀다가 다시 잠결에 빠질까? 야생의 유령들을 꾀어, 장례 행렬처럼 트레버의 무덤으로 뒤따라오게 할 수 있을까? 윌로비 출신의 에이브 앨러턴이 그들의 작은 행진에 너무도 겁을 먹은 나머지 자기 범죄를 죄다 경찰에 털어놓으려나?

많은 공상이 그렇듯, 엘리의 공상도 비현실적이었다. 당연히 야생

동물들은 엘리를 따르지 않을 것이다. 살아 있는 암사슴이든, 죽은 암사슴이든 부릴 수 없는 건 마찬가지였다. 그리고 죽은 암사슴에게는 엄청나게 위험한 초현실적 힘에 접근할 능력이 있었다. 엘리는 졸고 있는 죽은 자들에게서 의식을 떼어냈다. 실수로 그들을 날뛰게 하는 위험을 무릅쓰고 싶지는 않았다. 대신, 엘리는 삼엽충을 손가락으로 만져보며 그 부분과 형태를 기억했다.

핸드폰에서 익히 아는 쾌활한 노래가 나왔다.

"시간을 딱 맞췄네." 엘리가 제이의 전화를 받으며 말했다. "윌로비까지 9분 남았어. 뭐 좀 찾았어?"

"엄청나게 많이. 사진은 나중에 보내줄게. 짧게 말하면, 에이브 앨러턴은 가정적인 사람에 보이 스카우트 지도자이고 윌로비 근교에 살아. 정확한 주소까지 알아냈어. 그 사람이 매달 자선 행사를 열거든. 뭐랄까, 이 공지문에 따르면 올해에는 윌로비 200주년 기념행사가 그 사람 *저택*에서 열릴 거래. 공개 행사야. 잔디밭에서 파티도 하고 가면무도회도 연대. 하와이로 공짜 여행을 보내준다더라."

"어, 우아."

"거기다가, 의사들을 평가하는 사이트인 '레이트어닥(Rate-a-Doc.com)'에 올라온 후기를 보면 환자들이 그 사람을 엄청나게 좋아하는 것 같아. 엘리, 예민한 질문을 해야 할 것 같은데……."

엘리는 앞으로 나올 질문에 대비해 마음을 다졌다. *에이브가 살인자인 거 확실해? 이 사람 일류인 것 같은데.*

"말해봐." 엘리가 말했다.

"너 안전한 거 맞아? 에이브러햄 앨러턴은…… 뭐랄까……. 부자에 인맥도 좋아. 내가 말한 자선 행사 기억나지?"

"응, 그게 왜?"

"그 사람이 경찰관을 위한 휴일 무도회도 열어. 수익은 가난한 아이들한테 가고. 경찰이 살인자랑 공모한다는 얘기는 아니지만……."

"무슨 말인지 알겠어. 지역 경찰이 앨러턴 박사를 잘 알고, 아마 좋아할 거라는 거지. 증거가 더 필요하다고. 꿈 말고 *어떤* 증거든 말이야."

"나도 도와줄 수 있으면 좋겠지만, 온라인에서만 보면 이 사람은 반짝거릴 정도로 깨끗해. 부정적인 글을 하나도 못 찾겠어. 뭐랄까……. 어떤 사람이 '레이트어닥'에서 별점 네 개를 줬는데, 점수를 깎은 이유를 그대로 읽어보면 '앨러턴 박사님은 바쁜 경우가 많아서 예약을 잡기가 어렵습니다'라는 거야. 이걸 나쁘다고 하기는 어렵지."

"어휴." 엘리는 생각에 잠겨 창틀에 대고 주먹을 굴렸다. "이건 어때? 나한테 그 사람 주소를 보내주는 거야. 아빠가 저택 쪽으로 차를 몰면 우리가 살펴볼 수 있을 거야."

"뭐라고, 엘리?" 아빠가 귀를 쫑긋 세우고 라디오 소리를 줄이며 물었다.

"엿듣지 마세요, 아빠!"

"보내줄게." 제이가 말했다. "다치지 않겠다고 약속해."

"다행히도 부모님의 감시 덕분에 난 위험한 일을 할 *기회*가 없을 거야. 아무튼 고마워. 벌써 큰 도움이 됐어."

전화를 끊은 뒤, 엘리는 GPS를 받침대에서 떼어냈다.

"엘리." 아빠가 완고하게도 '이런 일을 할 시간은 전혀 없다'라는 목소리로 말했다. 직장에서 말썽부리는 강아지들한테 쓰는 말투였다.

"그냥 윌로비에서 잠깐 길을 돌아가자는 거예요. 친구가 에이브 앨러턴의 주소를 알아냈거든요."

"합법적으로?"

"완전히 합법이죠. 제가 무슨 해커라도 아는 줄 아세요?"

"요즘 애들은 다 아는 것 아니냐?"

"진담으로 하시는 말씀인지 모르겠네요."

엘리의 핸드폰이 울렸다. 주소가 메시지 창에 떴다.

'로즈 가 19번지.'

"아, 왔어요, 아빠. 제가 아빠한테 어디로 가라고 시킬 수는 없지만…… 약속하셨잖아요. 기억하시죠? 우린 누군가의 마지막 소원을 함께 기리기로 했어요. 가족으로서."

"빨리 지나가면 괜찮다." 아빠가 말했다. "차에서 내리지는 말고."

"전 좋아요!"

엘리는 GPS에 주소를 입력한 다음 라디오 소리를 키웠다. 아빠의 1980년대 록 음악이 쿵쿵 울렸다. 아빠는 재빨리 소리를 적당한 수준으로 내렸다.

"보니 타일러 노래로 우리가 왔다는 걸 알리고 싶지는 않은데." 아빠가 말했다.

두 사람은 다음번 출구로 나가, 개발이 덜 된 시골을 통과해 차를 몰았다. 교통 소음으로 시끄러운 I-35번 고속도로와 윌로비 사이의 완충지대였다. 2차선 도로를 홀로 달리게 되자 아빠는 전조등을 켰다. 그들은 텍사스의 평평하면서도 가시 돋친 구역에 와 있었다. 선인장과 덤불, 메스키트 나무가 미니밴 양옆에 있었고, 목초지는 철조망으로 표시되어 있었다. 엘리는 멀리서 흰 직사각형을 보았다. 무슨 팻말 같았다. 아직 적혀 있는 글은 보이지 않았다.

커비가 한 차례 날카롭게 짖었다. 경고였다. 커비는 그동안 뒷자리에, 만족한 듯 아른거리며 앉아 있었다. 커비는 늘 차를 잘 탔다. 살아 있는 잉글리시 스프링어 스패니얼이었을 때, 녀석은 창문에 코를 바짝 대고 풍경을 즐기곤 했다. 유령이 되어서도 아마 그렇게 했겠지만, 녀석의 숨결로 창문이 흐려지지 않았기 때문에 알기 어려웠다.

"왜 그래, 커비?" 엘리는 안전벨트를 느슨하게 하고 뒤를 돌아보았다. "아빠, 아빠도 들으셨어요?"

"커비가 짖었니?"

"네. 커비는 웬만하면 짖지 않는데……."

"흠?"

"위험을 감지한 게 아니면 안 짖어요."

윌로비는 거리낌 없이 자신을 표현하는 마을이었다. 팻말 가까이 다가가자, 귀엽게 보이려고 쓴 듯한 독특한 슬로건이 별나고 구불구불한 글씨체로 적혀 있었다. **텍사스주 윌로비. 인구 = 있을 만큼 있어요!** 텍사스주라는 단어는 새로 쓴 것처럼 보였다. 그라피티에 새로 페인트를 덧바른 것처럼 말이다. 엘리는 그 페인트에 숨겨진 게 무엇일지 궁금했다.

팻말 뒤에는 그림이 그려져 있었다. 통통하고 뱀처럼 생긴 동물인데, 몸에서 삐뚤빼뚤한 선이 여러 개 뻗어 나오는 모양이었다.

"고등학교 미식축구팀 마스코트인가 보네." 아빠가 말했지만, 확신은 없는 목소리였다.

밴은 윌로비 시내를 스쳐 지나갔다. 벽돌과 나무로 지은 잘 관리된 건물들이 몇 골목 이어졌다. 엘리는 교회와 쇼핑 광장, 첨탑이 있는 마을 회관을 보았다. 아늑해 보이는 도서관 앞에 팻말이 있었다. **윌로비의 200번째 생일을 축하합니다! 오늘 우리의 역사를 방문해 보세요!** 관광객들은 아마 구식 아메리카 문물을 맛보려고 이 마을에 들를 것이다. 마을의 건축물은 이 지역치고 특이했다. 식민지 시대 뉴잉글랜드주에서 영감을 받은 듯했다.

쇼핑 구역 너머는 2층짜리 나무집들이 있는 동네였다. 집마다 지나치게 푸르르고 새로 깎은 잔디밭이 딸려 있었다. 원래 텍사스 남부는 여름이 한창일 때 건조하고 누런빛이 도는 지방이었다. 그해에는 가뭄 때문에 문제가 더 심각했다. 어떤 도시에서는 마실 물도 간신히 구하는 수준이었다. 윌로비의 푸릇푸릇한 풀밭에는 매일 물을 주는 게 틀림없었다. 그 잔디밭에서 부유함이 느껴졌다.

엘리와 아빠는 넓게 뻗어 있는 목장들을 지나갔다. 밤이 늦어서 밖에 나와 있는 동물은 없었지만, 커비의 아른거리는 형체는 엘리한테 보이지 않는 무언가에 흥미를 느꼈는지 창문에 바짝 몸을 대고 있었다. 어쩌면 커비는 외양간에 있는 말과 롱혼종 소들의 냄새를 맡은 걸지도 몰랐다. 그래서 아까 짖은 걸까?

"500미터 후 목적지입니다." GPS가 말했다.

엘리는 지평선에 떠 있는 둥근 빛을 보며 말했다. "저기예요, 틀림없어요.”

“가까이 가보겠지만, 진입로가 대문으로 막혀 있는 것 같구나.”

실제로, 부지에 들어가지 못하도록 막는 묵직한 철제 대문이 달려 있었다. 엘리와 아빠는 도로를 따라가며 계속 살펴보았다. 대칭이 맞는 조지 왕조시대 스타일의 벽돌 저택이 웅장한 모습을 드러냈다. 대리석 기둥과 대여섯 개 정도 되는 굴뚝, 태평양 연안의 북서부(오리건주, 워싱턴주, 아이다호주의 북부 일대-옮긴이)에나 어울릴 법한 푸르고 나무가 많은 넓은 땅까지, 완전한 모습을 갖추고 있었다. 잔디밭에서는 흰 물방울무늬가 군데군데 보였다. 둥근 버섯의 머리 부분이었다. 버섯은 보통 습기가 많은 환경에서 자라지 않나? 앨러턴 박사는 매일 풀밭에 정확히 얼마를 낭비하는 걸까? 떡갈나무와 전나무가 저택의 옆부분을 대부분 가리고 있었다. 엘리는 저택에 방이 몇 개나 있는지 알 수 없었지만, 스무 개쯤 있다 해도 놀라지 않을 것 같았다.

“의사들은 다 저렇게 부자예요?” 엘리가 물었다.

“동물 의사는 그렇지 않은 게 아주 확실하지.” 아빠가 비난하듯이 말했다. “세상에, 저렇게 큰 집이 대체 누구한테 필요하다고? 웬 낭비인지.”

공기가 윙윙거리며, 낮게 울렸다.

“아빠, 커비가 으르렁거리는 것 같아요. 여기서 나가야 해요.”

“두말하면 잔소리다.”

아빠는 액셀을 밟고 속도를 높여 거리를 지났다. 머잖아 앨러턴 저택은 룸미러로 보이는 희미한 빛이 되었다. 하지만 두 사람은 고속도로에 합류해, 월로비와 자신들의 목소리가 수킬로미터쯤 멀어지기 전까지는 다시 입을 열지 않았다.

"왜 그랬을까요?" 엘리가 조용히 말했다. "이해가 안 돼요."

"그럴싸한 이유는 없을 거다." 아빠가 말했다.

5초 정도 비밀 작전을 수행하던 중 아빠는 라디오를 꺼두었다. 둘 다 다시 라디오를 켜고 싶은 마음은 들지 않았다.

"아빠는 앨러턴이 살인자라고 생각하세요?" 엘리가 물었다.

"나는…… 너를 믿는다. 엘리. 너랑 네 꿈 말이야."

"고마워요, 아빠. 최선을 다할게요."

대체 조그마한 이층집 뜰에서 가뭄에 강한 식물을 키우는 공립학교 교사인 트레버가 어쩌다 돈자루 양반과 엮이게 된 걸까? 둘의 유일한 연결 고리는 아이인 것 같았다.

꿈속에서 트레버는 이렇게 말했다. "이런 일이 일어나기 전에 딱 한 번 봤어. 학부모 간담회에서. 2년 전 일이야……."

엘리는 사촌의 마지막 말과 안개처럼 사라져가던 그의 모습을 떠올리고, 눈을 깜빡여 눈물을 삼켰다. 트레버는 3학년 아이들을 가르쳤다. 그 말은, 이름 모를 학생이 지금 아마 열 살이나 열한 살이리라는 뜻이었다. 그 아이도 앨러턴이라는 성을 쓸까? 그럴 수도 있었다. 온라인으로는 할 수 없는 조사도 있으니까.

관습에 따르면, 죽은 자를 묻을 때는 그들이 아끼던 물건을 함께 묻었다. 엘리는 트레버가 땅속으로 자기가 쓰던 교재를 가져가지 않았기를 바랐다. 그게 엘리한테 있는 가장 좋은 최초의 단서일지 몰랐다.

<p style="text-align:center">~~~ 9 ~~~</p>

　트레버와 레노어는 아기 그레고리가 태어났을 때 방 세 개짜리 신혼집을 샀다. 그들은 자동차 제한 속도가 낮고 인도가 많아 어린이에게 친화적인 동네를 선택했다. 모두가 창문에 철창을 달아두긴 했지만, 활발한 마을 방범대 프로그램 덕분에 이 지역에서는 거의 폭력적인 범죄가 일어나지 않았다. 놀이터와 초등학교, 애견 공원도 가까웠다.

　엘리와 아빠는 밤 10시가 막 지났을 때 집에 도착했다. 그들은 자갈이 깔린 진입로에 차를 대고 짐을 내린 다음 문을 두드렸다.

　"뭐라고 해야 해요?" 엘리가 속삭였다.

　"뭐라고 하다니?"

　"레노어한테요."

　"위로해줘야지."

"위로가 정말 도움이 돼요?"

"그럼, 아무 말도 안 하는 것보다 나아."

엘리의 엄마 비비언이 문을 열었다. 비비언은 티셔츠와 낡고 편안한 청바지를 입고 있었다.

"들어와." 비비언이 말했다. "쿵쿵거리지 말고. 아기가 자고 있어. 레노어도 그렇고, 정말이지, 둘 다 쉬어야 한단다."

그들은 손님방에 모였다. 카펫이 깔린 바닥에 놓인 간이침대와 퀸사이즈 공기 매트리스를 빼면 가구가 하나도 없었다. 집 대부분에서 어린이집 같은 냄새가 났지만, 손님방에서는 여전히 새로 바른 페인트와 카펫 청소제 등 새집 같은 냄새가 났다. 집보다는 호텔 방과 비슷한, 소독제 냄새.

"잘 준비하렴, 엘리." 엄마가 말했다. "네가 간이침대를 써. 메모리폼이란다. 좋은 거야."

엘리는 엄마가 시키는 대로, 샤워기도 욕조도 없는 화장실에서 이를 닦았다. 아래턱에 아프게 나 있는 흉터 두 개를 보며 인상을 찡그린 뒤, 엘리는 거울이 달린 보관장을 열어 세면도구를 둘 만한 깨끗한 자리를 찾았다. 거기, 아래쪽 선반에 트레버의 검은 머리카락이 플라스틱 빗에 꼬여 있었다.

"아…… 안 돼. 안 돼."

트레버는 이미 땅속에 묻혔는데, *이렇게 많은 그의 머리카락이* 집에 남아 있어서는 안 됐다. 너무 위험했다. 자석에 끌리는 쇠붙이처럼 트레버가 집으로 이끌려 돌아올 수도 있었다.

그렇게 되면 그는 끔찍한 존재가 될 것이다. 그저 분노와 슬픔,

뛰어난 지능과 복수심만을 갖춘 존재. 동물과는 달리 트레버는 자기가 죽었다는 것을 알 테고, 그런 의식 덕분에 초자연적 능력을 완전히 활용할 수 있을 것이다. 트레버가 돌아온다면, 그는 폭풍의 눈이 있어야 하는 자리에 증오가 들어 있는 허리케인처럼 이 동네를 파괴할 수도 있었다.

엘리는 화장실 보관장을 뒤지다가 레노어의 빈 여행용 화장품 가방을 하나 찾아냈다. 엘리는 조심스럽게 빗을 그 가방에 넣고 지퍼를 잠갔다.

엘리는 손님방에서 간이침대에 앉아 제이가 보내준 자료를 살펴보았다. 자료는 세 범주로 구분됐다.

1) 온라인 환자 별점을 포함한 앨러턴의 의학적 성과
2) 앨러턴이 한 자선 사업에 관한 기사
3) 대체로 《윌로비 타임스》 온라인판에 실린, 에이브 앨러턴에 관한
   여러 가지 참고 자료

엘리는 배낭에서 스프링 노트를 꺼내, 빈 페이지가 나올 때까지 넘겼다.

"뭐하니, 엘리?" 엄마가 물었다.

아빠는 이미 공기 매트리스에서 코를 골고 있었다.

"노트 써요." 엘리는 맞은편 벽에 기대어 있는 서랍장을 힐끗 보았다. 화장품 가방이 가장 아래쪽 서랍에, 접은 이불 밑에 숨겨진 채들어 있었다. "머리카락을 찾았어요. 어떻게 해야 해요?"

"무슨…… 아." 비비언이 손가락을 약간 늘이며 손을 내밀었다.

"엄마가 처리할게. 고마워."

"묻으실 거예요?"

"모를수록 좋아."

엘리는 일어나 방을 가로지른 다음 가장 아래쪽 서랍에 손을 집어넣었다. 엘리는 화장품 가방을 조심스레 엄마에게 건넸다. 비비언은 보지도 않고 화장품 가방을 받았다. 마치 그것을 보기만 해도 태양을 응시하는 것처럼 다칠 수도 있다는 식이었다.

"그래." 엄마가 말했다. "내일 얘기하자. 네 꿈 얘기를 전부 듣고 싶어. 그건 그렇고 할 얘기 없니?"

"네?" 엘리가 물었다.

"아빠가 강에서 있었던 일 얘기를 하시던데."

"참 나. 엄마, 다리에 기어 올라간 건 제이예요. 저는 말리려고 했어요."

"다행이구나." 엄마가 말했다. 엘리의 설명으로 충분한지, 비비언은 빠르게 불을 껐다.

"이 노트는 내일 써야겠네요." 엘리가 말했다. "가아암사합니다, 엄마."

엘리는 자동차 여행을 하고 나서 찾아오는 피로감에 젖어, 눈과 근육이 쑤시는 상태로 면 이불을 턱 밑까지 끌어당겼다. 커비가 침대 발치에 올라와 몸을 웅크렸다. 커비는 유령이었기에 사방에 털을 흩날리며 알레르기 유발 물질을 뿌려대지 않았다. 아기 그레고리는 폐가 예민했으니 다행스러운 일이었다.

엘리의 핸드폰이 울렸다. 또 다른 메시지였다.

놔둬. 문자가 올 때마다 달려들 수는 없잖아. 하지만 궁금했다.

메시지를 보낸 사람은 제이였다. '에이브(파란 셔츠)랑 시장이야!!! 시장이 에이브의 자선 행사를 홍보하겠다고 에이브 몸에 **문신**을 새겨줬다니까. 끔찍하다. ㅋㅋㅋㅋㅋ'

제이는 메시지에 기사에서 따온 사진 두 장을 첨부했다. 첫 번째는 남자의 허리 사진이었는데, 그 허리에는 시장의 이름이 검은색 잉크로 불안정하게 새겨져 있었다. 다음 사진에는 정원에 서 있는 두 남자가 담겨 있었다. 엘리는 앨러턴의 얼굴을 확대했다. 그의 사각 턱과 푸른 눈, 야구모자를 노려보았다. 앨러턴은 백화점 옷 광고에서나 볼 법한 얼굴의 소유자였다. 전형적으로 매력적이고 성숙하며 잊기 쉬운 얼굴.

그렇긴 하지만, 앨러턴의 미소를 보자 소름이 끼쳤다. 그건 진짜 미소로 보였다. 앨러턴이 좋은 친구와 즐겁게 지내는 것 같았다. 역겨웠다.

"할 수 있을 때 즐겨둬, 개자식아." 엘리가 속삭였다. "내가 그 얼굴에서 미소를 지워줄 테니까."

엘리는 제이에게 잘 자라고 인사하고 핸드폰을 잠갔다.

이후, 엘리가 무의식의 경계에서 깐닥거리고 있을 때 복도에서 바닥 널빤지가 삐걱거렸다. 엘리는 번뜩 정신을 차리고 귀 기울였다. 숨죽인 발소리와 문이 삐걱거리는 소리가 났다. 레노어가 화장실을 쓰려는 듯했다.

엘리의 핸드폰이 울렸다. 레노어한테서 문자가 왔다. 이런 메시지였다.

깨어 있니?

엘리가 답장을 보냈다. '네. 괜찮아요?'
잠시 시간이 흘렀다. 바닥 널빤지가 다시 삐걱거렸다. 레노어가
메시지를 보냈다.

주방으로 와줘. 혼자서.

엘리는 잠시 망설이다가 간이침대에서 빠져나와, 까치발을 들고
코 고는 부모님을 지나쳐 손님방을 나섰다. 주방은 복도 끝에 있었
다. 주방 입구에서 빛이 흘러나왔다.
"언니?" 엘리가 물었다. "나 왔는데……."
엘리는 주방으로 들어갔다. 형광등 불빛이 자느라 확장되었던 엘
리의 동공을 공격했다. 엘리는 동공이 줄어들 때까지 눈을 가늘게 뜰
수밖에 없었다. 레노어가 조리대에 기대어 서 있었다.
레노어는 청바지에 검은 운동복을 입고, 옷에 달린 후드를 쓴 차
림새였다. 레노어의 긴 머리카락은 뿌리 부분이 검고 점점 금발로 변
해가는 색깔이었는데, 지금은 지저분하게 꼬인 채 구불구불 가슴까
지 흘러내렸다. 머리를 빗지도 않고 씻지도 않은 채였다. 하긴, 방금
남편을 잃고 혼자 아이를 키워야 할 처지가 된 사람에게 그럴 시간
이 있겠는가? 레노어는 얼굴을 아래쪽으로 숙이고 있었다. 그 바람

에 커다란 갈색 눈 밑의 그림자가 더 두드러져 보였다.

"언제 왔어, 엘리?" 레노어가 물었다. 목소리가 낮고도 거칠게 들렸다.

"몇 시간 전에요. 언니는 자고 있었어요. 난…… 위로하고 싶은데, 근데…… 뭐라고 말해야 할지 모르겠어요."

"괜찮아. 이리 와, 엘리."

레노어는 두 팔을 벌렸고 엘리는 그녀의 품에 뛰어들었다. 잠시 둘은 그냥 안고만 있었다. 레노어가 따뜻하고 부드럽게 느껴져서 위로가 됐다. 엘리는 죄책감이 느껴졌다. 엘리가 레노어를 위로해야 하는 거 아닐까? 그 반대가 아니라.

바로 그때, 엘리는 뭔가 이상하다고 느꼈다. 레노어는 옷만이 아니라 향기도 걸치고 다니는 여자였다. 보통 레노어의 포옹에는 코코넛이나 시트러스 향이 약간 섞인 치자나무 향기가 실려 있었다. 그날 밤에는 코코넛이나 시트러스 향이 약간 섞인 치자나무 향 대신 무향 비누 냄새가 났다. 네모난 형태에 '신선한 향'이라고 광고되는 그런 비누 말이다.

약간 위화감이 느껴졌다.

"여기." 레노어가 엘리에게 벨벳으로 포장된 꾸러미를 내밀며 말했다. "그 사람이 너한테 주고 싶어 했어."

엘리는 조심스럽게 트레버의 맥가이버 칼 포장을 풀었다.

"하이킹하러 갈 때마다 매번 들고 다녔는데. 할머니의 뜰로 잠깐 나갈 때도 혹시 모른다면서." 엘리는 칼을 꽉 쥐며 말했다. "나도 항상 가지고 다닐게요."

"트레버답네." 레노어가 말했다. "거의 모든 일에 대비한다니까. 결국 도움이 되지는 않았지만."

"미안해요." 엘리가 말했다.

레노어는 주방 조리대에 힘없이 기대며 가짜 대리석 벽돌에 몸무게가 실리도록 놔두었다.

"이제 어쩌지? 나 혼자 이걸 어떻게 해?" 레노어는 두 팔을 활짝 벌렸다. 우주와 우주 안의 모든 것에게 손짓하는 듯했다.

"언니는 혼자가 아니에요."

레노어의 표정이 누그러졌다. "그래?"

"내가 약속할게요." 엘리가 말했다. "뭐든 필요하면 말만 해요."

잠시 침묵이 흐르는 동안, 레노어는 벽에 기대어 있는 양념 선반을 바라보며 생각에 잠겼다. 그러더니 엘리의 손을 잡았다.

"너한테 보여주고 싶은 게 있어."

그러고는 주방과 차고를 연결하는 문으로 가만히 엘리를 끌고 갔다.

"잠깐, 나가게요?" 엘리가 물었다. "한밤중인데. 그레고리는 어쩌고요?"

"너희 엄마 방에 아기 모니터가 있어." 레노어는 미소 지으며 돌아보았다. 엘리가 여태 본 것 중 가장 작고 슬픈 미소였다. "어둠이 무서운 거야? 유령을 깨우는 사람이면서."

"무서울 때도 있어요. 뭘 보여주고 싶은데요?"

"그 일이 일어난 곳." 눈물이 부풀어 올라 레노어의 왼쪽 뺨으로 흘러내렸다. "그 사람이 죽은 곳. 너도 봐야 해."

"아. 그게, 내일 해 뜰 때까지 기다리는 건 어때요?"

엘리가 손을 빼려 했지만, 레노어가 손아귀에 힘을 주었다.

"말이 안 돼. 그 사람이 왜 난데없이 그런 데다 주차를 했을까? 무슨 일이 있었던 거야? 너도 그 자리를 봐야 해. 숲속에 난 무슨 직선 도로야. 그 사람이 평소 타는 길에서 1.6킬로미터쯤 떨어져 있어. 무슨 일이야, 무슨 일이냐고?"

"나도 몰라요, 레노어." 엘리가 고개를 저었다. "하지만 한밤중에 거기 간다고 설명될 건 아무것도 없어요. 나중에 가요. 약속할게요."

"그냥…… 그냥 나랑 같이 가. 어쩌면 네가…… 어쩌면 네가 그 사람을 다시 불러올 수 있을지도 몰라."

"뭐라고요? 안 돼요! 못 해요!"

"날 위해서라면 뭐든지 하겠다면서!"

"그건 너무 위험해요, 레노어!"

날카로운 손톱이 엘리의 피부에 파고들었다.

"그럼 나한테 방법을 알려줘! 부탁할게. 엘리…… 나, 괴로워."

"그런 식으로 되는 게 아니에요. 개랑 사람은 다르다고요. 내가 노력한다고 해도…… 사촌의 분노만 불러올 뿐이에요. 오빠는 행복해요. 내가 약속할게요. 작별 인사를 했을 때, 오빠의 고통은 전부 사라졌어요. 오빤 미소 지었고……."

"너한테 작별 인사를 했어?" 레노어가 마침내 엘리를 놓아주었다. "나한테는 그럴 기회가 없었어. 내가 그 사람한테 마지막으로 한 말은 '저녁에 수프 먹을래?'였어. 빌어먹을 수프였다고. 그냥 마지막으로 한 번 대화하게 해줘! 그 사람이기만 하면, 화가 났든 아니든 상관없어!"

비비언이 둘의 말다툼을 들은 듯 욕실 가운에 면 파자마 차림으로 쏜살같이 주방에 들어왔다.

"엘리, 손님방으로 돌아가!" 엄마가 말했다. "레노어, 그 사람은 떠났어……."

엘리는 상황이 더 나빠지기 전에 복도로 도망쳤다. 아기방에서 그레고리가 울고 있었다. 고통을 날카로운 스타카토로 표현하는 듯했다. 엘리의 아빠가 잠에 겨워하면서 그레고리의 요람을 내려다보고 앉아, 달래는 소리를 내고 있었다. 엘리는 손님방으로 물러나 혼자가 된 채 문을 닫았다. 야단법석을 막기에 문은 조잡한 장벽밖에 되지 않았다.

사별을 당한 엄마와 아이가 문밖에서 울고 있는데 대체 어떻게 자라는 걸까? 둘의 목소리가 벽에서 스며 나왔다. 집이 슬픔으로 진동하는 듯했다.

손님방 창문에서는 울타리가 쳐진 뒤뜰이 내다보였다. 엘리는 창문을 열고 안전장치를 옆으로 민 다음 밖으로 기어나갔다. 엘리의 움직임 때문에 뒤쪽 테라스 벽에 달린 동작 감지 조명이 켜졌다. 집 벽을 따라 흰색 야외 의자가 플라스틱 간이탁자를 둘러싸고 놓여 있었다. 뒤뜰 가장자리를 따라 놓인 화분에서 사막의 꽃들이 자랐다.

엘리는 야외 의자 하나에 기대 눈을 감고, 삼엽충을 주머니에서 꺼내 손에서 굴려보았다. 이제 엘리는 머릿속으로 삼엽충의 망치 모양 머리와 가시가 있고 고랑이 팬 가슴 부분, 몸의 축을 따라 도드라져 있는 돌기를 떠올릴 수 있었다. 삼엽충은 마지막 나날을 어떻게 보냈을까? 절지동물이자 죽은 고기를 먹는 동물로서, 녀석은 아마 박테리아와 유기물을 먹고 살았을 것이다. 바다 밑바닥을 빠르게 가로지르며 더 큰 포식자들이 내려올 때까지 배가 터지게 포식했겠지.

엘리는 녀석이 평화롭게 죽음을 맞았을 거라고 생각했다. 그냥 침전물 속에 자리 잡은 채 떠나버리고, 묻혀 있던 몸은 지질 연대가 흐르는 동안 돌이 되었을 것이다. 꿈의 장소인 지하 세계에서, 녀석은 계속해서 빠르게 기어 다녔다. 하긴, 삼엽충이 달리 뭘 할 수 있을까? 엘리는 마음속으로 손을 뻗어 고대 바다의 유령을 떼어냈다. 돌아와. 일어나.

엘리는 팔에서 간질거리는 느낌을 받았다. 어떤 동물이 팔꿈치에서 어깨까지 기어 다니고 있었다. 엘리는 눈을 뜨고, 반짝이는 외골격을 잠깐 보았다. 삼엽충 유령의 느낌이었다. 하지만 녀석은 너무 오랫동안 꿈을 꿔왔기에 졸음을 떨치지 못했다. 삼엽충은 아른거리다가 흐려져 지하 세계로 돌아갔다.

하지만 잠깐은, 엘리가 5억 년 전 지구에 살았던 작은 영혼과 닿았다. 또 무슨 일을 할 수 있을까?

"레노어는 잠들었어." 비비언이 말했다. "들어와도 돼."

엘리가 돌아보았다. 삼엽충에 너무 정신이 팔려 있어서 뒷문이 열리는 소리도 듣지 못했다.

"잠깐만요. 삼엽충이랑 파티하는 중이거든요, 엄마."

비비언은 엘리 옆 의자에 앉았다. "가끔 사람들은 괴로우면 상대방을 마구 몰아세운단다. 달리 뭘 해야 할지 몰라서 그러는 거야."

"알아요. 제 친구 보실래요?"

엘리가 화석을 건네주자 비비언은 삼엽충을 테라스 불빛에 비춰보았다.

"수억 년이라니." 엘리가 말했다. "저는 못 견딜 것 같아요. 어떤 존재든 간에, 어떻게 지루함을 느끼지 않고 수천 년 이상을 존재할 수 있죠?"

"삼엽충은 쉽게 즐거워하거든. 내 생각에는 그래."

"좀 더 복잡한 존재들은요? 할머니의 매머드처럼요. 그 매머드 도…… 지루해할 때가 있어요? 동물원 우리에서 계속 어슬렁거리는 호랑이처럼요."

"엄마가 보기엔 안 그런 것 같더구나. 지루함은 산 자의 감정이야." 비비언은 눈썹을 찡그리며 인상을 썼다. "그렇다고 다른 감정들이 사라지는 건 아니지만. 매머드도 화를 낼 수 있단다. 그 매머드가 성질을 부리는 걸 본 적이 있어."

근처 공원에서 슬픈 울음소리가 들려왔다. 고음에, 갯과 동물 특유의 떨리는 음이 섞여 있었다. 엘리는 더 많은 울음소리가 처음 소리에 섞여들기를 기다렸다. 무리 짐승들은 그렇게 하니까. 그들은 서로 뜻을 전달하고 슬픔을 나누기 위해 함께 노래했다.

하지만 공원의 코요테는 혼자였다. 잠시 후, 녀석의 목소리가 잦아들어 한여름 벌레들의 찌르륵 소리에 삼켜졌다.

"팔대조가 선사시대 동물들을 깨우신 적이 있나요?" 엘리가 물었다.

"그런 얘기는 못 들어봤어." 비비언이 말했다. "하지만 그 동물들에 대해서 아셨던 건 확실해."

"그래요?"

"사실, 우스운 이야기란다."

엘리는 몸을 앞으로 숙이며 두 손으로 턱을 괴었다. "말해주세요오오오."

"황야 한복판에 웬 균열이 나타났어. 나타났다는 말은…… 하룻밤 사이에 땅에 구멍이 났다는 거야. 바닥도 없는 구멍이 말이지. 최소한, 바닥이 보이지는 않았단다. 이 소식이 네 팔대조 할머니 귀에 들어가자 그분은 '내가 조사해봐야겠다, 위험할 수도 있으니까'라고 하셨지.

'그래. 그래야지.' 팔대조의 남편이 말했어. '나도 갈게.'

남편은 위험을 피하라고 팔대조를 설득할 수 없다는 걸 알았단다. 팔대조는 고집스러웠고, 낯선 이들을 포함한 다른 사람들의 안전에 무척 신경을 썼거든. 내 생각에, 그건 팔대조가 가진 단점 중 하나야. 그 바람에 충동적으로 행동하게 됐으니까. 보통 팔대조는 여행을 다닐 때 말을 타지 않았단다. 말들은 팔대조의 유령 무리에 겁을 먹었으니까. 하지만 이번만은 얼마 걸리지 않을 것 같아서 예외로 했어. 남편이 말을 잘 다루기도 했고. 사실, 팔대조의 남편만큼 말을 잘 다루는 사람도 없었단다.

균열은 유명한 동굴이 많은 지역에 있었어. 사람들은 보통 그 동굴들을 피했지. 박쥐 배설물과 아주 오래된 포유류의 뼈로 가득했거든. 어둠 속에서 죽어간 가엾고 아름다운 동물들의 뼈 말이야. 보통은 쓰러진 뒤 몸이 약해지다가 죽은 거지. 죽은 뒤에 녀석들의 뼈는 경고의 표시가 되었단다. 다가오지 마. 이 동굴은 위험해.

하지만 팔대조는 현장에 도착했을 때, 사람들이 균열 주위에 모여 있는 걸 보고 놀랐어. 대부분은 젊은 남자였단다. 균열은 지름이 약 1.5미터쯤 되는, 완벽하게 둥근 원이었단다. 두 팔 정도 길이가 되는 거지. 누가 실수로 빠지는 걸 막기 위해 근처 식물을 손으로 뽑아뒀어. 맛있는 냄새가 구멍에서 흘러나왔단다. 그 냄새를 맡자 팔대조는 구운 고기가 생각났지.

'더 큰 균열인 줄 알았는데.' 팔대조가 말했어. '뭐가 문제죠? 동굴이 특이한 것도 아닌데.'

'자매여.' 젊은 남자 한 명이 말했다. '들어보세요.'

그는 균열에 자갈을 던져 넣었어. 그런데도 바위투성이 바닥에 부딪혀 탁하는 소리가 나지 않았단다.

'바닥이 흙으로 덮여 있나 보죠.' 팔대조가 말했다. '밧줄로 깊이를 재봤어요?'

젊은이는 고개를 끄덕였어. '네. 거의 맨 밑까지 밧줄을 늘어뜨렸는데, 뭔가가 밧줄을 잡아당겨서 놓쳤어요! 새로운 계획은 마른 풀과 나무 꾸러미에 불을 붙여 밑으로 던지는 거예요. 빛이 있으면 앞으로 어떻게 해야 할지 결정할 때 도움이 되겠죠.'

보통은 다른 사람들이 말하게 놔두는 것만으로도 만족하는 팔대조의 남편이 말했어. '안 돼요. 불은 쓰지 말아요.'

'왜 그렇습니까, 형제?' 남자가 물었어.

'저 아래에 뭔가 살고 있으니까요. 그게 다칠지도 모릅니다.'

잠시 모두가 이 문제를 의논했어. 균열 안에 사는 사람을 다치게 하는 위험을 무릅쓰고 싶지는 않았지만, 균열이 낯설어서 걱정됐거든. 고기 같은 냄새도 걱정스러웠고. 뭔가가 떨어져서 죽은 게 아닐까?

마침내 젊은이 중 한 명이 균열로 내려가겠다고 자원했어.

'나한테 밧줄을 매달아서 내려주세요.' 젊은이가 말했지. '횃불이랑 무기를 들고 갈게요. 저 아래 있는 사람이 평화로운 사람이라면 공격하지 않겠죠. 다쳐 있다면, 내가 그 사람을 땅 위로 데려와 치유사를 부를 수 있을 테고요. 위험한 존재라면, 내가 고함을 치면서…….' 그가 허공을 걷어찼어. '……싸울게요!'

다들 그의 계획이 최선이라고 입을 모았어. 동네 사람들이 튼튼한 굴레를 만드는 동안 팔대조와 남편은 물을 마시러 말을 타고 근처 냇가로 갔어. 이상한 균열에서 15분쯤 가면 나오는 시내였단다.

'어떻게 생각해?' 남편이 물었어. '사람을 그 밑으로 내려보내는 게 현명한 일일까?'

'모르겠어. 냄새가 걱정되네. 막 죽인 짐승의 냄새도, 썩은 고기 냄새도 아니던걸. 구운 고기 냄새지.'

말들이 신선하고 시원한 물을 마시고 있는데 코요테 여인이 다가왔어. 인간으로 변장하고 있었지만, 코요테들은 변장했을 때도 노란 눈을 숨기지 못한단다. 요즘은 선글라스를 쓰지. 밤에도 말이야. 전깃불이 너무 많아서 눈에 쉽게 띄거든, 코요테의 눈은 특히 그렇고."

"컬러렌즈를 끼면요?" 엘리가 물었다.

"엄마 생각엔 콘택트렌즈가 코요테한테 안 맞을 것 같은데. 코요테용 콘택트렌즈를 만드는 회사가 있는 게 아니라면 말이야. 하긴, 그런 회사가 있을 수도 있겠다. 모르겠어." 비비언은 어깨를 으쓱했다. "옛날에는 동물 사람도 숨을 필요가 없었어. 팔대조는 코요테 여인에게 가족처럼 인사를 건넸지. '안녕하세요, 자매여.' 팔대조가 말했어. '뭔가 도와드릴까요?'

코요테 여인은 감탄하며 말들 주위를 돌아보았어. '나는 말을 타본 적이 없어요. 얼마나 빠른가요?'

팔대조의 남편은 그 질문에 곰곰이 생각해봤어. '곰보다 빠르답니다.' 그가 말했지. 너도 알겠지만, 회색곰은 심란할 정도로 빠르거든. 혹시 회색곰을 만나면 돌아서서 달려가기보다는 작게 몸을 웅크리는 편이 더 안전……."

"전 작게 몸을 웅크릴 필요가 없어요. 커비가 지켜줄 테니까요."

"그래도 대비책이 있는 편이 안전하지. 커비가 늘 너와 있지는 않을 수도 있으니까."

"있을 거예요. 하지만 대비책도 있어요. 다른 유령 개를 부르는 거죠."

진지한 눈길을 보니 비비언은 별로 재미있어하지 않는 듯했다.

"그래서 어떻게 됐어요?" 엘리가 재촉했다.

"코요테 여인이 물었어. '태워줄 수 있나요? 멀리 가고 싶어요.'

'그럼요.' 팔대조의 남편이 말했어. '여기 일을 다 보고 나면 태워드리죠.'

'무슨 일이죠? 당신네 동물들한테 물을 주는 일 말인가요? 다 마신 것 같은데.'

'땅에 깊은 구멍이 생겼어요.' 팔대조가 설명했다. '우린 어쩌다 그렇게 빠르게 구멍이 생겼는지 알아봐야 해요.'

'아, 그거요!' 코요테 여인이 말했어. '가까이 가지 마세요. 위험한 구멍은 아니에요. 그냥 짜증 나는 구멍이죠.'

'그 아래에 뭐가 사는지 아세요?' 팔대조가 물었다.

'네.' 코요테 여인이 말했어. '우리 아빠요.'

코요테 여인은 분통을 터뜨렸어. 아빠의 최근 행동에 짜증을 내는 것도 이해할 만했지. 그런 다음, 팔대조와 남편은 구덩이로 돌아갔어. 빨리 움직였지만, 너무 늦었단다! 젊은이가 이미 내려가, 동굴을 몰래 들어가 숨는 곳으로 사용하던 장난꾸러기 손에 넘어간 거야. 보통 그 깊고 좁은 구덩이는 바위에 가려져 있었지만, 웬 장난꾸러기가 동굴이 충분히 크니 연기가 얼마든지 빠질 거라고 생각하고 지하에서 사슴을 구운 거였어. 그런데 그 계획이 마음대로 되지 않았고, 코요테 여인의 아빠는 박쥐들이 화를 내기 전에 환기를 시키려고 바위를 치운 거야.

팔대조가 구덩이에 도착한 순간, 깊은 곳에서 두려움에 질린 비명이 들렸어.

'올려줘요!' 젊은이가 외쳤어. '괴물이에요! 어서!'

모두가 젊은이를 구멍에서 끌어냈단다. 젊은이는 다치지는 않았지만 놀란 상태였어. 한겨울에 벌거벗고 헤엄친 사람처럼 몸을 떨고 있었지.

'우리가 오래전에 죽은 자들을 방해했어요!' 젊은이가 말했어. '버릇없게 군 대가로 음식을 선물로 바치라는군요!'

'죽은 자들은 먹지 않아요.' 팔대조가 말했다. '진정해요. 괴물이 어떻게 생겼던가요?'

'흰 가시로 덮여 있고, 머리 대신 두개골이 달려 있었어요!'

'날 내려보내줘요.' 팔대조가 고집스럽게 말했어. '직접 보고 싶네요.'

젊은이들은 너무 위험한 일이라고 팔대조를 설득하려 했어.

'그러다가 괴물이 화를 낼 수도 있어요.' 그들이 말했지. '대신 음식을 보내게 해주세요.'

팔대조의 남편은 이 말을 듣고 웃었어. '음식은 아껴둬요. 그리고 아끼는 김에, 헛수고도 하지 마세요. 차라리 태양한테 북쪽에서 뜨라고 하지. 아내, 어떻게 할 생각이야?'

팔대조는 선인장 열매 두 개를 조심스럽게 집어 들었어.

'음식을 달라잖아.' 팔대조가 설명했다. '그 녀석에게 어울리는 선물을 줘야지.'

팔대조는 열매 하나에서 가시를 벗겨낸 다음 굴레를 썼고, 젊은이들이 팔대조를 구덩이로 내려주었어. 팔대조의 머리 위 햇빛이 작고 둥근 빛이 되었단다. 팔대조는 발에 땅이 닿자 횃불을 켰지. 땅은 부드럽고 푹신푹신했단다. 흙과 나뭇잎이 쌓여 있는 것만 같았어.

'나와라, 괴물아!' 팔대조가 소리쳤어. '공물을 가져왔다.'

'우우우우! 우우우우! 우우우우우!' 소름 끼치는 대답이 들려왔지. 공원에서 들린 그 외로운 코요테의 울음소리랑 아주 비슷했을 거야. '땅에 음식을 내려놓고 나가라!'

코요테 남자는 깜빡이는 불빛 속으로 들어왔어. 잠깐이지만, 팔대조는 그를 위협적인 존재로 착각했단다. 진주처럼 흰 가시가 그의 구부정한 등과 팔에 돋아나 있었어. 노란 눈이 개의 눈처럼 반짝였지. 그가 가면 대신 쓰고 있는 흰 들소 두개골 너머로, 눈이 횃불 빛을 반사했단다.

'여기 있어.' 팔대조가 가시 없는 열매를 내밀면서 말했어. 녀석의 복장에 깊은 인상을 받았거든. 종유석을 10여 개나 모아서 몸에 다 묶으려면 몇 시간은 걸렸을 게 틀림없으니까.

코요테는 팔대조의 손에서 열매를 낚아채 가더니, 생각에 잠겨 냄새를 킁킁 맡고는 그늘 속으로 물러났어. '고기를 더 보내라.' 코요테가 말했지. 하지만…… 당연히, 영어로 말한 건 아니야. 리판어도 아니었고. 동물 사람들은 통역이 필요 없는 언어를 쓴단다.

'사슴 한 마리를 통째로 구웠잖아.' 팔대조가 말했어.

'근데? 그래서 뭐? 괴물들은 식욕이 왕성하다고.'

'식욕이 왕성한 건 알겠다, 코요테야.' 팔대조는 코요테 쪽으로 횃불을 흔들었어. '네 비밀은 아무에게도 알리지 않았어. 아직은 말이지. 하지만 네가 계속 인간에게 겁을 주려 하면 상황이 달라질 거야. 그렇게 되면, 이 동굴들을 이용하던 건 잊어야겠지. 무슨 말인지 알아?'

코요테는 들소 두개골 가면을 획 벗어 돌벽에 집어 던지며 물었어. '어떻게 알았지?'

'난 괴물들을 아주 많이 만났는데, 넌 어림도 없거든.'

멀리서 박자에 맞춰 달각거리는 소리가 들렸어. 꼭 바짝 마른 가지가 서로 부딪쳐 꺾이는 것 같은 탁, 탁, 탁 소리였지. 동굴은 통로와 방으로 이루어진 미로나 마찬가지여서, 팔대조는 어디서 그런 소리가 나는 건지 짐작할 수 없었어. 팔대조는 횃불을 이리저리 휘둘러보았지.

'또 수작을 부리는 거냐, 코요테?'

'부릴 수작이야 많지. 하지만 저건 내가 한 게 아니야.' 코요테는 열매를 내려놓으면서 고개를 갸웃했어. 소리를 듣는 것처럼 말이야.

'아, 이런.'

달칵거리는 소리는 엄청나게 많은 부스럭거리는 소리와 끽끽대는 소리에 삼켜져버렸어. 박쥐들이 모든 통로에서 홍수처럼 쏟아져 나와 금세 팔대조를 둘러쌌지. 팔대조는 강하고 빠른 날갯짓으로 공기를 휘젓는 날개들이 자기 팔에 대고 속삭이는 걸 느낄 수 있었어. 박쥐들이 너무 빽빽하게 모여 있어서, 팔대조는 눈앞의 자기 손도 보이지 않았단다. 꼭 동굴의 어둠이 솜털이 보송보송한 작은 몸 수천 마리로 나타난 것 같았지. 박쥐들은 수직으로 된 균열을 빠르게 날아올랐고, 잠시 후에는 전부 동굴에서 빠져나갔어.

'너무 이른데.' 팔대조가 말했지. '저녁이 되기 전에는 박쥐들이 깨어나면 안 돼.'

'코요테!' 높은 목소리가 말했어. '더 이상 너를 이 동굴에서 반갑게 맞아줄 수 없겠구나!'

팔대조의 오른쪽에 있는 가장 큰 통로 깊은 곳에서 뭔가 움직이는 게 얼핏 보였어. 팔대조가 횃불을 내밀고 앞으로 한 발짝 나아가 박쥐 사람을 비추었지. 박쥐는 구슬이 잔뜩 달린 목걸이를 걸고 있었어. 어떤 구슬은 배 밑으로 늘어져 있고, 또 어떤 구슬은 목에 착 감겨 있었지. 구슬들은 팔대조가 본 것 중에 가장 이상한 보석으로 만든 거였어. 온갖 질감과 색깔로 이루어진 광물이었단다. 그중에는 나뭇잎 무늬가 바위에 새겨진 것처럼 보이는 것도 있었어.

'왜?' 코요테가 물었어. '난 항상 당신들에게 잘 대해주었는데.'

'네가 우리 집을 망가뜨렸어.' 박쥐 사람이 말했어. '네 등에 난 가시는 자라는 데 수천 년이 걸린 거야. 한 방울 한 방울, 지구가 자기 눈물에 깃든 소금기로 종유석을 층층이 쌓아나갔지. 그런데 장난이나 치자고 그걸 거둬들여?'

'아주 많잖아!' 코요테가 말했어. '난 겨우…… 몇 개나 되려나? 여섯 개? 일곱 개?'

코요테는 팔대조가 등에 꽂아둔 종유석을 하나씩 세어주기를 기대하는 것처럼 등을 돌렸어. 그건 그렇고, 종유석은 아홉 개였단다.

'아주 많다고?' 박쥐 여인이 그 말을 되풀이했어. '그렇다고 해서, 어떤 영향이 있든 말든 네 멋대로 할 핑계가 돼? 어서 짐을 싸. 전사들이 깨어나기 전에 나가도록 해.'

박쥐 여인은 망치 같은 것으로 동굴 벽을 탁 치고 돌아섰어.

'할머니.' 팔대조가 말했어. '끼어들어서 죄송해요. 한 가지 여쭤봐도 될까요?'

'그러려무나.' 박쥐 여인이 말했어. '내가 하품을 해도 용서하고. 시간이 문제지, 대화 상대가 문제는 아니니까.'

'그럼요.' 팔대조는 노인의 목에 걸린 보석들을 고갯짓했어. '전에도 그런 돌을 본 적이 있어요. 돌로 된 나뭇잎과 조개껍데기, 동물들 말이죠. 그게 뭔가요? 어떻게 생겨난 거예요?'

'시간이 지나면서.' 박쥐 여인이 말했어. '종유석이 생기는 것보다 더 오랜 시간이 걸린단다.'

박쥐 여인은 미소 지으며 작고 흰 이빨을 드러냈어. 흡혈박쥐의 이빨하고는 전혀 달랐지. 분명 그분은 큰귀박쥐였을 거야. 남부에는 사방에 큰귀박쥐가 있으니까.”

“정말 귀여워요!” 엘리가 말했다. “큰귀박쥐는 늘 웃는 것처럼 보여요.”

“맞아.” 비비언이 맞장구쳤다. “박쥐 여인은 늘 미소 짓는 그 입으로 말했단다. ‘우리처럼 살다 보면 시간에 대해 아주 많은 걸 알게 되지. 꼭 지하 세계에 사는 것 같단다. 사방에 유령들이 있어서, 약점이란 무엇이고 멸종은 또 무엇인지 알려주지. 넌 멸종이 뭔지 아니?’

‘아뇨.’ 팔대조가 말했어.

‘멸종은 절대적인 죽음이야. 땅속의 형태 말고는 아무것도 남지 않는단다.’ 박쥐 여인은 나뭇잎 화석을 집어 코요테 쪽으로 쭉 내밀었어. ‘예전에는 이것들이 *아주 많이* 있었지.’

‘나무엔 지금도 나뭇잎이 있는걸.’ 코요테가 코웃음 치며 말했다.

‘수십억 개, 수조 개나 있었다는 거야. 그중에 내 것 같은 건 하나도 없지만.’

그 말을 끝으로, 박쥐는 하품을 하며 날개 달린 두 팔을 쭉 뻗었다가 발을 끌며 멀어져갔단다.

‘충고하는데, 저분 말을 들어.’ 팔대조가 말했어.

‘픽이나. 박쥐라니. 저 녀석들은 위선자야. 너도 이 동굴들이 뭐로 채워져 있는지 봐야 해.’

코요테는 열매껍질을 바닥에 던져버리고, 몸을 움찔거리며 종유석 옷을 벗더니 어둠 속으로 날쌔게 사라졌단다. 그리고 나서, 팔대조는 땅 위로 돌아와 구경꾼들에게 끔찍한 괴물은 더 이상 위험하지 않다고 알려주었지.

'박쥐들이 물리쳤답니다.' 팔대조는 그렇게 말했어.

집으로 돌아오는 길에, 코요테 여인은 팔대조의 말을 탔단다. 몇 주 동안 팔대조와 시간을 보내며 대부분은 개들과 놀았지. 산 개와 죽은 개를 가리지 않고, 모든 개와 말이야. 그런 다음, 코요테 여인은 작별 인사도 하지 않고 떠났어. 어떤 사람들은 그런 식으로 산단다. 플랑크토스들 말이야."

"플랑크톤요?" 엘리가 물었다.

"아니, 플랑크토스. 아마…… 떠돌아다닌다는 뜻일 거야."

"리판어로 떠돌아다닌다는 단어가 뭐예요?"

비비언은 고개를 저었다. "그런 단어가 있었다 해도 지금은 잊었어."

"진짜 남아 있긴 해요?" 엘리가 물었다. "사람들 말이에요. 코요테 사람, 박쥐 사람, 곰 사람요. 저는 한 번도 못 만나봤어요."

"그 사람들의 수와 힘은 종족의 건강함을 반영한단다." 비비언이 말했다. "정말이지, 코요테와 박쥐가 곤란한 상황일 거라는 생각은 들지 않는구나. 그 사람들은 새로운 시대에도 번창해왔어. 그래도 자주 보이지는 않지. 뻔히 보이는 곳에 숨는 솜씨가 좋거든. 살아가기 위해 다른 뭔가가 된 척하는 거야. 남북전쟁이 끝난 뒤에 우리 민족이 그랬던 거랑 비슷하게 말이지. 그러고 보니, 오스틴 근처에 있다는 헐떡이는 동굴 얘기 들어봤니?"

"그럼요! 동굴 탐험가들을 잡아먹는다면서요! 헤로토닉대학교 초자연학과에서 작년에 그 동굴들을 연구했어요. 히스토리 채널에서도 그 동굴의 수수께끼를 다룬 다큐멘터리를 해주지 않았나요? 보려고 했는데, 재연 장면이 너무 어색하더라고요. 도저히 못 보겠더라니까요."

"꽤 믿을 만한 정보인데." 비비언이 말했다. "그 동굴 전체가 속임수래. 동굴 안에 사는 박쥐 사람들이 방해받는 걸 싫어해서 장난을 쳐놨다는 거야."

"잠깐만요. 박쥐 인간들이 인간을 겁줘서 쫓아내려고 괴물인 척한다는 거예요? 장난꾸러기 코요테가 했던 거랑 똑같이?"

"그보다는 교묘하지만."

"그래도요!" 엘리는 아쉬운 듯 자기 삼엽충을 바라보았다. "만나고 싶은데."

"언젠가는 만나게 될 거야." 비비언이 약속했다. "세상이 덜 무서운 곳이 되면, 더 이상 숨지 않겠지."

엘리는 코웃음을 쳤다. "차라리 태양한테 북쪽에서 뜨라고 하죠."

10

검시관은 트레버의 사망을 '추가 수사 불필요, 사고사'라고 판단
했다. 엘리는 놀라지 않았지만, 그래도 이런 결정은 명치를 주먹으
로 맞는 것처럼 느껴졌다. 이처럼 특이한 상황에서 대체 누가 어떻
게 사인을 판단할 수 있다는 걸까?

상관없었다. 사망진단서는 바뀔 수 있었다. 엘리와 엘리의 가족
들이 자체 수사를 마치는 대로 트레버의 사인은 '살인'이 될 것이다.

관을 닫은 채 진행한 장례식이 끝나고, 트레버는 가장 개인적인
소지품과 함께 성스러운 곳에 묻혔다. 오직 어른들과 가까운 가족
만이 땅에 묻히는 그의 모습을 지켜보았다. 나중에 엘리의 부모님은
도시 바깥쪽 공원에서 공개 경야제(죽은 사람을 추모하며 밤을 새우는
의식-옮긴이)를 지냈다. 트레버의 친구와 직장 동료, 학생, 친척들이
모여 그의 삶을 기릴 수 있는 행사였다.

경야제에 가장 많이 찾아온 건 트레버의 예전 학생들이었다. 검은 옷을 입은 아이들이 무슨 우울한 식탁보라도 되는 것처럼 벤치마다 널려 있었다. 아이들은 훌쩍이며 쿠키와 레몬 바를 깨작거렸다. 엘리는 많은 사람, 특히 가장 어린 세대의 사람들이 한 번도 장례식에 와본 적이 없다는 걸 알아차렸다. 가장 운이 좋은 사람은 죽음을 개인적으로 경험한 적이 한 번도 없었다. 다른 사람들은 조부모님이나 증조부님을 잃은 적이 있었지만, 그들은 오랜 삶을 산 뒤에 평화롭게 죽은 경우였다. 그게 올바르고 공정한 일이었다.

어른들은 대부분 선 채로 군데군데 모여 이야기를 나누었다. 그런 모임은 때로 흩어졌다가, 구성원을 바꾸어 다시 만들어졌다. 평범한 디너파티와 비슷했다. 엘리는 외로운 기분이었기에 메스키트 나무 아래, 개미가 없는 곳에서 그런 모임을 지켜보았다. 딸기 펀치도 한 잔 마셨다. 가느다란 얼음이 핑크색 액체에서 깐닥거리며, 여름 열기에 두 배는 빨리 녹아갔다. 레노어는 계속 이어지는 위로와 포옹을 어떻게 견디는 걸까? 대체 누가 견딜 수 있을까? 엘리는 낯모르는 누군가가 "좋은 사람이었어"라고 말하면 울음을 터뜨리게 될까 봐 두려웠다.

모여 있는 사람들 뒤쪽에서 메르세데스 벤츠 한 대가 주차장으로 들어왔다. 자동차의 도색이 윤을 낸 흑요석처럼 반짝였다. 화려한 자동차는 트레버의 동료들이 가진 비교적 초라한 자동차들 사이에서 아픈 엄지처럼 두드러졌다. 엘리의 눈에 가장 먼저 띈 것, 엘리의 의심을 산 것이 바로 그 점이었다.

TV 범죄 드라마에 매번 나오는 말이 하나 있다. 범인은 범죄 현장으로 돌아오게 마련이라는 말이었다. 이곳은 범죄 현장이 아니었지만, 어쩌면······.

자동차 문이 벌컥 열리고 키 큰 남자가 내렸다. 그의 검은 정장은 골프장에서 입고 있던 평상복과 전혀 달랐지만, 엘리는 어쨌든 그를 알아보았다.

에이브 앨러턴이 트레버의 경야제에 왔다.

엘리는 남은 펀치를 풀밭에 버리고 플라스틱 컵을 밟아 구긴 다음 주차장 쪽으로 천천히 달려갔다. 계획은 없었다. 있어야 할까? 물론 있어야 했다. 앨러턴 박사의 얼굴을 무작정 후려갈기고, 그의 새 자동차를 못 움직이게 막고, 그를 살인자라고 비난할 수는 없었다. 그랬다가는 엄청나게 많은 골칫거리에 맞닥뜨리고 가족들도 위험에 빠뜨리게 될 것이다. 앨러턴 박사는 누군가 자신을 의심하고 있다는 사실을 아직 몰랐다.

침착하게만 하면 돼. 엘리는 생각했다. *인사를 건네는 거야. 친절하게 굴어. 단서를 파헤쳐. 의사가 레노어를 죽이거나 그 비슷한 일을 하려고 여기 온 건 아닌지 확인해.*

엘리는 수십 명의 목격자가 있는 상황에서 앨러턴 박사가 말썽을 일으킬 거라고 생각하지는 않았다. 하지만 아무 죄 없는 사람을 죽이는 것도 대부분 사람은 하지 않을 일이었다. 엘리는 싸움이 필요한 상황이 되면 커비의 큰 울부짖음을 활용할 준비가 되어 있었다. 게다가 가족의 친구인 털북숭이 매머드도 앨러턴 박사의 자동차로 돌진해 그가 탈출하지 못하도록 막을 수 있었다. 불행히도 엘리의 할머니는 구식이라, 경야제에 절대 참석하지 않았다. 할머니 생각에는 죽은 지 얼마 안 되는 사람에 대해 그토록 자유롭게 이야기를 나누는 것이 잘못된 일이었다. 엘리는 전에도 털북숭이 매머드를 다스려본 적이 있었지만, 할머니가 늘 근처에서 지켜보고 있었다. 사랑하는 주인이 없으면, 그 커다란 동물은 어떻게 행동할까? 엘리는 부정적인 반응을 일으키는 위험을 무릅쓰고 싶지 않았다. 할머니는 엘리에게 코끼리보다 큰 동물을 절대 호출해서는 안 되는 세 장소가 있다고 경고했다. 사람 많은 곳, 비좁은 곳, 시끄러운 곳이었다.

그렇긴 하지만, 메르세데스 벤츠가 보이지 않는 매머드 궁둥이에 깔려 으스러지는 모습을 상상하니 즐거웠다.

앨러턴 박사는 엘리가 다가오는 것을 알아챈 듯 선글라스를 내리며 은테 너머로 엘리를 보았다. 엘리는 몸에 힘을 풀었다. 어깨를 늘어뜨리고 주먹도 폈다. 엘리는 빈 컵을 재활용품 쓰레기통에 던져 넣은 다음 미소 지었다. 처음에는 너무 활짝 웃었다. 이곳은 경야제를 하는 곳이지, 생일파티를 하는 곳이 아니었는데 말이다. *자연스럽게 행동해, 엘리.*

"안녕하세요." 엘리가 인사를 건네며 말했다. "지금 비공개 행사 중이라서요. 어……."

"에이브라고 한단다. 진심으로 명복을 빈다. 추모하러 왔어."

앨러턴 박사는 딱 맞게 미소 지었다. 공감 어리고, 상냥한 한편으로 씁쓸해하는 미소였다. 진짜였을까? 아니, 그럴 리가. 에이브 앨러턴은 그저 몇몇 사람과는 달리 적절하게 행동하는 방법을 알았을 뿐이다.

"죄송해요." 엘리가 말했다. "그쪽이 그냥 너무, 음…… 그러니까,

그 정장이 이 공원에 있는 모든 정장을 합친 것보다 비싸 보여서요."

에이브 앨러턴은 고개를 저었다. (가짜일 게 분명한) 연민으로 그의 눈가에 주름이 잡혔다. "사람들은 모두 다르게 슬픔을 표현하지. 레예스 선생님은 2년 전에 내 아들을 가르치셨단다."

"아이는 어디 있나요?"

"엄마랑 있어. 헤어졌거든." 에이브는 두 손을 맞잡았다. "참 비극적인 일이야."

"그러니까…… 그쪽 이혼 얘기죠?"

"아니." 앨러턴 박사가 말했다. "이혼은 합의로 한 거란다. 이것 말이야. 이게 비극이지. 잠깐 만났을 뿐이지만, 나는 레예스 선생님한테서 깊은 인상을 받았단다. 레예스 선생님은 지적이고 열정적인 분이었고, 학생들을 진심으로 생각하셨어."

엘리는 눈이 화끈거렸다. 친절한 표정을 더는 꾸며낼 수 없었다. "네, 맞아요. 늘…… 늘 다른 사람들을 생각했죠."

"가족이니?"

"사촌이에요."

앨러턴 박사는 어깨동무를 하려는 것처럼 팔을 뻗었지만 엘리가 휙 물러났다. 커비가 경고로 한 차례 짖었다.

"미안, 물어봤어야 하는데." 앨러턴 박사가 말했다.

그는 수수께끼의 개를 찾아 주위를 둘러보았다. 최소한 그에게는 유령을 감지하는 예민한 능력이 없는 모양이었다. 커비는 엘리 바로 옆에서 아른거리며, 주차장 아스팔트에서 솟아오르는 뜨거운 공기와 섞여들어 있었다.

"괜찮아요." 엘리가 말했다. "아드님 이름은 뭐예요? 사촌의 학생 중에 추모 편지에 이름을 적은 아이들도 있던데."

"브렛이야." 앨러턴 박사는 입을 꾹 다물고 고개를 숙였다. 고통을 함께 나누는 모습이었다. "레예스 선생님은 어디에 묻히셨니? 브렛은 오늘 올 수가 없었어. 여름 캠프가 막바지여서. 하지만 나중에 묘지에 찾아가 작별 인사를 하고 싶어 한단다."

"비밀이에요." 엘리가 말했다.

앨러턴 박사는 고개를 들었다. 공감 어린 미소에 긴장감이 어렸다. 불안해하는 걸까? 화가 난 걸까?

"비밀이라니?" 그가 물었다.

"그게 우리 방식이에요." 엘리가 설명했다.

"브렛은 무척 속상해하고 있어. 레예스 선생님은 브렛이 가장 좋아하는 선생님이었거든. 혹시 브렛은 예외로 해줄 수 없을까?"

앨러턴 박사는 엘리의 어깨 너머로, 모여 있는 트레버의 친척들을 보았다. 아마 그들이라면 엘리보다 큰 도움을 줄 수 있을지 모른다고 생각하는 듯했다.

"우리 원로들을 모욕하고 싶으신 거예요?" 엘리가 말했다. "그쪽이 말한 방법이 그거거든요."

"아." 앨러턴 박사가 말했다. "잊었구나. 너희는…… 아메리카 원주민이지?"

"리판 아파치예요. 혹시 누가…… 사촌이 어떻게 죽었는지 말한 적이 있나요?"

앨러턴은 고개를 끄덕였다. 눈에 잘 띄지 않는 동작이었다. 엘리는 그의 눈을 들여다볼 수 있었으면 좋겠다고 생각했다. 포커를 하는 사람들이 선글라스를 쓰는 데는 이유가 있었다. 선글라스는 허풍선이들, 거짓말쟁이들을 보호해주었다.

"사고가 있었다던데." 앨러턴이 조용히 말했다. "맞니?"

"그 일이 일어났을 때 저도 현장에 있었다면 좋았을 거예요. 어떤 식으로든지 도움이 됐을지도 모르니까요." 엘리는 소매로 코를 쓱 문질렀다. "이제야 사촌의 곁에 있게 됐네요. 만나서 반가워요, 앨러턴 씨."

"음, 그래." 앨러턴은 인상을 쓰며 엘리 옆쪽을 가리켰다. "미안하지만, 공기 중에 아른거리는 저게 보이니?"

"제 개예요. 나타나, 커비."

엘리는 앨러턴 박사가 놀라서 한 발짝 물러서자 짜릿한 만족감을 느꼈다. 고장 난 렌즈로 영사한 것처럼 윤곽선이 때때로 지직거리긴 했지만, 커비는 단단해 보였다.

"유령 반려동물이라니." 앨러턴이 말했다. "어떻게 한 거니?"

"가문의 오랜 비밀이에요."

앨러턴이 웃으며 말했다. "아, 이런. 나도 그런 비밀이라면 *아주 많이* 알지."

앨러턴의 웃음은 부드럽고 정중했다. 엘리는 한 발 물러서 자세를 가다듬어야 했다. 행복한 앨러턴 박사와 기분 좋게 1분만 더 대화를 나눴다간 그의 비싼 정장 전체에 토하게 될지도 몰랐다.

"저는 가봐야 해서요." 엘리가 말했다.

"잘 지내거라."

"아, 저기······."

"음?"

"저거 새 자동차죠? 옛날 자동차는 어떻게 됐나요?"

"이상한 질문이구나." 앨러턴이 말했다.

"제 친구가 쓸 만한 중고차를 사고팔거든요."

"미안." 앨러턴 박사가 말했다. "나는 차를 팔 생각이 없어서. 잘 가렴."

그보다는 *제법이구나*로 들리는 말이었다.

앨러턴 박사가 간식 테이블로 곧장 나아가는 동안, 엘리는 그의 자동차 주변을 천천히 돌아보았다. 지금까지도 뒤쪽 창문에 임시 번호판이 붙어 있었다. 자동차 판매점 이름(메르세데스 벤츠 메리 카운티 지점)이 숫자로 된 번호 아래 적혀 있었다. 자동차는 그냥 새것이 아니라, 방금 출고된 것이었다. 앨러턴 박사는 트레버의 사망 사고 때 전에 쓰던 차를 잃은 걸까?

엘리의 아빠가 다가왔다. 조심스럽고 걱정스러운 표정을 짓고 있었다. 최악의 상황을 예상하지만, 최선의 상황을 기대하는 듯한 표정이었다.

"누구니?" 아빠는 앨러턴 박사 쪽을 보며 물었다. "설마······."

"그 의사 맞아요."

"그 의사? 살인범 의사?"

"네."

"저 사람하고 얘기했어? 뭘 원한다고 하니?"

엘리의 아빠는 포옹으로 세상의 악을 막을 수 있다는 듯 엘리를 한쪽 팔로 끌어안았다.

"모르겠어요. 우리의 불행을 즐기는 걸지도 모르죠. 엉망진창이지만, 살인도 엉망진창이긴 마찬가지잖아요."

엘리는 앨러턴 박사를 잠시 지켜보았다. 살인자는 고급 와인이라도 마시듯 레모네이드를 천천히 홀짝였다.

"한 가지 있긴 있어요, 아빠. 저 사람이 묘지 위치를 물어봤어요."

"뭘 어째? 왜?"

"저 사람 아들 브렛이 무덤에 가보고 싶어 한대요." 엘리는 고개를 저었다. "아무튼 말로는 그래요."

"너는 믿지 않는구나."

"안 믿죠. 앨러턴 박사한테 아무도 무덤을 볼 수 없다고 하니까, 그야말로 겁에 질린 표정이 되더라고요. 아들보다는 자기가 그 무덤에 가봐야 하는 것처럼요."

"그럼 더더욱 비밀로 해야지." 엘리의 아빠는 앨러턴 박사 쪽으로 향했다. "저 남자를 내보내야겠다. 조금 더 머물다간 누군가 이야기를 할지도 몰라."

"잠깐만요!" 엘리가 아빠의 손을 잡았다. "은밀하게 하세요."

"당연하지. 아빠를 좀 믿어줘라. 난 스파이 소설을 수백 권은 읽었다고. *수백 권.*"

아빠는 그 이상 말하지 않고 공원을 가로질러 가서 앨러턴 박사와 악수하며 그에게 자기소개를 했다. 엘리는 둘의 대화를 들을 수 없었지만, 아빠가 스파이 기술을 제대로 썼는지 몇 분 만에 앨러턴은 메르세데스 벤츠로 돌아갔다. 자동차는 자갈을 튀겨대며 후진해,

빠른 속도로 주차장에서 나갔다. 앨러턴 박사는 과속 딱지에 신경 쓰지 않는 게 분명했다. 신경 쓸 이유가 있을까? 앨러턴 같은 남자에게 수백 달러는 잔돈에 불과한데.

"저러다 예쁜 새 자동차를 박살 내겠는걸." 엘리가 말했다. "넌 어떻게 생각해, 커비?"

아직 모습을 드러내고 있던 커비는 드러누워 배를 보였다.

11

엘리가 에이브 앨러턴의 빛나는 '레이트어닥' 후기를 읽고 있을 때 소식이 들려왔다.

"레노어가 전화했어." 엘리의 엄마가 말했다. "클로이 앨러모어가 이 마을을 지나간대. 트레버의 사고 현장에서 남아 있는 외상 에너지를 확인해보겠다고 자원했다는구나."

"클로이 앨러모어라고요!" 엘리는 깊은 인상을 받아 휘파람을 불었다. "*진짜* 익숙한 이름인데, 왜지? 그 사람, 리얼리티 TV 프로그램에 나오지 않아요? 〈할리우드 범죄 현장 영매〉였나?"

"맞아."

"왜 그 여자예요?"

"여기에 가족이 있다는 것 같구나. 네 사촌의 죽음이 사고사로 결정되고 나서 레노어랑 내가…… 뭐랄까, 항의해왔거든. 언론사에까지 제보했어. 네 사촌이 절대 숲길을 따라 과속할 만한 사람이 아니라고 설명했지. 기자는 반응이 없었지만, 클로이가 소문을 들은 모양이야."

"별로 기대하지 않으시나 보네요, 엄마."

비비언은 입술을 꽉 다물고, 힘차 보이려고 노력하는 특유의 방식으로 미소 지었다. "마음은 열어두고 있어. 영매의 증언만으로는 법정에서 별 소용이 없겠지만, 클로이가 에이브 앨러턴을 지목해주면 경찰이 앨러턴을 들여다보고 클로이를 활용해서 자기들 주장을 뒷받침할지 몰라. 혹시라도 말이야."

"벌써 그렇게 한 거 아니었어요? 전 엄마가 익명으로 경찰에 제보한 줄 알았는데요."

"했어. 그냥…… 익명 제보는, 단서를 쫓을 만한 그럴싸한 이유가 없는 한 별 힘이 없는 것뿐이야." 엄마는 엘리의 머리를 쓰다듬었다.

둘은 뒤뜰의 야외용 의자에 나란히 앉아 있었다. 레노어는 그레고리를 데리고 친정에 갔고, 엘리의 아빠는 그날 아침 비행기를 타고 집으로 돌아갔다. 아빠의 환자들(새와 작은 포유류, 파충류도 치료하긴 했지만, 대부분은 개와 고양이였다)에겐 아빠가 필요했다.

"알겠어요." 엘리가 말했다. "영매가 일하는 모습을 지켜볼 수 있을까요?"

"응, 가족은 환영이래. 레노어도 우리가 도와주기를 바라고. 네 이모와 이모부는 오지 않으실 거야. 너무 고통스러워서."

"클로이가 TV용으로 이 사건을 촬영하는 건 아니죠?"

"응." 비비언이 말했다. "엄마는 저녁밥 하러 가야겠다, 엘리. 흥미로운 걸 알게 되면 알려주렴."

엄마가 집으로 들어가자마자 엘리는 제이에게 전화를 걸었다. 신호음이 딱 한 번 울린 뒤에 제이가 전화를 받았다. 엘리의 전화를 기다린 걸까?

"안녕!" 제이가 말했다. "좀 어때?"

"별로 안 좋아. '레이트어닥'에 올라온 앨러턴 박사 후기를 전부 읽었거든. 터무니없더라. 이거 들어봐……." 엘리는 무릎에 놓인 태블릿을 보며 읽었다. "아들이 세포암 진단을 받고 나서 종양 전문의 다섯 명을 만나봤는데, 아무도 종양의 진행을 늦추지 못했습니다. 그때 친구가 앨러턴 박사님을 추천해줬어요. 저는 반신반의하는 마음이었지만, 앨러턴 박사님이 아들을 구해주셨습니다. 종양의 흔적이 **전혀** 남아 있지 않더군요! 앨러턴 박사님은 기적을 일으키는 분이십니다!"

"나도 기억난다." 제이가 말했다. "모두가 앨러턴 박사를 기적을 일으키는 사람이라고 불러. 진짜인지 궁금해진다니까. 앨러턴 박사가 마법으로 병을 고칠 수 있는 걸까? 손만 대도 병을 치료하는 것처럼 말이야."

"제이, 그렇게 강력한 치유사는 없어. 마법을 쓰더라도 말이야."

"어쩌면 앨러턴 박사가 처음일지도 모르지."

"만일 그렇다면, 왜 모두에게 떠들어대지 않겠어? '자, 나는 암을 즉시 없어지게 할 수 있습니다'라고 말이야. 그러면 놀라운 소식일 텐데? 세상이 바뀔 것 아냐!"

"흠. 뭐, 그건 이상하네. 모르겠다."

"이상한 건 또 있어."

"아귀?"

"어……." 엘리는 자기도 모르게 미소 지었다. 통화를 하면서 미소 짓는 건 윙크를 하는 것만큼이나 어색한 행동이었지만(상대가 보지도 못하는데 대체 무슨 의미가 있을까?), 그 표정 자체가 기분 좋게 느껴졌다. "아귀도 이상한 물고기이긴 하지. 근데 그것 말고도 이상한 소식이 있어. 어떤 영매가 내일 살인 현장에 온대. 클로이 앨러모어라는 사람이야. 너도 알아?"

"앨러모어라. 라모르 같은 건가? 어디서 들어본 이름인데. 진짜 익숙하다. 근데 난 영매에 대해서 아무것도 몰라. 우리 이모 벨이 영매이긴 하지만."

"클로이는 애팔래치아 산맥에서 실종된 걸스카우트단을 찾아냈어. 지금 그 사람 전기를 읽는 중이야." 엘리는 태블릿 브라우저를 스크롤하며 정보를 훑어보았다. "실종 사건 21건을 해결했대. 살인 사건 12건에 도움을 줬고. 심령101 채널에서 가장 높은 평점을 받은 리얼리티 TV 프로그램에 나오기도 해. 클로이가 우리를 도와줄 수 없다면, 과연 누가 도와줄 수 있을지 모르겠는걸."

"엘리. 음, 찬물 끼얹으려는 건 아닌데……."

"말해봐."

"말했지만, 우리 이모한테도 영매 재능이 있어. 그렇게 대단한 게 아니야. 이모가 느끼는 건 진짜 모호한 것들이야. 뭐라도 느껴진다면 말이지. 뭐랄까, 이모는 남아 있는 감정을 포착해. 슬픔이나 시기심 같은 것. 속삭이는 소리를 들을 때도 있긴 하지만, 심장 소리처럼 작은 소리라 거의 알아듣기 어려운 말들이야. 유일한 예외는, 이모가…… 뭐든 그 환시의 내용에 개인적으로 강한 끌림을 느낄 때야."

"아." 엘리의 미소가 지워졌다. "클로이가 우리 가족한테 딱히 개인적인 애착이 있을 것 같지는 않은데. 우리한테는 미묘한 감정 이상의 뭔가가 필요해."

"행운을 빌게. 우리 이모야 유명 영매는 아니니까. 클로이 앨러모어라면 힘든 일을 해낼 수도 있지."

"그랬으면 좋겠다."

잠시 침묵이 흘렀다. 엘리는 핸드폰 너머에서 새들이 지저귀는 소리가 들린다고 생각했다. 제이는 밖에 있는 게 틀림없었다. 아니면 자연 다큐멘터리를 보고 있거나.

"맞다." 엘리가 말했다. "로니는 앨이 청혼한 거 봤어?"

"아직. 대학교에서 인턴을 하고 있거든. 다음 주에 집에 돌아오면, 음…… 앨이 아마 뭔가 계획해놨을 거야."

"어떻게 되나 보고 알려줘."

"그럴게!" 제이가 말했다. "영매가 현장 해석을 마친 다음에 전화해줄 수 있어?"

"그럼, 넌 사실상 2인조 경찰 영화에 나오는 내 파트너나 마찬가지야. 내가 아는 건 너도 모두 알게 되는 거지. 반대도 마찬가지고."

"우리 둘 중에 누가 웃긴 녀석이야?"

"둘 다 아니야." 엘리가 말했다. "하지만 난 에이브 앨러턴이 갇히는 순간 웃을 거야. 그거야말로 정곡을 찌르는 명대사가 될 테니까."

그날 밤, 엘리는 메모리폼 간이침대에서 잠들었다가 노간주나무 그늘에서 눈을 떴다. 머리에 구름 같은 흰 버섯들이 괴여 있었다. 근처에서 강이 풍경을 둘로 나누며 느릿느릿 흘러갔다. 엘리는 입이 너무 바싹 말라서 말이 나오지 않았다. 다른 방법이 없었기에, 맨발로 물가에 다가갔다. 진흙이 묻어 파자마 바지 가장자리가 뻣뻣하고 검게 변했다. 엘리는 물을 마시려고 손을 모아쥐고 무릎을 꿇었다.

불가능할 정도로 깊은 물속에서 뭔가가 움직였다. 트레버의 얼굴이 깊은 곳에서 엘리를 바라보고 있었다. 트레버는 엘리에게 손을 내밀었다. 그의 손가락 끝이 물과 공기의 경계선에 닿을락 말락 했다. 트레버의 입술이 움직였다. *도와줘.* 트레버는 아래에 갇혀 있었다.

알았어. 엘리는 사촌의 손을 잡고 그를 따뜻한 곳으로 끌어올리고 싶었다. 하지만 그럴 수가 없었다! 그건 트레버가 아니었으니까. 그랬다. 그건 트레버의 얼굴을 한 괴물이었다.

"미안해."

엘리는 그렇게 말하고, 뒤로 강둑을 기어오르다가 등이 노간주나무 둥치에 눌렸을 때에야 멈추었다.

괴물의 분노로 강물이 끓어올랐다.

엘리.

엘리!

이번에 엘리는 실제로 눈을 떴다. 레노어가 엘리를 내려다보고 있었다.

"무슨…… 어?" 엘리가 물었다. "언제부터 보고 있었어요?"

"일어나." 레노어는 간이침대에서 물러나며 말했다. "클로이 앨러모어를 만날 시간이야."

빵과 오렌지 주스로 아침을 때운 뒤, 엘리와 레노어는 우울한 침묵에 잠긴 채 트레버의 사망 현장으로 차를 타고 이동했다. 떠오르는 태양이 둘을 쫓았다. 나무가 우거진 비좁은 길로 방향을 튼 다음, 둘은 촬영팀 세 사람과 검은색 고성능 RV 차량을 조심스럽게 돌아가야 했다. 레노어는 갓길에 차를 대고 창밖을 내다보았다. 재미없는 영화를 보는 표정이었다.

"농부가 트레버를 발견한 곳이 여기야." 레노어가 말했다.

"너무 외졌는데." 엘리가 말했다.

흙길 양옆에는 가시 돋친 사막 버드나무와 메스키트, 옥양목 덤불이 있었다. 리오그란데 계곡에서는 작고 가뭄에 잘 견디는 나무와 덤불이 잘 자랐다. 그런 식물은 잎사귀가 두껍고 윤이 났으며, 가지는 옅은 색으로 우거져 있었다. 그 사이사이에는 꽃이 잔뜩 핀 야생 식물들이 뒤얽혀 있었다. 봄과 초여름에 나비 먹이가 되는 꽃들이었다. 식물 일부는 사고 당시에 타이어에 깔려 뭉개진 듯 상해 있었다.

"미안해." 레노어가 말했다. "그날 밤에 있었던 일 말이야. 너한테 소리친 건 잘못이었어. 불가능한 일을 요구한 것도."

"괜찮아요. 처음 나쁜 소식을 들었을 때는 나도…… 나도 사촌을 다시 데려오고 싶었어요."

"불공평한 일이야." 레노어가 말했다.

레노어는 손수건으로 눈을 꾹꾹 눌렀다. 트레버가 죽은 이후로 레노어는 평소와 달리 자두색 립스틱도 바르지 않았고, 아이라이너로 눈썹 끝을 뾰족하게 올리지도 않았으며, 파운데이션으로 얼굴 전체를 가리거나 금색 하이라이터를 쓰지도 않았다. 다른 사람처럼 보였지만, 못 알아볼 정도는 아니었다. 화장한 레노어와 화장하지 않은 레노어의 사진을 나란히 놓고 보면, 엘리는 둘이 같은 사람이라고(아니면 일란성 쌍둥이라고) 생각했을 것이다. 하지만 레노어는 향수를 쓸 때도 그랬듯, 화장할 때도 자신의 개성과 예술 감각을 쏟아붓는 사람이었다. 엘리는 그처럼 반짝이는 창의력이 다시 돌아올지 궁금해졌다.

"여기 사람은 우리밖에 없어요." 엘리가 말했다. "클로이의 장비 차량을 빼면요. 차가 안 다니네요."

"시골길이니까." 레노어가 말했다. "이 길을 쭉 따라가봐야 아무것도 안 나와. 그냥 집이랑 농장이 몇 군데 있을 뿐이야."

엘리와 레노어는 남자 두 명과 여자 한 명으로 이루어진 촬영팀이 망치로 빨간 말뚝을 땅에 박아넣고 트레버의 자동차가 발견된 자리를 표시하는 모습을 지켜보았다. 그들은 비싸 보이는 삼각대와 카메라를 그 고리 바깥에 설치했다.

"이거 촬영하는 거예요?" 엘리가 물었다. "난……."

레노어는 짧게 한 번 고개를 끄덕였다. "응. 근데 TV에 나오는 건 아니야. 클로이가 모든 작업을 녹화한대. 기억력을 믿느니 그게 낫다면서."

"근데 클로이는 어디 있어요?"

"아마 아직 RV에 있을 거야." 레노어는 두 손으로 얼굴을 가렸다.

절대 다시 얼굴을 드러낼 생각 없이 까꿍 놀이를 하는 사람 같았다. "잘못 생각했어. 난 준비가 안 돼 있어. 그냥 그레고리랑 같이 있으면서, 너희 엄마한테 이…… 이 *서커스*를 처리해달라고 할걸."

"괜찮아요, 레노어. 기분이 좀 나아질 때까지 여기 있는 게 어때요? 어차피 녹화된다면 아무것도 놓치지 않을 테니까요. 클로이한테는 내가 얘기할게요."

"고마워." 레노어가 여전히 얼굴을 가린 채 손가락 사이로 엘리를 보며 말했다.

엘리는 안전벨트를 풀고 차에서 내리며 레노어에게 믿음직스러운 모습을 보이려 애썼다. 들꽃 냄새가 깃든 따뜻한 공기가 엘리에게 밀려들었다. 엘리는 촬영팀에게 손을 흔들고, 넓은 갓길을 따라 걷다가 말뚝을 박아 설치한 고리 가장자리에서 멈췄다.

"엘리 브라이드라고 하는데요. 클로이 앨러모어랑 같이 온 분들이신가요?"

"맞아요." 가장 어린 팀원이 말했다. 체크무늬 셔츠를 입은 30대 남자였다. 그는 땀이 흐르는 이마를 손등으로 훔쳤다. "레노어 레예스라는 여자분을 기다리고 있었는데요."

"레노어는 차에서 기다리고 있어요. 차가 더 시원해서. 클로이가 도착하면 바로 나올 거예요. 곧 오시겠죠?"

소환이라도 당한 듯 RV 차량의 옆문이 벌컥 열리더니 TV에 나오는 영매가 현장에 들어왔다. 클로이 앨러모어는 파란 원피스에 선글라스를 끼고 있었으며, 물방울무늬가 들어간 인피니티 스카프를 걸치고 있었다. 스카프는 앨러모어의 드러난 어깨 위로 늘어져 햇빛을 가려주었다. 앨러모어는 선탠이 되기 전에 화상을 입을 법한, 희고 주근깨가 많은 피부의 소유자였다.

"여기가 현장이구나." 클로이는 낮고 그윽한 목소리로 말했다. 목소리가 감정적으로 떨렸다. "느껴져."

"뭐가 느껴지세요?" 엘리가 물었다.

카메라는 이미 돌아가고 있었다. 체크무늬 셔츠를 입은 남자가 카메라를 클로이 쪽으로 돌리며, 영매의 첫인상을 영상에 담았다. 클로이는 천천히 걸었다. 한 발 한 발이 신중했다. 마른 잔가지가 클로이의 빨간 펌프스에 꺾였다. 클로이는 턱을 위로 기울이고 두 팔을 쫙 편 채였다. 엘리가 보기에 클로이는 줄타기 곡예사 같았다.

"끔찍한 기운." 클로이가 말했다. "비밀이 소리를 질러댄다. 넌 누구지?"

클로이는 강한 로즈메리 향수 냄새를 풍기며 엘리 옆에 멈춰 섰다. 크고 슬픔에 찬 클로이의 눈이 선글라스 너머로 반쯤 보였다. 검은색이 들어간 유리 때문에 눈동자의 색깔은 보이지 않았지만 말이다.

"피해자의 사촌이에요." 엘리가 말했다.

"마음에 평화를 가지려무나, 얘야." 클로이가 중얼거렸다. "나는 앨러모어 부인이야. 피해자의 아내, 레노어는 어디 있지? 여기로 올 수 있을까?"

"네, 레노어가 필요하세요?"

"부탁한다. 레노어가 있으면 트레버가 우리에게 남긴 메시지를 분명히 알아듣는 데 도움이 될 거야."

"그래요? 어떻게 하는 거예요?"

클로이는 선글라스를 벗었다. 그녀의 눈은 생생한 보라색이었다. 아마 특수효과가 들어간 콘택트렌즈를 끼고 있을 터였다. 엘리는 헬러윈 때마다 그 렌즈를 끼고 싶은 충동을 느꼈지만, 가격이 상당했다. 엘리는 만화책에 용돈을 쓰는 편이 더 좋았다.

"내 재능은 다른 감각과 비슷하단다." 클로이가 말했다. "시각으로 세상을 볼 때는 빛이 눈으로 들어가 뇌에서 처리되지. 나는 내 재능을 통해 강력한 순간이 남긴 인상들을 흡수하고 해석하는 거야."

"그 비유에 따르면." 엘리가 조심스럽게 물었다. "레노어가 당신이 가진 육감에 씌울 독서용 안경 같은 건가요?"

"정확해. 너도 트레버와 관계가 있으니 마찬가지고."

엘리는 클로이가 트레버의 이름을 말했을 때 움찔했다. 그러나 모두가, 아니, 대부분의 사람이 리판족의 죽음의 의식에 따를 거라고 생각할 수는 없었다. 그나마 리판족이 무척 주의를 기울인 덕분에 인간의 유령을 깨우는 행위가 아직 심각한 모욕으로 여겨진다는 게 다행이었다. 앨러턴 박사가 트레버의 시신 위치를 알아서는 안 되는 한 가지 이유였다. 살인자가 피해자의 무덤 주변을 쿵쿵거리고 돌아다니는 것만큼 심각한 신성모독은 별로 없었다.

엘리는 주차된 레노어의 자동차에 손을 흔들었다. 잠시 후, 레노어가 운전석 문을 열고 클로이 앨러모어보다 눈에 띄게 열의 없는 모습으로 내렸다.

"저는 찍지 마세요." 레노어가 말했다.

레노어는 파파라치에게서 숨듯 얼굴을 한쪽으로 돌렸다. 엘리는 레노어의 눈가가 젖어 있는 것을 보았다.

"앨러모어 부인한테 초점을 맞추겠습니다." 카메라맨이 약속했다. "준비되셨나요?"

클로이는 두 손을 들며 모두에게 조용히 하라고 했다. 새와 곤충들만이 계속 수다를 떨었다.

"당신은 내밀한 무언가를 목격해달라고 나를 초대했지요." 클로이가 말했다. "이렇게 불러주시니 겸허해집니다."

"초대했다고요?" 엘리가 물었다. "당신이 우리한테 먼저 연락한 게 아니에요?"

"나는 내 재능을 쓰겠다고 자원했지." 클로이는 의미심장하게 카메라를 보며 말했다. "하지만 명시적인 초대와 수락이 없었다면, 오늘 이 자리에 오지 않았을 거야. 이 말은 기록으로 남겨둬야겠어."

"네." 레노어가 동의했다. "계속하셔도 돼요."

클로이는 타이어 때문에 납작해진 흙밭으로 걸어가, 트레버의 자동차가 발견된 곳을 손으로 쓸어보았다.

"조용히 떠올려보세요." 클로이가 말했다. "당신이 사랑하는 사람을."

레노어는 고개를 숙였다. 그와 반대로, 클로이는 눈을 감고 일광욕을 즐기는 사람처럼 허리를 뒤로 젖혔다. 엘리는 겁이 나서 눈을 깜빡이지도 못한 채 둘 모두를 지켜보았다. 카메라가 돌아가더라도 모든 것이 담기지는 않을 수 있었다.

엘리는 〈할리우드 범죄 현장 영매〉 한 편을 다 본 적이 없었지만, 클로이 앨러모어가 활동하는 모습을 담은 짧은 영상은 몇 번 우연히 본 적이 있었다. 영매의 현장 읽기는 매번 달랐다. 어떨 때는 클로이가 몸을 흔들며 노래하는 듯한 목소리로 자기가 관찰한 내용을 전했고, 또 어떨 때는 그녀가 격렬히 몸을 떨고 비명을 지르다가 범죄 현장에서 전해지는 에너지에 압도되어 기절했다.

그날, 트레버의 사고 현장에서 클로이는 매우 고요했다. 돌로 변한 게 아닌가 싶었지만, 아니었다. 산들바람이 주위의 메스키트 잎사귀들을 부스럭거리자 클로이의 입이 움직이기 시작했다. 엘리는 클로이가 단어를 입 모양으로 말하는 것인지, 물 밖에 나온 물고기처럼 헐떡이는 건지 알 수 없었다.

엘리는 클로이의 입술을 읽어보려고 영매에게 더 가까이 몸을 기울였다. 영매의 입술은 같은 단어를 계속 되풀이하는 것처럼 보였다. *위압? 위엄?*

"위험해!" 클로이가 외쳤다.

두려움에 질린 그 비명에 카메라맨을 포함한 모두가 허둥지둥 두어 발짝 물러났다. 엘리는 커비를 데리고 싸움에 뛰어들 준비를 했다.

"무슨 뜻이에요?" 레노어가 물었다.

"모든 게 보인다." 영매는 털썩 무릎을 꿇고, 자기 무덤을 파려는 것처럼 땅을 움켜쥐었다. "트레버가 집으로 차를 타고 가고 있구나. 바깥은 어둡고, 트레버는 곤란해하고 있다. 할 일이 너무 많아."

"맞아요." 레노어가 말했다. "여름 학교 첫날이 다가오고 있어서, 수업 계획을 마무리해야 했어요……."

"수업 계획이라, 그래! 트레버의 머릿속에는 오직 그 생각뿐이었어! 그러다가…… 저게 뭐지?" 클로이는 강렬한 감정으로 몸을 떨며 거리를 가리켰다. 카메라맨이 카메라를 허공으로 돌렸다. "도로에 여자가 있구나! 비틀거리며…… 피투성이야……. 다쳤어! 트레버가 브레이크를 밟으려 한다! 하지만 자동차가 말을 듣지 않는구나. 뭔가가……."

"여자요?" 엘리가 물었다. "확실해요?"

"그래. 아!" 클로이는 기절하지 않으려고 애쓰는 것처럼 휘청거렸다. "뭔가 끔찍하게 잘못됐어. 저 여자는 인간이 아니야. 살아 있지도 않아!"

"잠깐만요." 엘리가 말했다. "제 생각엔 그게 아니라……."

"조용히 해!" 클로이가 말했다. "더는 방해하지 마. 나는…… 나는 이걸 더 오래 버틸 수가 없다. 유령의 원한과 분노가 나를 공격하는구나! 저 여자는…… 저 여자는 자동차 사고로 죽었다. 너무도 잔인한 사건이었어. 그래서 저 여자는 세상에 자신의 비극을 알리고 싶어 해. 세상이 자기 고통을 느끼기를 바라는 거야."

"그러니까……." 레노어는 말을 마치지 못했지만, 그녀가 물으려 한 질문은 분명했다.

"그래." 클로이가 말했다. "자동차가 점점 빨라진다. 트레버는 차를 멈출 수 없어. 도로에서 방향을 틀어서……."

"음." 엘리가 말했다. "다시 끼어들어서 죄송한데, 그런 일은 일어나지 않았어요."

클로이가 자리에서 일어나 팔짱을 끼더니, 엘리에게 상냥하면서도 짜증이 솟구친다는 듯한 미소를 지어 보였다. "유령은 정말로 있단다, 애야."

"아, 그건 알아요. 사촌이 유령한테 죽지 않았다는 것도 알고요. 아무튼, 애초에 사촌이 이 뜬금없는 도로에서 무엇을 하고 있었던 걸까요?"

"나는 내 재능에 대해 변명이나 하자고 여기 온 게 아니야. 내 말을 믿든 말든 마음대로 하려무나." 클로이는 손가락을 꺾었고, 촬영팀은 말뚝과 카메라, 삼각대를 챙기기 시작했다. "레노어, 당신의 상실을 진심으로 위로할게요. 필요하다면, 폴터가이스트(물건을 던지는 등 시끄럽게 소란을 피우는 것으로 알려진 유령의 일종-옮긴이) 전문가와 연결해줄 수도 있어요."

"저도 아는 사람이 있어서요." 레노어가 말했다. 레노어의 표정은 읽을 수 없을 정도로 멍했다. "고마워요, 앨러모어 부인."

"좋아서 한 일인걸요." 클로이는 선글라스를 다시 쓰며 말했다. "보험 청구나 사인 판별, 소송 등 법적 절차를 위해 테이프 사본이 필요하다면 전화 주세요. 여기, 명함이에요."

클로이는 암청색 명함을 레노어에게 내밀었다.

"우리가 사촌을 잃었다는 건 어떻게 아셨어요?" 엘리가 물었다. "이 지역에 가족이 있으시다고요?"

"음, 그래." 클로이가 말했다. "조카가 있단다. 실례하마. 가야겠어. 다른 카운티에서 미팅이 있거든. 그리고 이 도로는 영적 청소가 절실히 필요해. 오래 머물지 말거라."

클로이 앨러모어와 그 팀원들이 RV를 타고 통통거리며 떠나자 엘리가 물었다. "저 사람 말, 안 믿죠?"

"응." 레노어가 말했다. "시간 낭비였어. 웃기지도 않아."

"저걸 보니까 과연 뭘 느끼긴 했을지 의심……."

"의심스럽다고? 아니, 난 무슨 일이 일어났는지 알아. 앨러모어 부인은 아무것도 느끼지 못했어. 사기꾼이야. 우리 부모님이 저런 사람들을 조심하라고 하셨는데. 난 그냥…… 오늘 기적이 일어나기를 바랐던 거야."

"나도 그래요." 엘리가 고개를 저었다. "뭔가 놓친 기분인데, 뭘까요?"

다섯 시간 후, 엘리는 '레이트어닥' 후기를 세 번째로 살펴보다가 답을 떠올렸다. '앨러모어'라는 이름이 제이와 엘리 모두에게 그토록 익숙하게 느껴진 이유가 있었다. 리얼리티 TV 프로그램 때문만이 아니었다. 제이는 그 프로그램을 본 적도 없었으니까.

앨러턴 박사의 빛나는 후기 중에 저스틴 앨러모어라는 남자가 쓴 내용이 있었다.

엘리는 제이에게 전화를 걸었다. 제이는 "안녕, 무슨 일 있어?"라며 전화를 받았다.

"음모! 무슨 일이 아니라 음모가 있어. 네 말이 맞았어. 앨러턴 박사는 높은 사람들과 인맥이 있더라."

"이런."

"이 웹사이트에 따르면, 앨러턴 박사가 저스틴 앨러모어라는 남자를 치료했대."

"엇! 저스틴이 클로이의 친척인 거야?"

"나는 그렇다는 데 한 표 던질게. 클로이의 성이 '스미스'나 '브라운'처럼 흔한 게 아니잖아. 가족의 연결 고리가 있는 게 틀림없어."

"그럼 할리우드 영매인 클로이 앨러모어가 앨러턴 박사를 안다는 건가?"

"아는 것만이 아니라, 앨러턴 박사한테 빚을 지고 있는 거야. 내 생각에는 앨러턴이 클로이를 압박해서 레노어한테 연락하고 사촌의 죽음에 관해 거짓말하라고 한 것 같아."

"왜?"

"아마 우리 가족이 '사고사'라는 얘기 자체에 별로 만족하지 않았기 때문이겠지. 우리가 소란을 피우고 있으니까."

"그러니까 클로이 앨러모어가 끼어들어서 떠돌이 유령을 탓하고, 그 편리한 설명으로 너희를 만족시키려 했다는 거지?"

"우리가 호구인 줄 아나 봐. 야, 제이."

"응?"

"너희 영매 이모 좀 빌려도 돼?"

12

요정의 고리는 불안정한 존재였다. 크기와 형태가 정확해야 했고(요정 여왕 타이타니아의 머리카락 길이와 같은 지름 1.57미터의 정원형이어야 했다), 여섯 가지 균류 중 하나에 속하는 버섯으로 이루어져야 했다. 게다가 미국에서 고리를 통한 여행은 국가 안보와 관련된 문제로 엄격하게 통제되었다. 지정된 여행자들은 공식 고리 교통 센터에서 교통권을 구매해야 했고, 적절한 목적지에 나타나지 못하면 '이동 중 실종'으로 처리되어 고리 요원들에게 신속히 구출되었다. 1990년대의 섬 사건이 또 벌어지기를 바라는 사람은 아무도 없었다. 당시, 시카고에서 열리는 야구 경기를 보고 싶어 했던 열두 살짜리 소년 다섯 명이 어째서인지 태평양 한가운데에 있는 버려진 인공 섬에 도착하게 되었다. 서서히 부스러져 바다로 가라앉고 있던, 과거의 군기지였다. 그 소년들을 찾는 데는 엿새가 걸렸는데, 구조원들이 도착했을 때쯤에는 오직 네 명의 소년만이 살아 있었다.

제이와 제이의 이모는 고리 여행 경험이 많았으므로 빠르고 무사하게 이동했다. 엘리는 고리 교통 센터가 있는 가장 가까운 도시인 매캘런에서 그들을 만났다. 흰 티셔츠에 핑크색 버뮤다 반바지, 샌들을 신은 제이는 열파에 대비한 옷차림이었다. 반대로 제이의 이모는 뜨개질한 스웨터와 발목까지 내려오는 치마를 입었다. 구리 테가 달린 둥근 안경 때문에 눈이 확대되어 보였다.

"빨리 와주셔서 감사해요!" 엘리가 두 사람에게 달려가며 말했다. "정말로 고마워요."

"벨 이모." 제이가 말했다. "얘는 제 친구 엘리예요."

"만나서 반갑구나. 상황이 이렇게 나쁘지 않았으면 더 좋았을 텐데." 벨 이모가 통통한 손을 내밀며 말했다.

엘리는 벨 이모와 악수하면서, 그녀의 피부가 무척 부드럽고 건조하며 서늘하게 느껴져서 놀랐다. 정오였고, 무덥고 해가 쩅쩅한 날이었기에 더 그랬다.

"배고파?" 제이가 물었다. "우린 아직 점심을 못 먹었거든."

"저쪽에 타코 잘하는 집이 있어." 엘리가 말했다.

"네가 운전하는 거니?" 벨 이모가 물었다. "면허를 딴 지는 얼마나 됐어?"

"여섯 달요, 아주머니." 엘리가 말했다. "한 번도 말썽을 일으킨 적은 없어요. 주차 딱지도 끊어본 적 없다니까요!"

엘리는 운전 실력을 강조해서 보여주려고, 쉽게 차를 꽂아 넣을 수 있는 자리가 많이 있었는데도 타코 가게 앞에 평행 주차를 했다.

"어때요? 도로 연석이랑 손가락 한 마디밖에 안 떨어져 있어요."

"자랑할 필요 없단다, 애야." 벨 이모가 말했다. "난 휘황찬란한 것에 넘어가지 않아."

"클로이 앨러모어랑은 매우 다르시네요." 엘리가 말했다. "그 사람은 40퍼센트쯤 휘황하고 40퍼센트쯤 찬란하고 20퍼센트쯤 끔찍한 거짓말쟁이였거든요. 내 사촌이 죽은 게 떠돌이 유령 때문이래요."

"나도 그 여자가 나오는 프로그램을 본 적이 있지." 벨 이모가 씩 웃으며 말했다. "터무니없는 이야기가 전형적이더구나."

그들은 칸막이 자리에 앉아 점심을 주문했다. 엘리가 말렸는데도 벨 이모가 돈을 전부 냈다. 엘리와 제이는 나란히 앉았다. 제이가 말을 할 때마다 둘의 팔꿈치가 스쳤다. 제이는 손동작을 크게 해서 말을 강조하는 사람이었다. 그래서 트레버의 살인을 설명할 때는 보이지 않는 적들을 쳐내는 것처럼 보였다.

"살인은 확실해요." 제이가 결론지었다. "하지만 동기와 살인 방법을 잘 모르겠어요."

"내가 도움이 될지 보자꾸나." 벨 이모가 말했다. "그 도로는 얼마나 가야 하니?"

"40분요." 엘리가 말했다. "죄송해요. 더 가까운 고리 교통 센터가 없어서요."

"내가 가면서 들을 재생 목록을 만들어왔어." 제이가 말했다. "거의 NPR 팟캐스트야. 실생활 사연이나 뉴스가 더 좋아?"

"사연이 더 좋겠구나." 벨 이모가 말했다. "제이, 입에 음식 잔뜩 물고 말하지 마라."

제이는 채식주의자를 위한 대체육 타코를 한 입 삼킨 뒤에야 대답했다. "죄송해요. 효율성을 추구하다 보니까."

그들은 차를 타고 가면서 마시려고 탄산음료를 리필한 다음 기나긴 여행길에 올랐다. 뒷자리에 앉은 건 제이였지만, 벨 이모가 '뒷자리 운전수'의 역할을 기꺼이 맡아 정지 팻말이나 신호등이 가까워질 때마다 엘리에게 경고해주었다. 엘리는 그때마다 고맙다고 했다. 엘리는 아무리 그러기가 어려워도 어른들을 존중하도록 교육받았으니 말이다.

벨 이모가 "천천히!"라고 외쳤을 때는 인내심이 흔들렸다. 엘리는 상점과 식당들이 일렬로 늘어선 거리를 지나고 있었지만, 횡단보도나 정지 팻말은 보이지 않았다. 그래도 엘리는 브레이크를 꽉 밟아, 시속 60킬로미터에서 30킬로미터로 빠르게 속도를 줄였다.

"무슨 일이에요?" 엘리가 물었다.

"어떤 여자애가 거리로 달려오는 걸 봤어. 조심하지 않더구나."

그 순간, 어머니와 딸이 쇼핑가 끝에 있는 미용실에서 나왔다. 아이는 엄마를 잡지 않은 한쪽 팔에 깁스를 하고 있었으며, 눈 밑 피부가 퍼렇게 멍들어 있었다.

"저 애야." 벨 이모가 말했다. "아, 이런. 가엾어라. 벌써 한 번 사고를 당했네."

"소름 끼치네요." 엘리가 말했다. "아주머니는 과거를 자주 보시는 거예요?"

"아니, 그렇지는 않아. 그렇게까지…… 갑작스럽고 강력하게 보이지는 않는단다. 이상한 일이지." 벨 이모는 안경을 벗고, 소매로 렌즈를 세게 문질러 닦았다.

"오늘따라 영매 같으신데요." 제이가 말했다. "좋은 거 아니에요?"

"두고 보자꾸나. 하지만 네 사촌의 죽음에 집중해야겠다, 엘리. 상관없는 소음은 전부 차단하고." 벨 이모가 눈을 감았다. "됐어. 더는 환시가 보이지 않는구나."

43분 뒤, 엘리는 트레버가 죽은 외진 도로에 접어들었다.

"여기예요." 엘리가 말했다. "사촌의 차는 저쪽에서 발견됐어요."

제이가 미니밴에서 폴짝 뛰어내려 문을 열었다. 그는 좌석에서 미끄러져 나와 먼지 낀 갓길에 내려서는 이모를 도와주었다. 그때쯤, 엘리는 이미 트레버가 발견된 지점 옆에 서 있었다. 엘리는 클로이 앨러모어가 영매 쇼를 하며 파헤친 흙덩이를 걷어찼다.

"아." 벨 이모가 말했다. "남아 있는 기운이 희미하게 흩어지고 있어. 하지만…… 그래……. 강렬한 걱정이 느껴지는구나." 벨 이모는 눈을 감고 근처 메스키트 나무에 기댔다. "누가 말을 하고 있어. 질문이 들리는데. '저기, 괜찮으세요? 저기요?'라는." 벨 이모의 목소리가 낮아지며 남부 사투리 특유의 비음을 냈다.

"사촌을 발견한 농부랑 목소리가 똑같으신데요. 그 사람이 경야제에 왔어요." 엘리는 인상을 찌푸렸다. "다른 사람 목소리도 들리세요? 다른 남자라든지요?"

앨러턴 박사는 텍사스 억양을 쓰지 않았다. 엘리는 그가 다른 지역에서 어린 시절을 보낸 게 아닐지 궁금했다.

"아니. 허공에 속삭이는 소리가 맴돌긴 하지만, 이런 건 누구든지 할 수 있는 얘기야. 얘야, 내 생각에는 사고가 여기서 일어난 게 아닌 것 같구나. 여기엔 아무⋯⋯." 벨 이모는 눈을 뜨고, 나무를 짚고 몸을 일으키며 허공에 손을 휘저었다. 짜증스러운 날파리를 쫓으려는 것 같았다. "⋯⋯아무 갑작스러운 *변화*가 없어. 아무 충격도 없고, 번뜩이는 고통도 없다. 폭력이 없어."

"하지만 사촌은 여기서 발견됐어요." 엘리가 말했다. "자기 차 안에서요. 방금 아주머니가 접촉한 그 농부한테 말이에요. 정말 다른 건 아무것도 안 느껴지세요? 아무것도요?"

벨 이모가 고개를 저었다.

"그럼 네 사촌은 다른 데서 다친 게 틀림없어." 제이가 추론했다. "그런 다음에 옮겨진 거야."

"난 사촌이 애초에 왜 여기로 차를 몰고 왔는지 궁금했어." 엘리가 말했다. "말이 안 되거든. 사촌은 이 도로 근처에 있으면 안 됐어. 네 말대로야. 사촌이 탄 자동차가 이곳까지 끌려왔든지, 다른 사람이 차를 몬 거라고. 근데 왜 그랬을까? 앨러턴이 뭘 숨기려던 거지?"

어떻든, 엘리는 진짜 범죄가 다른 곳에서 일어났다는 믿음이 생겼다. 그러면 길을 건너거나 엔진이 달린 탈것을 몰 때 무엇보다 안전을 중요하게 여기던 트레버가 사고 당시 안전벨트로 인해 생긴 멍자국 하나 없이, 안전벨트를 차지 않은 채로 발견된 이유도 설명이 됐다. 엘리가 마지막으로 트레버와 함께 차를 탔을 때, 그는 엘리가 안전벨트를 차기 전에는 주차장에서 천천히 차를 모는 것조차 하지 않으려 했다.

"시속 10킬로미터로도 못 가겠다." 엘리가 불평했다. "정말 그렇게까지 안전해야 해?"

"내가 가르치는 학생들이 우리가 안전벨트도 차지 않고 차를 타는 걸 보면 어떻게 해?" 트레버가 물었다. "걔들은 위선자의 가르침은 절대 받아들이지 않아! 아무튼, 트럭이 모퉁이에서 튀어나와 철거용 해머처럼 우리를 들이받을 수도 있고."

"혹시, 음, 아주머니 재능으로 사고 현장을 추적할 수 있을까요?" 엘리가 물었다.

벨 이모 같은 사람에게는 충격적인 사고가 토네이도 경고용 사이렌이나 등대 불빛처럼 보였으면 했다.

"미안하구나." 벨 이모가 말했다. "하지만 안 돼. 나는 사고 현장에 가까이 있어야만 능력을 쓸 수 있단다. 살인 사건 이후로 여러 날이 지났으니 더욱 그렇고."

"너희 사촌, 퇴근하는 길이랬지?" 제이가 물었다. "보통 사촌이 어느 길로 퇴근하는지 알아?"

"아, 맞아!" 엘리가 말했다. "응, 알아! 기발한데."

제이는 엘리의 칭찬에 한 손으로 얼굴을 가리고 다른 손을 내저으며, 겸손하게 당황한 시늉을 했다. "그것참, 고마워."

그들은 초등학교로 차를 몰아갔다. 놀이터에 울타리가 쳐진 회색 건물이었다. 행정 직원이나 선생님들의 것으로 보이는 자동차 두어 대가 학교 앞에 주차되어 있긴 했지만, 그 외에는 인적이 없었다. 여름 학교는 아침부터 정오까지만 운영됐다.

"뭐가 느껴지세요, 아주머니?" 엘리가 물었다.

벨 이모는 눈을 감았다가, 잠시 후 입을 열었다. "이곳에서는 감정적인 고점과 저점이 느껴지지만, 극심한 육체적 고통의 흔적은 없어."

"알겠어요." 엘리가 말했다. "그럼 사고는 다른 데서 일어났나 봐요. 제이, 네가 방향 좀 알려줘. 뒷자리 어딘가에 지도가 있을 거야."

"종이 지도?" 제이는 믿을 수 없다는 말투였다.

"우리 아빠는 준비를 철저히 하는 걸 좋아하시거든. 모든 GPS 위성이 하늘에서 떨어지면 어쩌겠느냐는 거야."

"그러면 지하실에 숨어야지." 제이가 말했다. "무시무시한 일이잖아!"

"그러게 말이야." 엘리가 인정했다.

엘리는 종이 부스럭거리는 소리를 듣고, 제이가 낑낑대며 거대한 텍사스 남부 지도를 펼치는 모습을 룸미러로 지켜보았다. 제이는 곧 지도에 가려졌다.

"여기에서 킹 가로 가는 가장 빠른 길을 알려줘." 엘리가 말했다.

"알았어." 제이는 지도를 내렸다. "이번에는 핸드폰을 쓰는 게 좋겠어. 위성이 아직 작동하니까 말이야."

제이의 스마트폰이 말했다. "플러턴 가에서 좌회전입니다."

"기계가 길 안내를 하니까 넌 망을 보면 되겠다." 엘리가 말했다. "도로에 난 스키드마크라든지 핏자국 같은 이상한 게 보이면 바로 알려줘."

엘리는 서두르지 않고 운전했다. 벨 이모에게 형이상학적 풍경을 처리할 시간을 충분히 주고 싶었다. 그들이 막 지붕이 있는 다리를 건넜을 때, 제이가 창문에 얼굴을 바짝 댔다.

"봐!" 제이가 말했다. "저기 식물이 엉망진창이야. 그쪽으로 곧장 이어지는 타이어 자국도 있고!"

엘리는 조수석 창문 밖을 힐끗 보았다. 덤불이 흐트러져 있었다. 가지가 부러지고 뿌리가 파헤쳐진 모습이었다. 들소나 차에 들이받힌 것 같았다. 텍사스에서는 들소가 멸종 상태이므로, 자동차일 가능성이 더 컸다. 엘리는 즉시 흙길로 이루어진 도롯가에 주차했다.

"얘들아, 내릴 때 조심해라." 벨 이모가 말했다.

오른쪽 땅은 가파른 내리막으로서 계곡처럼 생긴 곳으로 이어졌다.

"네, 아주머니." 엘리는 차에서 내리며 말했다.

엘리는 차를 한 바퀴 돌아가며 길가의 나뭇잎을 살펴보았다. 가까이서 보니, 짓눌린 덤불과 잡초의 흔적이 보였다. 그 자국은 내리막으로 쭉 이어지다가 줄기에 30센티미터쯤 되는 상처가 난 높고 우람한 나무에서 끝났다.

"여기예요!" 엘리가 말했다. "틀림없어요!"

엘리는 계곡으로 들어가기 시작했다. 엘리의 발이 작은 모래 먼지 산사태를 일으켰다.

"너무 멀리 가지 말아라!" 벨 이모가 소리쳤다. 불안감에 목소리에 힘이 잔뜩 들어가 있었다. "우린 땅 주인이 누군지 몰라! 무단 침입자들을 총으로 쏘고 싶어서 안달 난 사람일 수도 있어."

"망을 봐, 커비." 엘리가 명령했다. 낯선 사람이 너무 가까이 오면 커비가 울부짖을 것이다. "감시해. *감시.*"

엘리는 껍질이 벗겨진 나무의 상처에서 수액이 흘러나오는 것을 보았다. 엘리는 핸드폰을 꺼내 동영상을 찍기 시작했다. 클로이 앨러모어가 한 말도 하나는 맞았다. 동영상 증거가 법정에서 설득력 있게 쓰일 수 있다는 점 말이다.

"방금 더비 가에서 다리를 건넜습니다." 엘리가 말했다. "동쪽으로 가고 있었고요. 제가 나무 전문가는 아니지만, 수액이 반쯤 굳어 있어요. 보이시죠? 아주 신선한 것도 아니고, 아주 오래된 것도 아니에요. 묵직한 물건이 1~2주쯤 전에 이런 상처를 낸 것 같습니다."

엘리는 뒤로 돌아, 조심스럽게 내려오는 제이와 벨 이모를 촬영했다.

"오후 2시 15분입니다." 엘리는 설명을 계속했다. "우리 영매가 심령 현상 해석을 시작하기 전에, 충격 지점이 분명해 보이는 근처에서 증거를 찾아보겠습니다." 엘리는 웅크리고 나무 둥치를 살펴보았다. 나무껍질에도 달라붙어 있고, 수액 방울에도 갇혀 있는 빨간 얼룩들이 있었다. "아하! 페인트 잔여물이네요."

"그게 뭔데?" 제이가 소리쳤다. "뭐라고 했어?"

제이와 벨은 내리막을 반쯤 내려온 상태였다. 제이는 이모의 팔꿈치를 잡고 부축했다.

"페인트라고!" 엘리가 소리쳤다. "아! 유리도 있어!"

엘리는 카메라를 땅 쪽으로 돌리고, 테니스 신발을 신은 발로 죽은 나뭇잎을 옆으로 치웠다. 그 움직임에 투명한 재질의 들쭉날쭉한 파편이 완전히 드러났다. 파편은 햇빛을 받아 반짝였다. 수정 조각처럼 멋진 모습이었다. 엘리는 그 파편을 잔가지로 쿡 찔러보았다. 평평한 그 표면에 지문을 남기고 싶지는 않았다. 파편은 단단하고 투명한 종류의 플라스틱으로, 자동차 헤드라이트에 쓰이는 것이었다. 엘리는 과학수사관이라면 헤드라이트 덮개의 물리적, 화학적 성질을 통해 자동차 제조사와 모델을 파악할 수 있을지 궁금했다.

"와." 제이가 말했다. "끔찍한 등산이었어."

제이는 옆구리가 결리는지 두 손으로 무릎을 짚고 허리를 숙였다. 제이 옆에서는 벨 이모가 당황한 기색 없이 치마를 툭툭 털었다.

"그래도 다리에 올라가는 것보다는 낫지." 엘리가 말했다. "덜 위험하기도 하고."

"난 잘 모르겠는데." 제이는 의미심장하게 이모를 보았다. "정글짐보다 높은 데는 올라가본 적이 없어서."

"아아아무튼." 엘리가 말했다. "경찰한테 필요한 건 바로 이거야. 물증!"

엘리는 핸드폰 카메라를 양옆으로 움직이며 나중에 살펴볼 수 있도록 세부 사항을 담았다. 주변을 너무 많이 걸어 다니기는 망설여졌다. 발자국 때문에 앨러턴 박사를 사고 현장과 연결해주는 무언가가 망가질까 봐 걱정됐다. 머리카락 한 가닥이라든지, 피 한 방울이라든지, 앨러턴의 명품 슬랙스 바지에서 나온 섬유 한 조각이라든지.

엘리는 위팔에 누군가의 손가락이 닿는 바람에 생각에서 빠져나왔다. 벨 이모가 비틀거리며 엘리를 꽉 붙들었다.

"아주머니, 괜찮으세요?" 엘리가 물었다.

"고통이……." 벨 이모는 미간을 찌푸리며 입을 꽉 다물었다. 극도로 불편한 표정이었다. "두 사람이 여기서 괴로워했어."

"무슨…… 아!" 엘리는 제이와 눈을 마주쳤다.

제이는 매료되는 한편 걱정스러워 갈팡질팡하는 모습이었다. "또 뭐가 느껴지세요?"

벨 이모는 생각에 잠겨 고개를 젖혔다. 잠시 계곡은 조용해졌다. 여름 새들이 지저귀는 소리만이 들려왔다. 제이도 동영상 촬영을 시작했다. 심령 현상 해석 장면은 자기 쪽에서 더 잘 보인다는 걸 아는 듯이.

"들리는구나……." 벨 이모가 말을 흐렸다. 다시 입을 열었을 때, 벨 이모의 목소리는 더 낮고 젊게 들렸다. "젠장! 괜찮아요? 움직이지 마세요. 도와줄 사람이 올 겁니다. 제가 전화를……. 뭐가…… 안 돼! 그만해요!"

벨 이모가 비명을 질렀다. 빠르게 고통이 뿜어져 나왔다.

"사촌의 목소리야." 엘리가 말했다.

13

엘리는 레노어의 집으로 돌아오며, 문장 하나하나를 곱씹으면서 트레버의 마지막 순간을 수집해보려 했다.

괜찮아요? 움직이지 마세요. (트레버는 앨러턴 박사에게 말한 걸까? 아니면 다른 사람에게? 목격자였을까? 공범?)

도와줄 사람이 올 겁니다. 제가 전화를⋯⋯. (트레버는 누구에게 전화하려 했을까?)

안 돼! 그만해요! (왜 그렇게 겁먹은 목소리였을까? 앨러턴 박사가 트레버에게 무슨 짓을 했기에?)

고통스러운 마지막 비명은 그 자체로 상황을 설명하는 듯했다.

엘리는 레노어의 짧은 진입로로 들어서면서 한 가지 결론에 이르렀다. 트레버가 쓰던 핸드폰의 통화 기록을 살펴보아야 한다는 것이었다. 엘리는 그 핸드폰을 손에 넣을 기회가 있으면 좋겠다고 생각했다. 스마트폰만큼 개인적인 물건은 별로 없었으므로, 아마 트레버의 핸드폰 또한 전통 장례식을 치르는 와중에 그와 함께 묻혔을 것이다. 물론 옛 조상들에게는 주머니에 들어가는 컴퓨터가 없었지만, 전통은 인류의 변화에 적응했다. 트레버는 핸드폰 안에 사랑하는 사람들의 사진과 이름, 그들과의 대화를 넣어 들고 다녔다. 핸드폰은 그의 SNS 계정과 가장 좋아하는 음악이며 팟캐스트, 테트리스와 팩맨 최고 점수 등 온갖 것에 연결되어 있었다. 핸드폰은 트레버와 함께 있을 만했다.

집 안에서는 레노어와 아기 그레고리, 엘리의 엄마가 거실에서 시간을 보내고 있었다. 〈세서미 스트리트〉 한 편이 벽걸이 TV에서 흘러나왔다. 그레고리는 플라스틱 도형 장난감에 더 관심이 가는 듯했다. 정육면체 위에 피라미드를 놓고, 그 위에 구체를 쌓다가 금방이라도 무너질 듯하던 탑이 쓰러지자 웃음을 터뜨렸다.

"오래 나가 있었네." 엘리의 엄마가 말했다.

"제이랑 제이네 이모를 고리 교통 센터까지 다시 태워다줘야 해서요."

엘리는 그레고리 옆에 앉아 솜털이 보송보송한 아기의 머리에 입을 맞추었다. 엘리의 땋은 검은색 머리가 그레고리의 얼굴 앞에 낚시용 미끼처럼 대롱거렸다. 그레고리는 자그마한 손으로 그 머리카락을 주무르며, 땋은 머리카락의 질감에 어리둥절했다. 엘리는 그레고리가 붓처럼 보송보송한 머리 끝부분을 먹으려 했을 때에야 몸을 뒤로 젖혔다.

"영매가 쓸 만한 걸 찾아냈어?" 레노어가 물었다.

엘리는 망설였다. 부모님에게는 모든 것을 말할 생각이었지만, 레노어는? 사고 현장과 물증, 트레버의 소름 끼치는 마지막 말에 관해 비밀을 흘리는 게 정말로 좋은 생각일까? 레노어가 성급한 짓을 저지르기라도 하면? 레노어는 이미 엘리에게 죽은 자를 깨워달라고 애원했다.

어쩌면, 마음속 깊은 곳에서는 엘리가 원하는 것도 바로 그것일지 몰랐다.

"사촌의 핸드폰을 확인해봐야 해. 하지만 일단은 보여줄 영상이 있어." 엘리가 말했다. "충격적인 영상이야. 그레고리를 놀이방에 데려다줘야 할까?"

"응." 레노어가 말했다. "사실 아기들이 얼마나 이해하는지는 모르겠지만, 여기서 더 충격을 받지 않아도 그레고리는 충분히 힘들 거야."

엘리는 엄마에게 자기 핸드폰을 건넸다. "재생을 누르면 영상이 나올 거예요."

"고맙다." 비비언이 말했다.

그레고리의 방에는 요람 근처에 흔들의자가 놓여 있었다. 엘리는 그 의자에 앉아, 아기를 무릎에 부드럽게 앉혔다. 그레고리는 꼼지락거리며 발길질하다가, 엘리가 의자를 흔들거리자 그 움직임에 진정하는 것 같았다.

"커비, 나타나." 엘리가 말했다. "나타나, 커비."

커비가 깜빡거리며 문 근처에 나타났다. 커비가 종종걸음치며 다가와서 얌전히 꼬리를 흔들었다. 녀석은 엘리의 무릎에 머리를 얹으려고 했다. 의자가 뒤로 젖혀질 때마다 엘리의 다리가 커비의 머리를 통과했다. 몰아치는 바람을 맞을 때처럼 약간 저항감이 느껴졌다.

"멍멍이 보여?" 엘리가 물었다.

그레고리는 궁금한 듯 꽥 소리를 내더니 커비의 귀로 손을 뻗었다. 동시에, 커비가 그레고리의 손을 핥으려 했다. 둘 다 성공하지 못했다.

"난 절대 외롭지 않아." 엘리가 말했다. "유령의 비밀에서 가장 마음에 드는 부분이 그거야. 나랑 가장 친한 친구가 언제나 근처에 있다는 거. 난 그냥 손을 뻗기만 하면 돼. 그렇지, 커비? 맞지? 그치? 너여기 있어? 있네, 여기 있네!" 커비는 귀를 쫑긋 세우며 더 빠르게 꼬리를 흔들었다. "털은 그리워. 안아주고 쓰다듬어주기 좋았는데. 내가 이마를 긁어주는 걸 좋아했었어."

그레고리는 엎드려 커비에게 기어가려 했다.

"떨어지면 안 돼." 엘리가 무릎 가장자리로 그레고리를 다시 끌어당기며 말했다. "언젠가 내가 이카로스 얘기를 해줄게. 이카로스는 그리스 사람이었어."

엘리는 거실에서 언성 높이는 소리를 들었다. 화난 목소리였다.

"영상 다 봤나 보다, 그레고리. 커비랑 좀 더 놀까?"

"이이이, 이이이!" 그레고리가 소리를 질렀다.

"아가, 이리 좀 올래?" 엘리의 엄마가 소리쳤다.

"안 된대." 엘리가 일어섰다. "가자."

거실에선 레노어가 소파와 꺼진 TV 사이를 서성거리고 있었다.

"엘리." 레노어가 말했다. "트레버의 핸드폰은 지하실에 있어. 트레버가 쓰던 교재랑 같이 상자에 넣어놨어."

"핸드폰을 같이 묻지 않았어요?" 엘리가 놀라서 물었다.

"응, 말했잖아. 지하실에 있다고. 안 보이는 곳에. 왜? 트레버를 기억할 물건을 아무것도 보관하면 안 되는 거야?"

레노어의 목소리에서 긴장감이 느껴졌다. 지금 이럴 기분이 아니라는 말투였다. 엘리는 설명할 생각이 사라졌다.

"미안. 그냥 놀라서요. 금방 돌아올게요."

엘리는 그레고리를 도형 블록 옆에 내려놓고, 빠르게 지하실로 걸어갔다. 엘리가 어둡고 서늘한 지하실로 내려가자 나무 계단이 삐걱거렸다. 플라스틱 보관용 통이 시멘트벽을 따라 세 줄로 높이 쌓여 있었다. 대부분의 용기에는 '오래된 옷', '대학교 책', '주방' 같은 이름표가 붙어 있었다. 엘리는 오래 걸리지 않아 75리터짜리 통 일곱 개를 찾았다. 통은 전부 '트레버'라는 이름표가 붙은 채 지하실 한가운데에 쌓여 있었다. 하나의 암석으로 된 섬과 비슷한 모습이었다. 이름표는 레노어의 독특한 글씨체로 적혀 있었다. 모든 글자가 쓰러질 것처럼 오른쪽으로 45도 기울어져 있었다.

엘리는 쌓여 있던 '트레버' 통 하나를 들어 올려, 끙 소리를 내며 땅에 내려놓았다. 20킬로그램은 됐을 것이다. 엘리가 뚜껑을 열고 안을 들여다보니 종이 더미가 보였다. 엘리는 핸드폰을 찾으며 종이를 획획 넘겼다. 대부분은 오래된 수업 계획서와 교과서, 노트였다. 밝은 색깔의 칠교 세트 한 상자가 맨 밑에 파묻혀 있었다.

엘리는 두 번째 통에서 핸드폰을 발견했다. 핸드폰은 트레버의 노트북 컴퓨터와 레코드 음반, 마커로 제목을 써둔 수십 장의 CD 옆에 쑤셔 박혀 있었다. 엘리는 호기심에 세 번째 통을 들여다보았다. 그 통은 가장자리까지 파일로 꽉 차 있었다.

정체를 알 수 없고, 아무런 표시도 없는 검은 파일들.

엘리는 어깨 너머를 돌아보았다. 커비를 빼면 엘리는 혼자였다.

"바인더에 단서가 있을지도 몰라." 엘리가 말했다.

커비는 구석에서 어정쩡한 태도로 거미줄을 쿵쿵거렸다. 엘리는 그걸 응원으로 알아듣고, 파일을 하나 꺼냈다. 10센티미터 두께에, 사전보다 무거웠다. 엘리가 파일을 펼쳤다.

"아, 사촌." 엘리는 슬프게 미소 지으며 말했다. "이 덕후 같으니."

파일은 비닐이 씌워져 있고 알파벳 순서로 정리된 만화책으로 가득했다. 엘리는 제목을 살펴보면서 몇 년 전에 빌려갔던 만화책 몇 권을 알아보았다. 『지하 세계 아래서』 1~5권, 『페이드 투 잭』 9~10 권, 『주피터 점퍼』(이 시리즈는 빌릴 수 있는 대로 많이 빌렸었다), 그리 고 『사립 탐정 수 셰프』 전권이었다.

"핸드폰 찾았니?" 엄마가 지하실 계단 꼭대기에서 외쳤다.

"네." 엘리가 마주 외쳤다. "가요. 그냥 무얼 좀 다시 넣어놔야 해 서요."

엘리는 파일을 다시 플라스틱 관에 집어넣었다. 안타까운 마음에 가슴이 꽉 조여왔다. 아마 언젠가는 그레고리가 아래층에 내려와서 이 만화책들을 발견하게 될 것이다. 만일 그러지 않는다면, 엘리가 트레버 대신 그레고리에게 만화책들을 소개해줄 것이다.

위층에 올라가자 레노어가 방전되어 있던 핸드폰을 벽 콘센트 에 연결했다.

"지난주에 발신 전화는 확인했어." 레노어가 말했다. "아무것도 없었어. 내가 뭘 놓친 걸까?"

"우리가 아는 건." 엘리가 말했다. "사촌이 누군가에게 도와달라고 전화를 하고 싶어 했다는 것뿐이에요."

핸드폰에 빨간 불이 들어왔다. 작동할 만큼 충전됐다는 표시였다. 세 여자는 핸드폰의 밝은 화면 주위로 모였고, 레노어가 통화 내역을 보기 위해 전화기 모양 아이콘을 눌렀다. 마지막으로 기록된 통화는 오후 6시 정각에 레노어와 나눈 5분짜리 대화였다.

"기억나." 레노어가 말했다. "우리가 마지막으로 나눈 대화야."

"기분이 상한 것 같았어요?" 엘리가 물었다. "특이한 말을 했다거나?"

"딱히. 그냥 초과 근무를 해서 짜증이 난댔어. 학교 선생님들한테 충분히 돈을 주지 않는다면서."

"벨 이모가 진짜 영매라고 보면." 엘리가 말했다. "나는 진짜라고 생각하는데……."

"나도 그분을 믿어." 비비언이 끼어들었다. "클로이 앨러모어와 달리 벨 이모한테는 거짓말할 이유가 없으니까."

"맞아요." 엘리가 말했다. "벨 이모의 심령 현상 해석에 따르면, 사촌은 911에 전화를 걸기 전에 공격당했어요. 공격이 빠르게 이루어진 거죠."

"살 수도 있었는데." 레노어가 말했다. "번호 세 개만 누르면 살 수 있었어."

"아닐지도 몰라요." 엘리가 말했다. "난 에이브 앨러턴 박사한테 높은 친구들이 있다고 생각해요. 911이 살인자의 동맹군에게 연결되는 직통 번호였을 수도 있어요."

"구급대가? 경찰이?" 레노어가 웃었다. 공허하고, 전혀 즐겁지 않은 웃음이었다. "누굴 믿을 수 있는 거야?"

"윌로비 근처에서는 아무도 믿을 수 없어요. 그건 확실해요." 엘리가 말했다.

"텍사스에 있는 마을이 윌로비 하나는 아니지." 비비언이 말했다. "브루스랑 마틸다한테 연락해야겠다. 우리 가족의 친구들이야. 댈러스 경찰에서 일해." 비비언은 엘리를 보았다. "그 사람들이 응답하기 전까지는 아무도 섣부르게 행동하지 않는 거야. 얘야, 너도 자경단 노릇을 하지 않기로 했잖니. 이번에 벨 이모와 함께 한 일은 아슬아슬했어."

"엄마, 어제 벨 이모에 대해서 말씀드렸잖아요."

"네가 도랑 맨 밑에 있는 자동차 사고 현장을 들쑤시고 다닐 줄은 몰랐지."

"최소한 뭘 찾긴 했잖아요." 레노어가 말했다. "최소한 엘리는 노력하고 있어요."

짧은 침묵. 엘리는 누가 먼저 침묵을 깰지 몰라 레노어와 엄마를 번갈아 보았다.

"저녁 먹을 시간 아닌가?" 비비언이 물었다. "캐서롤(오븐에 넣어서 천천히 익혀 만드는, 찜 비슷한 요리-옮긴이)을 만들어놨는데."

"배 안 고파요." 레노어가 말했다. "나중에 먹든지요."

"제가 2인분 먹을게요." 엘리는 평화로워졌으면 해서 말했다. 게

다가 엘리는 캐서롤을 무척 좋아했다.

버섯 크림소스를 넣고 익힌 마카로니를 두 접시나 덜어 급히 먹고 난 다음, 엘리는 지하실로 돌아가 트레버의 교재를 뒤졌다. 통 일곱 개 중 네 개가 학교와 관련된 것이었다. 다양한 미술 과제물과 글쓰기 과제물, 출석부가 들어 있었다. 엘리가 그것들을 살펴보는 동안 커비는 엘리의 발치에 웅크리고서 깜빡거리며 보이다 말다 했다. 불안할 때 보이는 습관이었다. 엘리는 커비가 주위의 불행을 느낄 수 있는 건지 궁금했다. 분노. 슬픔. 무력한 절망감. 가엾은 개는 뭐라고 생각할까? 자기 사람들을 걱정하고 있을까?

엘리는 주머니에서 삼엽충 화석을 꺼내, 그 유령이 시멘트로 된 지하실 바닥을 빨빨거리고 돌아다니게 놔두었다. 커비는 흥미를 느끼며 고개를 들었다.

"가지고 놀면 안 돼." 엘리가 말했다. "미안해, 커비."

커비는 상냥하고 사교성이 좋은 개로, 움직이는 모든 동물과 놀고 싶어 했다. 불행히도 엘리는 놀란 삼엽충 유령이 얼마나 파괴적인 행동을 할 수 있는지 몰랐다.

"헤로토닉대학교에 가면." 엘리가 커비에게 말했다. "너한테 형제를 찾아줄게. 유기 동물 보호소에서 치와와를 데려온다든지."

대부분의 대학교 기숙사에는 반려동물 금지 정책이 엄격하게 적용됐다. 하지만 헤로토닉은 동네에 있었으므로, 엘리는 계속 집에 살 수 있었다.

"유령 무리를 더 좋아할지도 모르겠다."

엘리의 집안 계보에는 팔대조가 기르던 서른 마리의 영웅적인 유령 사냥개부터 시작해 수백 마리의 길들인 동물이 포함되었다. 이따금, 엘리는 커비를 부를 때마다 커비 뒤에서 친절하고 활기 넘치는 존재들을 느꼈다. 속삭이는 듯한 짖는 소리와 흔들어대는 꼬리들을. 조상이 키우던 개들이 엘리의 목소리를 듣고, 그 음색을 알아들은 것만 같았다. 엘리가 그 개들까지 부르지 않은 건 단지 두려워서였다. 엘리는 다른 무언가가, 위험한 무언가가 따라올지도 몰라 걱정스러웠다. 동물과 인간의 영혼은 거대한 지하 세계를 함께 썼다. 길들인 동물들은 아마 주인 근처에 살 것이다. 팔대조의 개들이 사라진다면, 팔대조의 유령이 그들을 찾으려 들지 않을까?

엘리는 그 답을 알아보고 싶지 않았다.

"언젠가는 우리가 농장을 갖게 될 거야." 엘리가 말했다. "보호소에서 데려온 개 열 마리가 있는 농장. 염소는 어때? 고양이는? 암소는? 신선한 달걀을 낳을 닭들도 있어야 할 텐데."

커비가 꼬리를 쳤다. 엘리가 자기를 보면서 미소 지을 때마다 커비는 늘 꼬리를 쳤다.

"언젠가는 말이야." 엘리가 말했다.

삼엽충이 지하 세계로 돌아간 다음, 엘리는 연도에 따라 교재를 정리했다. 2년 된 교재들은 더 자세히 살펴보기 위해 구분해두었다. 그 더미에 앨러턴의 아들, 브렛에 관련된 자료가 있을지도 몰랐다. 그 아이는 살인 용의자가 아니었지만, 브렛의 과제물을 보면 불법 행위나 어둠의 마법 등 천사처럼 자선 재단에 돈을 대고 기적을 일으키는 의사 아빠의 명성을 더럽힐 만한 *뭔가*에 관한 단서가 남아 있을지 몰랐다.

엘리는 '브레인스토밍 자료' 더미부터 찾아보기 시작했다. 아이들에게 영감을 불어 넣어준다는 글귀가 적힌 말풍선이 서로 연결되어 있었다. 아쉽게도, 그 문구들은 엘리의 수사에 별 돌파구가 되어주지 못했다. 브렛의 자료에는 '발명', '가상현실', '자기가 선택한 모험', '4D', '정전기 충격' 같은 구절이 들어 있었다.

"똑똑한데." 엘리가 말했다.

딴게 아니라도, 사용자를 감전시키는 가상현실 게임이라면 엄청난 살해 동기가 될 것이다. 엘리는 그 서류를 특별히 마련한 '브렛' 더미에 놓고 조사를 계속했다. 더미가 높아질수록 엘리는 지쳐갔지만, 알아낸 것은 별로 없었다. 장래 희망 과제를 보니(브렛은 인공두뇌학자들과 함께 일하는 의사가 되고 싶어 했다) 아이는 아버지를 우상으로 여기는 듯했다.

살펴볼 자료가 거의 다 떨어졌을 때, 엘리는 그림이 들어간 전기(傳記)를 훑어보았다. '해리엇 터브먼'(남북전쟁 당시 활동했던 노예 폐지론자-옮긴이)과 '새라 위네무카'(북미의 원주민 부족인 파이우트족의 작가이자 활동가-옮긴이) 같은 제목이 붙은 걸 보니 미국의 영웅들에 관한 것인 듯했다. 엘리는 과제 모음집 맨 밑에서 브렛이 만든 작은 책자를 발견했다. 처음에는 브렛이 아버지의 초상화를 표지에 붙여둔 줄 알았다. 하지만 아니었다. 초상화 밑에 적힌 이름은 '에이브러햄 앨러턴'이 아니라 '너새니얼 그레이스'였다. 게다가 그림 속 남자는 구식 옷을 입고 있었다. 높고 챙이 넓은 중절모에 턱받이 같은 옷깃이 달린 옷을 입은 너새니얼 그레이스는 청교도(영국 출신의 급진주의 개신교도-옮긴이) 식민주의자처럼 보였다. 매사추세츠만 식민지의 단체 사진에 어울릴 법한 모습이었다.

엘리는 너새니얼 그레이스를 잘 몰랐다. 신경 쓰였다. 엘리는 역사를 포함한 모든 과목 성적이 탁월했다. 그러므로 일반적인 미국 역사 교과서를 경멸하긴 했어도, 그 내용은 외워서 읊을 수 있었다. (어떤 교과서에서도 엘리의 영웅적인 팔대조 할머니를 인정하지 않았다. 하긴, 그렇게 치면 리판 아파치족 영웅은 아무도 인정하지 않았다.) 너새니얼 그레이스는 엘리의 교과서 어디에도 등장하지 않았다. 누구일까? 앨러턴의 먼 친척이려나?

엘리는 10페이지짜리 책자를 펼쳐, 브렛의 어린애다운 서툰 글씨가 손으로 그린 교회 그림 위에 적혀 있는 것을 보았다. 엘리는 그 글을 읽었다.

"내가 가장 좋아하는 미국의 영웅은 너새니얼 그레이스입니다. 1702년에 너새니얼 그레이스와 그의 아내 조앤 그레이스는 종교의 자유를 원해서 신세계로 왔습니다. 그들은 매사추세츠에 교회를 지었습니다. 다른 필그림(종교적 탄압을 피해 북아메리카로 이주했으며, 이후 미국 건국의 주축이 된 영국 출신의 개신교도-옮긴이)들은 그 교회를 두려워했습니다."

"밑에 누구야?" 엘리의 엄마가 계단 위에서 소리쳤다.

"그냥 저예요, 엄마!"

"레노어 봤니? 얘기해봤어?"

"아뇨!" 엘리는 책자를 내려놓고 말했다. "저녁 먹기 전이 마지막인데요!"

"느낌이 안 좋은데. 레노어의 자동차가 사라졌어. 전화도 받지 않고."

"젠장!"

엘리는 쿵쾅거리며 계단을 올라갔다. 모습을 감춘 커비가 뒤를 쫓았다. 엄마는 노란 파자마와 부드러운 슬리퍼 차림이었다. 비비언의 젖은 머리카락으로 보아, 샤워를 하고 있었던 듯했다. 레노어가 그때 몰래 빠져나간 걸까? 기척도 내지 않고?

"레노어의 부모님한테는 전화해보셨어요?" 엘리가 물었다. "친정에 갔을지도 몰라요."

"아직. 그런데 그레고리가 요람에 있어. 레노어가 그레고리를 두고 갈 이유가 있을까?"

"시간이 늦어서요?"

"그랬으면 나한테 말을 했겠지. 아기를 봐달라고 말이야. 뭔가 잘못됐어."

"아, 이런."

"엘리, 왜 그래?"

"설마……."

"그럴 리가!"

두 사람은 동시에 같은 생각을 떠올렸다. 레노어라면 앨러턴 박사와 대면할 게 확실했다.

"막아야 해." 비비언이 말했다. "내가 카시트를 채워놓을게. 너는 저택으로 가는 길을 알아봐. 레노어는 대체 무슨 생각인 거야?"

"아마 '아무도 내 남편을 죽이고 살아남아 뻐기고 다닐 수 없어'라고 생각하겠죠? 그 감정은 이해하지만, 그러다가 레노어까지 살해당할 거예요."

"서둘러, 엘리!"

그레고리는 때 이르게 깨우자 좋아하지 않았지만, 편안한 카시트에 앉히고 안전벨트를 채워주자마자 울음이 잦아들었다. 천으로 된 안감에 만화로 오리가 그려져 있는, 뒤쪽을 보는 형태의 카시트였다. 엘리는 월로비로 가는 동안 레노어에게 다섯 번 전화를 걸었다. 전화는 매번 음성 메시지로 곧장 연결됐다.

"레노어가 핸드폰을 꺼놨거나, 배터리가 다 된 거예요." 엘리가 말했다. "뭐가 더 나쁜지 모르겠어요."

"레노어가 보이니?" 비비언이 물었다.

비비언은 앨러턴 저택 앞, 철로 된 대문 옆에 차를 세웠다. 정면을 보는 창문 전부가 황금색 햇빛으로 이루어진 직사각형처럼 빛났다. 시간이 늦었는데도 숲으로 감싸인 부지는 이런저런 활동으로 부산스러웠다. 엘리는 사람들이 나무들 사이로 몰려다니는 것을 보았다. 어두워 얼굴이 잘 보이지 않았다. 그림자 인형 같았다. 어떤 사람의 실루엣은 움직이기 전까지 숲과 구분조차 되지 않았다.

"여기엔 없어." 비비언은 놀란 동시에 안도한 목소리로 말했다.

"아무튼 아직은 없네요. 제가 레노어의 부모님한테 전화를 걸어서 소식을 전해드릴까요?"

"잠깐만 있다가." 비비언은 정원 부지를 바라보았다. 비비언도 그곳에서 벌어지는 활동에 아리송해진 게 틀림없었다. "저거 사람이니?"

"파티를 많이 연대요." 엘리가 말했다. "무슨, 일주일에 한 번은 가면무도회를 하나 봐요. 하지만 이게 대체 무슨 짓인지는 모르겠어요. 어두워진 다음에 숨바꼭질이라도 하는 건가? 대문을 두드리고, 젊은 여자를 본 적이 있는지 물어볼까요?"

비비언은 고개를 저었다. 집을 떠나온 이후로, 비비언의 머리카락은 말라서 축축한 끈처럼 되었다. 뾰족한 머리 끄트머리가 비비언의 가슴 앞과 어깨 근처에서 양옆으로 흔들렸다. 그 모습을 보니 흔들리는 추가 생각났다. 시간이 불가피한 결론을 향해 조금씩, 조금씩 흘러가고 있었다. 엘리와 엘리의 엄마는 아침이 되기 전에 레노어를 찾게 될까?

그때, 엘리는 문득 레노어가 사라졌다는 이유로 엘리와 비비언, 자신의 갓난아기 아들이 살인자의 집 앞에서 빈둥거리는 걸 알면 트레버가 극도로 실망하리라는 생각이 들었다. 트레버는 한 번도 복수를 요구하지 않았다. 그저 가족이 안전하기만을 바랐다.

"엄마, 제가 망쳤어요."

"이건 네 잘못이 아니야." 비비언이 핸들을 손가락으로 탁탁 두드렸다. "레노어라면 어디로 갔을까? 혹시…… 흠…… 늦게까지 여는 와플 가게가 근처에 있는데. 레노어가 와플을 좋아하잖아?"

"안 좋아하는 사람이 어디 있어요?"

물론, 다른 가능성도 있었다. 엘리로서는 생각조차 하기 싫은 가능성이었다.

무덤.

"나도 좋아해." 비비언이 말했다. "제발 거기 있어, 레노어. *제발.*"

비비언은 기어에 손을 얹었지만, 후진해서 방향을 틀 겨를도 없이 키가 크고 창백한 남자가 자동차 뒤로 걸어와 두 팔을 벌렸다.

처음에, 엘리는 룸미러에 비친 그의 얼굴을 보았다. 그의 눈은 밴의 후미등을 반사하며 고양이 눈처럼 반짝였다. *뱀파이어야.* 엘리는 그가 앨처럼 해롭지 않은 뱀파이어이기를 바랐다.

"무슨……. 저기요! 뭐 도와드려요?" 엘리의 엄마는 목소리가 차 밖에도 들리도록 창문을 살짝 열고 외쳤다.

뱀파이어에게 능력이 조금이라도 있다면, 어렵지 않게 두 사람의 심장 소리와 숨소리를 들을 수 있었을 것이다. 유리 한 장으로 그가 둘의 대화를 엿듣지 못하게 막을 수는 없었다.

엘리는 불안해져서 다시 창밖을 보았다. 숲속 사람들은 모두 가만히 서 있었다. 돌로 만든 조각상이나…… 백화점 마네킹 같았다. 이렇게 생각하자 피가 식는 것 같았다. 엘리는 그들도 뱀파이어인지 궁금했다. 그러면 왜 그들이 손전등을 들고 다니지 않는지 설명될 것이다. 하지만 그들이 정원용 난쟁이 인형 대신 소름 끼치는 모습으로 앨러턴 박사의 저택 근처에 숨어 있는 이유는 설명이 되지 않았다.

뒤쪽에 있던 저주받은 남자는 쾌활하게 손을 흔들더니 운전석 창문으로 가볍게 달려왔다. 그는 허리를 숙이고 엘리의 엄마와 눈을 맞추었다. 그는 현대인처럼 머리를 깎고 있었다. 귀 주변은 바짝 다듬었고, 정수리 부분은 헝클어진 머리였다. 입술과 두 뺨이 밥을 잘 챙겨 먹은 뱀파이어 특유의 열 오른 홍조를 띠고 있었다.

"나도 같은 질문을 하려던 참이었는데 말이죠, 선생님. 둘 다 길을 잃은 건가요? 마을은 저쪽인데." 그가 거리를 가리키며 말했다.

"고맙습니다." 비비언이 말했다. "사실은, 차를 돌리려고 했는데 그때……."

"아기가 귀엽네요." 남자가 말을 잘랐다.

그의 빨갛고 뾰족한 혀끝이 입술에서 날름거렸다. 엘리는 그가 겁을 주려고 불길한 연기를 하는 건지, 아니면 너무 뿌리 깊은 저주에 걸려 끔찍한 허기를 표현하지 않고는 못 배기는 건지 알 수 없었다.

비비언이 창문을 올리고, 손마디로 유리를 두드린 다음 후진했다. 빠르게, 핸들을 확 꺾어서 유턴했다. 자동차 매연으로 반쯤 가려진 뱀파이어가 손을 들었다. 작별 인사를 하는 걸까, 그들에게 손을 뻗는 걸까?

저택이 500미터 뒤로 멀어지자 엘리는 다시 말을 해도 안전하겠다는 느낌이 들었다. 어두운 도로에는 그들뿐이었다.

"아기가 귀엽다뇨?" 엘리가 물었다. "대체 무슨 뜻으로 한 말이에요? 그때 우리가……."

어마어마한 쿵 소리와 함께, 미니밴 천장이 안쪽으로 구부러졌다. 묵직한 뭔가가 엘리의 머리 위로 떨어진 것만 같았다. 엘리는 놀라서 소리 질렀다.

"저게 뭐예요?"

"우릴 쫓아왔어." 비비언이 시속 60킬로미터에서 40킬로미터로 속도를 늦추며 말했다. "아기를 지켜!"

엘리는 안전벨트를 풀고 뒷자리로 넘어갔다. 거기에서 그레고리를 두 팔로 끌어안았다. 아기는 엘리의 소매를 잡고 기분 좋은 듯 소리를 질렀다.

"내 차에서 떨어져!" 비비언은 펠트 천으로 덮인 천장을 쾅 치며 소리쳤다.

침입자는 대답 대신 두 번 지붕을 두드렸다.

"커비, 없애버려!" 엘리가 소리쳤다. "잡아, 커비!"

커비는 낑낑거리며 바닥에 몸을 웅크렸다. 보통 커비는 엘리를 해치는 사람들에게만 공격성을 보였다. 엘리가 아홉 살 때, 샘이라는 아이가 엘리를 나무 쪽으로 밀치자 커비가 바스커빌의 사냥개(『셜록 홈스』 시리즈에 나오는 맹견-옮긴이)처럼 이빨을 드러내고 짖기 시작했다. 샘이 도망치지 않았다면, 늙은 스프링어 스패니얼이 그 녀석에게 새로 구멍을 하나 뚫어줬을 것이다. 그렇긴 하지만, 커비는 서핑하듯이 자동차를 타고 다니는 뱀파이어를 공격하는 훈련은 받지 못했다.

"마지막 경고야!" 비비언이 외쳤다. "우릴 내버려둬!"

뒤집힌 얼굴이 앞 유리 너머에서 안을 들여다보았다. 놀랄 것도 없었다. 앨러턴 박사의 저택에서 보았던, 아기를 위협하는 변태 자식이 그들을 따라온 것이다. 놈은 입 모양으로 좋아라고 말하더니, 주먹을 뒤로 당겼다. 맨손으로 유리를 깨버릴 태세였다.

"여기는 내 집, 내 사람들의 집이야!" 비비언이 외쳤다. "쿠네타이 강변에서는 너를 환영하지 않아! 내 집에서는 너를 환영하지 않아!"

비비언이 브레이크를 콱 밟자 뱀파이어가 자동차에서 날아가 시멘트 도로를 따라 굴렀다. 그는 헤드라이트 불빛을 정면으로 받으며 일어섰다.

"뭐라고?" 놈이 외쳤다. 비비언이 농담이라도 한 것처럼 씩 웃었다.

잠시 엘리는 엄마가 실수를 한 줄 알았다. 아무 일도 벌어지지 않았다. 그러다가 놈의 미소가 흔들렸다.

"무슨 짓을 한 거야?" 뱀파이어가 물었다. "이 느낌은 꼭…… 아니야. 여기는 공공 도로야. 너희에게는 이 도로에 대한 권리가 없어. 전혀!"

놈은 앞으로 휘청거리더니 밴에 대고 주먹을 휘둘렀다. 하지만 동작이 너무 굼떠서, 자동차에는 자국조차 남지 않았다. 비비언이 창문을 내리고 밖으로 몸을 내밀었다. 엘리는 그 모습을 뒷자리에서 구경했다.

"대체 무슨 짓을 한 거지?" 뱀파이어가 소리쳤다. "무슨 짓을 한 거야? 내가 죽어가잖아!"

놈이 피를 흘리기 시작했다. 눈물 구멍과 콧구멍, 귓구멍에서. 놈은 땀구멍에서도 피를 흘렸고, 핏빛 땀방울에서는 증발하는 것처럼 연기가 피어올랐다. 양념하지 않은 고기 냄새가 났다.

"넌 살아남을 수도 있어." 비비언이 말했다. "하지만 여기서는 아니야. 우린 리판 아파치다."

"그래서?" 놈이 붉은 침방울을 튀겨대며 고성을 질렀다. 루비 색깔 얼룩이 앞 유리에 흩뿌려졌다. "그게 무슨…… 마법이라도 되나?"

"아니, 멍청하긴. 우리는 미국 남부와 멕시코 북부의 원주민이야. 정말이지, 우리 얘기를 못 들어본 거야?"

"나도 과거에 아파치가 뭐였는지는 알지만……."

"과거에? 이 땅은 지금도 우리 집이야. 유럽에서 온 뱀파이어는,

환영받지 못하는 한 누군가의 집을 차지할 수 없고."

"난 세금을 낸다고! 여긴 공공 도로야, 망할 년아!"

"내 사람들에게 세금을 내는 게 아니잖아." 비비언이 말했다. "혼자 온 거였으면 좋겠네. 너희 친구들 모두를 추방하는 것도 겁나지 않으니까."

뱀파이어는 머리카락이 빠지기 시작하자 울부짖었다. "믿을 수가 없어! 말도 안 돼!"

"네가 뭘 *믿는지*는 아무 의미도 없어." 비비언이 말했다. "살고 싶다면, 북쪽으로 도망쳐. 우리 땅을 벗어날 때까지 멈추지 마."

"아파치의 땅은 얼마나 크지?" 놈이 미니밴에서 물러나면서 물었다.

"식민 지배를 당하기 전에." 비비언이 말했다. "우리는 순환하며 생활하는 민족이었어. 계절에 따라 이리저리 이사를 다녔지. 우리 집은 광활해."

뱀파이어는 역겨운 증기를 펑 하고 터뜨리며 박쥐 형태로 변했다. 가장 오래되고 강력한 저주에서만 생겨나는 기술이었다. 최소 100년 동안은 발전해온 저주. 놈은 날개 달린 핀볼처럼 쌩하며 하늘을 지그재그로 날아다니더니 결국 멀리 사라졌다.

"우리가 자기한테 어떤 힘을 쓸 수 있는지 몰랐다니 놀랍네요." 엘리가 말했다.

"아는 사람이 많지 않아." 비비언이 말했다. "아마 약탈과 식민 지배라는 불편한 진실을 떠올리기 싫어서겠지."

"왜 우리를 공격했을까요? 앨러턴이 보낸 걸까요?"

"그건 아닌 것 같아. 혼자 온 모양이야." 생각에 잠긴 침묵이 잠시 흘렀다. 아기 그레고리가 꾸르륵 소리를 내며 웃었다. 비비언이 말을 이었다. "가끔 뱀파이어들은 저주 때문에 폭력적 충동을 참기가 어려워져. 특히 저주에 걸린 지 오래된 자들이 그렇지. 박쥐 수법을 쓰는 걸 보니, 그놈에게 자제력이 조금이라도 있었던 게 놀랍구나. 우린…… 레노어를 찾아야 해."

비비언은 액셀을 밟았다. 엘리는 혹시 몰라 아기와 함께 뒷자리에 남았다.

"근데 그 많은 뱀파이어들이 앨러턴 박사의 잔디밭에서 뭘 하는 걸까요?" 엘리는 엄지손톱을 씹으며 물었다. "도저히 모르겠어요."

"곧 이해하게 될 거야. 무슨 이유가 있어. 틀림없이. 뭔가 간단한 이유이겠지. 모든 걸 설명하는 빌어먹을 한 가지 비밀이 있을 거야. 오컴의 면도날(어떤 현상을 설명하는 가장 단순한 가설-옮긴이)처럼."

그들이 빨간불에 멈췄을 때, 검은 SUV 한 대가 뒤에 다가와 섰다. 지역 번호판이 달려 있었고 순진해 보이는 사람이 운전하고 있었지만, 엘리는 앨러턴 박사가 친구를 보내 그들을 미행했을지도 모른다고 생각했기에 신호등이 파란불로 바뀔 때까지 룸미러로 낯선 사람의 흐릿한 모습을 지켜보았다. SUV는 잠시 그들을 따라오더니 옆길로 빠졌다.

"아플 거야." 비비언이 말했다.

"뭐가요, 엄마?"

"비밀 말이야. 비밀을 알게 되는 것이 아픈 이유는, 나로서는 절대……." 핸들을 잡은 엄마의 손아귀에 힘이 들어갔다. "나로서는 절대 그 애가 죽어도 될 이유를 떠올릴 수 없기 때문이야."

"저도요."

"내가 처음 선생님이 됐을 때, 학생 중 한 명이 강도로 아빠를 잃었단다."

"세상에." 엘리가 말했다. "안됐네요."

"그치. 아이 아빠는 좋은 사람이었어. 고등학교 농구 경기 때 그분을 본 적이 있단다. 투잡을 하는 분이었지. 그럴 수밖에 없었거든. 집안에 한 푼이 아쉬운 상황이라."

"어떻게 됐는데요?"

"그분이 야간 근무를 하던 24시 편의점을 남자 두 명이 털었어. 불량식품이랑 생필품을 팔고 주유도 해주는, 길가의 작은 가게였단다. 강도들은 돈과 담배, 육포를 달라고 했어. 그분은 계산기에 들어 있던 돈을 다 비워주고, 놈들이 달라던 것도 다 줬어. 그런데도 한 강도가 그분을 쏴버렸지."

"끔찍하네요."

"둘은 현금 400달러랑 말보로 담배, 육포 열 봉지를 가지고 달아났어. 방송 기자가 '겨우 400달러 때문에 사람을 죽인 겁니다'라고 말하던 게 기억나는구나. 그때 나는 '겨우'라는 말은 완전히 불필요하다고 생각했어. 아무리 많은 돈이 걸려 있어도 그런 범죄가 덜 끔찍해지는 건 아니야. 난 계산기 안에 40억 달러가 들어 있었대도 중요하지 않다고 생각한다, 엘리."

"아빠가 돌아가시고 나서 아이는 어떻게 살았어요? 그건…… 그건 그야말로……."

가끔은 엘리도 문득 부모님이 영원히 살지는 않을 거라는 생각이 들었다. 하지만 엘리는 늘 그런 생각을 머릿속 방치된 주머니에 처박아 버렸다. 그런 생각이 전면적인 공포로 피어나기 전에.

"몹시 어렵게 살았지." 비비언이 말했다. "그 애는 2주 동안 학교에 나오지 않고 아버지를 애도했어. 그 애가 학교에 돌아왔을 때는 친구들이 힘이 되어줬지. 처음에는 말이야. 얼마쯤 지나자 그 아이가 움츠러들더구나. 어쩌면 그 아이의 친구들이 움츠러든 걸지도 모르고. 사람들은 각자 다른 방법으로 비극에 대처하거든. 중요한 거야, 엘리. 슬퍼하는 방법에 정답은 없단다. 그 애는…… 아버지를 잃고 바뀐 그 애의 모습을 어떻게 설명해야 할까? 성적이 떨어졌다는 것 말고 말이야. 그 애가 좋을 때만 친구처럼 구는 아이들과 멀어졌다는 점을 빼고 말이야. 난 그 애의 눈에서 어떤 변화를 봤단다. 그 애는 이제 세상을 자기 아버지를 훔쳐간 곳으로 보는 것 같았어."

"지금은 어디 있어요?"

"모르겠구나. 좀 더 친절한 곳에 있었으면 좋겠어."

노란색 24시 와플 네온 간판이 식당 바깥에 있는 거의 빈 주차장으로 두 사람을 안내했다. 그게 무슨 신호라도 되는지 엘리의 핸드폰이 울렸다. 엘리는 전화 건 사람을 확인했다.

"레노어예요!" 엘리가 전화를 받으며 말했다. "여보세요?"

"안녕, 엘리. 전화 못 받아서 미안해. 신호가 안 좋았어."

"어디예요?"

"트레버 만나러 왔어."

"지금 시간에? 왜 아무 말도 안 했어요? 걱정했잖아요! 엄마랑 나는 언니가 앨러턴 저택으로 쇠스랑이라도 들고 쳐들어간 줄 알았어요!"

"도대체 내가 얼마나 무모하다고 생각하는 거야?"

"그 말에는 대답하지 않을게요. 언니는…… 집이에요?"

"아직. 20분 뒤에 도착해. 거기서 볼까?"

"네. 와플은 문제가 아닐 것 같네요."

"와플?"

"아, 됐어요. 운전 조심해요."

"너도." 레노어가 말했다.

엘리는 전화를 끊고 엄마를 돌아보며 말했다. "레노어가 묘지에 갔대요."

"그렇구나. 그거 걱정스러운데."

"그래도 그 의사랑 일대일로 대결하는 것보다는 덜 걱정스럽죠."

"그래?"

엘리의 핸드폰이 한 차례 울렸다. 메시지가 왔지만, 레노어가 보낸 건 아니었다. 제이가 아래와 같은 내용을 보냈다.

제이 (오후 11:12) - **에이브 앨러턴 저택**에서 열리는 멋진 파티에서 파트너가 되어주는 건 어때? 우리가 힘을 합쳐서 가면무도회를 박살 내는 거야.

제이 (오후 11:13) - 플라토닉 데이트 얘기였어.

제이 (오후 11:13) - 수사 목적으로.

제이 (오후 11:14) - 재미도 있을 거야.

제이 (오후 11:15) - 나 좀 이상해?

엘리가 서둘러 답장을 입력했다.

엘리 (오후 11:16) - 평소보다 더 이상하지는 않아.
엘리 (오후 11:17) - 근데 파티는 안 가는 게 좋을지도 몰라. 어쩌면 말이야. 저택이 위험해. 뱀파이어가 있어. 나중에 더 얘기해줄게.

"누구니?" 비비언이 물었다.

"제이요. 다음 주에 앨러턴 박사가 여는 파티를 박살 내고 싶대요. 공개 파티거든요. 윌로비 건립 200주년을 기념하는 자선 행사예요."

"200주년이라니? 200년이나 됐단 말이야? 그럼 텍사스주보다도 오래됐다는 건데."

"하! 진짜 그러네요. 이상하다."

"이상한 정도가 아니지. 전에는 윌로비라는 이름을 들어본 적도 없는데. 그렇게 오래된 마을이라면 우리도 아는 게 당연해. 텍사스가 주가 되기 전에…… 미국 정부가 우리를 학살하기 전에는 우리 부족이 정착민들을 도왔어. 물건을 주고받았지. 망보는 역할을 맡아서 휴스턴 같은 정착민들의 도시를 보호해줬어. 윌로비랑은 한 번도 얽힌 적이 없단다. 한 번도. 어떻게 그럴 수가 있지?"

"그럴 수는 없죠." 엘리가 말했다. "대체 무슨 일이 벌어지는 걸까요?"

트레버의 죽음은 엘리가 생각할 수 없는 크고 기묘한 수수께끼와 얽혀 있는 듯했다.

14

"그냥 도서관이잖아요." 엘리가 말했다. "엄마, 네?"

"소름 끼치는 마을에 있는 도서관이지."

"제이한테 같이 가달라고 할게요."

"왜 꼭 가야 하는 거니?"

"윌로비의 역사를 조사하려고요. 200주년 기념 전시회가 열리……."

현관문이 덜그럭거리다가 철컥하며 열렸다. 엘리와 엄마는 레노
어가 돌아오기를 기다리고 있었고, 이제 둘 다 앞으로 다가올 일을
예상하며 조용해졌다. 레노어가 거실로 들어왔다. 손에 때가 묻어 있
었다. 기다란 손톱에 흙덩이가 달라붙어 있었다.

"잘 돌아왔네." 비비언이 말했다. "그레고리는 요람에 있어."

"돌봐줘서 고마워요." 레노어가 미소 지었다. "저도 자려고요. 아
침에 할 일이 있어서. 속담에도 있잖아요, 사악한 자는 쉴 수가 없

다고."

"음." 엘리가 말했다. "언니 혹시……."

"응?"

레노어가 복도로 통하는 아치 앞에 잠시 멈춰서서 엘리의 말을 기다렸다. 뒤를 돌아보지는 않았다.

"땅 팠어요?" 엘리가 물었다. "묘지에서 구멍을 판 거예요?"

"응. 맞아." 그 말을 끝으로 레노어는 자기 방으로 갔다.

"레노어가 네 사촌을 깨울 수는 없을 거야." 비비언이 중얼거렸다. "아무리 노력해도."

"확실해요?" 엘리가 속삭였다.

"거의 확실해. 지금쯤은 그 일이 일어났을 거야. 내 바람이지만."

"바람이군요."

엘리가 평생 들어온 경고에도 사실은 달라지지 않았다. 인간의 유령을 깨우는 일은 벼락을 맞는 것과 비슷했다. 그런 일이 일어날 가능성은 극도로 작지만, 위험이 너무나 커서 주의를 기울여야 마땅했다. 폭풍우가 불 때 전류를 끌어들여 벼락 맞을 확률을 높이는 방법은 여러 가지 있었다. 키 큰 나무 아래 서 있기. 격동하는 구름을 향해 금속 막대 흔들기. 마찬가지로, 누군가 유령을 깨우고 싶다면 죽은 자의 이름을 반복적으로 부르거나 그들의 묘지를 건드리거나 다른 방식으로 죽은 자의 시신, 소지품, 집, 가족에 간섭할 수 있었다. 그렇다고 확실해지는 건 없었다. 사람들은 비가 오든, 해가 쨍쨍하든 매일 나무 밑에 서 있어도 10억 볼트의 전류가 흐르는 도체가 되지 않을 수 있었다. 마찬가지로, 레노어가 트레버의 시신을 덮고 있는

흙을 파헤쳤다 하더라도 그의 유령이 반드시 돌아오는 건 아니었다.

하지만 100만 분의 1이라는 확률로도 엘리는 마음이 놓이지 않았다.

"레노어가 이해한 줄 알았어요." 엘리가 말했다. "사촌이 똑같은 모습으로 돌아오지는 않으리라는 걸요."

"흠." 비비언은 텅 빈 TV 화면의 허무에 매혹되기라도 한 듯 그 화면을 쳐다보았다. "이해하고 있을지도 모르지."

"그럼 안심이 안 되잖아요! 사촌의 유령이 우리 모두를 죽일 수도 있어요!"

"아마 레노어는 네 사촌이 우리 대신 앨러턴 박사를 죽일 거라고 믿을 거야." 비비언은 등에서 뚝 소리가 날 때까지 몸을 양옆으로 비틀었다. "하루가 길었네. 내가 내일 레노어랑 말해볼게. 너도 자러 갈 거니?"

"조금만 있다가요." 엘리가 말했다. "다시는 못 잘지도 모르고요. 잠깐이라도 방심하면 위험해질 테니까."

"그래서 너한텐 커비가 있잖아."

"경계를 늦추지 마, 멍멍아."

커비는 소파 위에 웅크렸다. 그 모습이 도넛 모양의 아지랑이처럼 보였다. 살아 있을 때, 커비에게는 그 어떤 레이지보이 리클라이너보다도 편안한 메모리폼 개 침대가 있었다. 그러나 엘리와 부모님이 함께 외출하고 돌아와서 보면 소파에 흰색과 검은색 털이 묻어 있곤 했다.

더는 상관없었다. 커비에게는 빠질 털도 없었고, 발에 묻은 흙도 없었으며, 떨어지는 비듬이나 침 흘리는 혀도 없었다. 엘리는 커비가 저녁밥을 깔고 잔대도 좋았다.

비비언이 방을 나서자 엘리는 커비 옆에 앉았다.

"쉬기 전에 한 가지만 더 하자."

엘리는 브렛 앨러턴의 너새니얼 그레이스 전기 2페이지를 펼쳤다. 그 페이지에는 1페이지에 있던 것과 똑같이 손으로 그려진 교회가 있었지만, 이 그림에서는 종탑이 주황색 불길에 휩싸여 있었다.

브렛은 이렇게 썼다. '사람들은 겁나는 대상을 다치게 합니다. 다른 식민지 정착민들이 교회에 불을 질렀습니다. 너새니얼 그레이스는 교회 안에서 불에 탔습니다. 몸이 전부 불에 탔지만, 아내인 조앤이 너새니얼을 구조했습니다.'

3페이지의 그림은 표면에 조앤이라는 이름이 새겨진 묘비를 보여주었다. 그 그림에는 설명이 붙어 있지 않았고, 달리 이야기가 적혀 있지도 않았다.

너새니얼의 흑백 사진이 4페이지에 풀로 붙어 있었다. 브렛은 고집스러워 보이는 그의 입술에 광대 같은 미소를 그려두었다. '너새니얼 그레이스는 화재로 한 가지 교훈을 배웠습니다. 그는 식민지 사람들이 그보다도 더 두려워하는 사람들을 사냥하는 방법으로 다른 필그림들과 친구가 되었습니다.'

네모난 건물 그림이 딸린 5페이지가 이어졌다. '너새니얼 그레이스는 자기가 벌어들인 돈으로 병원을 지었습니다. 그는 많은 생명을 구했습니다.'

6페이지에서는 한 개 있던 건물이 똑같이 생긴 건물 열 개로 불어나 있었다. 그 건물들은 끝이 뾰족한 펜을 가지고 그려져 있었으며, 지우개 크기의 창문들이 달려 있었다. 브렛에게는 딱 한 줄을 써넣을 공간밖에 없었다. '그는 모든 곳에서 생명을 구했습니다.'

마지막 페이지에는 해부학적으로 정확한 거머리 그림이 실려 있었다. 역사 전기가 아니라 생물학 교과서에 나올 법한 그림이었다. 브렛은 이렇게 결론을 내렸다. '너새니얼 그레이스가 위대한 미국인인 이유는 대통령과 전쟁 영웅 같은 수많은 사람의 목숨을 구했기 때문입니다. 너새니얼 그레이스가 없었다면 미국은 지금과 다른 모습이었을 것이고 월로비도 없었을 것입니다. 너새니얼 그레이스가 세운 마을은 많은 사람의 훌륭한 고향이 되었습니다.'

엘리는 얼핏 이해가 되면서도, 깔끄러운 혼란스러움을 느꼈다. 엘리 자신의 정신이 베틀이 되어 모든 증거의 가닥이 얽히고 짜였으나, 자기가 짜는 무늬가 무엇인지는 보이지 않는 느낌이었다. 너새니얼 그레이스는 앨러턴 박사와 비슷하게 사람을 고칠 수도, 해칠 수도 있었다. 둘이 연관되어 있는 걸까? 같은 혈통인 걸까? 둘은 쌍둥이처럼 보였고, 엘리는 그게 아니라면 브렛이 엘리의 심화 과정 역사책 주석에도 실리지 못할 만큼 무명인 남자에 대해 쓴 이유를 떠올릴 수 없었다.

엘리는 문득 기시감을 느꼈다. 엘리는 팔대조 할머니를 비롯한 원주민들이 학문 영역에서 사라진 것에 자주 분노했다. 브렛도 너새니얼 그레이스에 대해 비슷한 감정을 느낀 걸까?

둘은 같은 감정이 아니었다. 팔대조는 어린 시절에 침략군으로부터 수백 명의 목숨을 구했다. 그녀는 피를 빼는 괴물들을 물리치고, 죽은 자들을 일으킬 방법을 개발했다. 팔대조는 논란의 여지가 없는 영웅이었지만, 너새니얼 그레이스는 피 묻은 돈으로 병원을 지은 것처럼 보였다. 그게 아니라면 '그는 식민지 사람들이 그보다도 더 두려워하는 사람들을 사냥하는 방법으로 다른 필그림들과 친구가 되었습니다'라는 문장을 어떻게 해석할 수 있겠는가? 더구나, 엘리는 식민지 사람들이 가장 두려워한 존재가 누구인지 정확히 알고 있는데 말이다.

"좋아. 그럼 난, 음." 엘리는 책자를 재킷 주머니에 넣었다. "난 자러 가야겠다. 따라와, 커비."

그날 밤, 엘리는 에이브 앨러턴에 대한 꿈을 꿨다. 그는 서툰 광대처럼 분장하고, 높고 챙이 넓은 모자를 쓰고 있었다.

"당신 비밀이 뭐야?" 엘리가 물었다. "내 말 들려?"

앨러턴 박사가 커다란 입을 벌리자, 우글거리는 거머리 떼가 산사태처럼 쏟아져 나왔다. 거머리들은 질척하게 철벅, 철벅, 철벅 하며 땅에 떨어진 다음 갓난아기처럼 비명을 질러댔다. 엘리는 이마가 땀에 젖은 채 눈을 떴다. 현기증이 나는 한순간, 엘리는 꿈과 현실이 뒤섞였다는 두려움이 들었다. 거머리들의 비명이 집 안 전체에 울렸던 것이다. 하지만 그건 단지 그레고리가 우는 소리일 뿐이었다.

"나도 그래, 아가야." 엘리가 웅얼거렸다. "나도 그래."

$$\approx 15 \ll$$

엘리는 윌로비의 수수께끼에 대해 더 알고 싶은 마음에 좀이 쑤셔 해가 뜨자마자 제이에게 문자를 보냈다. 예상 못 한 일도 아니지만, 제이가 답장을 보내기까지는 두 시간이 걸렸다.

엘리 (오전 6:50) - 제이, 나랑 윌로비 도서관 같이 갈 수 있어?

제이 (오전 9:36) - 오늘은 안 돼. :(집에 문제가 있어서.

엘리 (오전 9:37) - 무슨 일인데??

제이 (오전 9:38) - 로니가 좋다고 했어.

엘리 (오전 9:38) - 이런.

엘리 (오전 9:39) - 그러니까, 축하해!! 축하한다고 전해줘.

엘리 (오전 9:40) - 너희 부모님도 아셔?

제이 (오전 9:42) - 응. D: 화나셨어. 내가 중재해야 해.

엘리 (오전 9:42) - 널 사이에 두고 그러는 건 좀 아니다.
제이 (오전 9:43) - 걱정하지 마, 엘리. 도서관은 내일 갈까?
엘리 (오전 9:43) - 그때 보자.
엘리 (오전 9:45) - 그전에 내가 어젯밤에 **악마한테서 아슬아슬하게 도망친** 얘기를 해줄게.

뱀파이어 공격에 대해 이야기하고 나서(또한 엘리와 엄마, 그레고 리는 아무렇지 않다고 제이를 안심시켜주고 나서) 엘리는 플라스틱 플립플롭을 신고 밖으로 나갔다. 악몽과 어두운 생각에서 잠시 벗어날 필요가 있었다. 산책을 하면 도움이 될지도 몰랐다.

커비가 따라오는 채로, 엘리는 동네를 돌아다니다가 공원에 이르렀다. 노란색 미끄럼틀에서 어린아이 두 명이 놀고 있긴 했지만, 공원은 거의 비어 있었다. 엘리가 지나가자 그 애들이 놀이터를 가로질러 달려가 밧줄 사다리를 기어오르기 시작했다. 꼭 놀이 시간에 농땡이를 부리다 들킬까 봐 걱정하는 것처럼 말이다. 햇빛 때문에 엘리의 갈색 아래팔에 바늘구멍 크기만 한 주근깨 얼룩무늬가 생겼다. 햇볕에 타기 전에는 늘 그런 무늬가 생겼다. 엘리는 햇빛을 털어내기라도 하는 것처럼 팔을 문지르고, 가장 멀리 떨어진 벤치에서 쉬었다.

엘리는 삼엽충 화석을 가져오지 않았으나 그 형태와 성격을 외워서 알고 있었다. 엘리는 허공에서 홀로그램 정도로 뿌옇게 보이는 삼엽충을 불러냈다. 어렸을 때, 공룡에 대해서 공상할 때면 공룡들은 신화 속 존재처럼 보였다. 어린 엘리는 선사시대의 동물들이 인간과 같은 행성에서 왔다는 걸 어렴풋이 이해했다. 같은 공기를 마시고, 같은 태양과 달을 보았다고. 지금도 엘리는 삼엽충 유령이 너무도 익숙하게 느껴져 놀라웠다. 삼엽충 유령의 모습과 행동을 보면 투구게와 바닷가재, 바퀴벌레를 비롯해 엘리와 같은 시간의 조각을 쓰고 있는 수많은 동물이 생각났다. 하긴, 왜 아니겠는가? 결국 그들은 친족이었다. 살았든, 죽었든 지구 존재들의 유사성은 차이점을 훨씬 넘어섰다.

엘리는 생명의 나무에 달린 모든 종을 만나보고 싶었다. 가장 오래된 가지에 달린 유령들을 보고 싶었다. 벨로시랩터. 큰나무늘보. 메갈로돈 상어.

노랗게 뭉쳐 있는 풀 위를 허둥지둥 움직이는 삼엽충을 지켜보고 있는데, 속삭이는 듯한 소리가 들렸다. 엘리가 집중하자 그 소리는 점점 커졌다. 시끄러워지고, 수도 많아졌다. 삼엽충 떼가 엘리의 발밑에서 우글거리며, 깊은 해저의 기억 위를 기어 다니는 것만 같았다.

엘리는 벤치에서 펄쩍 뛰어올라 공원에서 물러 나오며, 오직 유령들에게만 집중했다. 그래도 삼엽충 떼가 몰려오는 소리가 들렸다. 엘리가 실수로 그들을 깨운 걸까? *어떻게?* 전에는 한 번도 그런 적이 없었다! 다행히, 아무도 이런 소란을 눈치채지 못하는 듯했다. 이마에 땀받이를 두르고 조깅하는 사람도, 우편함을 확인하는 여자나 자기 집 앞 잔디밭에서 바비큐를 하는 가족도.

사실, 아무도 엘리를 알아보지 못하는 듯했다. 조깅을 하는 사람도, 우편함을 확인하는 사람도, 바비큐를 먹는 사람도 엘리 쪽에 눈길을 주지 않았다. 다른 곳에서라면 그리 이상한 일도 아니겠지만,

친절한 사람들이 사는 레노어의 동네에서는 엘리가 걸어갈 때마다 "안녕!"이라거나 "올라, 부에노스 디아스('안녕, 좋은 하루'라는 뜻의 스페인어—옮긴이)"라는 말이 한두 번쯤 들려오게 마련이었다.

삼엽충들은 둥지가 물에 잠겨 대피하는 개미들처럼 길가의 도랑에서 쏟아져 나왔다. 그대로 퍼져 인도와 뜰에도 침입했다. 엘리는 어떤 반응을 기다리며 이웃들을 눈여겨보았다. 헉하는 숨소리나 비명 같은. 그러나 아무 반응도 없었다.

아무 반응도.

엘리는 커비와 아주 많은 시간을 보냈기에 일반인에 비해 유령에 민감했다. 그래도 이웃들은 무언가를 느껴야 마땅했다. 삼엽충들은 눈으로 볼 수 있고, 귀로 들을 수 있는 우글거리는 존재들이었다.

"다들 침착하세요!" 엘리가 말했다. "삼엽충은 해롭지 않아요. 파리 한 마리도 못 죽일 거예요! 유령들은 금방 잠든답니다! 뭐, 대부분은 그래요. 이 녀석들은 확실히 그럴 테고요!"

이번에도 이웃들은 엘리의 말을 못 들은 척했다. 엘리는 한 걸음 한 걸음 삼엽충 바다를 가르며 앞으로 나아가면서, 자기도 유령이 된 것 같은 기분이 들었다. 무서웠다.

"내 목소리 들려요?" 엘리가 소리쳤다. "저기요?"

엘리의 목소리는 수영장 물속에 들어가 말을 했을 때처럼 이상하게 약해진 느낌이 났다. 공기가 물처럼 묵직하게 엘리의 움직임에 저항했다. 엘리는 애쓰며 계속 앞으로 나아갔다. 레노어의 집에 가야 했다! 엄마라면 도와줄 수 있다!

삼엽충들이 엘리의 발 위로 흘러넘치더니 다리를 기어올랐다. 녀석들은 더 이상 인간을 두려워하지 않았다. 엘리는 삼엽충들을 공격하기는커녕 서 있기도 힘들었다. "쉭!" 엘리는 바지에서 삼엽충을 떨어내려 했지만, 발길질이 너무 느렸다. 엘리는 삼엽충 한 마리를 무릎에서 떼어냈지만 다른 두 마리가 그 자리에 달라붙었다. 아마 지하 세계의 삼엽충은 하늘에 뜬 별보다 많을 것이다. 번식하고 죽을 시간이 수백만 년은 있었으니까. 엘리는 그 생각에 휘청거렸다.

무릎이 땅에 닿기 전에, 개 짖는 소리가 날카롭고 불안하게 울렸다. 삼엽충들이 엘리에게서 허둥지둥 멀어졌다. 마치 허리케인처럼 강력한 바람에 녀석들의 작은 몸이 날려간 것만 같았다. 확실히, 커비의 무기화된 울음소리가 유령에게도 통하는 모양이었다. 언젠가는 그 점이 도움이 될 것이다. 엘리가 폭력적인 귀신들을 조사할 때는 더더욱.

"커비." 엘리가 말했다. "잘했어!"

커비는 느릿느릿한 물살에 발목이 잡힌 것처럼 엘리 옆을 떠다녔다. 커비가 슬로모션으로 꼬리를 흔들었다. 엘리가 나타나라고 시킨 것도 아닌데 녀석의 모습이 보였다. 머리 위에서는 태양에서 나오던 불길이 모두 빨아 먹혔다. 해는 달보다 소심하게 빛났다. 동네는 푸른 아지랑이에 감싸여 있었다. 메스키트 나무는 가지가 뻗어 있는 산호처럼 보였고, 선인장은 쭈글쭈글한 뇌 모양의 산호 머리 부분을 닮아 있었다. 엘리가 삼엽충이라는 멸종된 절지동물만이 아니라 고대의 바다 전체를 깨운 것만 같았다.

엘리가 당황할 새도 없이 무언가가 태양과 그녀 사이를 흘러갔다. 그 형체가 움직이기 전까지만 해도 엘리는 그것이 물고기 모양의 비행선이라고 생각했다. 아니었다. 그건 거대한 유령이었다.

다른 유령들도 있었다.

엘리가 여태껏 본 것 중 가장 커다란 고래 무리가 머리 위로 헤엄쳐갔다. 자연 다큐멘터리라면 볼 만큼 봤는데도 그런 고래 무리는 본 적이 없었다. 흰긴수염고래, 혹등고래, 향유고래, 엘리가 모르는 고래들이 한 무리에 섞여 둥실둥실 떠갔다. 어떤 고래는 너무 높이 있어서 대기권 가장자리에 스칠 것만 같았다.

진화 시간 척도에서 보면, 고래목은 꽤 새로운 종이었다. 이곳은 고대의 바다가 아니었다. 시간이 시작된 이후로 존재해온 모든 바다였다.

엘리는 죽은 자들의 바닷속에 잠겼다.

16

고래들이 노래하기 시작했다. 그 고대의 목소리가 화음을 이루며, 음량도 커지고 숫자도 많아졌다. 엘리의 치아에 통증이 전해질 정도였다. 엘리는 숨으면 그 모든 고래의 울음소리에서 벗어날 수 있을 것처럼 숨을 곳을 찾아 몸을 날렸다. 불편할 정도로 오랜 시간 동안, 엘리는 땅에서 50센티미터쯤 떨어진 곳에 떠 있었다(혹등고래의 배 밑 5미터쯤 되는 곳이었다). 엘리가 너무 세게 발버둥을 치는 바람에 플립플롭 한 짝이 날아갔다. 이 동작 덕분에 엘리는 가지가 무성한 산호 군락 뒤쪽으로 나아갔다. 엘리는 손을 들었다. 빨갛게 칠한 손톱이 검은색으로 보였다. 붉은빛의 파장은 물에 빠르게 흡수된다. 그래서 바다가 파랗게 보이는 것이다. 동네는 빠르게 이상한 형태의 아틀란티스(대서양에 가라앉았다고 전해지는 전설 속 도시-옮긴이)로 변해가고 있었다.

엘리는 깊이 숨을 들이쉬었다. 허파를 가득 채우고 목숨을 부지하게 해주는 산소가 고마웠다. 엘리의 가슴은 코르셋으로 꽉 조인 것처럼, 무거운 물이 온몸을 짓누르는 것처럼 느껴졌다. 낯설고 불편한 감각이었다. 엘리는 스노클링을 좋아했지만, 예전부터 스쿠버다이빙은 하기 싫었다. 난파선을 구경하고 한가롭게 노니는 상어들과 함께 헤엄치는 건 재미있겠지만, 인간은 깊은 바닷속 차가운 물에서 살아남도록 만들어진 존재가 아니었다. 엘리는 잠수복과 잠수용 마스크, 산소통에 목숨을 맡길 수 없었다.

커비는 기분 좋은 듯 엘리의 머리 주변을 물장구치고 다녔다. 엘리는 걱정스러운 마음에 조금 숨을 내쉬며 커비의 목덜미를 붙잡고 산호 뒤로 끌어당겼다. 유령들이 서로 잡아먹을 수 있을지는 모르겠지만, 어찌 보면 물개처럼 생기기도 한 가장 친한 친구로 육식 고래를 꾀어내고 싶지는 않았다.

"착하지." 엘리가 속삭였다.

고래 무리가 천천히 그들을 지나쳐 멀리 어두운 곳으로 헤엄쳐 갔다.

고래들의 그림자를 벗어나자 엘리는 공포 이상의 감각에 집중할 기회를 잡을 수 있었다. 예컨대, 커비의 목이 부드러운 털처럼 느껴졌다. 엘리는 두 팔로 커비를 끌어안았다. 애정을 담아서, 꼭.

"어떻게 몸이 생긴 거야?" 엘리가 물었다. "너 다시 단단해졌어!"

이따금 엘리는 커비가 죽지 않은 꿈을 꾸었다. 커비가 지금도 가구에 털을 묻히고, 침대 발치에서 자며 발가락에 온기를 전해줄 수 있다고 말이다. 하지만 이건 꿈이 아니었다. 엘리는 그 차이를 알 수 있었다. 정신이 만들어내는 세상에 비하면, 의식으로 감지되는 세상은 감각의 향연이었다.

이제 엘리는 유령이 서로를 먹을 수 있는지만 궁금한 게 아니었다. 유령이 서로를 끌어안을 수도 있을까? 엘리가 죽은 걸까? 엘리는 가슴속에 공포가 차올랐지만, 그 감정을 억누르며 논리적으로 생각하려고 애썼다. 엘리가 죽었다면, 삼엽충이나 상어가 아니라 가족과 함께 있었을 것이다. 트레버, 팔대조 할머니, 그 사이의 모두가 엘리를 유령들의 나라에 있는 고향으로 안내했을 것이다.

엘리는 조심스레 산호 너머를 보았다. 거리는 갈색 고운 흙으로 이루어진 들판으로 녹아내린 뒤였다. 엘리는 빛이 있는 쪽으로 헤엄쳐가기가 두려웠다. 그러다가 세상이 정상으로 돌아오면(안 돌아오면 어쩌지!) 허공에서 뚝 떨어질 수도 있으니 말이다. 엘리는 구명보트라도 되는 것처럼 커비에게 매달렸다.

"나 때문에 우리가 여기 오게 된 거라면 말이야." 엘리가 말했다. "내가…… 집으로 가는 길을 찾을 수 있을 거야."

바다가 너무 무겁게, 너무 차갑게 느껴졌다. 엘리는 헤로토닉 강에 뛰어들었던 일이 생각났다. 숨을 쉬며 떠 있으려고 애쓰던 일. 엘리는 눈을 꼭 감고, 뭔가 유쾌한 쪽으로 생각의 방향을 돌리려 애썼다. 두려우면 집중하기가 어려우니까. 엘리는 대신 아빠가 문화센터 수영장에서 수영하는 법을 가르쳐준 날을 생각했다. 엘리는 물이 얕은 수영장 가장자리에서 두 팔에 노란색 키판 두 개를 댄 채 깐닥거리고 있었다. 아빠가 옆에서 엘리를 지켜보며 응원했다.

"그냥 물이야, 엘리." 아빠가 말했다. "우리도 70퍼센트는 물로 이루어져 있어. 알고 있니?"

혹시 그래서 고대의 바다가 엘리의 영혼을 그토록 강하게 사로잡은 걸까? 이제는 바다가 엘리의 일부가 된 걸까? 늘 그랬을까? 두려움에 수영장 기억은 흐려졌다. 엘리는 고대의 해류가 몸을 휩쓸며 흘러가는 것을 느낄 수 있었다. 엘리를 물에 빠뜨려 죽이면서.

익사시키면서.

엘리는 호숫가에서의 캠핑을 생각했다. 물가를 따라 펼쳐놓은 텐트들, 그릴에서 구워지는 샌드위치와 햄버거. 엘리보다 나이가 많은 사촌들은 기다란 나무 부두에서 뛰어내리고 있었다. 엘리도 그들과 함께하고 싶었다. 함께할 수 있었다! 이제 엘리는 수영하는 방법을 알았으니까.

호수가 너무도 차가웠다.

엘리는 지금도 추웠다.

사촌들은 어떻게 저리도 빨리 헤엄치는 걸까? 엘리는 그들을 따라잡을 수 없었다. 다리에 쥐가 났다. 엘리는 도와달라고 소리쳤다. 사촌들은 엘리의 목소리를 듣지 못했다.

아무도 더는 엘리의 목소리를 듣지 못했다.

엘리는 더러운 호수의 흙탕물에 질식해가며 발버둥 치다가 자기 팔을 감싸 쥐는 누군가의 손가락을 느꼈다. 아빠가 지켜보고 있다가 엘리를 호수에서 끌어냈다. 엘리는 그 순간이 너무도 생생하게 기억났다. 그때 느꼈던 안도감이. 아빠 품에서 느껴지던 온기가. 맑은 공기와 햇빛의 달콤함과…….

커비가 엘리의 손가락을 통과했다. 엘리는 놀라서 눈을 떴다. 산호는 사라졌고, 엘리는 공원 벤치에 앉아 있었다. 세상이 다시 정상으로 보였다. 하지만 정말 집에 돌아온 걸까?

땀받이를 차고 조깅하는 사람이 엘리를 지나쳐갔다.

"올라!" 엘리가 외쳤다.

"부에노스 디아스." 그가 말했다. "코모 에스타('잘 지내니?'라는 뜻의 스페인어-옮긴이)?"

엘리는 아래를 보았다. 샌들 한 짝이 사라지긴 했지만, 커비의 아른거리는 몸이 옆에 앉아 있었다. 엘리가 보고 싶은 건 그게 전부였다.

"엑셀란테('잘 지내요'라는 뜻의 스페인어-옮긴이)." 엘리가 말했다. "가자, 커비."

엘리는 레노어의 집으로 돌아오면서 잃어버린 플립플롭을 찾아보았다. 어디에서도 찾을 수 없었다. 데본기 유령들의 세계에 남겨진 게 틀림없었다. 그 신발이 산 자와 죽은 자를 갈라놓는 장벽을 가로지르게 하려면, 엘리가 뭔가에 손을 대야 하는 걸지도 몰랐다.

그러나 정말 지하 세계를 방문한 거라면, 엘리에게는 도움이 필요했다. 이런 여행을 한 사람이 엘리가 처음은 아닐 것이다. 하지만 조상들의 이야기를 토대로 생각해보면, 엘리는 지하 세계에 갔는데도 다치지 않고 살아남은 몇 안 되는 운 좋은 사람이었다.

"엄마!" 엘리는 거실로 불쑥 들어가며 소리쳤다. "엄마, 어디 있어요?"

"여기야, 엘리!"

비비언은 그레고리의 놀이방에서 '장난감 개구리를 벽에 던지고 웃기'라는 놀이를 감독하고 있었다.

"엄마!" 엘리가 말했다. "아주 이상한 경험을 했어요. 어, 안녕? 귀염둥이야."

엘리가 그레고리에게 손을 흔들었다. 그레고리는 제멋대로 허공을 내리치는 것으로 마주 인사했다.

"무슨 경험을 했는데?" 비비언이 물었다. "엘리, 코피가 나는구나. 넘어졌니?"

아니나 다를까, 윗입술을 핥아보자 피 맛이 났다.

"우웩. 메갈로돈이 이 냄새를 못 맡아서 다행이네요." 엘리가 말했다. "메갈로돈도 다른 상어처럼 피를 감지할 수 있을까요?"

"메갈로돈?" 비비언은 걱정스러운 표정으로 미간을 구겼다. 두 눈썹을 잇는 보이지 않는 끈이 줄어든 것만 같았다. "메갈로돈 유령을 깨운 거니?"

"딱히 그런 건 아니었어요. 처음부터 말씀드릴게요." 엘리는 머뭇거렸다. "근데 그전에 질문이 있어요. 우리가 죽은 자들의 땅에 찾아갈 수도 있나요?"

"안 되지!"

"그래요?"

"이론적으로는 가능해. 하지만 네가 그랬을 리는 *없어*."

"저도 *모르겠어요*, 엄마." 엘리는 방을 가로지르다가 그레고리의 요람 위에 대롱거리는 비행기 모빌을 빙글 돌렸다. "공원에서 삼엽충을 데리고 놀고 있었어요. 그건 백번은 해본 일이고요."

"알아. 그 삼엽충이 항상 주변을 기어 다니더구나. 그러다가 누가 겁을 먹게 될 거야, 엘리. 그 녀석은 멋대가리 없이 큰 돌연변이 쥐머느리처럼 생겼어."

"다들 쥐머느리를 좋아하는걸요. 쥐머느리는 곤충계의 고슴도치 같은 거라고요."

"그 얘기는 나중에 해보자. 무슨 일이 있었던 거니?"

"천천히 일어난 일이에요. 다른 삼엽충 수천 마리의 소리가 들리더라고요. 그 삼엽충들의 발소리가 밀밭에 불어오는 바람 소리처럼 들렸어요."

"혹시 네가 그 삼엽충들을 전부 깨운 건 아닐까?"

"저도 그렇게 생각했죠. 처음에는요. 그래서 공원을 떠났어요. 아무 일도 일어나지 않은 것처럼 삼엽충 유령들이 곧 다시 잠들 거라 생각했고요. 근데 아니더라고요. 엄마, 이웃들이 아무도 저를 보지 못했어요. 제가 그 사람들한테 소리를 쳤죠. 제 목소리도 못 듣더라고요. 세상이 변했지만, 천천히 일어난 일이었어요. 천천히 페이드아웃 되는 것처럼요. 무슨 말인지 아시겠어요?"

"변했다라, 변해서 뭐가 됐는데?"

"바다요. 사방에 산호가 있었어요. 삼엽충도 있고. 고래 수십 마리가 머리 위로 헤엄쳐갔어요. 숨은 쉴 수 있었지만, 수영도 할 수 있었어요. 제일 좋았던 게 뭔지 아세요?"

"좋았던 거?"

"제가 커비를 안았어요. 정말로 끌어안았어요. 눈에 보이지 않는 힘을 만지는 거랑은 달랐어요. 커비의 촉촉한 코까지 느껴졌어요."

"집에는 어떻게 왔니?"

"그냥 왔어요. 한순간에는 커비를 안고서 수영장에서 수영한다는 생각을 하고 있었어요. 그다음에 눈을 떴더니 공원이 보였고요."

"꿈을 꾼 게 아닐까?" 비비언이 물었다. 엄마의 두 눈썹을 연결하는 끈이 최대한 팽팽하게 당겨졌다.

"그건 아닌 것 같아요. 제가 신고 갔던 플립플롭을…… 어…… 바닷속 세계에 놓고 왔거든요."

"엘리, 그런 이야기들이 있어. 오래된 이야기 말이야."

"네. 기억나요."

"우리 세계와 아래쪽 세계를, 유령과 괴물들이 사는 그 세계를 오갈 수 있는 사람들, *살아 있는 사람들* 얘기 말이다."

"그런 이야기 중에 좋게 끝나는 이야기도 있어요?"

"거의 없지." 비비언이 말했다. "지하 세계에서는 길을 잃기가 쉽거든. 유령들이 너를 속이려 할 테고. 너무 오래 그 안에 머물다가는 죽고 말아, 엘리."

"그러고 싶은 사람이 어디 있어요!"

"문은 어떻게 연 거니? *뭘 한 거야? 뭘 한 거니?*"

"저도 몰라요! 진짜예요, 엄마." 엘리는 팔짱을 끼고 공원 벤치에서 경험한 모든 생각과 느낌을 떠올려보았다. "흠, 제 생각에는……."

"그래, 뭐니, 얘야?"

"그때는 이상할 것 없게 느껴졌어요. 삼엽충을 데리고 놀다가 선사시대의 지구에 대해서, 그곳이 얼마나 익숙한 곳인지에 대해서 생각했어요. 존재는 바뀌지만, 바뀌지 않고 남아 있기도 하잖아요?"

"안전을 위해서라도." 비비언이 말했다. "원로들과 상의하기 전까지는 죽은 자들에 대해 철학적으로 생각하지 말도록 하자."

"노력은 해볼게요……."

"얘야, 무섭구나. 부탁이니 좀 쉬거라."

"쉬라고요? 뭘 쉬어요?"

"유령과 관련된 모든 일 말이야."

"당연히." 엘리가 말했다. "커비까지 얘기하시는 건 아니죠?"

"그게 정말 그렇게 당연한 일이니?" 비비언이 물었다. "너랑 보름쯤 떨어져 지낸다고 커비가 사라지는 건 아니야."

"커비는 저를 지켜줘요." 엘리가 말했다. "게다가 커비는 지금 이 순간에도 여기에 있는데, 제가 다시 지하 세계로 떨어지지는 않았잖아요."

비비언은 끙 소리를 내며 말했다. "그럼 거래를 하자. 그렇게 커비가 필요하면 커비를 깨우렴. 그건 괜찮아. 하지만 혼자서 집을 떠나면 안 돼. 네가 사라지면, 누군가 목격자가 있어야지. 도와줄 사람이 말이야. 약속해줄래?"

"네, 엄마."

엘리는 엄마의 뺨에 입을 맞췄다. 잠시 후, 엘리는 비비언의 흔들림 없는 품 안에 안겨 있었다.

"저도 걱정돼요." 엘리가 인정했다. "그래도 오해하지는 마세요. 바다는 믿을 수 없을 만큼 멋졌어요."

엘리와 엄마는 이야기를 나누면서도 그레고리가 방 저쪽으로 던져대는 개구리 인형을 번갈아가며 가져왔다.

"분명 메갈로돈도 그 아래에 있을 거예요. 뭐랄까, 물릴 만한 크기의 모든 걸 위험에 빠뜨리지 않고 커다란 상어 유령을 깨우는 방법을 알아내는 날이 오면." 엘리가 말을 이었다. "표를 팔아서 돈을 엄청나게 많이 벌 수 있을 거예요. 사람들은 큰 물고기를 좋아하잖아요. 이빨이 클수록 좋죠. 넌 어떻게 생각해, 귀염둥이야? 메, 갈, 로, 돈 해봐. **메, 갈, 로, 돈.**"

그레고리는 꺅 소리를 내며 웃었다. 전적으로 존중할 만한 반응이었다.

“도서관에서는.” 엘리가 말했다. “가명을 써야 해. 혹시 모르니까.”

“생각해둔 이름 있어?” 제이가 물었다.

제이와 엘리는 매캘런에서 채식주의자 전용 나초를 나눠 먹고 있었다. 둘의 토르티야 칩에는 초리조와 체더 치즈, 핀토 콩이 쌓여 있었다.

“딱히.” 엘리가 말했다. “쓸 만한 슈퍼히어로 이름 목록은 있는데, 현실 세계에서 잠복 작전을 할 때 쓰기엔 너무 화려해.”

“그래도 말해줘.”

“그래. 누메로 우노(‘첫 번째’라는 뜻의 스페인어-옮긴이), 개 유령 소환사.”

“그건 누가 쓰고 있을 것 같은데.”

“슈퍼내추럴은 어때?”

제이는 생각에 잠겨 턱을 문질렀다. "유머 코드를 넣은 건 알겠어. 하지만 어떤 사람들은 문자 그대로 그 이름을 해석할지도 몰라. 네가 아주, 극도로 내추럴하다는 뜻으로 말이야."

"마지막은 엘랏소에야."

"그거 예쁜데!"

"잘됐네, 내 진짜 이름이니까."

"엘리가 엘랏소에를 줄인 말이었어? 엘, 랏, 소, 에? 난 네가 엘리너인 줄 알았어."

엘리는 토르티야 칩을 접시에 떨어뜨리고 눈을 가늘게 뜨며 제이를 보았다. "우리가 서로를 안 지 얼마나 됐더라?"

"무지무지 오래됐지."

"그런데 그동안 내내 나를 엘리너라고 생각했단 말이야?"

"엘리너 아니면 엘리자베스인 줄 알았어. 미안!"

"너한테 더 일찍 말해줬어야 했는데 내 잘못이지. 영웅적인 조상님 이름을 딴 거야. 지금은 다들 그분을 팔대조라고 부르지만, 원래는 엘랏소에였어. '벌새'라는 뜻이야. 리판어로 엘랏소에가 벌새거든. 뭐 엄밀히 말하면, 동물 이름을 따서 내 이름을 지은 거지. 내가 태어나기 전날 밤에 엄마가 검은 깃털이 달린 벌새가 나오는 생생한 꿈을 꿨대. 그 검은 깃털이 허블 망원경으로 찍은 우주 사진처럼, 은하수로 가득한 사진처럼 반짝였다는 거야. 그 모습을 보니까 엄마는 못 견딜 만큼 큰 기쁨으로 가득 차서, 그 꿈이 어떤 징조일 거라고 생각하셨대. 나머지는 너도 아는 얘기고."

"부럽다. 엄마랑 아빠가 내 이름을 제임슨이라고 지은 건 우리 아빠가 제임스고, 내가…… 내가 아빠의 아들이라서야. '슨'이 '선 (son)', 아들이라는 뜻이잖아."

"언젠가 네가 아들을 낳으면, 이름을 제임슨슨이라고 지으면 되 겠다."

"아니면 제이 주니어라든지! 마음에 드는데!"

제이의 새 핸드폰에서 베토벤 9번 교향곡의 상징적인 부분이 울 렸다.

"앨이다!" 제이가 말했다. "미안, 이건 받아야 해."

제이가 초록색 '수락' 버튼을 누르고 엘리에게 흥미로운 일방향 대화를 들려주었다.

"무슨 일이야? 아! 지금 같이 있어. 아니. 진짜? 로니가 말해줬 다고? 난 아니…… 월로비야. 월로비의 에이브러햄 앨러턴……. 그 게 아니라…… 엄청나게 많았대. 근데 공격한 건 한 명뿐이고. 난 잘……." 제이가 핸드폰을 내리고 물었다. "엘리, 앨러턴 박사네 잔디 밭에 뱀파이어가 몇 명이나 있었어?"

"어두워서 정확하진 않은데, 내 생각엔 서른 명쯤 됐을 거야. 나 무 뒤에 더 있었을지도 모르고."

제이는 통화를 이어갔다. "서른 명이래. 아니, 엘리가 경찰은 못 믿겠대……. 알았어, 근데 조심해! 그러다 죽지 말고! 이카로스 얘기 들어봤어? 이카로스는…… 여보세요? 앨? 듣고 있어?" 제이는 핸드 폰 화면을 보았다. "끊어졌네."

"뭐였어?" 엘리가 물었다. "앨이 공격 얘기를 들었대?"

"응. 앨은 자기 친구들이, 그러니까 나이가 많고 인맥도 많은 뱀파이어들이 그 모임에 대해서 알지도 모른다고 했어. 자기가 이것 저것 물어보겠대.”

“쓸 만한 정보가 될 수도 있겠다.” 엘리가 말했다.

월로비로 차를 타고 가는 동안 제이는 누나에게 전화를 걸어 앨이 감당해야 할지도 모르는 위험에 대해 아는지 확인했다. 엘리는 운전을 하면서 그 대화를 엿들었다. 제이가 지금 틀어놓은 스포츠계 스캔들에 관한 팟캐스트보다 그 이야기가 더 흥미로웠다.

“그거면 살인자 의사의 유죄 판결을 끌어내는 데 도움이 될 거야. 아니, 누나는 빠져 있어, 로니! 위험한 놈이라고. 난 절대로……. 뭐…… 엘리가 날 지켜줄 수 있어. 유령 개 기억나지? 아! 말해줄게.” 제이는 핸드폰 마이크를 손으로 가리고 말했다. “누나가 안부 전해달래! 나중에 너랑도 통화하고 싶대. 운전 다 하고 나서 말이야.”

“안녕, 로니 로스!” 엘리가 말했다.

제이가 웃으며 통화를 다시 시작했다. “우린 월로비로 가고 있어. 조사하러. 저녁은 집에서 먹을 거야. 엄마가 미트로프에 벌써 완두콩을 넣었으면 빼고 먹을게. 당근? 좋아! 고마워! 안녕!”

제이가 핸드폰을 집어넣는 모습을 보고 나서 엘리가 물었다. “그래서, 완두콩 싫어해?”

“맛이 좀…… 안 좋아.”

“그럴 수 있지. 난 토마토가 싫어.”

“토마토는 아메리카 대륙이 원산지 아니야?”

“중앙아메리카랑 남아메리카가 원산지야. 북아메리카로도 무역이 이루어지긴 했지만. 그렇다고 내가 토마토를 좋아해야 하는 건 아니지." 엘리는 이 문제를 생각해보았다. "피자 소스는 괜찮아."

"옛날, 옛날, 옛날에는 다들 뭘 먹은 거야?"

"리판족 말이야?" 엘리가 물었다. "엄청나게 많은 걸 먹었지만, 요즘에는 찾기 어려워. 햄버거랑은 다르잖아? 다음에 우리 집에 저녁 먹으러 오면, 엄마가 우리 식으로 으깬 아가베나 노팔레 선인장을 만들어주실 수도 있어. 즙이 많고, 또 즙이 많아." 엘리는 잠시 말을 멈추고 웃었다. 아무 반응도 없었다. 바보 녀석. "흠. 또 뭐 먹을 수 있어? 토르티야, 강낭콩, 야생 포도, 노간주나무 열매, 꿀을 바른 메스키트랑 옥수수빵. 이런 게 정통인데."

엘리는 **윌로비에 오신 것을 환영합니다** 팻말을 보았다. 그녀는 속도를 늦추고 창문 너머로 마을을 바라보았다. 대로에서 오른쪽으로 꺾어, 건널목에서 속도를 늦추었다. 부모와 아장아장 걷는 아기로 이루어진 세 가족이 미소 지으며 엘리의 앞을 가로질러 갔다. 그들이 손을 흔들었다. 친근한 사람들이었다. 엘리는 잠시 저 어른들은 앨러턴 박사의 비밀을 알지 궁금해졌다. 혹시 마을 전체가 아는 건 아닐까.

"레노어가 걱정돼." 엘리가 말했다. "지난번에, 엄마랑 내가 공격당했을 때 레노어가 사촌의 무덤에 갔거든. 무덤에 손을 댔어. 사촌이 돌아와서 복수해주기를 바라는 거야."

"인간의 유령은 늘 잔인해?" 제이가 물었다. "물론 전문가는 너지만, 착한 유령 얘기도 들은 적이 있어서. 그러니까…… 이런 거야. 텍사스 남부에 기찻길 건널목이 있어. 1970년대에 통학버스 한 대가 기찻길에 멈춰 서고 말았대. 운전기사는 어떻게 했느냐고? 양쪽을 다 살피는 걸 잊어버렸어. 기차가 오고 있었지. 기사는 버스에서 내려서 자기 버스를 밀려고 애썼어. 한 사람이 10톤짜리 쇳덩어리를 움직일 수 있다는 듯이 말이야. 아이들은 가망이 없었지. 버스는 기차에 치이고 말았어."

"혹시 다들 살아난 거야?"

"아니, 아이 절반이 죽었어. 비극이었지. 마을에서는 기찻길 근처에 대리석 명판을 세웠어. 한동안은 그게 슬픈 이야기의 끝이었지."

엘리는 고개를 끄덕였다. 제이가 할 이야기도 거의 끝이었으면 좋겠다는 생각이 들었다. 목적지에 거의 도착했으니 말이다. 윌로비 공립 도서관은 흰색의 빅토리아 양식 목조 건물이었다. 장미 덤불이 북쪽 벽을 따라 자라 있었다. 덤불에서 열린 묵직한 노란색 꽃송이는 초록색 잔디밭에 두꺼운 꽃잎을 떨어뜨렸다. 메스키트나 야자수는 보이지 않았다. 사막 식물이나 가뭄의 흔적도 없었다. 사실, 습기를 좋아하는 흰 버섯이 장미 덤불 그늘에서 자라고 있었다. 앨러턴 박사의 저택이 그랬듯 이 도서관도 다른 위도에 속한 것만 같았다.

제이가 말을 이었다. "몇 년 뒤에, 젊은 커플이 영화를 보고 나서 차를 타고 집에 돌아오는 길이었어. 데이트를 하고 난 뒤라 시간이 늦었지. 그런데 불행히도 차가 고장 난 거야. 불길하게 푸드덕거리는 소리가 나더니 기찻길에 멈춰 섰대. 여자친구가 자기 쪽 창문을 내다보니까 대리석 명판이 보였어. 여자는 명판이 아이들이 모두 죽은 자리를 표시한 명판이라는 걸 알았대. '큰일 났어.' 그 여자가 말했어. '기차가 와.' 둘은 안전벨트를 풀고 차를 버리려 했는데, 갑자기 차가 움직이기 시작했어! 누가 미는 것처럼 조금씩 앞으로 나아가더래.

길은 완전히 평평했어. 언덕 아래쪽으로 굴러가거나 그런 게 아니야. 자동차는 기찻길을 벗어나더니 멈췄어. 무서운 점이 뭔 줄 알아?"

사실, 엘리는 이 도시 괴담을 들어본 적이 있었지만 제이가 충격적인 결말을 알려주고 싶어 신이 난 듯해 모르는 척했다.

"아니." 엘리가 말했다. "뭔데?"

"자동차가 멈춰 서고 나서, 그 커플이 도와준 사람을 보려고 차에서 내렸는데 도로가 비어 있더라는 거야! 그런데 뒤쪽 창문을 보니까, 수십 개의 작은 빨간색 지문이 유리에 묻어 있더래. 여섯 사람의 손이 남긴 피 묻은 손자국이었지. 여섯 사람. 꼭 죽은 애들이 둘을 안전한 곳으로 밀어준 것처럼 말이야. 지금은, 사람들이 밤에 기찻길에 멈춰 서면 유령들이 돌아와서 그 사람들을 밀어준대."

엘리의 기억이 맞는다면, 〈고스트 사이언스〉의 어느 편에서 '기찻길의 아이들'을 조사한 적이 있었다. 검은색 의사 가운 차림의 기운 넘치는 초자연현상 전문가인 사회자는 이 전설에서 주장하는 현상을 확인할 수 없었다. 사실, 그녀는 버스 사고에 관한 기록도 찾지 못했다.

"한밤중에 동네 기찻길에 차를 댈 이유는 없습니다." 사회자는 그렇게 결론을 내렸다. "잘 속는 사람이 아니라면 말이죠."

"그 이야기가 실제 있었던 일이라면." 엘리가 말했다. "난 지문을 남긴 게 유령은 아니라는 쪽에 걸게. 인간의 유령이 나타났다는 건 전부 나쁜 소식이야. 예외는 없어."

"애들도? 아기들도?"

"걔네들이 특히 그래." 엘리는 도서관 입구 근처에 차를 대고 시동을 껐다. 자동차가 후끈해지기 전에, 엘리는 운전석 문을 열어두었다. "사실, 어린 유령들이 가장 흔해. 그 녀석들은 온전한 인생을 경험해볼 기회가 없었던 만큼 돌아오고 싶어 안달이거든. 그러고 보면 궁금하지. 걔들은 동물의 유령하고 아주 많이 다르잖아. 난 걔들이 유령이긴 한 건지, 아니면 다른 존재인지 궁금해. 뭔가 더…… 이상한 존재 말이야."

"네가 아직 답을 모른다니 놀라운데." 제이가 말했다. "브라이드 가족의 비밀 지식에 나오는 이야기인 줄 알았어."

"가족의 지식으로 전해지는 내용에서는, 인간의 유령이 나타났다는 건 나쁜 소식이 확실해. 그게 다야. 물론, 그 말은 우리가 그 유령들을 이 세계로 다시 불러들여서는 안 된다는 뜻이야. 또한 무슨 이론이든 확인할 수 있을 만큼 오랫동안 그 유령들에 대해서 생각해서는 안 된다는 뜻이기도 해."

"넌 본 적 있어?" 제이가 물었다. 그러고는 차에서 내려 보닛에 기댔다. "인간의 유령 말이야."

"아직." 엘리도 차에서 내렸다.

매그놀리아 나무 냄새가 나는 산들바람이 얼굴을 식혀주었다. 기분 좋은 날씨였다. 아이스크림을 먹으면 기분이 두 배는 상쾌해지는, 훈훈하고 밝은 오후 말이다. 엘리는 윌로비에도 소프트아이스크림 가게가 있을지 궁금해졌다. 와플 콘에, 피스타치오 아이스크림을 빙글빙글 돌려 산처럼 쌓아주는 가게.

"내 생각엔 만나게 될 것 같아. 네가 초자연현상 수사관이 되면 말이야. 그치? 머잖아 그렇게 될걸."

"응." 엘리가 동의했다. "인간의 유령은 보통 팀 단위로 처리해. 그건 별로야."

"다른 사람들하고 함께 일하는 게 싫어?" 제이가 물었다.

엘리는 제이의 목소리에서 실망한 기색을 읽었다.

"그런 건 아니야." 엘리가 말했다. "친구들이랑 같이 일하는 건 좋아. 내가 알고 존중하는 사람들하고 같이 말이야. 근데 이런 팀 퇴마 의식 때는 낯선 사람들이랑 협력해야 해. 정말로 할리우드 영매 클로이 앨러모어 같은 사람한테 내 목숨을 믿고 맡길 수 있을까?"

제이가 미소 지었다. 그 표정을 보니 엘리는 등에서 한 짐을 덜어낸 것 같았다.

제이가 말했다. "선생님들은 팀 과제를 하다 보면 '진짜 세상'에 대비할 수 있다고 하잖아. 우리가 사는 여기는 진짜 세상이 아닌 것처럼 말이야. 하지만…… 뭐, 그 말이 맞는다면 세상이 바뀌어야지."

"그래?" 엘리가 물었다.

"응. 대부분의 무작위 팀 과제를 하다 보면, 다른 모두가 그냥 앉아서 수다나 떨고 있는 동안 한두 명이 과제를 다 하는 거 봤지? 아니면, 팀원들 사이에 잘 끼어들지 못해서 무시당하는 사람이 생기기도 하고."

"내가 그런 사람이야." 엘리가 말했다. "이방인 취급을 받아. 팀원들이 점수에 별 신경을 쓰지 않거나, 자기들보다는 내가 더 신경 쓴다는 걸 알고 있어서 결국 모든 일을 다 해야 하는 사람이기도 하고."

"나도 그래. 인생은 공평하지 않다는 걸 가르치려는 건가 봐."

"그러게." 엘리는 사촌을 생각하며 말했다. "아니면, 나쁜 상황을 알아보는 방법을 가르치려는 걸지도 몰라. 학교에서는 해로운 사람들이랑 한 팀이 되어야 할지도 모르지만, *진짜 세상에서는?* 안 되지. 사양이야. 클로이 앨러모어는 다른 호구나 찾으라고 해."

"내가 너랑 같이 일하고 싶다면?" 제이가 물었다.

"수사관으로서?"

"난 이번 여름에 중요한 일을 하는 기분이 들어. 잘하고 있는지는 모르겠지만……."

"넌 엄청나게 큰 도움이 됐어." 엘리가 말했다. "나한테도, 우리 가족한테도."

"그래?"

"그럼." 엘리는 도서관 쪽을 고갯짓했다. "조사가 전부야. 네가 찾은 '레이트어닥' 후기나 자선 무도회 공지 같은 정보가 없었으면, 우리는 지금도 출발점에 있었을 거야. 너희 이모는 어떻고? 내가 백만 번쯤 고마워한다고 전해드려."

"그중에 내가 열두 번만 가져가도 돼?" 제이가 미소 지으며 물었다.

"괜찮을 듯?" 엘리가 말했다. "그 정도면 충분하지."

엘리와 제이는 윌로비 공립 도서관에 들어갔다. 실내에서는 오래된 종이와 레몬 향이 첨가된 청소제 냄새가 났다. 사서 한 명이 한가운데에 있는 독서용 나무 탁자를 닦고 있었다. 정기간행물과 교과서, 신간 페이퍼백과 하드커버가 꽂힌 책장 여러 개가 탁자를 둘러싸고 있었다. 반대편 벽에서는 **아동, 청소년, 성인 소설, 논픽션** 등의 팻말이 붙은 문이 도서관 깊은 곳으로 이어졌다. 도서관 건물은 어둡고 퀴퀴한 분위기를 풍겼다. 커다란 먼짓덩어리가 햇빛이 들어오는 텁텁한 공기 속에서 자유롭게 빙빙 돌았다.

"실례합니다." 엘리가 말했다. "윌로비 역사에 관한 200주년 기념 전시회를 보러 왔는데요."

사서는 독서용 안경을 왕관처럼 걸치고 있는 백인 여자였는데, 엘리의 질문에 답하려면 비상사태에나 어울릴 만한 관심이 필요하다는 듯 얼룩 묻은 행주를 탁자에 내려놓았다.

"저쪽 문으로 들어가서." 사서가 말했다. "오른쪽으로 가면 돼요. 한 방 전체가 지역 역사에 관한 내용을 다루고 있죠. 여름 캠프 점수를 받으려고 하는 활동인가요?"

"아뇨, 그냥 개인적으로 궁금해서요." 엘리가 말했다. "놀랍네요. 한 방 전체라니!"

"그럼요."

사서는 모든 공립 도서관이 박물관 역할도 한다고 생각하는 듯했다. 엘리는 다른 도서관 로비에서 유리 진열장에 들어 있는 골동품이나 사진 등 작은 전시품을 본 적이 있었다. 하지만 한 방 전체라니? 엘리한테는 새로운 일이었다. 확실히 자긍심 넘치는 마을, 애향심으로 똘똘 뭉친 마을의 도서관다웠다. 전국 단위가 아니라 카운티 단위에서 작동하는, 배타적인 형태의 애향심.

"감사합니다." 제이가 말했다. "한 가지 궁금한 게 있는데……."

"뭔가요?" 사서는 망설이는 제이의 모습이 아리송한 듯 물었다.

"아니에요." 제이가 말했다. "도와주셔서 감사합니다."

역사 전시실로 가는 길에 엘리가 물었다. "뭘 물어보려고 했어?"

"월로비에 의문사 사건이 많이 있었는지 물어보려 했는데, 오해할 수도 있겠다 싶어서."

"잘 생각했어. 이목을 끌면 안 돼."

"음…… 그래서 말인데…… 아니다, 그냥 말하지 말아야지."

엘리는 걷다 말고 엉덩이에 두 손을 얹었다. "야, 왜 이래. 이건 아니지. 이런 식으로 호기심만 자극해놓고 말을 안 하면 안 돼. 뭐라고 하려고 했어?"

둘은 책이나 독서광들을 존중하는 뜻에서 조용히 말하고 있었지만, 이제 제이는 더욱 목소리를 낮추어 속삭였다.

"마을을 가로질러 올 때 말이야. 사람들이 쳐다보더라."

"거리에서 만난 그 가족 말이야?"

"그 사람들만이 아니었어. 개를 산책시키는 남자도 있었어. 정지팻말 근처에서 본 커플도 있었고. 자기 집 현관에 나와 있는 남자도 있었고. 아! 우리가 주차장에 있을 때, 길 건너편에 어떤 여자 세 명이 있었어. 탁자에 앉아서 점심을 먹다가, 수다 떨던 걸 멈추고 우리가 들어올 때까지 그냥 지켜보는 거야. 소름 끼쳤어."

"난 몰랐는데." 엘리가 말했다. "하긴, 나는 길만 보고 있었으니까. 근데 우리 둘 다를 쳐다본 거야, 나만 쳐다본 거야?"

월로비 근처의 도시에는 엘리와 피부색이 비슷한 사람들이 많이 살았지만, 월로비 안에서는 그런 사람을 본 적이 없었다. 엘리는 두드러졌다. 눈에 띄지 않고 싶다는 엘리의 마음을 생각하면 불행한 일이었다.

"둘 다." 제이가 말했다. "내 생각이야. 잘 모르겠어. 대부분 우리가 나란히 있었으니까. 화가 나거나 심술궂은 표정은 아니었어. 그냥 궁금해하던데."

"그렇구나." 엘리가 말했다. "우리가 너무 예쁘고 잘생겨서 이목을 끌었나 봐."

제이가 고개를 끄덕였다. "그럼 다행이고."

엘리는 차마 농담한 거라고 얘기할 수 없었다. 하긴, 농담에는 이따금 통찰력이 섞여 있었다. 그냥 엘리와 제이가 사랑스럽다고 생각했을 뿐인데, 구경꾼들에게 악의가 있다고 의심한다면 무례한 일 아니겠는가?

전시회는 정사각형의 창문 없는 방에서 열리고 있었다. 엘리와 제이는 바닥에서부터 천장까지 미스터리 소설 페이퍼백으로 가득 찬 책장 두 개 사이에서 그 방으로 들어가는 입구를 발견했다.

"어떤 징조일지도 몰라." 제이가 말했다.

"좋은 징조였으면 좋겠다."

엘리가 앞장섰다. 너새니얼 그레이스의 초상화가 한쪽 벽에 걸려 있었다. 브렛이 사진으로 찍어 보고서에 붙인 그 초상화였다. 너새니얼 그레이스가 정말 윌로비를 세운 사람일까? 엘리는 브렛의 보고서에서 처음 그 사실을 읽었을 때, 브렛이 하고 싶었던 말은 너새니얼 그레이스가 '명예 창건자'였다는 뜻일 거라고 생각했다. 윌로비는 너새니얼 그레이스가 남긴 업적이 그의 사후에 더욱 뻗어간 결과라고 말이다. 그럴 수밖에 없었다. 그게 아니라면 연대가 말이 되지 않았다. 알 수 없는 이유로 200주년을 기념하는 텍사스의 한 마을을 영국 출신 필그림이 세웠다고? 하긴, 마을의 역사에 관해서라면 늘

혼동이 일어나게 마련이었다.

엘리는 원본 초상화가 더 생기 있을 줄 알았다. 식민지의 퓨리턴 정착민들은 무지갯빛 블라우스를 입지는 않았으나 두 뺨과 눈, 옷에는 확실히 색깔이 들어가 있었다. 그러나 눈앞의 유화는 그야말로 음울했다. 화가가 색깔 있는 물감을 다 써버린 모양이었다.

"오래된 영화 소품 같다." 제이가 놀라워하며 말했다. "귀신 들린 저택에 걸려 있는 무시무시한 초상화라니, 눈으로 계속 사람 뒤를 좇는 그런 초상화 말이야."

"그런 걸 떠올리게 해주다니 고맙네." 엘리는 이리저리 서성거렸다. 너새니얼 그레이스의 차가운 시선을 피할 수 없자 불안감이 들었다. "그럼, 어, 찾아보자! 빨리 끝내면 마을에 가서 아이스크림을 사 먹을 수 있을 거야."

"그 정도면 속독을 할 동기가 되지!"

윌로비에 관한 책들은 너새니얼 그레이스의 초상화 아래쪽 낮은 책장에 보관되어 있었다. 제이는 책상다리를 하고 앉아 만족스러운 듯 콧노래를 부르며, 가능성이 있어 보이는 책들을 훑어보기 시작했다. 엘리도 제이와 함께할 생각이었지만, 전시회의 전시품과 골동품, 분류된 전시물들을 훑어보는 것도 나쁘지 않을 것 같았다.

엘리는 방 한가운데에 자리 잡은, 뻗어가는 윌로비 마을 모형부터 살펴보기 시작했다. 안내판에 따르면, 지역 건축가가 윌로비에 있는 모든 건물 미니어처를 공들여 직접 만들었다. 그 사람이 윌로비 지형 모형에 그 건물들을 붙였다. 세부 사항이 풍성하게 묘사된 걸 보면, 이 프로젝트를 하는 데는 몇 년이 걸렸을 게 틀림없었다. 건물들은 모노폴리 게임에 나오는 집과 비슷한 크기였으나 현실 세계의 대응물과 무척 비슷했다. 윌로비를 잘 모르는 엘리조차 도서관을 포함한 주요 건물들을 알아볼 수 있었다. 리본처럼 가느다란 거리에는 자동차가 있었고, 공원에서 노는 사람들도 있었으며, 압정 크기의 나무들이 인공 풀밭에서 솟아나기도 했다. 건축가는 주머니 크기의 묘지에 꽂을 묘비와 조각상까지 만들어놓았다. 엘리는 그가 모든 묘비에 이름과 날짜를 표시했을지 궁금해졌다. 작은 마을이 박물관에서 쓰는 플라스틱 진열장 안에 봉해져 있었으므로, 묘비들을 확인할 만큼 허리를 숙일 수는 없었다. 전시품에서는 레몬 향이 들어간 청소액 냄새가 났다. 최근에 사서가 투명한 표면마다 수없이 생기는 지문과 얼룩을 문질러 닦은 모양이었다.

엘리는 뭔가 이상한 것을 찾아보았다. 마을이 배치된 구조에서 단서가 될 만한 것이 있는지 궁금했다. 그러나 눈에 띄는 건 없었다. 윌로비의 거리가 그 자체로 무서운 분위기를 풍기는 것도 아니었고, 수상한 창고나 이름 없는 정부 청사가 있는 것도 아니었다. 앨러턴 박사가 일하는 곳으로 생각되는 의원과 재활 센터도 수상할 것 없이 작은 규모였다.

전시품 옆의 종이 지도에 따르면, 그 의원은 그레이스가와 사니타스가 사이의 교차로에 있었다. 두 가지 이름은 모두 뜻이 자명했다. *그레이스*는 이 마을의 창건자인 너새니얼 그레이스를 뜻하는 게 분명했고, *사니타스*는 건강을 뜻하는 라틴어 단어였다(엘리는 SAT 같은 대학 입학시험을 준비하느라 흔한 라틴어 어원을 수십 개쯤 외워두었고, 이런 지식이 다른 데도 쓰일 수 있다는 게 기쁘고도 놀라웠다). 거리 이름만 가지고 추측해보면, 이 의원은 어떤 식으로든 월로비 자체만큼이나 오래된 듯했다.

엘리의 의구심은 다른 전시품을 통해서도 확인됐다. 여러 장의 흑백 사진과 오래된 의료 장비, 안내판을 통해 엘리는 너새니얼 그레이스의 제자들이 남북전쟁 시기에 텍사스에 민간 병원을 세웠다는 걸 알게 되었다. 남부 연합의 부상병들이 그곳에서 질병과 부상을 치료받았다. 병원 주위로 마을이 생겨났다. 남북전쟁이 끝난 뒤에는 병원에서 부유한 고객들을 돌보게 되었다. 엘리가 보기에 이런 연대기는 이상한 것이었다. 올해가 월로비의 200주년이라면, 이 마을은 1860년부터 1865년 사이에 벌어진 남북전쟁 이전부터 존재했던 게 분명했다. 게다가 초기 퓨리턴 식민주의자들은 1600년대에 이곳에 도착했으며, 브렛 앨러턴의 보고서에 따르면 그레이스 자신이 이 지역에 도착한 것도 1702년의 일이었다. 엘리는 알면 알수록 이 마을의 역사가 헷갈렸다.

엘리는 혼란스러운 채로 계속 전시물을 살펴보았다. 다음 진열장에는 병원 직원들에게 보내는 손글씨 편지가 들어 있었다. 1906년 10월 17일이라는 날짜가 붙은 이 편지는 '레이트어닥' 후기보다 더 칭찬 일색이었다.

월로비 요양원의 의사 선생님들께
나를 치료해준 여러분의 손길에 대단히 감사함을 표합니다. 다리가 놀랍도록 잘 움직이는군요. 곰한테 물려서 다리가 잘릴 뻔했다는 얘기를 못 믿을 정도입니다. 정말 고맙습니다.

"제이, 이것 좀 봐." 엘리가 잠시 도서관 전용 목소리를 써야 한다는 걸 잊고 말했다.

제이가 일어나 방을 가로질러 왔다. 두 팔에 하드커버 책을 한 무더기 안은 채로. 제이는 편지를 훑어보더니, 서명을 보고 인상을 찌푸렸다.

"루스벨트? 25대 대통령 말이야?"

시어도어 루스벨트, 일명 테디 루스벨트는 사실 26대 대통령이었으나 엘리는 제이를 좋아했기에 말꼬리 잡고 싶은 마음을 참았다.

"전시회에 따르면 그렇대." 엘리는 콧수염을 기른 시어도어 루스벨트와 구식 의사의 사진을 가리키며 말했다.

"농담이겠지." 제이가 말했다. "루스벨트는 곰한테 물린 적 없어."

"그래?"

"*아닌가?*"

"모르겠어, 과장일 수도 있지. 농담 말이야. 하지만……." 엘리는 너새니얼 그레이스의 초상화를 돌아보며 말했다. "사촌의 경야제에서 앨러턴 박사가 가족의 비밀이라면 자기도 잘 안다고 했어. 내 생각에는 그레이스가 앨러턴 박사의 족보 어딘가에 나올 것 같아."

"앨러턴이 너새니얼 그레이스의 비밀을 지키고 있다고 생각해?"

"윌로비의 모든 의사가 그러는 것 같아."

"하! 그거 이기적인데? 상처를 완전히 없애는 방법을 알았다면, 난 모두에게 그 기술을 알려줬을 거야."

엘리가 애석하다는 듯 미소 지었다. "우리 가족이 죽은 자를 깨우는 팔대조 할머니의 기술을 비밀로 지키는 이유 기억나?"

"위험해서?" 제이가 말했다.

"맞아."

제이가 눈을 휘둥그렇게 떴다. "아."

"윌로비에서 이루어지는 기적에는 어두운 면이 있어." 엘리가 말했다. "느껴져."

⫸ 18 ⫷

엘리와 제이는 박물관에서 20분을 더 보냈지만, 조사를 해봐도 이미 아는 내용이 확인될 뿐이었다. 너새니얼 그레이스의 제자와 자손들이 세운 윌로비는 병원으로 유명한 마을이라는 사실 말이다. 그 작은 병원은 이상할 정도로 치료 성공률이 높았다. 엘리와 제이는 오후 늦게 도서관에서 나와, 공원 근처에서 아이스크림을 파는 가게를 찾았다. 제이는 로키로드(초콜릿, 견과류, 마시멜로를 섞어서 만든 아이스크림-옮긴이)를 골랐고, 엘리는 피스타치오를 골라 욕구를 충족시켰다. 그러곤 미루나무 밑 벤치에 앉아 마음을 가다듬고 계획을 세웠다.

"어두운 비밀은 보통 잘 숨겨져 있어." 제이는 엄지로 버섯을 하나 뭉개며 말했다. "도서관에서 그런 비밀을 찾아보려 했다니 어리석은 일이었던 것 같아."

"딱히 그렇지는 않아." 엘리가 말했다. "완전히 낭비는 아니었어. 퍼즐 조각이 맞아들어가고 있어."

"너희 사촌이 월로비의 비밀을 알게 됐다고 생각해? 어쩌면 앨러턴 박사의 아들이 수업 중에 비밀을 누설했을지도 몰라. 그런 다음에, 너새니얼 그레이스의 추종자들이 자기들의 치료 의식을 보존하려고 너희 사촌을 침묵시켜야만 했던 거야."

"나도 그런 게 아닐까 생각했어. 근데 한 가지 문제가 있어. 내 사촌은 월로비의 이상한 점에 대해 *아무것도* 몰랐다는 거야. 사촌은 앨러턴 박사의 공격이 뜻밖이었다고 했어."

"그건 그럴 수 있어." 제이가 말했다. "너희 사촌이 남긴 마지막 말만 봐도 편집증하고는 거리가 먼 사람이었으니까. 누군가를 도우려 했잖아."

"그러게." 엘리는 머릿속에 낙인찍혀 있으며, 아마 언제까지나 그렇게 남아 있을 사촌의 말을 생각하며 말했다. "맞아. 꼭 사촌이……."

"퇴근하던 중이었던 것 같지?"

"응. 그러다가 길가에서 자동차 사고를 목격한 것 같아."

"그래서 도와주려 한 거지."

"제이……." 엘리는 너무 두려워져서 아이스크림이 녹아서 손에 뚝뚝 떨어지는 것도 느끼지 못한 채 말했다. "정말 그랬던 거라면, 난……. 내 생각에 우린 거의 해답에 가까워진 것 같아. 너 옛날 신문 볼 수 있어? 헤로토닉 전자 도서관에 옛날 신문도 있을까?"

"당연하지. 요즘은 대부분이 전산화되니까."

"잘됐다. 1906년 10월 중순쯤의 텍사스 신문을 확인해줄래? 곰한테 공격당한 사건에 관한 기사면 뭐든지 괜찮아. 피해자가 다리를 다쳤을 거야."

"그야 쉽지." 제이가 말했다. "또 찾아봐야 하는 건?"

"흠, 윌로비 근처에서 일어난 의문사. 시기는 아무 때나 상관없어. 어쩌면 이번 주가 끝나기 전에 수수께끼를 해결할 수 있을지도 몰라."

"병원은?" 제이가 물었다. "병원도 가볼래?"

끌리기는 했다. 그들은 그레이스가와 사니타스가의 교차로에서 겨우 몇 킬로미터밖에 떨어져 있지 않았다. 원하면 앨러턴의 직장까지 걸어갈 수도 있었다.

"글쎄." 엘리가 말했다. "나랑 엄마는 앨러턴의 집 근처를 지나가다 위협을 당했어. 기억나지? 저택이 저주받은 사람들로 둘러싸여 있었다고. 그중 한 명이 아기 그레고리를 해치고 싶어 했고. 하지만 그때는 밤이었고, 우리가 고립되어 있기도 했지."

"응, 이번에 병원에 가면 목격자들이 있는 공공시설에 가는 거야." 제이가 말했다.

"그 점이 이렇게까지 극단적인 관심에 따르는 그나마 좋은 점인 건가?"

엘리는 눈에 띄지 않게 고개를 오른쪽으로 기울여 이마를 찡긋거리며 길 건너편의 식당을 가리켰다. 몇 사람이 공원을 마주 보는 몇 개의 창문 너머로 그들을 바라보고 있었다. 엘리와 제이는 햄버거를 먹는 노부부, 밝은 노란색 앞치마를 입은 종업원, 한 손에는 셰이크를 들고 다른 손에는 포크를 든 흰머리 남자의 시선을 받고 있었다.

"그동안 내내 우리를 보고 있었던 거야?" 제이가 물었다.

"거의."

"내가 그랬지! 이상한 사람들이라고." 제이는 쳐다보는 사람들에게서 얼굴을 가리며 몸을 틀었다. "난 저 사람들이 너무 심심해서 저러는 것처럼 굴 거야. 200주년 행사에 이 마을이 이렇게까지 흥분하는 걸 보면, 동네 사람들이 지루한 게 틀림없어." 제이는 목소리를 낮추고 급히 속삭였다. "지금도 쳐다봐?"

"뻔뻔하게." 엘리가 말했다. "방금 종업원이랑 5초 동안 눈을 맞추고 있었어. 눈을 돌리지도 않더라."

"진짜 왜들 저래?"

"저 식당 사람들이 창문을 반투명 거울이라고 생각하거나, 자기들이 우리를 지켜보고 있다는 걸 알려주고 싶은 거겠지. 웩. 다시 생각해보니까, 커비 없이 앨러턴 가까이 가는 건 별로 좋은 생각이 아닌 것 같아. 우호적이지 않은 목격자는 우호적인 목격자보다 못할 수 있으니까."

커비는 하루 종일 자고 있었다. 엘리는 원로가 선사시대 바다와 잠깐 마주쳤던 일에 대해 조언해주기 전까지 유령과 관련된 일에서 손을 떼겠다는 약속을 지킬 생각이었다. 그러나 엘리가 생각했던 것보다 약속을 지키기가 어려웠다. 엘리는 다시 커비에게 말을 걸고, 삶에 대한 이야기를 전하고 싶었다. 엘리는 커비가 피와 살로 이루어진 개일 때도 늘 그 녀석과 수다를 떨었다. 엘리가 하는 말을 대부분 알아듣지 못했겠지만, 스프링어 스패니얼은 어쨌든 엘리의 수다가 즐거운 것처럼 굴었다. 개들은 민감했다. 사람을 보면, 그 표정과 몸짓에서 감정을 읽어낼 수 있었다. 목소리에서도.

대화 상대가 있으면 어느 순간이 더 의미 있게 느껴지는 이유가 뭘까? 커비를 깨울 수 있다면, 엘리는 텍사스에서는 아이스크림이 너무 빨리 녹는다고 말했을 것이다. 헤어밴드를 뭉쳐 테니스공처럼 던져주었을 것이다. 둘이서 공 가져오기 놀이를 하면, 천 뭉치가 초록색 풀밭을 가로질러 둥실둥실 떠가는 걸 본 보행자들이 모두 깜짝 놀라겠지. 엘리와 커비는 트레버가 사고를 당한 날 밤 이후로 노는 것같이 놀 시간이 없었다. 훈련 도중에 솟구치는 고통과 폭력으로 커비가 길게 울부짖은 이후로 말이다. 그때가 벌써 전생의 기억처럼 느껴졌다.

"제이." 엘리가 말했다.

"응?"

"웃기다."

제이는 넋이 나간 채, 윗입술에 초콜릿을 묻히고서 가까이 몸을 숙였다. "뭐가?"

"텍사스 말이야. 여름에 텍사스는 너무 더워서 아이스크림이 다른 어느 곳에서보다 맛있어. 하지만 볼링핀에 버터를 발라놓은 것처럼 빨리 녹아."

"빨리 녹을수록 아이스크림을 더 많이 살 테니까." 제이가 말했다. "돌아갈 때 먹을 아이스크림을 하나 더 살까? 두 스쿱을 달라고 할 걸 그랬어. 원래대로라면 콘을 채워줘야 하는데, 아이스크림 퍼주는 여자애가 그냥 콘 위에 한 덩어리만 얹어두더라니까. 너무 못됐지."

"제이, 진짜 아이스크림 때문이야?" 엘리가 물었다.

"거의 그렇긴 해." 제이가 어깨를 으쓱하며 말했다. "내가 돌아가면 어떤 반응을 보일지 알고 싶기도 하고. 종업원이 내 돈을 안 받겠다고 할 건 아니잖아. 우리가 나쁜 짓을 한 것도 아니니까."

엘리는 미소 지으며 고개를 저었다. "넌 진짜 백인답…… 내 말은, 맞아. 제이, 냅킨도 꼭 많이 챙겨와. 엄마가 자동차를 어지럽히는 문제에 대해서는 정말 엄하시거든. 시트에 과자 부스러기 하나라도 있으면 알아채. 뱀파이어를 만났을 때 자동차 지붕이 찌그러졌는데도 엄마가 대학살극을 벌이지 않아서 놀랐다니까."

"나도 얼른 내 차 사고 싶다. 과자 부스러기만 모아놓는 쟁반을 달아놓을 거야."

"진짜 차를 갖고 싶어?" 엘리가 물었다. "오토바이나 전동 킥보드가 아니라?"

"그럼! 그런 걸 탔다가는 매일 바가지머리가 될걸." 제이가 자기 머리카락을 만지작거렸다. 도착할 때만 해도 제이는 헤어스프레이를 뿌려 머리를 뾰족뾰족하고 풍성하게 만들어놓았지만, 텍사스 남부의 열기 때문에 그 스타일은 힘이 풀려버렸다. 지금은 제이의 두 눈 사이로 머리카락이 늘어져 있었고, 나머지 세운 머리는 이마 한쪽으로 넘겨져 있었다. 엘리는 헬멧을 쓰기에는 자기 머리카락이 더 낫다는 걸 인정할 수밖에 없었다. 엘리는 그냥 머리를 팽팽하게 땋기만 하면 됐다.

"가서 아이스크림 사 와." 엘리가 말했다. "난 밖에서 기다리면서 할 일 하고 있을게."

제이가 자리에서 일어나 식당으로 돌아가자 엘리는 로니 로스에 게 전화를 걸었다.

"이제 운전 안 해?" 로니가 물었다.

인사도 없었고, 안부를 묻지도 않았다. 발신자 번호가 표시되기 전에는 사람들이 "저는 아무개입니다, 누구시죠?"라고 묻던 시절이 있었다. 하지만 그런 인사는 이제 시간 낭비가 되었고, 로니 로스는 절대 여유를 부리지 않는 사람이었다.

"부모님이 내가 운전하면서 핸드폰 쓰는 걸 보시면, 나는 핸드폰 이랑 자동차를 둘 다 빼앗기게 될 거야." 엘리가 안심시켜주었다. "거 기다 폼도 안 나고. 제이가 전화하라던데?"

"응, *이제야* 걸었네. 사실 좀 기다렸다가 해도 되는 얘기야. 넌 할 일이 엄청나게 많으니까."

"아직 그렇게 바쁘지는 않아. 제이가 아이스크림 사러 갔거든."

"내 질문이 너무 가벼운 거라서."

"*뭔데 그렇게 가벼워?*"

"내가 결혼식을 하는 상황을 가정했을 때 말이야……."

"*가정이라고?*"

"……신부 들러리가 되어줄래?"

"아."

예상하지 못한 말이었다. 사실, 엘리는 들러리가 된다는 생각을 한 번도 해본 적이 없었다. 전혀. 그냥 그런 생각이 떠오르지 않았 다. 그건 그렇고, 들러리는 뭘 하는 거지? 세트로 맞춘 옷을 입고 미 소 짓는 것 말고? 엘리는 친구들이 20대가 되기 전까지는 결혼하지 않으리라고 생각했다. '결혼식 에티켓'을 검색해볼 시간이 많을 줄 알았다.

"미안." 로니가 말을 이었다. "체계를 잡아놓으려고. 가정이지만, 혹시 내가 결혼한다면 오래 걸리지는 않을 거거든. 근데 거절해도 돼. 스트레스도 받지 마."

"승낙하는 건 어때? 단지 내가 뭘 하겠다고 동의하는 건지 전혀 모르고 있고, 올해 여름이 지나서까지 살아남지 못할 수도 있다는 것만 알아줘."

"그런 식으로 말하지 마. 잘 들어!"

"응?"

"이제 넌 내 선발 선수 중 한 명이야. 우린 우리 선발 선수가 웬 돈 많은 개자식한테 다치게 놔두지 않아."

그러기엔 좀 너무 늦지 않나. 엘리는 그렇게 생각했지만, 로니의 감정만은 고마웠다.

"고마워, 로니."

"별말씀을, 그리고 있잖아? 결혼식에 손님을 데려와도 돼. 근데 너무 이상한 사람은 안 되고. 네가 무성애자라는 건 알아. 그러니까, 뭐랄까. 친구나 친구도 애인도 아닌 사람이나, 누구든지⋯⋯." 로니는 약간 머뭇거리는 목소리로 말을 흐렸다. "그냥 우리 부모님이 싫어할 만한 사람은 안 돼. 이미 신랑을 싫어하시거든."

"알았어. 내 개도 너무 이상해?"

"너 *진짜* 웃긴다. 세상에. 첫 댄스 이후로 연설을 하든지 해줘. 아무튼 너를 선발 선수 메시지 그룹에 넣을게. 그냥 결혼식 때문만은 아니야. 도움이 필요하면 말해. 모두가 힘을 합치면, 우린 벤치프레스로 450킬로그램쯤 들 수 있어. 이제 전화 끊고 널 명단에 올릴게."

"안녕."

제이는 피스타치오와 로키로드 아이스크림을 더 사서 돌아왔다.

"보니까." 엘리가 말했다. "내가 선발 선수 명단이라는 것에 올라갔나 봐."

제이가 한쪽 눈썹을 치켜올렸다. "아, 그러니까 너도 로니의 가장 친한 친구가 된 거야? 농구에서 따온 거래. 모두가 헤로토닉에서 같은 농구팀 소속이거든."

"그렇구나. 근데 신부 들러리가 자유투도 던져야 해? 나 진짜 못하거든."

"아니." 제이가 말했다. "그건 왜 물어봐?"

엘리는 어색하게 웃었다. "하, 세상에. 엄청난 소식이 있어."

마을에서 차를 몰고 나가는 동안 엘리는 주위 사람들에게 더 관심을 기울였다. 어쩌면 식당에서 본 사람들이나 앞서 제이가 했던 경고 때문에 사람들의 관심에 지나치게 예민해진 걸지도 몰랐지만, 마을 사람들은 정말 그들을 쳐다보는 듯했다. 꼭 엘리와 제이가 평범한 청소년보다 더 흥미로운 존재라는 듯했다.

"동물원 동물이 된 기분이야." 제이는 한쪽 손을 들어, 얼굴에 비치는 햇빛을 가리는 척하며 외부인들의 시선을 가로막았다. "지금보다 더 이상한 하루가 될 수 있을까?"

엘리는 망설였다. 제이에게 삼엽충 사건을 말해주어야 할까? 제이도 엄마처럼 걱정하려나? 엘리는 사람들이 자기 때문에 야단법석을 떠는 게 싫었다.

"원로 한 분이 이번 주에 저녁 먹으러 오신다는 얘기 했었나?" 엘리가 물었다.

"원로가 뭔데?" 제이가 물었다. "너희 조부모님이야?"

"어, 아니. 나이 든 사람을 말하는 게 아니야. 원로는 현명한 사람을 말해. 현명해지려면 시간이 걸리긴 하지만. 또 전통 지식을 많이 알아야 하고."

"VIP 접대를 해야 하는구나."

"그런 셈이야. 댄이라고 해. 부족 회의 사람이고. 나한테 그분의 지도가 필요하거든. 어제 이상한 일이 일어나서."

"이런."

"내가 죽은 자들의 세계에 우연히 들어갔던 걸지도 몰라."

엘리는 공원에서 일어난 사건에 관해 설명했다. 주변의 세상이 변했던 일에 관해서. 2억 5,000만 년 전에 태어난 동물들이 발치에 우글거렸던 일에 관해서. 가장 큰 메갈로돈보다 큰 고래를 포함해 고래들이 머리 위를 헤엄쳐 다니며, 더 이상 산 자에게 속하지 않은 목소리로 서로에게 노래를 불렀던 일에 관해서. 엘리가 커비를, 마치 커비가 죽지 않은 것처럼 끌어안았던 일에 관해서.

"너 새로운 초능력이 생겼구나!" 제이가 말했다.

씩 웃는 걸 보니, 엘리가 사후 세계의 데본기 산호초에 얼마든지 갇힐 수 있었다는 걸 모르는 듯했다.

"나도 그런 거였으면 좋겠어." 엘리가 말했다. "하지만 그보다는 슈퍼 저주에 가까울 거야. 난 댄이 그, 어, 지하 세계를 피하는 방법을 알려줬으면 해. 뭐랄까, 그냥 일어난 일이거든. 난 초자연 서식지에 있는 그 예쁜 영혼들을 찾아갈 *생각이 전혀 없었어.*"

"한 번 살아남았으면 또 할 수 있는 것 아니야? 넌 타임머신 다음으로 좋은 걸 발견한 거라고, 엘리!"

"댄한테 안전하게 지낼 방법이 있는지 물어볼게." 엘리가 말했다.

"다음엔 친구를 데려가도 되는지 물어봐줘."

"제이! 안 돼. 그러느니 차라리 헤로토닉 철교에서 뒤로 공중제비를 도는 게 안전할걸."

"난 고급 체조 동작을 못 해." 제이가 인정했다. "그보다는 '다른 사람을 들어주는' 치어리더라고."

"학기 말 단합 대회에서는 풍차돌리기를 완벽하게 해냈잖아. 꼭 굴러가는 바퀴의 바큇살을 보는 것 같던데."

제이가 활짝 웃었다. "봤구나! 내 영상도 봤어?"

"영상?" 엘리가 물었다.

"얼마 전부터 기본 구르기 동작이랑 안무 발동작에 관한 안내 영상 시리즈를 찍기 시작했거든. 제목은 '동작 계속'이야."

"채널 링크 보내주면 꼭 볼게."

빨간불이 바뀌기를 기다리며 트럭 뒤에 서 있는 동안 둘은 생각에 잠겨 말이 없었다. 옆에서 남자 두 명이 길가의 떡갈나무 가지를 치고 있었다. 그중 한 사람은 기계식 단상에 타고 있었는데, 밝은 노란색 헬멧을 쓰고 이마에는 스카프를 두르고 있었으며 스카프는 하루 종일 흘린 땀에 절어 축축했다. 엘리는 커비에게 풍선처럼 둥둥 떠서 나뭇가지를 다듬도록 훈련을 시킬 수 있을지 궁금했다. 고양이를 구조할 수도 있을까? 고양이 목덜미를 물고 가만히 땅에 내려 줄 수 있을까? 엘리는 도시를 유령들의 놀이터라고 상상했다. 모두가 세상을 떠난 자기 반려동물을 훈련시킬 줄 안다면 세상은 어떤 곳이 될까?

위험한 곳이겠지.

엘리는 커비에게 죽이는 방법을 가르친 적이 없었다. 하지만 그 것도 가능한 일이었다. 죽은 자들은 총보다 치명적이었다. 남북전쟁이 끝난 뒤, 잔뜩 열이 오른 북부 연방 동맹군이 텍사스를 덮쳐 엘리 부족의 남자와 여자, 아이들을 살육했다. 팔대조 할머니가 이미 세상을 떠난 상태에서 그들을 막을 수 있는 사람은 아무도 없었다. 그 래서 살아남은 리판족은 숨어버렸고, 일부가 비밀리에 인종 대학살에서 살아남았다.

미국이 죽은 사냥개들의 군대까지 다스릴 수 있었다면 살아남은 리판족은 아마 없었을 것이다. 그들의 치명적인 마법, 유령과는 다른 힘을 피해 살아남기만으로도 어려운 일이었다. 마법은 외계의 장소에서 유래했기에 너무 많이 쓰면 지구의 자연 상태가 오염되었다. 어쨌든 과학자들의 보고에 따르면 그랬다. 다른 영역의 요소들이 붐비는 고리 교통 센터의 원자 크기 틈으로 들어와, 대기에 헬륨과 아르곤을 비롯해 뭔지 모를 것들을 아주 조금씩 더했고 중요한 주문은 인근의 박테리아에 명확한 변이를 일으켰다. 사실, 그해에 200명

이상의 과학자들이 지원하는 단체인 정부 간 마법 사용 협의회에서는 과도한 마법이 실존적 위기로 이어진다는 경고를 발표했다. 그 경고를 완전히 이해한 사람은 아무도 없었고, 진지하게 들은 사람도 극히 드물었다.

엘리의 조상들은 정부 간 단체에서 무슨 보고를 하기 수백 년도 전에 이미 마법이 일으킬 수 있는 피해를 알고 있었다.

"저기다! 그레이스가야!" 제이가 말했다. "봐! 이제 곧 지나갈 거야. 살펴볼 마지막 기회라고."

제이는 **그레이스**라고 적힌 초록색 거리 표지판을 가리켰다. 신호등을 지나서 나오는 첫 번째 교차로였다.

신호등이 초록색으로 바뀌었다.

엘리는 액셀을 밟으면서 도서관에서 본 미니어처를 생각했다. 앨러턴 병원의 소규모 복제품은 전혀 위협적이지 않게 보였다. 실물은 어떨까? 틀림없이 뭔가 잘못된 게 있을 것이다. 어떤 기운이, 어떤 불쾌함이. 의심스럽게 문이 잠긴 지하실이라든가. 주차장에 쳐놓은 철조망이라든가. 이빨이 날카롭고 눈이 빨간 '간호사'라든가. 뭐라도.

그렇긴 하지만, 엘리가 집에서 벗어나 앨러턴의 소굴에 찾아갔다면 부모님이 몹시 화를 내며 실망할 터였다. 엘리가 병원 근처를 그냥 지나가기만 하더라도 말이다. 얻을 수 있는 보상에 비해 위험이 너무 컸다. 그렇겠지? 엘리가 그레이스가로 조금 돌아가서 얻을 수 있는 게 뭐겠는가? 커비를 부르다가 제이까지 데리고 지하 세계로 다시 떨어질 가능성을 무릅쓰지 않는 한, 엘리가 안전을 지킬 방법이 무엇일까?

엘리는 교차로에 접근했다. 속도를 늦추며 고민했다. 유혹을 느꼈다.

제이의 영상.

앨러턴이 17세짜리 두 명을 위협할 만큼 대담할까? 당연하지. 앨러턴이라면 그럴 수 있었다. 만일 엘리와 제이가 앨러턴을 카메라에 담는다면, 의사가 겉보기만큼 친절하지 않다는 구체적인 증거가 생기는 셈이었다.

양옆에 산들바람에 부스럭거리는 나무들과 예쁘장한 뉴잉글랜드식 주택들이 서 있는 그레이스가가 바로 오른쪽에 있었다. *지금 결정해.* 엘리는 그렇게 생각하며 깜빡이를 켜고 핸들을 꺾었다. 자동차가 홱 오른쪽으로 돌았다.

"소름 끼치는 페이크 다큐멘터리 영화 설정 같다는 건 아는데." 엘리가 말했다. "병원을 확인해보고 모든 걸 영상으로 촬영해야겠어. 너희 누나한테 우리를 지켜보면서 스트리밍 방송을 녹화해달라고 해. 혹시 모르니까. 어때?"

로니가 도와주면 좋을 것 같았다. 엘리는 가족 중 누구에게도 영상을 스트리밍해달라고 부탁할 수 없었으니 말이다. 비비언은 이런 위험한 계획을 고려했다는 이유만으로도 엘리에게서 자동차 사용권을 빼앗을 터였고, 레노어는 엘리 일행이 조사하는 도중에 넋을 잃고서 석궁이라도 들고 병원으로 돌격할지 몰랐다. 그날 누군가 체포당한다면, 그건 앨러턴 박사여야 했다.

제이는 핸드폰을 힐끗 보았다. 핸드폰은 USB 충전기에 연결되어 있었다.

"뭐." 제이가 말했다. "내 배터리는 90퍼센트야. 그러니까 대부분의 페이크 다큐멘터리 주인공보다는 우리가 안전한 셈이지. 계획은?"

"너무 깊숙이 끼어들지는 않으려고. 그냥 어떤 곳인지 보고 싶어. 감을 잡는 거지. 운이 좋다면, 앨러턴이 알아서 범죄 혐의가 있는 행동을 저지를 거야."

제이는 손가락으로 십자가 표시를 해보였고, 엘리는 그레이스가와 사니타스가의 교차로로 접어들었다.

$$19$$

"이쪽은 제 친구 엘리 브라이드입니다." 제이가 자신과 엘리가 모두 스트리밍 화면에 잡히도록 핸드폰 카메라를 기울이며 말했다. "지금 앨러턴 박사의 병원에서 두 골목쯤 떨어진 곳에 와 있는데요. 무슨 앨러턴이었지?"

"에이브." 엘리가 말했다. "지금 시청자가 몇 명이나 돼?"

"한 명. 로니밖에 없어."

"그래. 좋아."

"근데 나중에 영상을 공유할 때를 대비해서 잘 모르는 사람들한테 설명하는 내레이션을 넣는 거야."

엘리는 자동차 보닛에 기대 아무렇지 않은 듯 인도를 이리저리 훑어보았다. 길은 텅 비어 있었다. 잘됐다. 엘리는 병원 근처, 그레이스가에 주차해둔 터였다.

"이제 갑니다." 제이는 핸드폰을 가슴 주머니에 집어넣으며 말했다. 유리로 덮인 카메라의 눈이 제이의 주머니에서 고개를 내밀고 이 상황을 영상에 담았다. "행운을 빌어주세요."

다른 상황이었다면 산책이 즐거웠을 것 같았다. 잘 다듬어진 떡 갈나무와 단풍나무가 인도 옆에 심겨 그늘로 열을 식혀주었다. 공기에서는 장미 향기가 났고, 찌르레기와 지빠귀 새의 목소리가 실려왔다.

"으스러지는 버섯이 아주 많네요." 제이가 덧붙였다.

제이 말이 맞았다. 똑같이 생긴 작고 흰 버섯이 잔디밭마다 자라고 있었다. 재배라도 한 것 같았다.

"앨러턴의 저택에도 있었어." 엘리가 기억을 떠올리며 말했다. "이상하네."

사니타스가의 초록색 표지판이 눈에 들어오고 나서 앨러턴의 병원이 보였다. 병원은 인도에서 안쪽으로 들어간 곳에, 빽빽한 단풍나무 가지로 이루어진 장막 뒤에 숨겨져 있었다. 희게 칠한 나무 널빤지로 이루어져 있고 말뚝 울타리로 둘러싸인 그 건물은 근처의 주택들 사이에 잘 위장되어 있었다.

"여기가 맞을까요?" 제이가 큰 소리로 말했다.

그는 한 차례 천천히 돌며 주머니 속 카메라에 이 장소를 360도로 보여주었다.

엘리는 핸드폰 지도 앱에 주소를 입력했다. 연결이 원활하지 않은 것처럼 바람개비 모양의 '로딩 중' 아이콘이 빙글빙글 돌아갔다. **유효하지 않은 주소**라는 경고가 화면에 잠시 떴지만, 곧 병원의 조

감도와 **현재 위치**라는 이름표가 붙은 빨간색 아이콘으로 바뀌었다.

"흠." 엘리가 말했다. "이상한데, 내 핸드폰조차 우리가 여기 있다는 걸 못 믿는 것 같아. 하지만 우린 여기 있는걸."

그들은 건물에 다가갔다. 제이는 부지를 카메라에 담으려고 옆으로 걸음질 쳤다. 자갈이 깔린 주차장이 건물 뒤쪽으로 빠끔 보였다. 엘리가 앞장서서 입구로 다가갔다. 묵직한 나무 문에는 청동 명판이 달려 있었다. 거머리 기호가 그 금속에 새겨져 있었다.

"이거 클로즈업해봐." 엘리가 옆으로 비켜서며 속삭였다.

제이가 태연하게 그 기호 쪽으로 몸을 숙였을 때 문이 바깥쪽으로 확 열려 제이의 가슴에 부딪혔다.

"미안!" 문 안쪽에 선 여자가 말했다. "못 봤네."

여자는 한쪽 팔에 밝은 핑크색 깁스를 차고 있었으며, 눈 주변이 가면을 쓴 것처럼 검푸르게 멍들어 있었다. 제이는 예의 바르게 옆으로 물러서며, 다친 여자가 입구와 병원 주변을 둘러싼 자갈길을 갈라놓은 두 계단을 내려가도록 문을 열어주었다. 여자가 지나갈 때 엘리는 이상하게 기시감이 들었지만, 그 느낌은 빠르게 사라졌다.

여자가 둘의 대화를 엿들을 수 없을 정도로 멀어지자 제이가 속삭였다. "저거 진짜 아파 보인다. 버스에라도 치인 걸까?"

"모르겠어." 엘리가 말했다.

앨러턴의 병원에서 진짜 환자들을 보게 될 줄은 몰랐다. 엘리는 이 병원이 프리메이슨 건물이나 연예인 전용 클럽처럼 비밀스러운 곳일 줄 알았다. 창문은 널빤지로 막혀 있고, 입구는 엄격한 근육질의 문지기가 지키는 곳일 거라고 말이다.

"너 먼저 들어가." 제이가 문을 잡은 채로 말했다.

처음 예상과 너무 다른 대기실의 평범한 모습에 엘리는 허를 찔렸다. 비교적 조그만 공간으로, 회색 PVC 의자 몇 개가 양쪽 벽을 따라 놓여 있었다. 대기실 가운데에는 가정 인테리어, 요리, 패션을 다룬 잡지가 쌓여 있는 커피 테이블이 있었다. 모든 나이의 아이들이 가지고 놀 수 있는 장난감들이 담긴 상자가 그 옆에 놓여 있었다. 접수 직원 한 명이 접수대 뒤에 앉아 있었다. 60대 정도로 보이는 그 여자는 양털처럼 가늘고 흰 머리카락의 소유자로, 경계하듯 엘리를 바라보았다.

"무슨 일이니?" 여자가 물었다.

"혹시 공중화장실이 있나요?" 엘리가 물었다.

"정확히 말하면 공중화장실은 아니지만, 괜찮아. 저쪽이야." 접수 직원은 정수기 옆 문을 가리켰다.

"감사합니다."

로비처럼 화장실도 실망스러울 만큼 평범했다. 심지어 필요할 때 당길 수 있는, 비상용 끈도 있었다. 그걸 불길하다고 하기는 어려웠다. 엘리는 철저히 확인해보려고 쓰레기통 안을 보았지만, 놀라울 것도 없이 그 안은 구겨진 휴지로 가득했다. 엘리가 나왔을 때 제이는 의자에 앉아 '구이 요리법 50가지!'를 광고하는 잡지를 읽고 있었다.

엘리가 앉자 제이가 속삭였다. "흥미로운 게 있었어?"

"휴지를 비싼 거 쓰더라. 그것 말고는 없었어. 넌?"

제이는 잡지를 내리며 엘리에게 페퍼잭 치즈와 아보카도 슬라이스를 곁들인 햄버거 사진을 보여주었다.

"이런 사진을 보면 진짜 동물 맛이 나는 새 채식주의자용 패티가 고마워져. 그 패티는 식물 합성 헤모글로빈으로 만들어져 있으니까." 제이가 말했다. "우리도 좀 만들어 먹자."

"식물의 피로 만든 햄버거를 먹자고? 당연하지." 엘리는 군침이 돈다는 듯 미소 지었다.

평범한 여름이었다면, 엘리와 제이는 화장실 쓰레기통을 뒤지고 몇 달은 된 잡지를 읽는 대신 제이의 집 근처 공원에서 대체육과 고구마를 굽고 있었을 것이다.

엘리와 제이는 접수 직원의 경계하는 눈초리를 받으며 건물을 나섰다. 그러나 인도까지 왔던 길을 되밟아가는 대신 병원을 돌아가는 자갈길을 따라갔다. 자갈길은 주차장으로 이어졌는데, 주차장에는 주차할 자리가 딱 열 개밖에 없었고 그중 넷에는 이미 자동차가 주차되어 있었다. 엘리는 앨러턴의 검은색 메르세데스 벤츠를 즉시 알아보았다. 그 자동차는 **직원 전용**이라는 팻말 앞에 주차되어 있었다.

"앨러턴이 여기 있어." 엘리는 병원 건물의 넓은 뒷면을 바라보며 말했다.

건물의 창문은 모두 아무 무늬 없는 흰 차양으로 가려져 있었다. 그 말은 앨러턴이 둘을 지켜보고 있지 않다는 뜻이었다.

"보통 쓰레기통을 잠가두나?" 제이가 물었다. "이건 잠겨 있는데."

엘리가 메르세데스에 정신이 팔려 있는 동안, 제이는 주차장 가장자리까지 다가갔다. 그곳에 커다랗고 네모난 쓰레기통 두 개가 울타리 가장자리와 시멘트 사이의 좁은 풀밭에 나란히 놓여 있었다. 한 쓰레기통은 밝은 초록색 금속으로 만들어져 있었고, 재활용을 뜻하는 화살표 세 개짜리 기호로 표시되어 있었다. 다른 쓰레기통은 갈색이었으며, 검은색 뚜껑에 맹꽁이자물쇠가 달려 있었다.

"보통은 아니지." 엘리가 제이에게 다가가며 말했다. "이웃 사람들이 자기 집 쓰레기통에 너구리 방지용 뚜껑을 단 적은 있었는데, 너구리들이 이 쓰레기통에 들어갈 수 있을 것 같지는 않아. 그리고 야생동물을 막기 위한 거였다면 앨러턴의 재활용 쓰레기통도 잠겨 있어야 하지 않을까?"

엘리의 핸드폰이 울렸다. 로니가 보낸 문자메시지가 화면에 떴다. '하지 **마**.'

"너희 누나가 걱정하는데." 엘리가 말했다. "우리가 쓰레기통 안에 들어가려 한다고 생각하는 걸지도 몰라."

"자물쇠 따는 법 좀 조사해달라고 해." 제이는 주머니 속 카메라를 힐끗 보았다. "농담이야, 로니. 말썽 안 부릴게."

쓰레기통 근처에서는 쓸쓸하고 퀴퀴한 악취가 풍겼다. 엘리가 잘 아는 냄새였다. 지역 재활용 센터로 알루미늄 음료수 깡통을 가져갈 때마다 그 냄새가 났다. 상한 맥주 냄새였다.

엘리는 초록색 쓰레기통 뚜껑을 조금 들어 올렸다. 뜨뜻하고 고약한 맥주 냄새가 톡 쏘듯이 밀려 나왔다. 쓰레기통은 검은색 쓰레기 봉지와 윙윙거리는 통통한 파리들로 가득했다.

"우웩." 엘리가 말했다. "이 안에 오래된 깡통이 100개는 들어 있나 봐."

제이가 코를 찡그렸다. "벌레도 1,000마리는 있는 것 같고. 병원 재활용 쓰레기통에 맥주 캔이 왜 이렇게 많아? 불법 쓰레기 투기일까? 아! 어쩌면 병원 사람들이 먹고 버린 걸지도 모르겠다. 앨러턴 박사랑, 접수대에서 우리를 노려보던 그 여자가 파티하는 방법을 제대로 아나 봐."

어째서인지 엘리는 자기 저택에서 200주년 기념행사를 주최하는 화려한 남자가 주차장에서 폭음을 해대는 상사일 것 같지는 않다는 생각이 들었다. 엘리가 그와는 다른, 좀 더 골치 아픈 설명을 하려고 했을 때 로니가 보낸 문자메시지로 핸드폰이 울렸다.

'너희 잡혔어! 창문!!!!'

카메라가 건물을 향해 있었다. 엘리는 핸드폰의 시선을 따라 고개를 돌리다가, 아래쪽 블라인드 하나가 흔들리는 것을 보았다. 누군가가 밖을 내다보려고 블라인드를 옆으로 젖혔던 것 같았다.

"봤어?" 엘리가 제이에게 물었다.

그 질문이 엘리의 입에서 떨어지자마자 병원 뒷문이 홱 열렸다. 흰 가운을 입은 에이브 앨러턴 박사가 밖으로 나왔다. 그는 현관 입구의 작은 층계에 잠시 멈춰 섰다. 두 손을 엉덩이에 얹고 있는 모습이, 못마땅해하는 가부장의 전형적인 모습이었다.

"지금 떠나는 게 좋겠구나." 그가 소리쳤다. "아니면 너희 부모님께 연락해야 할 것 같은데."

"왜요?" 엘리가 물었다. "우린 그냥 여기 서 있었을 뿐인데요."

"너희는 사유지에서 배회하고 있어." 앨러턴 박사는 성큼성큼 주차장을 가로질렀다. "여긴 공원이 아니야. 사람들을 고쳐주고 사업을 하는 곳이지."

"직장에서 보통 술을 드세요?" 엘리가 물었다.

앨러턴은 엘리와 제이에게서 두어 걸음 떨어진 곳에 멈춰 섰다. 둘의 개인적 공간 가장자리에 닿을락 말락 했다. 앨러턴은 잠시 읽을 수 없는 멍한 표정을 지었다가, 입술을 꽉 다물고 마지못해 그런다는 듯 미소 지었다. 그러면 안 된다는 걸 알면서도 재미있어하는 표정이었다. 엘리의 부모님은 살아 있는 커비가 집을 엉망으로 만들 때마다 그런 미소를 짓곤 했다.

"당연히 아니지." 그가 말했다. "그건 프로답지 못한 일이야. 재활용 쓰레기통 내용물을 보고 하는 말이라면, 이웃 중에 저 쓰레기통에 자기 집 쓰레기를 버리는 사람들이 있단다. 문제 될 건 없지. 친환경 실천을 독려할 수 있다면 뭐든 좋은 일이니까."

앨러턴은 손목의 금시계를 보았다. 아마 수천 달러는 들었을 정교한 시계였다. 엘리는 앨러턴 박사가 실제로 시간을 확인할 필요가 있는 건지, 아니면 그냥 남들에게 경탄하는 반응을 끌어내려고 손목을 번쩍거리는 습관이 있는 건지 궁금했다.

"5분 뒤에 예약 환자가 있어서." 그가 말했다. "너희 둘이 떠나주면 일이 쉽게 풀릴 것 같은데, 안 되겠니?"

제이는 움찔거리며 앨러턴 쪽으로 가슴을 향했다. 들키지 않을 만큼 미묘한 움직임은 아닌 게 확실했다.

"지금 영상 찍는 거야?" 의사가 물었다. 엘리로서는 실망스럽게도, 그의 목소리는 걱정스럽다기보다는 재미있어하는 듯했다.

"그럴지도 모르죠." 제이는 턱을 아래로 당겨 주머니에 든 핸드폰을 바라보았다. "맞아요."

"인터넷에 올리려고? 동영상 챌린지 같은 거니?" 앨러턴은 팔짱을 낀 채 뒤로 몸을 젖히고 엘리와 제이를 둘 다 엄하게 바라보았다. "잠깐, 누군지 알겠구나. 너희 중 한 명은 말이야. 엘리. 레예스 선생님의 장례식에서 만났었지."

"네." 엘리가 말했다.

앨러턴의 눈이 약간 커지더니, 엘리와 재활용 쓰레기통을 번갈아 보았다. "알겠다."

앨러턴은 바지 주머니 깊숙이 손을 집어넣더니…….

(엘리는 속으로 커비를 불렀다. 도움을 요청할 준비가 되어 있었다.)

……검은 가죽 지갑을 꺼냈다. 그는 20달러짜리 지폐 몇 장을 현금 주머니에서 꺼냈다. "가족들에게 드리렴."

"그런 건 자선 단체에나 주시죠, 박사님." 엘리가 뒤로 살짝 물러나며 말했다.

"그렇겠구나." 앨러턴은 어쩔 줄 모르겠다는 듯 돈을 내려다보았다. "안타깝지만, 우리 쓰레기통에서 뭔가를 가져갈 수는 없어. 보건상의 문제 때문에 그래."

"제 이름을 어떻게 아셨죠?" 엘리가 물었다.

앨러턴은 놀란 듯 말했다. "만났었잖니."

"네, 근데 이름은 안 알려드렸는데요."

앨러턴 박사가 카메라를 똑바로 보았다. "말해줬답니다."

"저기요. 제 눈은 이쪽에 있거든요." 제이가 말했다. "쇄골에 대고 말하지 마세요."

"너는 누구지?" 앨러턴이 물었다.

"아기 오베론이에요." 제이가 말했다.

"그래. 너희 둘 다 가져야겠다."

앨러턴 박사는 등으로 대화가 끝났다는 걸 알리듯 돌아섰다. 그러더니 순간 망설였는데, 그가 머리를 살짝 틀자 끄트머리가 올라간 입술과 미소로 주름진 눈가가 보였다.

"도서관이나 공원에 가봐. 거기가 내 주차장보다 훨씬 좋거든."

그 말을 끝으로, 그는 병원으로 돌아갔다.

20

제이는 고리 교통 센터로 돌아가는 길에 로니를 스피커폰으로 연결했다.

"의미 있는 행동이었어?" 로니가 물었다.

"도서관이랑 공원 얘기하는 거 들었어?" 제이가 물었다. "우리를 정말로 감시한 거야!"

"온 마을이 말이지." 로니가 말했다. 정확히 질문은 아니었지만, 목소리에는 믿을 수 없다는 기색이 어려 있었다. "왜 그런 짓을 하는 거지?"

"이유야 뭐든 될 수 있지." 엘리가 추측했다. "어쩌면 앨러턴이 모두에게 우리가 말썽꾼이라고 말했을지도 몰라. 물고기가 헤엄을 치고 새가 날듯이 거짓말을 하는 놈이니까."

"제기랄, 나한테도 한 마을을 통째로 다스릴 수 있는 영향력이 있었으면 좋겠네." 로니가 말했다.

"아니, 아닐걸." 엘리가 중얼거렸다.

"미안, 뭐라고? 신호가 안 좋은데."

"커비는 언제 돌아와?" 제이가 물었다. 어두운 목소리였다. "이젠 네가 걱정돼. 전보다 더."

"곧 돌아올 거야." 엘리가 약속했다. "댄이 나흘 뒤에 오니까. 댄은 온갖 이야기를 백과사전처럼 알고 있어."

"무슨 이야기?" 로니가 물었다.

"말썽꾼들에 관한 이야기이겠지, 아마." 엘리가 말했다.

"아, 그래." 로니가 말했다. "고리 교통 센터로는 언제 데리러 갈까, 제이? 엄마 말로는……."

"버섯이야!" 제이가 끼어들었다. "그거야! 어쩐지 익숙하다 했어."

"미안, 뭐라고?" 로니가 물었다. "또 무슨 일을 꾸미는 거야?"

"월로비 전체에 자라는 흰 버섯이 있어." 제이가 설명했다. "그러니까, 사방에 말이야. 내가 하루 종일 그 버섯들을 뭉개고 다녔어. 뽁뽁이 눌러서 터뜨리듯이. 그러면서 이거 어디서 봤는데, 하는 생각을 했거든. 전에 본 적이 있어서 그런 거였어! 그 버섯들은 요정의 고리를 이루는 종류랑 비슷해 보여."

"이런, 젠장." 엘리가 말했다. "그게 우연일 리는 없잖아."

"하지만 월로비의 버섯이 고리를 이루고 있지는 않았는데." 제이가 말했다.

"고리를 이루고 있지는 않았지." 엘리도 동의했다.

그날 저녁 늦게, 혼자 있을 때 엘리는 노트북 컴퓨터를 꺼냈다. 라탄 의자에 책상다리를 하고 앉아 인터넷으로 텍사스의 자세한 위성 사진을 찾았다. 처음에는 지도 검색창에 자기 집 주소를 입력하고, 가족의 좁은 집 위쪽을 확대했다. 엘리가 예전에 타던 빨간 자전거가 울타리에 체인으로 매여 있는 걸 보면, 사진은 올해가 되기 전에 찍힌 게 틀림없었다. 엘리는 산맥을 따라 화면을 스크롤하며 지도를 가지고 놀았다. 엘리 자신이나 아는 사람을 찾으면서 말이다. 하지만 위성 사진은 인간의 얼굴을 재현할 만큼 자세하지는 않았다. 그저 인도를 따라 걸어가는, 모호하게 인간 형태를 띤 색깔 얼룩이 보일 뿐이었다.

다음으로 엘리는 '텍사스주 윌로비'를 검색창에 입력했다. 1분이 지났지만 아무 결과도 나오지 않았다. 엘리는 인터넷이 느려졌나 싶어 와이파이 연결 상태를 확인했다. 신호는 강해 보였지만, 지도에서는 반응이 없었다. 엘리는 새로고침을 하고 두 번째로 윌로비라는 이름을 입력했다.

아무것도 뜨지 않았다.

그러다가 엘리가 다른 검색어를 입력하려 한 바로 그 순간, 화면이 엘리의 주소에서 텍사스주 윌로비 한가운데로 홱 이동했다. 엘리는 해상도가 별로 좋지 않아 버섯이 있는 구역을 알아볼 수 없다는 점에 실망하면서도 마을을 살펴보았다(기껏해야 덤불 하나나, 혹은 도서관 잔디밭에 있는 팻말처럼 중간 크기의 물체를 나타내는 얼룩들을 알아볼 수 있을 뿐이었다). 엘리는 버섯이 자라는 패턴을 찾아보고 싶었다. 버섯이 마을 경계 지역에서는 더욱 빽빽하게 자라며 거대한 고리를 이루고 있을지도 몰랐다. 아니면 비슷하게 퍼져 있을 수도 있었다. 텍사스 남부에서 그 까다롭고 조그만 버섯을 키우기 위해 얼마나 큰 노력이 필요한지 생각하면, 그 역시 고리만큼 이상한 일이 될 것이다.

몇 가지 흥미로운 정보가 눈에 띄기는 했다. 예컨대 윌로비의 땅 색깔은 획일적인 짙은 녹색이었다. 포장도로의 회색만이 예외였다. 줌아웃하자 마을은 누런빛을 띠는 초록색 조각보에 얹힌 특이한 정사각형처럼 보였다. 엘리는 병원 주차장을 확인하며 앨러턴의 옛 자동차를 찾아보았으나 병원 뒤에 주차된 유일한 자동차는 흠집이 잔뜩 난 파란색 폭스바겐뿐이었다. 앨러턴의 취향은 확실히 아니었다.

사진이 찍혔을 때 앨러턴이 점심을 먹으러 나갔던 걸까? 집으로 가고 있었을까? 어쨌든, 이 사진은 언제 찍힌 걸까? 아침에? 오후에? 평일 아니면 주말에? 엘리는 윌로비의 거리를 확대하고 축소하며 한 시간을 낭비했다. 심지어 컴퓨터로 앨러턴의 저택에까지 찾아가보았다.

이상하게도 앨러턴의 저택 전체가 흐릿하게 보였다. 일부러 막아놓은 것 같았다.

정부에서는 위성 사진 지도에 나타나지 않도록 제한구역을 차단해두는 경우가 있었다. 하지만 민간인도 그런 일을 할 수 있는 걸까? 아마 그럴 것이다. 앨러턴은 숨을 방법을 찾은 게 확실했다.

엘리는 호기심으로 검색창에 마지막 장소를 입력했다. 트레버가 사망한, 나무가 우거진 도로였다.

　예상했던 대로 도로는 비어 있었다. 연출된 사고의 흔적은 없었다. 어떻게 있겠는가? 이 사진은 몇 년 전에 수집된 것인데 말이다. 이 텍사스 지도 어딘가에서 트레버는 아직 살아 있었다.

　하지만······.

　엘리는 도롯가의 나무 한 그루를 확대했다. 그 옆에 언뜻 무슨 색깔이 보였다. 엘리는 화면을 더욱 확대했다.

　문대진 듯한 뒤집힌 얼굴.

　엘리는 노트북 컴퓨터를 탁 닫았다.

　심장이 진동한다고 느껴질 만큼 너무 빠르게 뛰는 채로 다시 사진을 들여다보았을 때, 그 얼굴은 사라지고 없었다.

21

엘리는 레몬 가지를 오렌지 나무에 접붙여 같은 식물에서 두 가지 다른 과일이 자라게 할 수 있다는 걸 알았다. 어쩌면 그날 밤 엘리가 꿈에서 노간주나무의 몸통에 메스키트의 윗부분으로 이루어진 나무 밑에서 눈을 뜬 이유가 그것일지 몰랐다. 검은 메스키트 열매 깍지가 건조한 바람에 잘각거리다가 떨어졌고, 땅에 부딪히자 부스러져 재가 되었다.

눈에 보이는 살아 있는 존재는 엘리와 그 나무뿐이었다. 흙이 단단하고 갈라져 있었다. 언젠가 강이 새겨놓은 고랑이 엘리 앞의 땅을 갈라놓았다. 엘리는 너무 목이 말랐지만 마실 것이 남아 있지 않았다.

"그냥 가뭄이 아니야." 트레버의 목소리가 무척 가까이에서 들렸다! "탐욕의 결과지."

트레버는 옛 강바닥에 앉아 있었다. 아니, 앉아 있는 게 아니었다. 허리까지 파묻혀 있었다.

"트레버, 진짜 오빠야?" 엘리는 무서워 다가가지 못한 채 쉰 목소리로 말했다. 사실, 엘리는 눈을 돌려 도망치고 싶었지만 트레버의 친절한 미소에 경계심이 풀렸다.

"당연하지. 세상에, 너 목이 많이 쉬었구나."

"목이 말라." 엘리가 설명했다.

트레버는 고개를 저었다. "윌로비 때문이야. 거기서 물을 전부 가져갔어. 결국은 그 사람들이 모든 걸 가져갈 거야. 거머리는 그렇게 하니까."

"아." 엘리가 말했다. "아, 그렇구나."

"여기 속하지 않은 사람들이야."

"하지만 여기 있잖아." 엘리가 말했다.

"지금은 그렇지." 트레버는 손가락으로 흙에 고리를 그렸는데, 손톱이 몇 주 동안 깎지 않은 것처럼 길었다. "우리 식물과 버섯이 어떤 식으로 오염돼서 통로로 바뀌었는지 알아?"

"요정의 고리 말이야?" 엘리가 물었다.

"요정의 고리라, 현실을 갈라놓는 그런 벌레 구멍에 붙이기에는 너무 귀여운 이름인걸."

"난 잘 모르겠어." 엘리가 인정했다.

"요정들과 요정에 속하는 사람들은 원을 그리며 춤을 춰. 훌륭한 무도회와 가면무도회를 열지. 마법 사용자들이 추는 춤은 강력할 수 있어. '숲이나 샘 옆에서 열리는 한밤의 흥청거림을, 어느 소작농은 뒤늦게 보거나 보았다고 꿈꾼다.' 존 밀턴의 시야. 대학에서 읽었어. 더는 좋아하지 않지만. 그보다는 그레고리의 책에 나오는 자장가를 읽겠어. 장미를 묶은 고리라지요. 꽃다발 가득한 주머니라지요. 잿더미, 잿더미……." 트레버가 말을 흐리며 혼란스러운 듯 자기 손을 보았다.

"우린 모두 죽어." 엘리가 말했다.

"맞아." 트레버가 말했다. "아기 그레고리는 어디 있어?"

"어딘가에 안전하게 있어."

"내가 방금 안고 있었는데. 책을 읽어주고 있었어."

엘리는 아무 말도 하지 않았다.

"내 아들 어디 있어?"

트레버의 얼굴이 멍들어 검푸르게 변하기 시작했다. 엘리는 놀라 비명을 지르며 고개를 돌려 노간주나무와 메스키트 나무가 섞인 잡종 나무의 거친 나무껍질에 얼굴을 바짝 댔다. 잠깐의 침묵. 그런 다음, 트레버가 메스키트 열매 깍지의 달그락거리는 소리와 닮은 목소리로 물었다.

"날 도와줄 수 있어? 엘리?"

엘리는 보고 싶지 않았다.

"내 허리가……." 그가 말했다. "그 사람이 나한테 무슨 짓을 한 거야?"

엘리는 허리를 물어뜯는 듯한 통증을 느꼈다. 그 충격에 눈을 떴다. 놀라 고함을 치다가, 엘리는 간이침대에서 허둥지둥 내려와 손님방 전등을 켰다. 이불에 연필이 엉켜 있었다. 그 날카로운 끄트머리가 잠든 엘리를 찌른 게 틀림없었다.

"아야." 엘리는 털썩 무릎을 꿇고 벽에 기대며 말했다. "흑연 문신이 생겼네."

엘리는 꿈을 떠올리려 했지만 자세한 내용은 이미 가물가물했다.

트레버가 나왔었다. 자장가를 읊었다. 도와달라고 했다.

이상한 춤에 관해 경고했다.

~~~ **22** ~~~

</div>

엘리가 마지막으로 댄과 비상시 일대일 면담을 했을 때는 학교 반 친구들에게 코피를 터뜨리게 하는 바람에 막 정학당한 상태였다.

뭐, 엄밀히 말하면 코피를 터뜨리게 한 건 커비였다.

하울링 사건은 발표 수업에서 시작됐다. 열두 살의 엘리는 28명의 학생으로 이루어진 자기 반 앞에 서 있었다. 그중 절반만이 주의를 기울였다.

"제가 보낸 여름방학은 한마디로 설명할 수 있습니다." 엘리가 말했다. "바로 *깨달음*이죠. 수백 년 전에 저와 이름이 같은 팔대조 할머니께서 죽은 자들을 깨우는 방법을 개발하셨습니다."

엘리는 청중을 바라보며, 인상적인 효과를 주려고 잠시 말을 멈추었다. 모두의 눈이 앞을 향했다.

"이제라도 관심 가져주시니 고맙네요." 엘리는 말을 이었다. "할머니의 비결은 아파치 여성 8대에 걸쳐 이어졌습니다. 저를 포함하면 아홉 명이고요. 저랑 가장 친한 친구인 커비가 작년에 죽었습니다. 열두 살이었는데, 잉글리시 스프링어 스패니얼치고는 나이가 많았던 셈이죠. 저는 6월에 커비를 되살려냈습니다. 개는 훈련하기가 쉬워서, 이상적인 반려동물 폴터가이스트가 됩니다. 그렇긴 하지만, 인간이 아닌 존재는 모두 깨워도 괜찮아요. 저희 할머니가 털북숭이 매머드한테 몇 가지 기술을 가르쳤지만……."

엘리는 발표문 읽기를 멈추었다. 첫 번째 줄에 앉은 아이인 새뮤얼 태너가 비행기라도 불러 세우고 싶은지 팔을 흔들어대고 있었다. 그렇게까지 열정적으로 손을 드는 그 모습에 엘리는 집중력이 흐트러졌다.

"왜?" 엘리가 물었다.

"사실." 새뮤얼이 말했다. "유령은 그런 식으로 활동하지 않아. 유령은 부정적인 감정 에너지로 이루어진 혼란의 덩어리라고."

"사실." 엘리가 바로잡아주었다. "네가 생각하는 건 인간 유령이야. 그런 유령은 사람이 제대로 매장되지 않았을 때 나타나."

"사실, 엘리, 동물은 유령이 될 수 없어."

"*사실,* 새뮤얼, 될 수 있어. 내 발표 안 들었어?"

"*사실,* 난 네가 거짓말쟁이라는 얘기를 하는 거야."

"사실, 커비가 지금 이 순간에도 이 교실에 있으니까 그 빌어먹을 입 좀 닥쳐줘, 새뮤얼."

리먼 선생님이 푹신푹신한 교사용 의자에서 반쯤 일어섰다. 하지만 선생님이 질서를 바로잡기도 전에 누군가가 "커비한테 재주를 부리라고 해봐!"라고 소리쳤다.

"얼마든지." 엘리가 말했다.

엘리는 단순한 명령 한마디로 자기 말을 증명하고 학급 아이들을 놀라게 할 수 있었다. 하지만 무슨 명령을 해야 하지? 나타나라고 할까? 그건 안 됐다. 커비는 지금도 가끔 깜빡거렸는데, 그건 별로 인상적이지 않았다. 공 가져오기? 커비의 테니스공을 집에 두고 왔다. 아, 생각났다!

"울어, 커비!"

음파로 인간 목표물을 무력화시키는 군사 등급의 '소리 폭탄'이라는 것이 있다. 악명 높은 사르가소 사이렌 콘서트는 소리가 너무 시끄러워서, 그때 격렬하게 춤을 추던 사람들의 고막을 터뜨려버렸다고 한다. 하지만 둘 다 죽은 사냥개가 전혀 주저하지 않고 내는 목소리에 비하면 새 발의 피였다.

커비는 그냥 울부짖은 게 아니었다. 그 울음소리가 교실 전체를 뒤흔들었다. 모든 분자가 커비와 함께 비명을 질렀다. 창문이 구부러지고 끓어오르는가 싶더니 깨져버렸다. 머리 위에서는 긴 형광등 전부가 깜빡이다가 꺼졌다.

"그만!" 엘리가 소리쳤다. "그만, 그만해!"

안개 경고용 고동 소리처럼 시끄러운 커비의 울음소리에 놀란 엘리는 자기가 지르는 비명조차 들을 수 없었다. 학생들이 두려워 입을 쩍 벌리고 있었지만, 역시 찍소리도 들리지 않았다. 창문이 바깥으로 터져나가며 텅 빈 운동장에 가루가 된 유리를 흩뿌렸다. 학생들이 귀를 막고 코피를 흘리며 문으로 달려갔다. 타일 깔린 바닥에 피가 뚝

뚝 떨어지고 문대졌다. 테니스 신발들이 그 핏자국을 따라 복도로 나갔다. 엘리는 머리가 고통의 핵심처럼 느껴져서 허리를 숙였다. 리먼 선생님이 교실에서 도망치는 모습이 흐릿하게 보였다. 문이 닫혔다.

주인과 단둘이 되자 커비가 하울링을 멈추었다.

엘리는 윗입술의 피를 꾹꾹 찍어 닦았다. 그 피로 엘리의 과제에 로르샤흐 얼룩(로르샤흐 검사는 무작위 잉크 얼룩을 보고 무엇이 생각나는지를 토대로 심리를 추론하는 심리검사 기법으로, 로르샤흐 얼룩은 이때 쓰는 잉크 얼룩 그림을 말한다-옮긴이)이 생겼다. 대체 무슨 일이 일어난 거지? 커비는 *이런* 식으로 울부짖은 적이 한 번도 없었다. 발표 수업 때문에 긴장한 게 분명했다.

엘리는 교실 문에 달린 창문 너머를 보았다. 어째서인지 그 두꺼운 유리만은 하울링에도 깨지지 않고 살아남았다. 복도 저편에 같은 반 학생들이 로커에 바짝 붙어 움츠리고 있었다. 리먼 선생님이 교감 선생님을 부른 터였다. 엘리는 두 어른 중 한 명의 눈에 띄기 전에 허리를 숙이고 빠져나갔다.

상황이 나빴다. 아주 나빴다. 정학이나 퇴학을 당할 정도로 나빴다. 엘리는 징계를 받아본 적이 없었다. 철창에 갇히면 절대 살아남지 못할 것이다. 사람들이 커비한테도 벌을 줄까? 그 착한 녀석은 명령에 따랐을 뿐인데!

"따라와, 커비." 엘리가 말했다. "가자."

엘리는 깨진 창문에서 기어 나와 집으로 달려갔다.

댄에게 이 상황을 설명하고 나자 댄은 실망한 듯 고개를 숙였다. "영웅적인 네 조상님께서는 죽은 사냥개들을 존중하셨다. 커비는 네 장난감이 아니야. 반려동물도 아니고. 더 이상은 아니지. 커비는 의식이 있는 수류탄이다, 엘리. 그래야만 하는 이유가 없다면 절대로 안전핀을 뽑지 말아라."

몇 년 뒤, 엘리는 댄에게 죽은 자들의 바다에서 한 모험 이야기를 하다가 평소답지 않게 긴장했다. 이번에도 댄이 실망할까? 엘리는 아래쪽 세상을 찾아갈 생각이 없었다. 6학년 때와는 달랐다. 엘리는 말을 마치고 나서 축축해진 두 손을 청바지에 문질러 닦으며 댄이 입을 열기를 기다렸다. 댄은 웃어서 생긴 주름이 눈가에서 햇살처럼 번져 나오는 통통한 남자였다. 사실, 주름이 너무 깊어서 늘 미소 짓는 것처럼 보였다. 댄은 끈 모양의 넥타이에 노란 셔츠, 청바지 차림이었다. 소 타기와 관련된 부상을 너무 많이 입어 40대에 은퇴했는데도 그는 늘 로데오 관련 일을 하는 사람처럼 옷을 입었다.

"그 바다에 가라앉았을 때, 너는 어느 때보다 죽음에 가까워졌던 거야." 댄이 말했다.

"그럼 엘리가 정말로 죽은 자들의 땅에 들른 건가요? 세상에! 그건 꼭……." 비비언은 망설이다가 생각을 바꾸는 듯했다. "뭘 해야 하죠?"

그들은 저녁을 먹고 나서 거실로 자리를 옮긴 터였다. 레노어는 아기 그레고리와 함께 바닥에 앉아서 대화에 반쯤 귀 기울이고 있었고, 댄과 엘리, 비비언은 소파에 함께 앉았다.

"이런 일이 아무렇게나 일어나는 건 아니란다." 댄이 말했다. "그래, 세상이 변하기 전에 네가 했던 생각과 행동을 차근차근 하나씩 설명해보거라."

엘리는 팔짱을 끼고 천장을 올려다보며 기억 속으로 가라앉았다.

"저는 벤치에 있었어요. 벤치가 뜨겁게 느껴지더라고요. 아플 정도는 아니었고, 그냥 햇볕에 데워진 정도였어요. 맞아요. 그때 제가 삼엽충을 깨웠어요."

"삼엽충이라." 댄이 말했다. "나도 삼엽충 화석을 본 적이 있지. 작고 땅딸막한 절지동물이었던 것 같은데, 맞니?"

"네, 유령은 그 화석이 움직이는 형태라고 생각하시면 돼요. 사실, 제가 벤치에 앉아서 한 생각이 그거였어요. 삼엽충이 제 발 근처를 기어 다니길래 그게 바퀴벌레랑 닮았다고 생각했죠. 그런 생각이 정말 재미있게 느껴졌어요. 세상은 변하는 한편 변하지 않으니까요. 제가 느낀 건…… 어떤 애정 어린 친숙함이었어요. 뭐랄까, 인간과 선사시대 생물을 갈라놓는 그 기나긴 세월에도 우리는 모두 지구의 생명체잖아요?"

"그렇지." 댄이 동의했다.

"그때 이상한 일이 벌어졌어요. 다른 삼엽충 유령들이 공원에 흘러넘치더니, 산호가 나타난 거예요."

"엘리." 댄이 말했다. "너희 사촌을 빼고, 사랑하는 누군가를 잃은 적이 있니?"

"커비가 있어요." 엘리가 말했다. "제가 키우던 개예요. 하지만 커비를 정말 잃은 건 아니죠. 아빠 쪽 할아버지도 돌아가셨어요. 2년 전에."

"연세가 어떻게 되셨니?" 댄이 물었다.

"일흔아홉이셨어요." 엘리가 말했다.

"네 사촌은 한창때 죽었다." 댄이 말했다.

레노어가 홱 고개를 쳐들었다. 꽉 다문 입에 눈빛이 험했다.

"맞아요." 엘리가 말했다. "그랬죠."

"사촌의 죽음에 관해서 많이 생각했니?" 댄이 물었다.

"매일 생각해요. 그러니까 그…… 살인 생각을 멈출 수가 없어요. 에이브 앨러턴이 감옥에, 우리를 더 이상 해칠 수 없는 곳에 들어가기 전까지는요."

"유령과 공존하다 보면." 댄이 말했다. "유령에게 말을 걸고 그들을 사랑하다 보면 산 자와 죽은 자를 갈라놓는 벽 너머로 몸을 내미는 셈이 된다. 그때는 너를 그 위험한 곳으로 밀치기가 쉬워지지. 죽음의 땅이랄까, 이번처럼 바다로 말이야. 그곳은 숨이 붙어 있는 자로서는 절대 경험해서는 안 되는 곳이다."

"엘리를 떠민 게 뭔가요?" 엘리의 엄마가 물었다. "사촌의 죽음? 그건가요?"

"죽음에 관해서, 특히 때 이르고 잔인한 종말에 관해서 깊이 생각하다 보면 영혼에 부담이 돼. 이런 비극은 엘리가 관심을 줄 때마다 점점 무거워졌을 거다. 누군가는 휘청거릴 수도 있을 만큼 무거워졌겠지. 그래, 그럴 수도 있다고 했다." 댄은 어깨를 으쓱했다. "하지만 내 생각에, 공원에서 엘리를 민 건 엘리 자신이었을 거야."

"제가요?" 엘리가 물었다.

"그래."

"어떻게요?" 비비언이 끼어들었다. "이제는 유령을 깨우는 일이 엘리한테 위험하다는 말씀이신가요?"

"엄마, 커비를 버릴 수는 없어요."

"내 생각이 맞는다면 유령을 깨우는 일을 멈출 필요는 없을 거다. 네가 죽은 자와 산 자의 차이를 유념하기만 하면 말이야." 댄은 엘리를 보며 손가락을 까딱거렸다. 소란스러운 유아반 아이들에게 훈계하는 투였다. "둘은 다르단다. 죽은 자들을 친족처럼 여겨서는 안 돼. 그렇게 생각하면 죽은 자들이 너를 집어삼킬 수 있다."

"제가 삼엽충의 지하 세계로 통하는 문을 연 게, 우리가 같은 곳에 소속된 존재라고 느꼈기 때문이라는 말씀이세요?"

"그래." 댄이 말했다. "그런 친근감 때문에 네 영혼이 위험한 곳으로 갔던 거다."

"다시는 공룡 생각을 하지 마." 비비언이 말했다. 비비언도 그 말이 대단히 이상하다는 걸 눈치챘는지 이렇게 덧붙였다. "그러면 엘리가 안전할까요, 댄?"

"난 아무것도 보증할 수 없단다, 비비언. 너희 혈통은 늘 불장난을 해왔지."

"다시 그런 일이 일어날까 봐 걱정돼요. 아무리 조심해도 지나치지 않죠." 엘리의 엄마가 말했다. "엘리, 난 팔대조의 비밀을 알지만 거의 활용하지 않는단다. 어쩌면 그게 최선일지도 몰라."

"걱정하지 마세요, 엄마. 저는 지하 세계에서 탈출할 수 있어요. 그냥 집을 생각하기만 하면 돼요. 진짜 집요. 처음에 통한 방법이니까, 다시 통할 거예요."

자기 결정을 강조하듯 엘리는 커비를 불렀다. 커비는 신이 나서 소파와 놀이 매트 사이 허공에서 튀어나왔다. 아기 그레고리가 날카롭게 "아아?" 소리를 내더니, 부엉이처럼 눈을 굴려대며 유령의 아른 거리는 모습을 바라보았다. 벌써 초자연적 존재에게 민감하다면, 그 레고리는 나이가 찼을 때 괜찮은 제자가 될 것이다. 엘리가 그때까지 도 팔대조의 비밀을 그레고리의 혈통에 전수하고 싶다면 말이지만. 엘리가 그 문제를 결정하기까지는 12년이 남아 있었다.

"저게 그 개냐?" 댄이 물었다.

표정이 너무 조심스러워서, 엘리는 그가 걱정을 하는 건지 호기 심을 느끼는 건지 알 수 없었다. 하울링 사건 이후로, 댄은 커비 근 처에 오지 않으려 했다. 하지만 상황이 바뀌었다. 커비는 더 이상 위 험하지 않았다.

"보고 싶으세요?" 엘리가 물었다. "나타나, 커비!"

그 명령에 커비는 갑자기 모습을 드러냈고, 엘리와 레노어를 제 외한 모두는 깜짝 놀라 뒤로 펄쩍 뛰었다.

"갑자기 놀라게 한 건 죄송해요." 엘리가 말했다. "좀 덜 갑작스럽 게 재주를 부릴 수 있으면 좋겠는데."

"아." 댄은 탓하기라도 하듯 커비에게서 눈을 돌렸다. "식사 고맙 다, 비비언. 집까지 차를 타고 가려면 오래 걸리겠구나. 슬슬 출발해 야지. 내가 가고 나면, 네가 엘리에게 영웅적인 조상에 관한 마지막 이야기를 해주렴. 시간이 됐어."

"그러게요." 엘리의 엄마가 댄과 함께 일어서며 말했다. "고마워 요, 댄. 배웅해드릴게요."

둘이 나갔고, 엘리는 엄마가 그저 댄과 단둘이 이야기할 기회를 원하는 건지도 모른다고 생각했다. 엘리가 아직 어린애라는 듯이, 너무 약하고 순진해서 자기 인생에 관해 어른다운 결정을 내릴 수 없다는 듯이.

"무서워?" 레노어가 바닥에서 물었다.

전혀 뜻밖의 질문이었다. 레노어는 그날 저녁 내내 시무룩하고 조용했고, 저녁을 먹을 때도 거의 말을 하지 않았다. 아마 생각에 잠겨 있었을 것이다. 누가 레노어를 탓할 수 있을까?

"뭐가요?"

"너 자신이겠지." 레노어가 말했다. "네가 우리 집 손님방에서 잠들었다가, 저승에서 눈을 뜨면 어떻게 해?"

"그런 일은 일어나지 않을 거예요." 엘리가 말했다.

"죽은 자를 깨우는 건 쉽니?"

"아뇨. 절대 쉽지 않아요. 그냥 내가 잘하는 거죠."

레노어가 한쪽 눈썹을 치켜올렸다. "잘하게 될 때까지 얼마나 걸렸어?"

"몇 년요. 근데 난 타고난 편이에요." 엘리가 어깨를 으쓱했다. "이것도 다른 기술이랑 똑같아요. 연습하면 늘 도움이 되지만, 남들보다 뛰어난 사람들이 있거든요."

"어떤 식인데? 정신력으로 하는 수학 같은 거야?"

"저기, 나도 설명할 수 있으면 좋겠지만…… 비밀로 전해지는 지식이라서요. 알잖아요."

"물어볼 수는 있지." 레노어가 눈가에까지 이르지 않는 미소를 지으며 말했다.

그 표정을 보는 순간, 엘리는 기만적이고 불안한 광대의 미소가 생각났다.

"엄마가 좀 걸리나 보네." 엘리가 말했다. "자러 가야겠어요. 필요한 거 있어요? 차라든지, 쿠키라든지?"

"아냐, 고마워. 괜찮아."

목소리는 괜찮지 않은 듯했다. 표정도 괜찮지 않아 보였다. 앨러턴 박사가 어떤 식으로든 트레버의 죽음에 대해 처벌받기 전까지는 괜찮지 않을 것이다. 그러자 엘리는 불안해졌다. 레노어가 끔찍하게 위험한 일을 저지르기까지 얼마나 시간이 걸릴까? 어쩌면 레노어의 인내심은 이미 한계에 다다른 걸지도 몰랐다.

"우린 거의 답을 얻었어요." 엘리가 말했다. "제이가 지금 뭘 찾고 있고요. 앨러턴 박사가 소름 끼치는 마법으로 살해한…… 그러니까……."

"트레버." 레노어가 말했다. "아, 그러니까 넌 그 사람이 마법으로 트레버를 죽였다고 생각하는구나? 무슨 마법?"

엘리는 트레버라는 이름에 움찔하며 말했다. "그게, 난……."

그때 엘리의 핸드폰이 빠르게 연달아 울리며 메시지가 홍수처럼 쏟아졌다. 제이가 평소에 쓰는 마침표를 쓰지 않을 정도로 빠르게 문자를 입력하고 있었다.

제이 (오후 8:34) - 곰의 습격에 관한 기사를 찾았어

제이 (오후 8:34) - 윌로비 외곽의 한 농부가 들판에서 시체를 발견했대

제이 (오후 8:34) - 시체 다리가 망가져 있었는데

제이 (오후 8:34) - 시신의 신원은 밝혀지지 않았어

제이 (오후 8:34) - 떠돌이였을지도 몰라

제이 (오후 8:34) - 근데 이런 일이 있었다는 걸 어떻게 알았어???

제이 (오후 8:35) - 지금 기사 전달할게

제이 (오후 8:35) - 윌로비 근처에서 벌어진 이상한 사망사건이 엄
청나게 많아

"누구야?" 레노어가 물었다. "급한가 본데."

"제이요. 타이밍이 끝내주네요."

"뜸 들이지 마. 뭐라는데?"

엘리는 현관을 힐끗 보았다. 엄마는 여전히 댄과 함께 밖에 있었
다. "좀 기다렸다가……."

"말해줘, 엘리." 레노어가 일어섰다.

아기 그레고리는 엄마의 분노를 느끼는 듯 시끄럽게 소리를 질
렀다.

"능력이에요." 엘리가 말했다. "한 사람의 몸에서 다른 사람의 몸
으로 상처를 옮길 수 있는 능력."

엘리는 여자 두 명과 아기 한 명, 합쳐서 세 명으로 이루어진 청
중 앞에 서 있었지만, 브로드웨이 공연자가 첫 번째 솔로 연기를 앞
두고 느낄 만한 불안과 흥분이 끓어올랐다. 엘리는 말을 하며 이리저
리 서성거렸고, 여전히 모습을 드러내고 있던 커비가 엘리를 따라다
녔다. 커비는 느리고 단조로운 쫓기 놀이를 한다고 생각하는 듯했다.

"살인이 일어난 날 밤에." 엘리가 말했다. "앨러턴 박사는 심각한
차 사고를 당했어요. 사촌의 경야제에서 처음 그런 의심이 들었죠.
앨러턴 박사가 새 차를 타고 왔거든요. 끔찍할 정도로 딱 맞는 타이
밍에 차를 바꿨잖아요? 앨러턴 박사는 그냥 차 사는 걸 좋아한다고
했지만, 저는 그보다 앨러턴 박사가 차를 바꿀 수밖에 없었을 가능
성이 크다고 생각했어요. 그 사람이 현실 세계에서 GTA(범죄를 주제
로 한 타란튤라사의 비디오게임-옮긴이)를 하듯이 운전을 하니까 더 그

랬죠. 그 사람이 자갈 깔린 주차장에서 쌩하고 나가는 거 보셨어요?"

"아니, 경야제 때 난 그 사람을 한 번도 못 봤어." 레노어의 표정이 어두워졌다. "그 사람으로서는 운이 좋았던 셈이지."

"앞으로도 오랫동안 운이 좋진 않을 거예요."

엘리의 말에 레노어가 미소 지었다.

"차를 새로 샀다는 것 말고 증거가 더 있는 거지?" 비비언이 재촉했다. "사고 현장을 찾았잖아."

"네. 앨러턴 박사가 사고를 당한 곳이 거기예요. 아마 제한 속도의 두 배로 운전하다가 도로에서 이탈해 나무를 들이박은 게 틀림없어요. 앨러턴 박사가 취해 있었다고 믿을 만한 이유도 있고요."

"무슨 이유?" 비비언이 물었다.

엘리가 엄마에게 맥주 캔으로 가득 찬 재활용 쓰레기통에 관해 말한다면 문제가 생길 것이다. 그렇다고 노골적인 거짓말을 하고 싶지도 않았다.

"정황 증거요. 아무튼, 저랑 제이가 제이의 이모 벨과 함께 사고 현장을 찾았을 때쯤은 이미 치워진 뒤였어요. 하지만 차가 완전히 파손됐다고 확신할 수 있을 만큼의 플라스틱과 페인트는 찾았죠. 앨러턴이 안전벨트를 차지 않았을 가능성도 있어요. 요점은 이거예요. 앨러턴 박사는 사촌이 퇴근할 때 이용하는 길에서 사고를 당한 거예요. 월로비 근처의 외떨어진 도로에서."

"트레버가 그냥 운이 나빴을 뿐이라는 거야?" 레노어가 물었다.

엘리는 그 사실에 레노어의 기분이 나아질지, 더 나빠질지 알 수 없었다.

"네, 사촌은 사고가 일어난 직후에 사고 차량을 발견한 게 틀림없어요. 벨 이모의 심령 현상 해석에 따르면, 사촌은 차를 세우고 도와주려 했어요. 하지만 앨러턴 박사는 상태가 나빴죠. 술에 취한 데다 부상까지 입었어요. 아마 의식이 희미해져가고 있었을 거예요. 의사는 자기가 죽을지도 모른다는 걸 깨달았겠죠. 단…… 단 너새니얼 그레이스의 끔찍한 비밀을 활용한다면 달랐어요. 윌로비 의료계에서 이어져온 그 비밀로 사촌의……."

엘리의 사촌은 비비언의 조카이기도 했다. 레노어의 남편이기도 했다. 그레고리의 아빠이기도 했다.

"……사촌의 건강을 훔친다면 말이죠. 사촌은 그래서 다친 거예요. 애초에 사촌이 입은 부상이 아니었어요. 앨러턴 박사가 뭔가 한 게 틀림없어요. 아마 사촌에게 손을 댔겠죠. 그런 주문을 걸려면 뭐가 필요한지 잘 모르겠어요."

"그 쳐죽일 개……." 레노어는 말을 멈추고 자기 아들을 보더니 생각을 고쳤다. "내가 무슨 말 하고 싶은지는 알지."

"네." 엘리가 말했다. "알아요. 그건 살인이었어요. 의심의 여지가 없어요. 사촌한테 그런 끔찍한 부상을 입힌 다음에, 앨러턴 박사는 사촌이 죽도록 내버려뒀어요. 구급차를 부르지 않았어요. 응급조치조차 하지 않았어요. 안 했다고요. 대신에 그 사람은, 혼자 그랬는지 부하들이랑 같이 그랬는지는 모르지만 사촌을 사촌의 차에 다시 태운 다음에 그 자동차를 다른 길에 버려뒀어요. 사촌이 죽기를 *바란* 거예요. 사촌이 죽기를 *기대했어요*."

"트레버가 그 의사의 첫 번째 피해자는 아니지?" 레노어가 질문했다.

"네." 엘리가 말했다. "앨러턴이 일으켰다는 온갖 기적 말이죠? '레이트어닥'에서 칭찬해대는 그 기적 말이에요. 뇌종양이 사라졌다느니, 척추 손상이 나았다느니. 아마 피해자들을 희생시키고 얻은 결과가 틀림없어요. 어쩌면 일부 피해자는 자발적으로 참여했을지도 몰라요. 모두가 그랬을 리는 없고요. 앨러턴 박사는 누군가를 치료하는 사람이 아니에요. 아픈 사람한테서 돈을 받고 다른 사람을 아프게 만드는 사람이지. 그런 사람이 앨러턴이 처음도 아니고요. 윌로비의 의사들은, 아마 모두 그레이스의 후손들일 텐데 그 마을이 세워진 이후로 계속 마법을 써서 상처를 옮겨왔어요."

"증거가 있다고 했는데." 레노어가 말했다. "어디 있어? 너희 엄마가 안다는 도시 경찰한테 연락해서 모든 걸 보내주면 돼."

"사실, 저랑 제이가 도서관에서 증거를 찾았어요. 1906년 10월에 시어도어 루스벨트가, 루스벨트 대통령이 심한 부상을 입고 윌로비를 찾아갔어요. 회색곰한테 다리를 뜯겨서요."

엘리는 핸드폰 사진을 주르륵 넘겼다. 녹은 아이스크림콘과 제이의 당황스러운 초콜릿 콧수염 사진 몇 장이 지나가고 나서, 엘리는 루스벨트가 윌로비 요양원에 보낸 편지 사진을 찾았다.

"여기요. 루스벨트 대통령은 앨러턴 박사의 전임자에게 치료해줘서 고맙다는 편지를 남겼어요. 그 의사들이 기적적으로 모든 걸 고쳐주었다면서요. 흉터조차 남지 않았대요! 아직 페니실린도 발견되기 전인데! 초자연적인 도움이 없었다면 불가능한 일이었을 거예요."

"흠." 비비언이 말했다. "농담이 아닌 거 확실하니? 첫 번째 자연

주의자 대통령이, 테디베어라는 곰 인형을 만드는 데 영감이 되었던 대통령이 회색곰한테 물어뜯겼다면 미국 역사 교과서에 그 얘기가 실렸을 거야."

"비밀로 했다면 아니겠죠." 엘리가 말했다. "보세요. 제이가 이 기사를 찾아냈어요."

엘리는 스마트폰 화면을 쓸어넘겨 '다운로드' 폴더를 열고, 제이가 보내준 PDF 이미지를 불러왔다. 1906년 10월 16일자로 된, 누렇게 변한 신문 스캔본이었다. 페이지 가운데에 있는 제목에 '사망으로 이어진 끔찍한 곰 습격'이라고 적혀 있었다.

"이게 어떻게 우연이겠어요? 루스벨트가 윌로비에서 환자로 지낸 바로 그 주에, 그 지역 농부가 크랜베리를 키우는 자기 습지에서 시신을 발견했어요. 시신은 다리 부분이 심각하게 물어뜯겨 있었고요. 농부는 곰에게 공격을 받은 거라고 말했어요. 하지만 자기 땅 근처에서 회색곰을 본 적은 한 번도 없었고, 죽은 사람도 낯선 인물이라고 했죠."

"텍사스에는 크랜베리를 키우는 습지가 없어." 비비언이 말했다.

"잘못 인쇄된 것일 수도 있죠." 엘리가 말했다. "이건 윌로비 지역 신문에 실린 기사가 확실해요."

"넌 루스벨트가…… 자기 대신 결백한 사람이 죽으리라는 걸 알았다고 생각해?" 레노어가 물었다. "나는 늘 루스벨트가 괜찮은 사람이라고 생각했는데."

"착한 원주민은 죽은 원주민밖에 없다고 말한 사람도 그 사람 아니에요?" 엘리가 물었다.

"그건 그렇지." 비비언이 말했다. "또 원주민들을 제거하고 부족의 땅을 파괴한 일을 기념하기도 했어. 하지만 습지에서 나온 그 시신은 원주민의 것이 아니었잖아?"

"뭐, 기사에 그렇게 적혀 있지 않으니 아마 그렇겠죠. 사실, 엄마 말에 의미가 있어요. 자기가 치료받는 대신 무작위로 누군가가 죽게 된다는 걸 루스벨트가 알았다면, 원주민을 피해자로 삼자고 우겼을 거예요. 안 그래요? 제 생각에, 루스벨트는 아무것도 몰랐던 게 틀림없어요. 아니면 그냥 시간이 없었거나."

엘리는 생각에 잠긴 채, 아른거리는 커비가 거실을 날쌔게 돌아다니는 모습을 지켜보았다. 커비는 그레고리의 플라스틱 블록을 바닥 저쪽으로 밀어놓고, 혼자서 공 가져오기 놀이를 했다.

엘리가 말을 이었다. "윌로비의 환자 중에, 치료법의 진실을 아는 사람은 *아무도* 없었으면 해요."

"그 사람들은 앨러턴 박사랑 그 패거리가 기적을 일으키는 치료사라고 생각했을 수도 있어." 비비언이 말했다. "아프고 죽어가는데 별다른 방법이 없을 때 누군가가 치료해주겠다고 하면, 그렇게 좋은 치료가 가능할 리 없다는 생각은 잘 안 들거든."

"그럼 수사가 이루어진다고 해보자." 레노어가 말했다. "그럼 병원이 문을 닫을지도 몰라. 좋은 일이지. 그래도 난 내 남편을 살해한 죄로 앨러턴을 감옥에 보낼 증거가 필요해. 그 증거는 어디 있어?"

"언니 남편 몸에요." 엘리가 말했다. "틀림없어요. 그게 아니라면 앨러턴 박사가 매장지 위치를 왜 알고 싶어 했겠어요? 앨러턴 박사는 우리가 자기랑 사촌의 죽음을 연결할 무언가를 발견할까 봐 걱정하는 거예요."

"DNA 증거?" 비비언이 물었다. "그럴 수도 있지. 네 사촌이 앨러턴의 피와 닿았을 테니까."

그들은 조용히 생각에 잠겼다.

잠시 후 레노어가 입을 열었다. "주문을 걸던 중에 앨러턴이 자기 신원을 밝히는 데 쓰일 만한 뭔가를 옮겼다면? 금니라거나, 인공 고관절이라거나……."

엘리는 트레버가 나온 마지막 꿈과 연필 탓으로 돌렸던 허리 통증을 떠올렸다.

"문신일 수도 있죠. 앨러턴 박사가 자선기금을 모금하겠다고 공*개적으로* 새긴 문신 말이에요! 마법에서는 잉크가 들어간 피부가 상처라고 여겨졌을지 몰라요. 레노어, 병원에서 사촌의 몸에 문신이 있다고 하던가요?"

"모르겠어. 트레버는 문신이 없었으니까 안 물어봤지."

"제가 생각하는 문신은 허리에 있을 거예요. 사람 서명이에요." 엘리는 핸드폰을 뒤져 앨러턴 박사의 자선 행사 모금용 문신에 관한 미담 기사를 열었다. "이거요. 수십 명의 목격자가 앨러턴이 시장한테서 이 문신을 받는 모습을 봤어요."

"친구들한테 전화할게." 비비언이 핸드백을 뒤지며 말했다. "친구들이 발굴을 준비해줄 수 있을 거야. 원로님들한테도 도와달라고 해야겠다. 우리가 묘지를 비밀로 하는 게 천만다행이지."

레노어가 비비언의 팔을 꽉 잡았다. "잠깐만요, 제 생각인데……."

"뭐가?" 비비언이 물었다.

"제 생각에 미행을 당한 것 같아요."

"어디로요?"

엘리는 그렇게 물었지만, 어떤 대답이 나올지 추측할 수 있었다. 커비는 엘리의 두려움이 느껴지는 듯 더 이상 장난을 치지 않았다.

"묘지 말이야." 레노어가 말했다. "내가 묘지에 찾아갔을 때."

"왜 미행이 붙었다고 생각해?" 비비언이 물었다.

"전 그냥…… 전 그냥 묘지 근처 숲에서 누군가를 본 것 같아요. 곁눈으로 어떤 형체가 보였거든요. 사람 비슷한 형체요. 사람처럼 생긴 나무였나? 그 형체 쪽으로 손전등을 돌렸는데, 아무도 없었어요. 그래도요. 앨러턴 박사가 뱀파이어와 친구로 지낸다면 그중 하나가 저를 따라왔을 수도 있죠. 뱀파이어들은 빠르잖아요?"

"그날 밤에 앨러턴 박사의 저택에는 뱀파이어들이 우글거렸어요." 엘리가 말했다. "기억나죠, 엄마?"

"그런 걸 어떻게 잊어?" 비비언이 말했다. "그럼 이렇게 하자. 엘리, 가서 좀 쉬어. 늦었구나. 레노어, 내가 계획대로 친구들한테 전화를 걸게. 친구들이 우리를 도와줄 거야. 어려운 부분은, 그러니까 무슨 일이 왜 일어났는지 알아내는 부분은 끝났어. 알았지?"

"전 트레버의 무덤을 확인해봐야겠어요." 레노어가 말했다. "오늘 밤에."

"안 돼." 비비언이 말했다. "그래서 좋을 게 없어. 생각해봐, 네가 그냥 나무를 본 걸 수도 있어. 만일 그렇다면 묘지는 아직 안전해. 오늘 밤에 돌아가면 묘지도, 너도 위험해질 뿐이야."

"만일 레노어가 미행을 당한 거라면요?" 엘리가 물었다. "사촌의 시신이 사라졌다면?"

"그런 경우에는." 비비언이 말했다. "이미 늦은 거야. 게다가 그건 경찰이 해결해야 할 문제라는 말도 덧붙여야겠구나. 인내심을 가져. 믿어보자."

비비언은 레노어와 엘리에게 팔을 두르고 두 사람을 당겨 끌어안았다.

"뭘 믿어요?" 레노어가 물었다. 정말로 모르겠다는 목소리에 앙심도 약간 섞여 있었다. "사법 시스템?"

"가족을 믿어야지. 우리한테 있는 건 가족뿐이야." 비비언은 밀려오는 피로와 싸우는 듯 눈을 감았다. "둘이 얘기를 좀 해야겠구나, 엘리. 댄 원로님 말이 맞아. 너도 팔대조 할머니가 어떻게 돌아가셨는지 알 때가 됐어."

≫≫ 24 ≪≪

엘리와 비비언은 뒤뜰 테라스로 가서 양초로 된 모기향을 켰다.
비비언은 곤충들이 엿들을까 봐 걱정하는 듯 그 향이 둘을 모두 휩
쓸 때까지 기다렸다가 입을 열었다.

"이 이야기는 되풀이해서는 안 돼." 비비언이 검지를 들었다. "단
한 번 듣고, 단 한 번 말해야 하는 얘기야."

"흠! 위험해 보이네요." 엘리가 말했다. "앨러턴 박사 상황이 해결
될 때까지 기다리는 건 어때요?"

"기다리는 게 더 위험해. 자, 팔대조 할머니가 어떻게 돌아가셨는
지 궁금하지 않니? 그분은 불멸의 존재가 아니었어."

사실 엘리는 그 문제를 깊이 생각해본 적이 없었다. 엘리에게 팔
대조는 불멸의 존재가 맞았다. 이야기 때문에 그렇게 됐다. 이야기는
팔대조의 인격을 여러 세대에 걸쳐 전달했다. 엘리는 마지막 이야기

가 팔대조의 두 번째 죽음, 결정적인 죽음이 되지 않을까 걱정됐다.

"최근에 나쁜 소식은 들을 만큼 들은 것 같아요." 엘리가 말했다. "슬픈 얘기로 제 머리를 더 꽉 채우지는 말아주세요. 대신 코미디 영화나 봐요."

"매년 학생들에게 부력의 법칙에 대해 가르쳐줄 때면, 난 한 가지 이야기로 수업을 시작한단다. 옛날 옛적에, 고대 그리스에……."

"이카로스 얘기라면 이미 들었어요, 엄마."

"……어떤 왕이 금 세공인에게 특별한 왕관을 주문했어. 정교한 조각이 들어간 작품이었지. 황금 잎사귀와 덩굴이 한데 얽혀 금으로 된 화관을 이루었단다. 하지만 왕은 경계심도, 의심도 많은 사람이었어. 금 세공인이 금과 그보다 덜 비싼 금속인 은을 섞었을지 모른다고 걱정했지. 하지만 어떻게 알겠니? 순금과 불순물이 섞인 금은 모습이 아주 비슷했고, 그 시절에 사람들은 금속을 분석하는 데 쓰는 분광학 같은 복잡한 기술을 몰랐는데 말이야.

왕은 아르키메데스라는 천재를 불러들였어. '네가 그렇게 머리가 좋다던데.' 왕이 말했어. '이 왕관을 시험할 방법을 고안해내라. 성공하면 이 왕관을 네게 주마. 실패하면…….'" 비비언은 손가락을 칼로 삼아 목을 긋는 시늉을 했다. "아르키메데스가 물었어. '저한테 선택의 여지가 있습니까?' 왕은 웃기만 했지. 별로 착한 왕이 아니었거든. 사실, 마음속 깊은 곳에서 왕은 아르키메데스가 죽기를 바랐어. 거의 왕관이 가짜이기를 바라는 만큼 심하게 말이야. 그 두 가지 일은 모두 피를 흘리는 결과로 이어질 테니까. 왕은 그런 유혈 사태를 보석보다 더 즐겼거든.

가엾은 아르키메데스는 하루 종일 그 문제를 생각했어. 너무 긴장이 돼서 로브가 땀으로 흠뻑 젖었고, 냄새가 나기 시작했지. 어……운동선수의 발 냄새 같은 냄새 말이야. 심지어 천재들한테도 그런 일이 일어나거든! 그래서 아르키메데스는 목욕을 하기로 했단다. 고대 그리스에는 공중목욕탕이 있었어. 여러 명이 커다란 욕조에 함께 들어가는 곳이지. 아르키메데스는 너무도 몸을 씻고 싶어서 물에 첨벙 뛰어들었단다. 그 바람에 욕조 가장자리로 물이 흘러넘쳤고. 바로 그때 아르키메데스는 한 가지 생각이 났어! 왕의 문제를 해결할 방법을 알아챈 거야! '유레카! 유레카!' 아르키메데스는 그렇게 소리쳤단다. 목욕하던 다른 사람들이 깜짝 놀랄 정도로. '알았다!' 아르키메데스는 너무 신이 나서 욕조에서 뛰쳐나와, 벌거벗은 채 물을 뚝뚝 흘리며 시가지를 뛰어다녔대! 아르키메데스는 왕의 수수께끼를 어떻게 풀었을까?"

"아, 맞네요. 전에 들어본 적 있어요." 엘리가 말했다. "금은 은보다 밀도가 높죠. 그 말은, 부피가 같다면 금화가 은화보다 무겁다는 거예요. 아르키메데스에게 필요한 건 두 가지뿐이었어요. 물 한 양동이랑, 왕관과 같은 무게의 순금 말이죠. 먼저 왕관을 양동이에 넣고, 수위가 얼마나 높아지는지 측정해요. 다음으로는 왕관을 꺼내고 금괴를 양동이에 넣죠. 둘 다 순금이라면 부피가 같을 테니까, 같은 양의 물을 밀어낼 거예요. 근데 그 얘기, 실화가 아니라는 거 아세요? 그 이야기는 아르키메데스가 죽고 나서 수백 년 뒤에 어떤 사람이 퍼뜨린 거예요."

"하지만 알기는 *아는구나.*" 비비언이 말했다. "누가 말해줬니?"

"어떤 선생님이 말해줬어요. 어떤 선생님이었는지는 기억 안 나요. 몇 년 전 영어 수업 때였던 것 같기도 하고."

"그 이야기가 부피와 밀도, 부피 대체에 대해서 배우는 데 도움이 됐니?"

"네. 아르키메데스가 벌거벗은 채로 도시를 뛰어다녔다는 이야기는 잊기 어렵잖아요. 그 모습 자체가 제 머릿속에 새겨진 것 같아요."

"내 학생들한테도 도움이 된단다." 비비언이 말했다. "그래서 어떤 이야기들이 특히 중요한 거야. 재미있는 데서 그치는 게 아니거든. 이야기는 지식이란다."

"그래서 팔대조 할머니 이야기로 돌아오는 거네요." 엘리는 한숨을 쉬었다. 깊이 숨을 들이쉬다가 모기향의 쌉쌀하면서도 달콤한, 역겨운 냄새가 코를 가득 채우는 바람에 토할 뻔했다. "그 지식은 알고 싶지 않은 것 같기도 해요."

"넌 지하 세계를 방문한 유일한 엘랏소에가 아니야, 엘리." 비비언이 말했다. "살아서 돌아온 유일한 엘랏소에일 뿐이지."

"잠깐만요, 엄마. 팔대조가 그렇게 돌아가신 거예요?"

"응. 경고했잖니? 그곳에 방문한 사람들의 이야기는 많이 있지만, 그중에 좋게 끝나는 이야기는 거의 없어." 비비언은 무릎에 둔 손을 맞잡았다. "이게 팔대조 할머니의 이야기야. 망아지가 태어나는 계절에 시작되는 이야기란다. 따뜻하고 햇빛이 잘 드는 봄날이었지. 너희 팔대조 할아버지는 자기가 키우는 동물을 모두 사랑했지만, 회색과 검은색 털이 얼룩덜룩한 재빠른 암말을 특히 사랑하셨어. 둘은 연결되어 있었지. 할아버지가 암말을 받아내고, 기르고, 메스키트 들판과 산악 지대를 달리도록 훈련시켰거든. 암말은 처음으로 망아지를 뱄는데, 며칠쯤 출산이 늦어졌어. 팔대조 할아버지는 그 가엾은 얼룩무늬 말이 걱정돼서 남는 시간을 암말 곁에서 보냈지. 혹시 문제가 생길지 모르니까.

망아지는 밤에 태어나기도 한단다. 그래서 네 팔대조 할아버지는 말들이 있는 곳 근처 야외에서 야영했어. 풀밭에 침낭을 펼쳐놓고 주무셨지. 혼자서 말이야.

그날 밤, 팔대조 할머니는 총소리를 듣고 잠을 깼단다. 총소리인지, 할머니의 개들이 짖는 소리인지. 개들은 울부짖으며 낑낑대고 있었어. 어쨌든, 죽은 개들은 그랬단다. 꼭 무슨 일이 일어났는지 아는 것처럼 말이야."

"알았을 거예요." 엘리가 조용히 말했다. "트레버가 죽은 날 커비가 알았던 것처럼요."

"나도 그렇게 생각해. 개들은 살아 있을 때도 대단히 민감하고, 능력을 제약하는 몸이 없어지면 엄청난 일들을 해낼 수 있지. 하지만 낑낑대고 울부짖는 것만으로는 할아버지의 목숨을 구할 수 없었어. 너희 팔대조 할머니가 야영지에 도착했을 때, 그분의 남편을 쏜 사람들은 사라진 뒤였어. 말도 몇 마리 없어졌고. 다행히 얼룩 암말은 데려가지 않았단다. 그 가엾은 녀석은 주인의 시신을 떠나지 않으려 했거든."

"그건……." 엘리는 자기가 좋아하는 욕설 대신 부모님 앞에서 쓸 만한 단어를 찾느라 머뭇거렸다. "그거 끔찍하네요. 누가 왜 팔대조 할아버지를 살해한 거죠? 복수였나요? 괴물들이 팔대조 할머니를 해쳤다는 이유로 할아버지를 표적으로 삼은 거예요?"

"총을 쏘는 괴물은 하나밖에 없어." 비비언이 대답했다. "총은……
18세기에는 흔하지 않았지만, 스페인 사람과 영국 사람을 비롯한 침
략자들이 총을 사용했단다. 특히 군사 목적으로 말이지. 내 생각에
병사들이 가장 좋아한 총은 화승총이었을 거야. 길고 거추장스러운
데다, 화승총 탄알을 사용해서 한 발을 쏠 때마다 새로 장전해야 하
는 총이었지. 믿음직스럽지 않은 총이었어. 가까운 데서 쏘거나 마
법이 걸려 있지 않으면 조준하기가 힘들었단다. 네 팔대조 할아버
지는 돌아가셨을 때 침낭에 누워 계셨을 거야. 놈들이 기습한 게 틀
림없지."

"그렇다고 해도 이유가 설명되는 건 아니에요. 그러니까 제 말은,
많은 정착민이 우리를 싫어했다는 건 알지만 할아버지는 아무것도
안 하고 있었잖아요."

"그렇지. 그런 일이 일어난 건 아파치의 머리 가죽에 현상금이 걸
리기 전이야. 하지만 그들이 어떤 메시지를 전하려고 했던 걸지도
모르지. 우리 민족의 나머지 사람들에게 경고하고 싶었던 거야. 할
아버지는 쉬운 표적이었어. 그리고 맞아, 네 팔대조 할머니는 어마
어마한 전사로 널리 알려져 있었지. 가족을 아주 성공적으로 지켜오
셨거든. 그러니까 네 말이 맞을지도 몰라. 복수로 암살한 것일 수도
있지. 네 팔대조 할아버지를 개인적으로 싫어할 만한 이유는 누구한
테도 없었거든. 수줍은 말 조련사가 적을 많이 만드는 것도 아니고."

"알겠어요. 마음에 들지는 않지만, 이해는 되네요." 엘리는 팔짱
을 끼고 볼 안쪽을 씹었다.

얼굴 두 개짜리 물고기나 피를 빠는 고대의 생물이 저지른 짓이라면 팔대조 할아버지의 살인을 받아들이기가 더 쉬울 것 같았다.

"사람들이 네 팔대조 할아버지의 시신을 옮기자 얼룩 암말이 난동을 부렸단다." 비비언이 말을 이었다. "가엾게도 그 녀석을 밧줄로 제압해 나무에 묶어둬야 했어. 하마터면 그 말이 나무를 뽑아버릴 뻔했지."

"하아."

"어쩔 수 없었어. 다들 암말을 풀어주었다간, 암말이 묘지까지 따라가서 위치를 기억하고 자기가 가장 좋아했던 인간의 무덤을 계속해서 다시 찾아갈지도 모른다고 걱정했거든. 그러다가 말발굽의 리듬이 심장 박동이라도 된 것처럼 네 할아버지의 유령을 되살려낼지 모른다고 말이야.

네 팔대조 할머니는 이틀 동안 아이들, 자매들, 형제들, 사촌들, 친구들과 함께 애도했단다. 셋째 날, 얼룩 암말이 건강한 망아지를 낳은 뒤에 너희 팔대조 할머니는 맏딸과 이야기를 나누셨어. '우리 행복을 훔쳐간 사람들을 찾으련다.' 할머니가 말했지. '내가 돌아올 때까지 네가 모두를 잘 돌보거라.'

'누구라도 데려가세요, 엄마.' 맏딸이 말했어. 뼛속까지 실용적인 여자였거든. '일행이 있어야죠.' 사실, 맏딸은 네 팔대조 할머니의 건강을 걱정한 거였어. 팔대조 할머니는 슬픔이라는 짐을 지고 있었을 뿐 아니라, 힘든 삶이 가져다주는 고통도 느끼고 있었거든. 너무 많이 움직이는 바람에 무릎이 뻣뻣해졌고, 손은 관절염으로 굽었지. 게다가 네 할머니는 더 이상 지평선을 선명하게 볼 수도 없었단다.

'나한텐 개들이 있어.' 네 팔대조 할머니는 말씀하셨어. '잘 지내라, 얘야.'

그날 밤, 팔대조 할머니는 떠났고 여름이 올 때까지 집에 돌아오지 않았어. 아무도 그 시기의 할머니 인생에 어떤 일이 일어났는지 모른단다. 할머니가 여행 이야기를 하지 않으셨거든. 하지만 할머니는 도둑맞은 말들을 모두 집으로 데려오셨어. 내 생각에 살인자들은 마땅히 정의로운 처분을 받았을 거야.

그게 다였단다. 한동안은 그랬지. 착한 사람이 죽어서 묻혔고, 그 사람을 위한 복수가 이루어졌어. 이게 일반적인 도서관에 있는 평범한 책에 나온 이야기라면 할머니가 집에 돌아오는 데서 끝났을 거야. 영어 선생님들도 그렇게 가르쳐주시지 않니? 이야기에는 처음과 중간, 끝이 있다고 말이야. 깔끔한 줄거리지. 보통은 더 나아지는, 변화하는 주인공이 나오고."

"저도 그렇게 배웠어요." 엘리가 말했다. "맞아요."

"현실은 그런 식으로 돌아가지 않는단다. 그래서 이 이야기도 그렇게 끝나지 않아. 네 팔대조 할머니는 평화를 찾지 못하셨어. 누군가 할아버지의 이름을 늘 할머니의 머릿속에 속삭이는 것 같았지. 할머니의 입술에까지 그 이름이 오르지 않았더라도 말이야. 할머니는 더 이상 여행을 다니지 않았어. 밤새 자는 일도 드물어졌지. 할머니는 인간보다는 개나 말들과 더 많은 시간을 보내셨어.

그러다가 어느 날, 할머니의 맏딸이 말했단다. '엄마, 걱정돼요.'

'또 그 소리구나.' 너희 팔대조 할머니가 말씀하셨어. 내가 앞서 얘기했지만, 할머니의 맏딸은 분별력 있는 여자였거든. 당연히 엄마가 안전한 집을 떠나 다가오는 위험에 맞설 때마다 안절부절못했어.

'아아, 이런 식으로까지 걱정시키신 적은 없어요.' 딸이 말했지. '올해 제가 부모님을 두 분 다 잃게 되는 건가요? 엄마의 생각이 아빠를 따라 땅속에 들어가게 놔두지 마세요!'

'벌레에 물려서 가려우면.' 너희 팔대조가 물었어. '마음먹은 대로 그 느낌을 사라지게 할 수 있니?'

'아뇨, 생각할수록 더 가려워지죠.'

'무덤은 가려움 같은 거야.' 팔대조 할머니가 말했어. '꿈속에서 그이 목소리가 들린다. 매일 밤 그 목소리가 점점 더 커져. 머잖아 그 목소리가 천둥처럼 울릴 게다. 복수를 해달라는구나. 내가 한 일로는 충분하지 않다고.'

'아빠 목소리가 아니에요, 엄마! 유령이 틀림없어요. 유령이 끔찍한 존재라는 건 엄마도 아시잖아요.'

'당연히 알지.'

'치료사를 찾아가보셔야 해요.'

'아무도 날 도울 수는 없어.' 너희 팔대조가 말했단다. '난 60년 동안 지하 세계와 우리 세계의 통로가 되어왔다. 내 개들은 나를 통해 그 틈을 가로질렀지. 이제는…… 무언가 위험한 존재도 그 통로를 발견한 모양이야.'

'어쩌시게요?' 딸이 물었어.

'그이가 우리에게 오길 기다리는 대신 내가 그이한테 가야겠다.'

'농담이시죠!' 딸이 말했어. '왜요?'

'지하 세계 깊은 곳, 우리 조상님들이 계시는 곳에서 네 아빠의 선

량한 부분이 우리를 기다리고 있거든.'

'당연히 그렇겠죠. 그래서요? 어쩌실 생각인데요? 그곳은 산 자들의 세상이 아니에요. 엄마는 길을 잃고 갇힐 거예요. 죽게 되는 거나 마찬가지라고요!'

'꼭 그런 건 아니다. 지하 세계에 갔다가 살아남은 사람들도 있어. 나도 한번 해보게 해주렴. 어쩌면, 내가 그이의 착한 마음한테 말들은 안전하게 있고 살인자들은 더 이상 위협이 아니라고 말해줄 수 있을지 몰라. 그러면 그 소식을 들은 유령의 분노가 잦아들지도 모르지. 혹시 그이를 되살릴 방법이 있을지도 모르고. 그이의 몸은 아무 쓸모가 없지만, 다른 그릇도 있으니······.'

'혹시요? 혹시라고요?' 딸이 소리쳤어. '혹시 태양이 서쪽에서 뜰지도 모르죠. 제발, 다시 생각해주세요!'

네 팔대조 할머니는 딸을 꼭 끌어안았단다. 그게 둘의 마지막 포옹이었어. 팔대조가 말했지. '무모하고 위험한 계획이야.'

'정말 그래요!' 딸도 같은 생각이었단다.

'그이를 위해서라면 기꺼이 무모해져야지.' 네 팔대조 할머니는 물러나 고개를 숙였어. 부끄러운 것처럼 말이야. '내가 그 자리에 있었더라면······ 그날 밤 그이와 함께 야영했더라면······ 그이가 혼자가 아니었더라면······.' 팔대조는 잠시 자세를 가다듬었어. 우는 건 전혀 부끄럽지 않은 일이지만, 부모들은 가끔 자식 앞에서 우는 모습을 보이길 두려워한단다. 보호 본능의 문제야. 아무튼, 네 팔대조 할머니가 다시 입을 열 수 있게 되었을 때 그 단호한 목소리에서는 할머니가 생각을 바꾸지 않으리라는 점이 분명히 드러났단다. '나는 오늘 밤에 떠난다. 무슨 일이 있더라도 한 가지만은 확실해. 너는 나로서는 절대 불가능할 만큼 강하고 현명하니, 가족들을 챙기거라. 우리의 지식을 보호하거라. 얼룩 암말과 망아지는 네 형제가 돌보게 하고. 가장 어린 강아지를 네게 맡기마. 몇 가지 재주를 가르치면 좋은 일행이 될 게다. 아마 영원한 일행이 되겠지.'

'네.' 딸이 말했어. '좋아요.'

이야기에 따르면, 팔대조는 해가 질 때 지하 세계로 가셨어. 네 팔대조 할머니는 사냥개들에 둘러싸인 채 서쪽으로 걸어갔고, 지평선이 붉은 태양의 빛을 사그라뜨리자 사라지셨지. 그게 다였어."

비비언은 훅 불어 모기향 양초를 껐다. 가느다란 연기가 꺼져가는 심지에서 빙글빙글 피어올랐다.

"그게 끝이에요?" 엘리가 물었다.

"세 라 팡('그게 끝이야'라는 뜻의 프랑스어―옮긴이)."

"그럼…… 죽지 않았을 수도 있겠네요!"

"엘리, 아니야. 요점을 완전히 놓쳤구나. 침략자와 괴물들의 살해자인 네 팔대조 할머니는 지하 세계에 지고 말았어." 비비언은 두 손을 엘리의 어깨에 얹고 꽉 붙들었다. 딸이 마법사의 조수처럼 사라질까 봐 걱정하는 듯했다. "그분은 원로였어. 너는 열일곱 살이야. 내가 왜 겁에 질렸는지 알겠니? 네가 한 번이라도 탈출한 게 기적이기 때문이란다."

"공정하게 말하자면." 엘리가 말했다. "팔대조는 일부러 지하 세계 깊은 데로 가신 거예요. 저는 그냥 고래 떼를 보고 급히 도망쳤고요."

"엘랏소에……."

"다시는 안 그럴게요."

비비언이 정면으로 응시하며 말했다. "내 잘못이야. 그분의 이름을 따서 네 이름을 짓는 게 아니었는데."

"엄밀히 말하면, 그건 사실이 아니죠." 엘리가 말했다. "엄마는 새 이름을 따서 제 이름을 붙인 거예요."

"그건 그렇지."

"그게 정말 특별한 꿈이었다고 생각하세요?" 엘리가 물었다.

"아마 그럴 거야. 가끔은 죄책감이 유령보다 더 거슬리게 따라붙는단다. 어쩌면 네 팔대조 할머니는 그냥 남편의 목소리가 들린다고 생각한 것뿐일지도 몰라."

"아뇨, 그 꿈 말고요. 제가 태어나기 전에 엄마가 꿨다는 꿈 말이에요. 벌새가 나오는 꿈."

비비언은 망설였다. 조용한 가운데 매미가 울었다.

"그래." 결국 엄마가 말했다. "그렇게 생각해."

25

엘리는 그날 밤 가족 꿈을 꾸었다. 부모님과 조부모님, 이모와 고모, 삼촌들이 곧게 한 줄로 늘어서 있었다. 그들은 손을 잡고, 울퉁불퉁한 메스키트 나무를 등지고 있었다. 메스키트의 나뭇가지가 한 번 흔들릴 때마다 와지끈 소리를 내며 그들을 움켜쥐려 했으나 인간으로 이루어진 사슬까지는 닿지 않았다. 바람이 윤이 나는 잎사귀들을 부스럭거리며 묵직한 씨앗 깍지를 흔들어놓았다. 나무가 신음하며 속삭이는 듯했다.

"엄마." 엘리가 사슬에 다가가며 말했다. "뭐하세요? 이거 무슨 게임이에요?"

"쉿." 엄마가 말했다. "뒤로 돌아. 보면 안 돼. 목소리를 들어서도 안 돼. 손을 잡으면 안 된다."

"누구 얘기예요?"

"나 말이야."트레버가 말했다. "이건 불공평해. 왜 산 자들은 죽은 자와 인연을 끊으려는 거지?"

엘리는 참지 못했다. 트레버를 보고, 그의 목소리를 들었다. 트레버는 메스키트 가지 아래에 서 있었다. 다리는 여전히 반쯤 흙에 파묻힌 채였다. 꼭 무덤에서 돋아난 것 같았다. 그는 부담스러운 체크무늬 스웨터와 바지를 입고 있었다. 선생님들에게만 잘 어울리는 그런 옷차림이었다.

"우린 오빠랑 인연을 끊은 적이 없어." 엘리가 말했다. "언젠가는 함께하게 될 거야. 우리 모두가. 모든 세대가."

"우리 다음으로 몇 세대나 있을 것 같은데?" 트레버가 물었다. "이기적인 인간들이 땅에 소금을 뿌렸어."

메스키트 나무가 검어지고, 그 잎사귀가 부스러져 재가 되었다.

"우리 아이들은." 트레버가 말을 이었다. "잔인함과 독으로 목숨을 이어갈 수 없어. 아무도 남지 않을 때까지 모든 세대가 시들어 갈 거야."

"그렇게 생각해?" 엘리가 물었다.

"생각하느냐고?" 트레버는 화를 내며 팔짱을 꼈다. 엘리가 숙제를 잊고 안 한 것처럼.

"그렇다는 걸 아는구나." 엘리가 말했다.

"난 알아. 너도 알지. 너무 늦을 때까지 기다리지 마. 뭐라도 해. 행동해. 내 아내와 아들을 지켜주겠다고 약속했잖아."

"지켜줬어!" 엘리는 한 발짝 더 다가갔다. 아직 사람으로 이루어진 사슬 때문에 트레버의 무덤과는 나뉘어 있었다. "무슨 일이 일어났는지 알아냈어. 앨러턴 박사는 살인을 저지른 채로 빠져나가지 못할 거야."

"그자는 한 인간일 뿐이야." 트레버는 무덤에 뿌리 박힌 채 앞으로 몸을 숙였다. "계속해서 우리 가족과 땅을 쓰레기 취급할 사람이 100만 명은 더 있어. 그들을 해충처럼 생각해야 해."

"해충이라니⋯⋯."

"집에 사는 흰개미. 들판의 메뚜기. 그중 한 마리를 밟아 죽인다고 달라지는 건 없어. 벌레 떼가 너희 집을 집어삼킬 거야." 트레버가 손을 내밀어 엘리를 잡으려 했다. "부탁이야, 도와줘."

엘리의 살아 있는 가족들, 엘리를 유령으로부터 지켜주는 인간의 벽이 희미해져갔다. 그들이 사라지자 하늘이 불똥처럼 환하게 빛났다. 사방에 하나씩 태양이 있는 것만 같았다. 동쪽, 서쪽, 북쪽, 남쪽. 잿가루가 사막과 하늘 사이에서 춤을 췄다. 각다귀처럼 보였다.

"그건 아니지." 엘리가 말했다. "트레버, 사람들은 벌레가 아니야."

"그래." 트레버가 말했다. "훨씬 나쁘지."

트레버가 짐승의 발톱처럼 뾰족한 손톱으로 엘리의 얼굴을 움켜쥐려는 듯 엘리 쪽으로 몸을 날렸으나, 땅에 다리가 단단히 박혀 있었다. 트레버는 땅의 손아귀에 잡혀 있었기에 엘리의 코를 찢어놓지 못했다. 엘리는 놀라 소리를 지르며 뒤로 빠르게 움직였다.

"엘리, 네가 날 꺼내줘야 해!" 트레버가 말했다. "부탁이야! 아무 도움 없이는 탈출할 수 없어!"

"오빠 유령이야." 엘리가 트레버에게서 고개를 돌리며 말했다. 그를 보지 않으려 했다. "난 오빠를 돕지 않아."

"그래도 난 네 사촌이잖아! 날 버리지 마, 엘리. 자유가 코앞이야. 도와만 줘. 날 도와주면 아무도 우리 가족을 다시는 해치지 못할 거야. 내가 그렇게 놔두지 않아! 날 *봐!*"

엘리는 돌아보지 않았다.

"내 아내를 보고 싶어." 트레버가 말했다. "내 아들을 보고 싶어! 마지막으로 한 번만. 잔인한 일이야. 난 혼자 죽었다고!"

엘리는 트레버가 언젠가 그 둘을 다시 보게 될 거라고 마음속으로 약속했다. 엘리가 강하게 버틸 수 있는 유일한 방법이었다.

"그레고리?" 트레버의 목소리에서 의기양양한 기색이 느껴졌다.

엘리를 속이려는 걸까? 엘리를 속여서 돌아보게 하려고?

"그레고리." 트레버가 소리쳤다. "그레고리! 우리 그레그, 이리 온. 아빠한테 와야지. 옳지, 우리 똑똑한 꼬맹이!"

아기가 기뻐서 꺅 소리를 질렀다. 엘리는 홱 돌아보았다. 그레고리가 갈라진 땅을 가로질러 기어가고 있었다. 천사 같은 얼굴에, 이가 거의 없는 입으로 미소 지으면서. 그레고리는 자기 아빠의 손을 향해 팔을 뻗었다. 트레버는 무릎을 꿇고 그레고리가 통통한 주먹으로 자기 검지를 감싸 쥐게 해주었다.

"젠장." 엘리는 욕설을 뱉었다. "안 돼!"

물론, 너무 늦었다. 살아 있는 존재의 영혼에 손이 닿자 지하 세계와 트레버의 마지막 연결 고리가 끊어졌다. 그는 그레고리를 두 팔에 안은 채 땅에서 일어나 천천히, 피할 수 없는 걸음으로 엘리에게 다가왔다.

"내 아들한테 재능이 있을 줄 알았어." 트레버가 말했다. "그레고리가 날 찾은 거야. 너랑 똑같이 말이야, 사촌. 이 애한테 가족의 비밀을 가르치겠다고 약속해줄래? 그러지 않는다면 끔찍한 낭비가 될 거야."

"그레고리 이리 줘." 엘리는 두 팔을 내밀며 말했다. "모든 걸 가르치겠다고 약속할게."

트레버가 망설임 없이 그레고리를 넘겼을 때, 엘리는 트레버가 자신이 알던 사람이 아니라는 걸 깨달았다. 엘리는 그레고리를 보호하려고 가슴에 꼭 끌어안고 뒤로 물러났다.

"이거 꿈이야?" 엘리가 물었다.

"비슷하지. 너랑 아기 그레그는 둘 다 자고 있으니까." 트레버는 눈을 감고 고개를 위로 들며 용암 빛깔이 도는 빛에 몸을 적셨다. "하지만 난 완전히 깨어 있어."

지는 해가 다 타버린 듯 하늘이 어두워졌다. 끔찍한 신들의 차가운 숨결이 태양을 꺼버린 것만 같았다.

"파티에서 보자, 엘랏소에. 놈들의 춤이 우리 땅을 더럽히는 건 이번이 마지막이 될 거야."

26

눈을 뜬 엘리는 뭔가가 팔에서 꼼지락대는 것을 느꼈다. 엘리는 놀라 헛숨을 들이켜며 몸을 굴렸다. 아기 그레고리가 배를 깔고 엘리 옆, 간이침대에 누워 있었다. 그레고리는 꿈에서와 똑같이 노란색 원지(상하의 일체형 어린이 잠옷-옮긴이) 차림으로, 얼굴은 대단히 혼란스럽다는 듯 구겨져 있었다. 까꿍 놀이에서 경험한 것과 같은 혼란을 느끼는 듯했다.

"안녕, 꼬마야." 엘리가 말했다. "여기서 뭐해?"

그레고리의 요람에는 높은 난간이 달려 있었고, 아기방은 복도 반대편이었으며, 손님방 문은 밤새 닫혀 있었다. 그레고리가 누군가의 도움을 받지 않고 엘리의 품속으로 기어 들어올 수는 없었다. 어느 어른이 그레고리를 옮겨준 걸까? 아니면……

"커비." 엘리는 일어나 앉아 그레고리를 품에 안으며 말했다. "커비! 나타나! 이리 와!"

커비는 엘리의 간이침대 옆에 차렷 자세로 섰다. 깃털이 달린 것처럼 보이는 꼬리를 높이 든 채였다. 커비의 조상은 사냥꾼이었다. 끝이 흰색인 그 개들의 꼬리는 긴 풀밭을 헤치고 사냥감을 쫓을 때 쉽게 눈에 띄었다. 커비가 낑낑댔다. 엘리의 치아가 아플 정도로 강한 소리였다. 트레버의 유령이 근처에 있는 걸까? 커비가 그 유령의 공격을 막을 수 있을까?

"엄마!" 엘리가 소리쳤다. "엄마, 어디 계세요?"

탁자 위 알람시계를 보니 겨우 7시 30분이었다. 어른들은 보통 8시까지 잤다. 엘리는 숨을 고르고 나서 자리에서 일어나 맨발로 방을 가로질렀다. 엘리의 개가 불안해하며 따라왔다. 엘리는 한쪽 팔로 균형을 잡아 그레고리를 안고 문을 밀어 열었다. 복도는 어둡고 조용했다. 귀신의 흔적은 없었다. 피도, 깨진 화병도, 벽에 쓰인 소름 끼치는 글자도 없었다. 엘리는 까치발을 들고, 코 고는 소리에 이끌려 거실로 향했다. 거실에서는 엄마가 플러시 천 소파에서 졸고 있었다. 비비언은 그 소파가 공기 매트리스보다 편하다고 했다.

"엄마, 일어나세요." 엘리가 말했다. "큰 문제가 생겼어요."

엄마가 뻣뻣하게 일어나 앉았다. "문제라니? 무슨? 어디에?"

"트레버의 유령 말이에요." 이제는 트레버의 이름을 삼가는 게 아무 소용이 없었다. "트레버가 깨어났어요. 인간이 흰개미보다 나쁘다면서……."

"엘리." 비비언이 말을 잘랐다. "네가 깨운 거니?"

"아뇨!"

엘리가 너무 빠르게 고개를 젓는 바람에, 잠결에 흐트러진 머리카락이 그레고리의 머리에 스쳤다. 그레고리는 웃으며 머리카락 다발을 입에 집어넣었다.

"꿈에서 저는 트레버를 외면했어요." 엘리가 말했다. "트레버의 손을 잡지 않을 생각이었어요. 트레버가 도와달라고 애원했지만…… 아뇨! 전 그럴 수가 없었어요. 절대 그런 짓은 안 할 거예요! 트레버를 깨운 건 그레고리였어요."

"아기가?" 비비언은 보통 놀란 게 아닌 듯했다.

"네! 그레고리가 틀림없이…… 잘 모르겠지만…… 아빠를 느낀 게 아닐까요? 그레고리는 정말로 감응력이 좋아요, 엄마. 그레고리한테 유령과 관련된 일은 쉽게 다가와요. 저랑 똑같아요. 당연히, 그레고리는 아직 삶과 죽음의 차이를 모르겠죠. 아니면…… 아니면 유령이 얼마나 위험한지 모르던지요."

"확실하니, 엘리? 악몽이 그냥 악몽일 때도 있어. 요즘 생각이 많았잖니."

"확실하냐고요?" 엘리는 엄마 옆에 앉으며 말했다. "모르겠어요. 트레버가 나오는 꿈은 몇 번 꿔봤어요. 어쩌면 그중에는 100퍼센트 상상인 것도 있겠죠. 그래도요. 이번 꿈은 확실히 잘못됐어요. 트레버의 무덤은 언제 확인해보는 거예요? 문신은 언제 확인하고요? 너무 늦었을까 봐 걱정돼요. 앨러턴이나 그쪽 사람들이 이미……."

엘리는 그들이 이미 트레버의 무덤을 파헤쳤을지 모른다는 걱정을 목소리로 표현하지 못하고 말을 흐렸다. 생각만으로도 너무 끔찍한 일이었다.

"곧 확인할 거야." 비비언이 엘리의 어깨를 토닥이며 말했다. "내일 아침에 한 팀이 매장지로 갈 거야. 그때까지는 커비가 우리를 지켜줄 테고. 그렇지, 착한 커비?"

커비는 소파 근처에 앉아 있었다. 경계하고는 있지만 긴장하지 않은 모습이었다. 녀석은 엄마의 말을 알아들었다는 듯 고개를 끄덕였다. 커피 테이블에서 충전시키고 있던 엘리의 핸드폰이 울린 건 그때였다. 엘리는 발신자 번호에 제이의 이름이 뜬 것을 보고 깜짝 놀랐다. 제이는 보통 문자를 먼저 보냈다. 엘리는 그레고리를 엄마에게 넘겨주고 전화를 받았다.

"안녕, 제이." 엘리가 말했다. "무슨 일이야?"

"음……." 제이가 말했다. "로니가 너랑 진짜 통화하고 싶……."

제이의 누나 목소리가 끼어들었다. "야! 너 앨 봤어?"

"최근에는 못 봤어." 엘리가 말했다. "왜 그러는데?"

"임무를 하러 간다더니 돌아오지 않았어."

"음, 이런. 무슨 임무?"

"네가 맡긴 임무." 로니는 퉁명스러운 목소리였다. 평소의 활기 넘치고 자신감 있는 쾌활함과는 달랐다. "첩보 임무 말이야."

"앨은 아무 데도 가지 않기로 했어!" 엘리가 말했다. "자기 친구들이 월로비에서 열리는 모임에 대해 알지도 모른다고 한 게 전부야."

"친구의 친구가 앨을 저주받은 인간 클럽으로 보냈어. 오스틴에 있는 뱀파이어 전용 술집이야. 그 술집 주인이 월로비에 대해서 잘 안다나 봐."

"앨이 그 클럽에 갔다가 돌아오지 않았다는 거야? 경찰에는 신고했어?"

"경찰이 뭘 할 수 있겠어? 앨이 사라진 건 겨우 30시간 남짓이야. 우리 부모님도 앨이 나를 버렸다고 생각한다고. 퍽이나! 우린 소울메이트야."

"내가 어떻게든 도움이 될 수 있으면 좋겠는데."

"될 수 있어." 로니가 함께 음모라도 꾸미듯 목소리를 낮추었다. "내가 친구들이랑 같이, 어젯밤에…… 그 술집 주인이랑 *얘기를 해봤어*."

"그래?"

"그 사람 말로는 앨이 앨러턴 저택에 있을지도 모른대. 젊은 뱀파이어들이 그리로 가서 영영 돌아오지 않는다는 거야." 로니는 반쯤은 흐느끼고 반쯤은 분노에 찬 소리를 냈다. "우리 자기한테 무슨 일이라도 일어나면, 내가……."

"정말 미안해, 로니." 엘리가 말했다.

"사과해야 할 사람은 에이브 앨러턴이야. 내가 그 빌어먹을 자식의 목을 비틀어놓겠어."

"그냥 저택에 산책하듯이 들어갈 수는 없어. 계획이 필요해."

"못할 이유가 뭔데? 오늘 파티가 열리지 않아?"

"응. 200주년 기념행사가 열리긴 하지만……."

엘리는 꿈의 마지막 부분을, 트레버의 약속을 소름 끼치도록 자세히 떠올렸다.

"하지만 뭐?" 로니가 물었다.

"안 돼. 안 돼, 안 돼, 안 돼."

"뭐냐고?"

"제이 바꿔줘."

"나 아직 얘기 안 끝났……."

"내 사촌의 유령 얘기야." 엘리가 말했다. "내 사촌의 유령이 월로비 200주년 파티를 피바다로 만들려 해. 아무도 안전하지 않아! 나도, 앨도, 심지어 6학년 스펠링 대회 우승자들도. 걔들이 초청 손님으로 온단 말이야! 사촌이 아무것도 모르는 스펠링 마니아들을 죽여버릴 거야, 로니! 제이 바꿔!"

"다시 나야." 제이가 말했다. "엘리, 그…… 앨은 괜찮을까?"

"난 앨러턴 박사와 월로비의 학살자들이 저지르지 못할 일은 아무것도 없다고 생각해."

제이가 잠시 말을 멈추었다가 입을 뗐다. "앨은 그냥 도와주고 싶었던 것뿐이야."

"*너*를 도와주고 싶었던 거지." 엘리가 말했다. "새로 생긴 남동생인 너 말이야. 결혼식 때 그 점을 기억하도록 해. 특히 목사님이 '이 혼인에 반대하는 사람이 있다면 지금 이야기하거나 영원히 입을 다무시오'라고 말할 때 말이야."

"알았어." 제이가 말했다. "앨을 찾아야 해!"

엘리는 엄마를 보고, 응원하듯 고개를 끄덕이는 비비언의 모습에서 힘을 얻어 제이에게 말했다.

"사촌이 깨어났어." 엘리가 말했다. "앨러턴 저택에 나타날 거야."

"무슨…… 유령이 나타났다고? 네 말은…….."

"맞아. 사슬을 철컹거리며 끌고 다니거나, 한밤중에 알 수 없이 쿵쿵 소리가 울리는 것보다 훨씬 나쁜 일이 될 거야."

커비가 울음소리로 형광등을 터뜨리고 교실 저편으로 물건들을 내동댕이치고 벽을 뚫고 넘어갈 수 있다면, 인간은 무슨 일을 할 수 있을까? 트레버에게는 자의식과 지능, 자기 힘을 온전히 활용할 동기가 있었다.

"퇴마사들을 부르자." 제이가 말했다. "텍사스 최고로!"

"앨이 저택에 갇혀 있다면 퇴마 의식으로 다칠 수 있어. 퇴마 의식은 통제를 벗어나는 경우가 많거든. 폭력적인데다 부수적인 피해가 엄청나게 많이 발생해."

"우린 어쩌지?"

"일단 앨을 찾아서 풀어줘." 엘리가 말했다. "가면무도회가 열릴 때까지 몇 시간이 남아 있어. 커비가 사람들을 추적할 수 있을……."

"엘리." 비비언이 끼어들었다. "무슨 생각이니?"

"엄마, 통화 중이잖아요! 잠깐만요." 엘리는 엿듣지 못하게 하겠다는 듯이 과장되게 고개를 숙였다. "커비가 따라갈 만한 냄새가 필요해. 세탁하지 않은 앨의 옷이 있을까?"

엘리는 제이가 핸드폰 마이크를 가리고 뭐라 이야기하는 소리를 들었다.

잠시 후 그가 말했다. "응! 스웨터가 있어. 그거면 돼?"

"충분해."

"한 시간 뒤에 고리 교통 센터에서 만날까?" 제이가 물었다.

"그러자." 엘리가 말했다. "커비랑 같이 갈게."

엘리는 엄마를 힐끗 보았다. 비비언은 선생님들이 시끄러운 학생들을 아무 말 없이 자제시킬 때 쓰는 강철 같은 표정을 짓고 있었다.

"우리 엄마도 같이 갈 것 같아." 엘리가 말을 고쳤다. 통화가 끝나자 엘리는 두 손을 맞잡고 반성하는 시늉을 했다. "얼마나 들으셨어요? 수백 명이 죽을지도 몰라요. 뭔가 해야 해요."

"알아." 비비언이 미소 지었다. "나도 같은 생각이야. 떠나기 전에 아침 꼭 먹어라. 너희 아빠랑 얘기해봐야겠다. 하루 종일 수술로 바쁜 게 아니었으면 좋겠는데."

둘은 서로를 끌어안았다. 엘리의 마음 한구석에서, 보통은 억누르는 그 마음에서 이번 포옹이 마지막이 되지 않을까 하는 의구심이 일었다.

화장실에서 얼굴에 찬물을 끼얹은 다음, 엘리는 거울에 비친 자기 모습을 바라보았다. 검은 티셔츠에는 이진수 0과 1이 장식되어 있었다. 처음 셔츠를 샀을 때 엘리는 그 메시지가 무슨 뜻인지 몰랐으나 흥미를 느꼈다. 옷의 상표에서 번역된 내용을 찾아보는 대신, 엘리는 가게에서 핸드폰으로 '이진법-영어 변환기'를 사용해 내용을 해독했다. 메시지는 전혀 불쾌할 것 없는 의미인 *안녕, 세상아!*('Hello, world!'는 코딩을 처음 배울 때 컴퓨터에 출력하도록 명령하는 흔한 문구다-옮긴이)였다.

아마 그 셔츠는 좋은 징조일 것이다. 수수께끼를 해결하고 기분 좋은 결과를 맞이했을 때 바치는 헌사 말이다. 엘리는 미소 지으며 머리를 땋고 얼굴과 목, 두 팔에 자외선차단제를 발랐다. 행동할 준비를 마친 뒤 주방으로 달려가 딸기 타르트 두 개를 데우고 "엄마, 얼른 가요!"라고 외쳤다.

엄마가 손님방에서 나왔다. 비비언은 선글라스를 끼고, 웅장할 정도로 큰 어깨 뽕이 들어간 흰 정장을 입고 있었다.

"규칙은 이거야." 비비언이 말했다. "사자 굴에는 들어가되, 사자를 쿡 찌르지는 말자. 너도. 네 친구도. 네 친구의 친구도. 너희 모두 스트리밍 방송을 해. 모든 걸 촬영해. 커비가 위험을 감지하면 떠나는 거야. 앨러턴이나 앨러턴의 부하들이 폭력적으로 변해도 떠나는 거고. 싸우면 안 돼. 우리의 목표는 단 하나, 파티에 참석한 사람들을 대피시키는 거야."

"앨도 찾고요."

엄마가 팔짱을 꼈다. "그래, 커비가 앨의 냄새를 맡는다면 얘기지만. 난 앨이 저택에 포로로 잡혀 있다고 그렇게까지 확신하지는 못하겠어. 하지만 가봐야 아는 거니까."

엘리는 엄마가 레노어를 확인하러 가 있는 동안 그레고리를 요람에 다시 데려다놓았다. 집 밖에서 다시 만났을 때, 비비언은 불안해하는 듯했다.

"왜 그래요, 엄마?" 엘리가 물었다.

"아무것도 아닐 거야. 레노어가 깨어 있었는데……."

"왜요?"

"날 보고 활짝 웃더라. 장례식 이후로는 레노어가 그렇게 미소 짓는 걸 본 적이 없는데. 심지어 우리랑 같이 가려고 하지도 않았어."

두 여자는 비비언의 미니밴에 뛰어올라 안전벨트를 차고 진입로에서 빠져나왔다.

"트레버가 돌아왔다는 걸 아는 거예요." 엘리가 말했다. "트레버의 유령이 레노어도 찾아간 거예요."

"그러게."

차를 몰고 가는데, 전화가 걸려왔다. 그날 아침, 가까운 친구와 가족들이 트레버의 무덤 옆에서 자라는 메스키트 나무로 갔다. 그들은 땅에 구멍이 파여 있는 것을 보았다. 트레버의 시신이 사라지고 없었다.

도둑맞은 게 틀림없었다. 처음에 트레버의 목숨을 훔쳐간 도둑에게.

✤✤✤ 27 ✤✤✤

고리 교통 센터에서 제이는 출구 회전문으로 여자들을 줄줄이
데리고 나왔다. 무더운 날씨에도 그들은 모두 도시적인 트렌치코트
와 카고바지를 세트로 맞춰 입고 있었다. 코트는 올리브색이었으며,
모조 다이아몬드와 은색으로 칠한 가시를 직접 붙여 장식해두었다.

"여기야!" 엘리가 외쳤다. "너 누나가 대체 몇 명이야?"

"한 명밖에 없어." 제이가 말했다. "패거리 소개 좀 해봐, 로니."

그중 가장 키가 큰 로니 로스가 일행 앞으로 나섰다. 로니와 제
이는 남매답게 넓은 미간과 작은 코 등 닮은 모습이 몇 군데 있었다.
로니는 부자연스러울 정도로 검은 머리카락을 화학 약품으로 불룩
하게 굳혀놓았다. 그 머리카락이 새까만 물결처럼 로니의 이마 앞쪽
으로 굽어 있었다.

"마중 나와줘서 고마워." 로니가 말했다. "이쪽은 내 친구 제스,

마샤, 앨리스야. 사실 너도 이미 본 애들이야. 그냥 3D로 못 봤을 뿐이지."

제스는 어깨까지 오는 머리카락에 들창코인 백인 여자였다. 마샤와 앨리스는 둘 다 검은 머리에 갈색 피부였지만, 마샤의 얼굴은 타원형인 반면 앨리스는 두 뺨이 통통하고 윤이 나는, 좀 더 둥근 얼굴이었다.

"언니들이 농구팀 신부 들러리야?" 엘리가 물었다. "벤치프레스로 450킬로그램 든다는 게 누구야?"

제이는 치어리더계의 스타인 반면, 제이의 누나는 '죽여주는' 농구팀 센터였다. 키가 180센티미터가 넘는 로니는 엘리와 비비언을 내려다보았다. 로니의 친구들은 162.5센티미터(앨리스)와 180센티미터(제스) 사이로 키가 다양했으며, 잘 훈련받은 팀답게 의식하지 않고도 단합된 움직임을 보였다.

"헤로토닉대학교 대표 팀이야." 로니가 애정 어리게 눈웃음을 지으며 말했다.

"사람들을 더 데려온 게 아니었으면 좋겠구나." 비비언이 말했다. "내 밴에는 여덟 명밖에 못 타거든."

"저희밖에 없어요." 앨리스가 말했다. "저희는 좁게 앉아도 괜찮고요."

"지난 시즌에는 댈러스로 버스를 타고 갈 때 한자리에 셋이서 앉았다니까요." 제스가 덧붙였다. "이동이 끝날 때쯤에는 제가 마샤의 무릎에 앉아 있었어요."

"좋은 경험이었어." 마샤가 말했다. "다리에 감각이 없어지기 전까지는 말이야. 쇼핑몰 산타들은 대체 어떻게 하는 거지?"

"잠깐만 진지해져보자." 로니가 말했다. "지금 빠지고 싶은 사람이 있으면, 괜찮아. 담아두지 않을게."

로니의 친구들은 공감한다는 뜻의 다양한 소리를 냈다.

"진짜야." 로니가 말을 이었다. "어젯밤보다 백배는 더 위험할 거라고."

"어젯밤?" 제이가 물었다. "자아암깐, 누나들 혹시 그 술집 주인을 두들겨 팬 거야?"

"그럴 필요는 없었어." 로니가 말했다. 그럴 수도 있었겠지만, 이라는 뜻이 분명히 드러났다.

"앨을 찾자." 앨리스가 말했다. "빠지고 싶은 사람은 없어."

그 점을 확인한 구조팀은 밴에 끼어 탔다. 마샤와 제스가 맨 뒷자리에 앉았고, 로니와 제이, 엘리가 가운데에 앉았다(언제나 예의 바른 제이는 모두가 두려워하는 가운데의 *가운데* 자리에 앉겠다고 자원했다). 앨리스는 조수석에 올랐다. 커비는 엘리의 무릎에 타고 이동했다. 한 가지 인정할 만한 점은, 커비는 몸무게가 전혀 나가지 않기에 엘리의 다리도 무사했다는 것이다.

"우린 서로 떨어지면 안 돼." 비비언이 여러 번 말하면 뭔가 보장되기라도 한다는 듯 반복해서 말했다. "떨어지지 말고, 빠르게 행동하고, 가능한 한 충돌을 피해야 해. 저택에 도착하면 진입로 바깥쪽 길에 차를 댈게. 엘리, 제이랑 같이 차에서 기다려. 탈출할 때 너희가 차를 몰아주는 거야, 알았지? 로니 친구들이랑 내가 저택에 들어갈 테니까."

"잠깐만요." 엘리가 말했다. "저도 가야죠. 엄마한테 커비가 필요하잖아요!"

"잊어버렸나 본데." 비비언은 룸미러에 비친 엘리와 눈을 마주쳤다. "나도 유령이랑 소통할 수 있어."

"알겠어요." 제이가 말했다. "실망시키지 않을게요, 브라이드 선생님."

엘리는 아무 말도 하지 않았다.

윌로비의 환영 팻말은 200주년 기념으로 장식되어 있었다. 핑크색 리본이 달린 노란 풍선들이 기둥에 묶여서 부드러운 산들바람에 흔들렸다. 머리 위로 흰색의 양털 구름이 흘러갔다. 비가 올 가능성은 전혀 없었다. 윌로비의 200번째 생일에는 많은 사람이 참석할 것이다. 그래서 엘리는 초조했다. 온라인 신문 기사를 볼 때, 앨러턴 박사의 공개 행사에는 텍사스 남부 전역에서 사람들이 몰려드는 것 같았다. 바람을 넣는 놀이용 집과 각종 공연, 축제용 간식 판매대까지 나오는 행사였으니까. 얼마나 *착한* 사람인가. 얼마나 *관대한가*. 하지만 엘리는 자선이란 앨러턴 박사의 동기 중 가장 우선순위가 낮은 행위일 거라고 생각했다. 파티는 앨러턴 박사가 저지르는 죄악에서 시선을 분산시키는 효과가 있었다.

"핸드폰은 충전되어 있어?"

엘리의 엄마가 묻자 모두가 각자의 핸드폰을 확인했다.

"네, 브라이드 선생님." 제이가 말했다.

"90퍼센트요." 엘리가 말했다.

"저는 40퍼센트인데요." 마샤가 말했다. "하지만 이 정도면 두어 시간은 버틸 거예요."

"유령이 핸드폰 신호를 차단하면 어떡하지?" 제이가 대단히 불안한 듯 아랫입술을 깨물며 물었다. "유령이 그런…… 그런 걸 할 수 있어?"

"유령들은 어떤 면에서 슈퍼히어로랑 비슷해." 엘리가 설명했다. "설명할 수 없을 만큼 다양한 능력을 가지고 있어. 진짜 문제는, *트레버*가 그런 걸 할 수 있느냐는 거야. 그 점에 대해서는…… 뭐, 잘 모르겠어. 할 수 있을지도 몰라."

"트레버가 핸드폰을 차단하면." 비비언이 말했다. "우린 퇴각하는 거야."

엘리는 창밖으로 작은 마을이 지나쳐가는 모습을 지켜보았다. 푸르른 마을 광장에서는 소풍이 한창이었다. 라탄 바구니가 체크무늬 돗자리마다 올라와 있었다. 사서들이 도서관 앞에서 도서 판매전을 열었다. 아이스크림 트럭이 길모퉁이에 서 있었다. 가족과 커플, 마을 사람 무리가 몰려다니며 수다를 떨고 그날을 즐기고 있었다. 아이들은 일찍 일어나지 않아도 되고 숙제 제출 기한을 걱정하지 않아도 되는 여름방학이 허락하는 대로, 아무 제한 없이 신나게 놀았다.

"제 생각에는 사람들이 대부분 시간이 한참 흘러서까지 마을에 남을 것 같아요." 제이가 말했다. "대형 무도회가 해 질 녘에 시작하니까요. 그때까지는 저택에서 잔디밭 파티 비슷한 것만 열린대요."

"운이 따라줬으면 좋겠는데." 엘리가 말했다.

하지만 그 기대는 몇 분 뒤에 깨지고 말았다. 앨러턴 저택으로 들어가는 대문은 열려 있었고, 수십 대의 자동차들이 앨러턴 저택 진입로 양옆에 주차되어 있었다. 초록색 셔츠를 입은 두 남자가 손짓하며 비비언을 대문 근처의 한 자리로 불렀다. 그 자리에서는 잔디밭 일부가 보였지만, 나무들이 저택을 가리고 있었다. 굴뚝 몇 개와 벽돌벽만 조금씩 보일 뿐이었다.

모두가 미니밴에서 쏟아져 나왔다. 로니와 그 팀원들은 땀을 송골송골 흘리고 있었지만, 아무도 멋쟁이 코트를 벗지 않았다. 엘리는 그들이 반짝이는 천 밑에 비밀 무기라도 숨기고 있는 건 아닌지 궁금했다.

"이게 앨 거였어."

로니는 그렇게 말하며 엘리에게 바닐라색 케이블 니트 스웨터를 건넸다. 향수와 포마드 냄새가 났다.

"커비." 엘리는 스웨터를 낮게 늘어뜨리고 말했다. "냄새!"

커비의 아른거리는 모습이 스웨터를 향해 흘러왔다. 잠시 후 엘리가 "쫓아!"라고 하자 커비는 깜빡이며 사라졌다.

"커비가, 음, 2.5제곱킬로미터 안에서 무슨 냄새를 맡으면 돌아와서 한 번 짖을 거야."

"얼마나 걸릴까?" 로니가 물었다.

대답이라도 하듯, 신나서 날카롭게 짖는 소리가 한 차례 울려 퍼졌다. 선발 선수들은 모두 다양한 정도로 놀라는 반응을 보였다. 엘리는 헛숨을 들이켰다. 마샤와 제스는 공격에 대비하듯 서로 등을 맞대고 펄쩍 뛰었다. 로니는 두 다리와 팔을 쫙 벌리며 방어 자세를 취했다.

"개 유령이야." 제이가 어깨를 으쓱하며 말했다. "가끔 몰래 다가

와서 놀라게 해.”

“흔적을 찾은 거야!” 엘리가 말했다. “커비 보이세요, 엄마?”

비비언은 고개를 끄덕이고, 블레이저 주머니에 핸드폰을 넣었다. 핸드폰 카메라가 튀어나와서 몰래 영상을 찍었다. 그 내용이 엘리의 화면으로 곧장 스트리밍되었다.

“커비.” 엘리가 말했다. “앞장서.”

아른거리는 형체가 천천히 밴을 한 바퀴 돌더니 진입로를 따라 흘러갔다. 제이와 엘리를 뺀 모두가 잔디밭 파티가 열리는 곳을 향해 커비를 따라갔다. 멀리서 파티를 즐기던 한 무리의 사람들이 환호성을 내질렀다. 누군가가 나팔을 불어댔다.

“그늘에 앉아 있자.” 엘리가 근처 단풍나무를 고갯짓하며 말했다. “누가 물어보면, 너무 신이 나서 잠깐 쉬느라 이리 내려왔다고 하는 거야.”

제이는 엘리 옆에 털썩 주저앉아, 엘리의 핸드폰 영상을 볼 수 있을 만큼 가까이 허리를 숙였다. 둘은 이어폰을 나눠 꼈다. 제이가 왼쪽을, 엘리가 오른쪽을 썼다.

“저거 팬터마임 공연이야?” 제이가 물었다. “저글링하는 사람도 있네?”

“우리 의사 선생님한테는 유독 특별한 날인가 봐.”

저택 바깥에는 공연자들과 춤을 출 때마다 딸랑거리는 광대 모자를 쓴 분장한 곡예사들이 있었다. 초록색 옷을 입은 광대가 비비언을 저택 뒤쪽의 붐비는 정원으로 안내했다. 지역 축제 비슷한 모습이었다. 한쪽에서는 음식 가판대에서 손님들에게 종이 원뿔에 담긴 팝콘과 플라스틱 컵에 담긴 레모네이드, 일회용 접시에 담긴 도넛을 제공했다. 점쟁이와 풍선으로 동물을 만들어주는 사람, 마술사가 서로 다른 천막에서 줄지어 선 사람들을 즐겁게 해주었다. 하지만 가장 큰 행사는 이동식 무대 위에서 열리는 컨트리 음악 공연이었다. 공연자들이 유명한 모양이었다. 관객 중에 샤이니 카우버드라는 밴드 이름이 새겨진 티셔츠를 입은 사람들이 몇 명 있었다.

"커비가 집에 들어갔어." 비비언이 속삭였다. 소리가 잘 전달되는 걸 보면 턱을 푹 숙이고 핸드폰에 입을 바짝 대고서 말한 게 틀림없었다. "나도 속임수를 써서 들어가볼게. 젠장, 앨러턴 박사가 모든 걸 생각해뒀구나. 실외 화장실까지 있어."

비비언은 돌아서며 핸드폰 카메라로 파란색 이동식 화장실을 비추었다. 일반적인 이동식 화장실의 두 배 크기는 됐다. 장애인용 칸도 있었다. 뭘 제대로 몰랐다면, 엘리는 앨러턴을 좋은 사람이라고 생각했을 것이다.

"음소거 할게." 비비언이 말했다. "무슨 일 있으면 문자를 보내거나 로니한테 전화해."

"어질어질하네요." 카메라에 찍히지 않는 곳에서 누군가 말했다. 앨리스일까? 앨리스 같은데. "가죽옷을 입기엔 너무 더워요."

"너희 뭐하니?" 누군가가 우렁찬 목소리로 말했다. "파티는 저쪽에서 열리는데!"

대문 경비원 중 한 명이 밴을 돌아서 엘리와 제이에게 다가왔다. 그는 곤봉을 든 치어리더 단장처럼 주황색 교통지도용 봉을 휘둘렀다.

"쉬고 있어요." 엘리는 핸드폰 화면을 아래쪽으로 해서 무릎으로 내렸다. 경비원이 그 평계에 전혀 넘어가지 않는 것 같아서(그는 엘리와 제이가 방금 도착한 것을 *보았다*), 엘리가 덧붙였다. "친구도 기다리고요. 여기서 만나기로 했거든요."

"늦네요." 제이가 덧붙였다. "길을 잃었나 봐요."

"이 마을 사람이 아닌가 보지?" 경비원이 물었다. "길 안내는 내가 도와줄 수 있는데. 평생 여기서 살았거든."

"어, 괜찮아요." 엘리가 말했다. "해결됐어요. 감사합니다."

"헤매고 다니지 마라." 경비원이 모자를 살짝 기울이며 말했다. "손님들은 나무가 있는 잔디밭에 들어가면 안 돼. 법적 문제가 발생할 수 있어서 말이야. 아이들이 나무에 올라갔다가 떨어지면 부모가 고소할 수 있거든. 그러니까 지금 말해두는데, 자동차 근처에서 벗어나지 마."

엘리는 고개를 끄덕였다. "알겠어요. 헤매고 다니지 않을게요."

경비원은 *지켜보고 있다*는 듯 자기 눈을 가리키더니 어슬렁거리며 열린 대문으로 돌아갔다. 가는 길에, 그는 딱히 음이 없는 노래를 휘파람으로 불었다.

"나 어땠어?" 제이가 물었다.

엘리는 차마 제이가 창백하고 놀란 것처럼 보인다는 말을 할 수 없었다.

"설득력 있는 허풍이었어." 엘리가 속삭였다. "물 필요해? 트렁크에 물병이 있는데. 내가…… 아! 잠깐만, 엄마가 저택에 들어갔어! 봐."

엘리의 핸드폰에 긴 복도가 떠 있었다. 이쪽 벽에서 저쪽 벽까지 깔린 흰 카펫은 앨러턴의 부유함을 보여주는 증거물이었다. 흡수력이 있고 색깔이 옅은 것에서 얼룩을 빼내기는 어려운 일이었지만, 카펫은 지금 막 내린 눈처럼 밝은 흰색이었다. 벽도 앨러턴이 자유롭게 쓸 수 있는 소득을 기념하는 듯했다. 정교한 액자가 씌워진 다양한 유화가 황금 고리에 걸려 있었다. 그 그림들은 시골 풍경과 예쁘장한 젊은 여자들, 인상파 정원을 담고 있었다. 비비언이 빠르게 움직였기 때문에 미술품을 자세히 감상하기는 어려웠지만, 엘리는 그 그림들의 시대와 작가가 다양하리라고 생각했다.

"잘됐네!" 제이가 말했다. "어떻게 한 거지?"

그 답은 머잖아 알 수 있었다. 검은 옷을 입은 여자가 비비언을 옅은 초록색으로 꾸며진 거실로 안내했다. 눈물방울 모양의 거울이 사방 벽에 걸려 있었다.

"여기 누우시면 돼요." 여자가 말했다. "누가 의사 선생님을 모셔올 거예요. 음, 아가씨는 그 코트를 벗는 것도 좋겠네요."

"에어컨이다." 앨리스가 한숨을 쉬었다. 친구들이 앨리스를 소나무처럼 초록색인 소파로 데려갔다. "벌써 나아지는 것 같아."

비비언의 목소리가 끼어들었다. "감사합니다. 앨러턴 박사님은 언제 오실까요?"

"몇 분 걸릴 거예요." 여자가 말했다. "또 필요한 게 있으실까요?"

비비언이 대답하기는 했지만, 엘리는 서쪽의 눈물방울 모양 거울에 나타난 어두운 얼룩에 관심을 빼앗겼다. 얼룩은 비비언의 거울 속 모습 옆에서 흔들렸다.

"저거 보여?" 엘리가 손가락으로 가리키며 물었다.

"저거…… 얼굴이네." 제이가 말했다. "근데 정말 어슴푸레하고 침침하다. 은행 강도처럼 스타킹이라도 뒤집어쓰고 있는 걸까? 가면무도회니까."

"그럴지도 모르지만, 누구 얼굴이라는 거야? 너희 누나랑 누나 친구들, 엄마, 저 여자 말고 방에 아무도 없는 것 같은데."

"너 설마……." 질문을 던지다 말고 제이의 목소리가 갈라졌다.

엘리는 그게 두려움 때문일 거라고 생각했다. 엘리도 전적으로 같은 마음이었다.

"로니한테 전화해." 엘리가 말했다. "*지금 빠져나오라고 해.*"

"알았어!"

제이는 화면의 아이콘을 누르고, 뾰족한 귀에 핸드폰을 가져다 댔다. 보통 제이는 곱슬머리로 그 뾰족한 귀를 가리고 다녔다. 뾰족한 귀는 열성 형질로서, 요정족의 후손 중에도 '엘프의 귀'를 가진 사람은 극히 드물었고 제이는 그 귀에 관심이 쏠리는 것을 싫어했다.

"신호 간다." 제이가 말했다.

동시에, 엘리는 이어폰으로 거실에서 희미하게 *찍찍* 하는 소리를 들었다. 비비언이 거울에서 고개를 돌려 로니 로스를 마주 보았다.

"동생이에요." 로니가 전화를 받으며 말했다. "응?"

"나와!" 제이가 말했다. "트레버의 유령이 그 방에 있어."

"하, 그건 왜 물어봐?" 로니가 말했다. "수영장을 개방했더라도 지금은 수영할 때가 아니지."

"내 말 들려?" 제이가 헐거워진 부품을 제자리에 끼워넣기라도 하려는 것처럼 핸드폰을 흔들며 말했다. "수영 얘기를 한 게 아니야.

로니, 저택에서 나와. 지금!"

"나도 사랑해."

"뭐? 로니? 로니, 끊지 마!"

"쉿." 엘리가 제이의 팔을 토닥이며 말했다. "경비원이 들을 수도 있어."

"전화를 끊었어!" 제이가 말했다. "둘이 서로 다른 대화를 한 것 같다고!"

"나도 봤어."

엘리가 자리에서 일어나, 머뭇거리며 발을 바꿔서 짚어댔다. 둘이 여전히 이어폰으로 연결되어 있었기에 제이도 엘리와 함께 일어서서 양옆으로 움직이는 동작을 따라 했다.

"우리가 해야 할 일은……." 엘리가 말을 흐렸다.

뭘 해야 할까? 비비언은 더 이상 거울을 보고 있지 않았다. 트레버의 모습이 사라진 걸까, 아니면 트레버가 지금도 여자들을 보며 씩 웃고 있을까? 엘리와 제이는 트레버를 그토록 선명하게 보았는데, 다른 사람들은 아무도 눈치채지 못한 이유가 뭘까? 트레버가 로니에게 건 전화를 방해한 걸까?

"트레버가 틀림없어. 우리가 저택에 들어가기를 바라는 거야." 엘리가 말했다. "함정이 분명하지만, 나도 각오가 안 된 건 아니야."

"무슨 일이 일어나든 우리는 함께해야 해." 제이가 말했다.

"트레버는 아마 나만 원할 거야." 엘리가 말했다. "너도 함정에 빠질 필요는 없어. 불필요한 일이야."

"양말도 그렇지. 그래도 난 양말을 신는 편을 선택하겠어! 기꺼이! 내 선택이라고."

"흠." 엘리가 말했다. "예시가 이상한데, 그래도 통하긴 했어."

"당연하지! 서두르자!"

제이는 진입로를 달려 올라갔다. 제이가 달려가는 속도 때문에 엘리의 손에서 핸드폰이 뽑혀 나갈 뻔한 걸 보면 제이는 이어폰을 잊은 게 틀림없었다. 엘리는 핸드폰을 잡으려고, 야구공을 잡으려는 외야수처럼 재빨리 앞으로 몸을 날렸다. 그러나 핸드폰은 엘리의 손가락 끝을 스쳐 작게 쿵 소리를 내며 땅에 부딪혔다. 다행히도 풀 때문에 충격이 줄어 영상 연결은 끊어지지 않았다.

"침착하게 해!" 엘리가 허둥지둥 제이를 쫓아가며 말했다. "핸드폰을 잃어버릴 뻔했잖아. 우리 증거라고! 네 파트너는 다리가 짧다는 걸 기억해야지!"

"파트너라고?" 제이가 어깨 너머로 소리쳤다. "내가 네 조수 아니었어?"

"그런 적은 한 번도 없어!"

제이는 속도를 늦추어 엘리가 따라잡도록 해주었다. "우린 둘 다 커비의 조연이야."

"너무 맞는 말이다."

엘리는 핸드폰 화면을 힐끗 보았다. 영상이 몇 초에 한 번씩 멈추고 버퍼링이 걸리는 식으로 뚝뚝 끊겼다. 엘리는 핸드폰을 약간 높이 들었다. 연결 문제가 저절로 해결되기를 바라며. 해결되지 않을까 봐 두려워하며.

"좀!" 엘리가 핸드폰을 응원했다. "떨어지고도 살아남았잖아."

저택이 가까워졌을 때, 광대 네 명이 둘의 앞을 가로막으며 춤을 추었다.

"저 사람들 불쌍하다. 저러다 녹아버리겠는데." 이미 더위에 숨을 헐떡이던 제이가 말했다.

공연자들은 머리부터 발끝까지 몸을 가리고 있었다. 각자 소매가 긴 스웨터에 장갑을 꼈고, 발꿈치에 박차가 달려 있으며 무릎까지 올라오는 장화를 신고 있었다. 중절모자에 후드까지 겹쳐 써서 얼굴만 드러났는데, 그 얼굴마저 무대용 분장이 덕지덕지 발려 있었다. 흰 파운데이션에 검은 입술, 눈 주변의 빨간 다이아몬드.

"뛰지 않아도 돼, 얘들아." 붉은 옷의 광대가 소리쳤다. "둘러볼 만한 재미있는 게 아주 많단다."

"엄마가 방금 전화하셔서요!" 엘리가 말했다. "친구가 아프대요. 집 안으로 실려갔어요."

"우리가 같이 있어야 해요." 제이가 말했다. "우리는 미성년자거든요!"

"가엾게 됐네." 초록색 광대가 정답게 말했다. "아쉽지만, 이 계절에 따르는 위험이지. 가자. 내가 식료품 출입구로 데려다줄게."

"그게 뭔데요?" 제이가 물었다. "뒷문이에요?"

"응." 초록색 광대는 예의 바르게 한 손을 들어 미소를 가리며 말했다. "하인들이 눈에 띄지 않고 집 안을 드나들 수 있는 길이란다. 부자들은 아주 쉽게 불쾌해하거든."

"경험이 없어서 모르겠네요." 엘리가 말했다.

"정말이니?" 광대는 저택을 돌아 그들을 이끌고 갔다.

발걸음이 박차에서 나는 금속성의 찰칵, 찰칵, 찰칵 소리로 강조됐다.

"아는 부자가 별로 없다는 게 정말이냐고요?" 엘리가 말했다. "네."

광대가 킬킬거렸다. "네가 부자들을 아는지 물은 게 아니라, 부자들이 너한테 불쾌감을 느끼지 않는 게 정말이냐고 물은 거야. 아무튼, 잘됐네. 에이브러햄이 몇 주 동안 제대로 잠을 못 잤거든."

광대는 장미 덤불에 반쯤 가려진 흰 문 앞에서 멈춰 섰다.

"우리가 누군지 아세요?" 엘리가 한 걸음 물러나며 물었다.

"이 파티에 온 사람 절반은 네가 누군지 알아. 마을의 모든 나무에 '현상수배' 공고가 붙지 않은 게 놀라울 정도인걸. '현상수배: 불쾌한 청소년. 죽은 채로만 데려올 것. 생포는 안 됨.'"

광대가 곁쇠(여러 자물쇠에 쓸 수 있는 열쇠-옮긴이)로 문을 열자 제이가 속삭였다. "엘리, 저 사람 치아 봤어?"

둘은 뒤로 물러나기 시작했다.

"내 치아가 어때서?" 광대는 문을 걷어차 열고 홱 돌아서며 물었다. "굉장히 쓸 만한데."

그가 씩 웃으며 뱀파이어의 송곳니 두 개를 드러냈다. 1.5센티미터짜리 칼처럼 날카로운 그 송곳니는 쉽게 피부를 꿰뚫고 핏줄을 뜯어낼 수 있었다.

엘리와 제이가 미처 반응하기 전에 광대가 둘을 잡아 문으로 밀어 넣었다. 엘리와 제이는 비틀거리며, 넘어지지 않으려고 서로를 붙든 채 길고 아무 특징 없는 복도로 들어갔다. 천장에 깊숙이 들어가 있는 형광등이 동작을 감지한 듯 켜졌고, 문이 쾅 닫혔다.

"왜 이래요?" 엘리가 소리쳤다.

엘리와 제이는 한쪽 벽에 등을 기대고 광대를 마주 보았다. 광대는 우스꽝스러운 모자를 벗고 후드를 내리더니, 발길질을 해서 장화도 벗어버렸다.

"모르는 척하지 마." 광대가 짙은 갈색 눈알을 굴려대며 말했다. "너희가 쓴 더위 먹고 기절하기 속임수에 속은 건…… 글쎄……." 그는 장갑 낀 손을 들고 손가락을 움직거리더니, 주먹을 말아쥐었다. "아무도 없어. 유령 개는 어디 있니, 얘들아? 덤벼들 준비라도 하고 있나? 엘리, 그 녀석은 비밀로 했어야지. 나를 기습하려고 했어야지. 지금 상태로는, 나를 놀라게 할 수단이 남아 있지 않잖아."

"우린 그냥 앨을 도우러 온 거예요." 제이가 말했다. "앨도 뱀파이어라고요! 당신하고 같은 종족이에요!"

"괜찮다면 '저주받은 인간'이라는 단어를 써줬으면 하는데. 너도 알겠지만, 나도 인간으로 태어났거든. 중요한 면에서는 지금도 인간이야. 하긴, 단단한 음식을 먹어본 건 200년쯤 됐지만." 광대가 어깨를 으쓱했다. "아, 뭐. 내가 딱히 대식가는 아니란다."

"잠깐만요. 당신이 200살이라면, 어떻게 저 바깥에서 햇빛을 받고도 살아남을 수 있었던 거죠?" 엘리가 물었다. "당신 얼굴이 활활 타고 있어야 하는데."

"아, 피에 대한 굶주림. 폭발성 일광 화상. 파속 식물(파, 양파, 마늘 등-옮긴이)에 대한 민감성. 이 모든 것이 진행 중인 질병의 증상이지." 광대가 윙크했다. "필요한 건 제대로 된 의사뿐이야."

"그럼 그렇지." 엘리가 말했다. "앨러턴 박사가 당신 친구군요. 부하들한테 좀 더 괜찮은 유니폼을 주라고 하지그래요?"

"난 무슨 말인지 모르겠어." 제이가 엘리와 팔짱을 끼며 말했다.

"아니, 너도 알아, 꼬마야." 광대가 코웃음을 쳤다. "그냥 시간을 벌려는 수작이잖아."

"아니에요!" 제이가 고집스럽게 말했다. "앨이 살아 있나요?"

"아, 또 앨 얘기네." 광대가 말했다. "지금은 살아 있어. 뉴욕에서 온 변호사 두 명이 앨을 위해서 입찰 전쟁을 벌이고 있지. 하지만 너는? 너는 차라리……."

"얼마예요?" 제이가 불쑥 말했다. "앨러턴한테 마법을 걸어달라고 하는 비용이 얼마냐고요? 앨의 목숨값이 얼마예요?"

"너보다는 비싸." 광대는 킬킬대더니, 과장되게 이빨을 드러내며 소리쳤다. "말했다시피…… 원한다면, 너는 차라리 도망치는 게 좋을 거야! 왁!"

엘리가 제이 앞으로 나섰다. 제이를 보호할 생각이었다. 하지만 제이가 교묘하게 앞으로 나서며 빙글 도는 동작을 하는 바람에 둘의 위치가 바뀌었다.

"방금 실화냐?" 엘리는 위험과 상관없이 재미있어서 물었다.

"다음번에는 네가 용감한 사람 역할을 맡아." 제이가 말했다.

"다음번은 없을 거야." 광대가 말했다. 약간 짜증 난 목소리였다.

"아, 그래요?" 엘리가 물었다. "내 이름은 엘랏소에, 비비언의 딸이에요. 우리는 리판 아파치이고, 당신은 우리 집에서 환영받지 못해요!"

얼마간 복도가 조용해졌다. 형광등이 높은 소리로 윙윙댈 뿐이었다.

"내 이름은." 광대가 거의 과묵하게 느껴질 정도로 조용히 말했다. "글로리언이야. 나는 200년 전 비옥한 쿠네타이 유역에서 태어났지. 그 시절에는 다른 이름, 리판족 이름이 있었어. 나로서는 더 이상 이름도 기억나지 않는 부모님이 지어준 이름이었지. 저주란 이상하단다, 엘랏소에. 비논리적인 마법이지. 나는 가족과 문화와의 모든 연결을 끊었지만, 이 땅은 한때 내 것이었기에 언제나 내 집이 될 거야. 네 수작은? 쓸모없어."

"아." 엘리가 말했다. "음."

"그러게 말이야." 글로리언이 말했다. "아. 음. 도망쳐어어어."

제이와 엘리는 도망쳤다.

28

"10." 글로리언이 큰 소리로 말했다. "9, 8······."

평소라면 엘리는 커비를 불러 커비의 보호에 의지했을 것이다. 하지만 커비는 엄마와 함께 있었다. 트레버의 유령이 본격적으로 저택에 나타났다면? 비비언에게도 보호가 필요했다.

커비만이 유일한 선택지일까? 엘리는 야생동물을 부를 수 있었지만, 훈련을 받지 않은 그 동물들은 무차별적 피해를 줄 수 있었다. 예컨대 회색곰은 사악한 악당들과 마음씨 착한 10대들을 구분하지 못했다. 눈앞에 있는 모두를 찢어발기고, 자기가 발휘한 용기에 만족하면 다시 잠들지도 몰랐다.

엘리와 제이는 복도 끝의 묵직한 금속 문에 이르렀다. 문은 살짝 열려 있었다. 끌리는 탈출로였다. 하지만 글로리언이 카운트다운을 마치면, 엘리와 제이에게는 눈 한 번 깜빡일 시간도 없을 터였다. 200살이나 됐으니 글로리언은 상대를 공격하는 방울뱀보다 빠르게 틀림없었다. 제이는 문을 당겼다. 문의 무게와 맞서느라 잔뜩 힘을 주었다.

"4!"

"들어가!" 제이가 말했다. 문은 한 사람이 비집고 들어갈 수 있을 만큼 열려 있었다. "서둘러!"

1이라는 숫자가 글로리언의 검게 칠한 입술에서 나오는 순간, 엘리는 한 가지 아이디어를 떠올렸다. 할머니의 사랑하는 매머드와 훈련을 한 적이 있었기에, 엘리는 그 녀석이 하나의 강력한 명령어에 반응한다는 걸 알았다.

하지만 사랑하는 할머니가 없을 때 매머드가 어떻게 행동할지는 알 수 없었다. 특히 폐소공포증이 일어날 것 같은 이 복도에서는 말이다. 사실 앨러턴의 저택은 사람이 많고, 비좁고, 시끄러웠다. 매머드가 엘리를 친구로 알아본다면 좋을 텐데. 엘리는 집중하며 매머드의 영혼을 빙하시대가 끝나지 않은 지하 세계 한 귀퉁이에서 불러들였다.

세 가지 일이 빠르게 연달아 일어났다.

복도가 아른거렸다.

"시간 끝." 글로리언이 말했다.

"돌격!" 엘리가 소리쳤다.

보이지 않는 매머드가 앞으로 달려 나갔다. 공간을 가로지르는 거대한 총알이라도 된 것 같았다. 녀석은 글로리언과 충돌했다. 저주받은 인간은 허공을 가르며 날아가 맞은편 벽에 쾅 부딪혔다. 그는 코피를 흘리며, 팔다리가 꺾인 채 바닥에 풀썩 쓰러졌다. 동시에 아른거리는 형체는 희미해졌다.

"저, 저 사람…… 죽었어?" 제이가 말을 더듬었다.

"모르겠어." 엘리가 머뭇거리며 한 발 나섰다. "야, 너! 야!"

글로리언이 두 손으로 주먹을 말아쥐며 신음했다.

"그렇구나." 엘리가 말했다. "확실히 안 죽었네. 가자, 가, 가!"

등 뒤의 문은 최소 2층 아래로 이어지는 알루미늄 계단으로 통했다. 고등학교 계단과 비슷하게, 네 사람이 나란히 걸을 수 있을 정도로 넓은 계단이었다. 제이와 엘리는 각자 난간을 한쪽씩 잡고 함께 걸었다. 엘리가 오른쪽, 제이가 왼쪽이었다. 거의 다 내려왔을 때, 둘은 층계참으로 뛰어내리며 단단하고 창문 없는 이중문을 밀고 들어갔다. 두 사람이 들어가자 앞뒤로 흔들리던 문이 탁 닫히며, 한 조각만 남겨놓고 빛을 모두 차단했다.

"스위치가 어디 있지?" 엘리는 벽을 더듬으며 물었다. 벽은 차갑고 매끄러웠다. "네 핸드폰 불빛을 써봐."

"아니면 이렇게 할 수도 있지! 짜잔!"

흰 도깨비불이 제이의 손바닥에 피어났다. 60와트짜리 전구 정도로 밝게 빛났다. 두 사람은 커다랗고, 간소하고 삭막한 공간에 들어와 있었다. 바닥은 시멘트로 이루어져 있었으며 벽은 하얬고, 긴 은색 상자들이 바닥에 줄지어 놓여 있었다. 서랍장 여러 개가 맞은편 벽을 따라 놓여 있었으며, 의료용 냉동고가 왼쪽 벽에 놓여 있었다. 오른쪽에는 다른 이중문이 보였다.

"저거 관이야?" 제이가 물었다. "세상에!"

제이의 빛이 그의 감정에 연결되기라도 한 것처럼 불안하게 깜빡였다. 정말이지, 묵직한 금속 상자는 미래주의적 관처럼 생겼다. 180센티미터짜리 어른도 쉽게 들어갈 것 같았다.

"찾았어." 엘리는 누르는 버튼이 세 개 달린 스위치를 손바닥으로 누르며 말했다.

그러자 천장에 박혀 있는 직사각형 조명들이 켜졌다.

"문을 잠그면 우리를 보호하는 걸까, 가두는 걸까? 글로리언은 우리가 이쪽으로 도망치기를 원했어. 확실해." 제이가 데드볼트 자물쇠를 채웠다.

"냉동고에서 튀어나온 사람은 없어." 엘리가 말했다. "지금은 안전해. 하지만…… 커비? 야, 저거 커비야!"

개 모양의 아른거리는 형체가 관 한쪽 귀퉁이를 지키고 있었다. 커비는 엘리의 말이 맞는다는 뜻으로 한 번 짖었다.

"왜 너희 엄마랑 같이 있지 않은 거야?" 제이가 물었다.

"엄마한테 커비가 필요 없는 거야. 아주 좋은 소식이야." 엘리가 커비와 상자 사이를 가리켰다. "그리고 그거 알아? 우리가 앨을 찾은 것 같아!"

앨의 테크노 관은 뚜껑에 박힌 네 개의 묵직한 나사못으로 조여 있었다. 다행히 나사는 나비 모양의 손잡이가 달려 있어서 쉽게 풀 수 있었다. 제이가 머뭇거리며 뚜껑을 두드려보고 표면에 귀를 바짝 대고서 소리를 들었다. 몇 초 뒤, 제이는 엘리에게 엄지를 들어 보였다.

"누가 마주 노크했어." 제이가 말했다. "앨이 살아 있어."

"너, 피클 통 잘 열어?" 엘리는 나사 하나를 돌리며 말했다.

"난 피클 싫어해." 제이가 다른 나사를 돌리기 시작했다.

"통에 담긴 걸 먹긴 해?"

"아, 당연하지! 마멀레이드는 먹어."

"네가 마멀레이드 통을 잘 열었으면 좋겠다."

알고 보니, 둘 다 통을 잘 여는 편이었다. 엘리와 제이는 딱 2분 만에 관의 나사못을 다 풀었다. 제이는 거대한 나사 하나를 주머니에 쑤셔 넣었다. 나비 모양 손잡이가 눈에 띄게 튀어나왔다.

"자기방어를 위한 거야." 엘리가 쳐다보자 제이가 말했다. "글로리언이 돌격하면, 내가 가슴을 찌르려고."

엘리는 기나긴 농담이 떠올랐지만, 무시했다. 솔직히 죽기 전에 마지막으로 하는 말이 나사에 대한 말장난인 건 싫었다.

"이 뚜껑 여는 것 좀 도와줘." 엘리가 말했다. "1톤은 나가나 봐."

그들은 무릎을 굽히고 힘을 끌어모은 다음 뚜껑을 앞으로 밀었다. 뚜껑은 2밀리미터쯤 움직였거나, 아예 움직이지 않았다. 엘리가 '톤'이라는 값을 쓴 건 상징적인 의미였지만, 지금은 그런 추측이 얼마나 실제에 가까웠을지 궁금해졌다. 뚜껑이 납으로 가득 차 있기라도 한 걸까? 관의 위와 아래에는 손잡이가 달려 있었지만, 손잡이를 잡고 관을 들어 올리려면 두 사람이 있대도 상당한 힘이 필요할 터였다. 시간이 더 있으면 밧줄과 도르래를 이용한 장치를 후딱 만들어볼 텐데. 시간과 밧줄이 더 있으면 말이다.

"커비가 도와줄 수 있을까?" 제이가 물었다.

"이런 훈련은 안 시켰어."

"매머드는? 매머드가 뚜껑을 쳐서 치울 수 있을 거야!"

"이 작은 방에서? 대신 우리를 뭉개버릴 수도 있어!"

쾅 치는 소리가 났지만, 관에서 난 소리는 아니었다. 글로리언이 잠긴 이중문을 두들겨대기 시작했다. 그는 주먹으로 귀에 쏙쏙 들어오는 박자를 두드리며 웃어댔다.

"좋은데!" 글로리언이 외쳤다. "다른 유령을 보내봐! 짜릿하니 즐거운걸!"

"120퍼센트의 힘을 발휘할 때야, 엘리!" 제이는 그렇게 말하며, 두 손을 휘둘러댔다.

폼폼(치어리더들이 손에 들고 흔드는, 플라스틱 가닥들을 묶은 뭉치-옮긴이)을 들고 있었다면 훨씬 더 좋아 보였을 텐데. 그들은 뚜껑에 다시 몸무게를 실었고, 뚜껑은 달팽이처럼 느린 속도로 우르릉대며 앞으로 움직였다.

"너 혹시…… 저 찐따 녀석의 목소리를 막아줄 만한…… 응원을 할 수 있어?" 엘리가 물었다.

"생각 안 나!" 제이가 고백했다.

"괜찮아."

"내가 시험을 못 보는 이유 중 하나야. 불안하면 머릿속이 텅 비어버려."

"내가 해볼게." 엘리가 말했다. "힘내라, 힘."

"힘내라, 힘. 우리는 한 팀?"

"그래! 느끼하긴 한데 운율은 맞네!"

한 뼘, 두 뼘 움직이다 두드리는 소리가 멈추었다. 엘리는 걱정스럽게 두 번째 이중문을 보았다. 그 문에는 데드볼트 자물쇠가 없었다. 커비가 글로리언 같은 사람을 상대로는 어떻게 싸울지 궁금했다. 지금까지 잉글리시 스프링어 스패니얼인 커비는 가장 못되게 굴 때조차 짖을 뿐 물지 않았다. 반대로 팔대조는 유령 사냥개들에게 전쟁에 대비하는 훈련을 시켰다. 팔대조의 영웅적인 사냥개 무리는 적을 몇 초 만에 찢어발길 수 있었다. 울부짖는 소리가 너무 끔찍해서 들판 전체가 시들었다. 엘리는 늘 팔대조가 지금보다 더 폭력적인 시대, 평화주의자조차 전사로 바꿔놓는 시대에 살았다고 생각해왔다. 팔대조는 싸움이 즐거워서 싸운 게 아니었다. 팔대조는 인종 대학살을 당하지 않도록 가족과 친구들을 지켜야 했다.

지금도 지켜야 할 사람들이 있었다. 그 점은 영영 변하지 않으리라는 걸, 엘리는 이제야 깨달았다. 엘리는 집중하고 머릿속으로 조상들의 개에게 손을 뻗었다. 그들의 환희와 충성심이 느껴졌다. 아주 가까웠다……. 하지만 엘리는 그들을 부르기가 겁났다. 태양으로 너무 가까이 날아오르는 것이 겁났다.

"거의 다 됐어!" 제이가 말했다. 힘을 주느라 얼굴이 벌게져 있었다. "계속 밀어!"

하지만 거의 다 된 상태가 아니었다. 관에는 틈조차도 보이지 않았다. 그때 네 개의 흰 손가락이 꿈틀거리며 불쑥 튀어나왔다.

"배고파." 앨이 목쉰 소리로 말했다. "힘도 없어. 도와줘……."

"나도 배고파!" 글로리언이 소리쳤다.

그 순간 오른쪽, 잠기지 않은 문이 벌컥 열렸다.

글로리언이 달려오는가 싶더니, 다음 순간 엘리는 밀려드는 파도에 맞은 것 같은 기분이 들었다. 엘리는 뒤로 날아가 시멘트 바닥에 부딪히고, 한 차례 구른 뒤 금속 관에 부딪혀 멈췄다. 팔꿈치와 무릎이 아팠다. 충격에 멍이 들긴 했지만, 최소한 부러진 데는 없었다. 엘리는 관 뒤로 기어가 그 위를 넘어다보았다. 글로리언이 보이지 않는 말벌 떼와 싸우는 듯 몸부림치고 있었다. 커비가 문 다리에서 피가 흘렀다. 개가 으르렁거리는 소리가 방 전체에 울렸다.

"잘했어!" 엘리가 소리쳤다. "제이, 어디 있는지 몰라도 엎드려 있어!"

엘리는 몸이 저절로 움찔거리는 것을 참으며 의료용 냉동고로 달려가 문을 휙 열었다. 차갑고 서늘한 공기가 흘러나와, 묵직하게 엘리의 얼굴에 고였다. 예상했듯 냉동고는 혈액 주머니로 가득 차 있었다. 모든 주머니에 바코드와 열한 자리 숫자가 적힌 이름표가 붙어 있었다.

"지원 요청!" 글로리언이 물어뜯는 커비를 상대로 힘을 주면서 무전기에 대고 소리쳤다. "저주받은 인간은 보내지 마라. 상대가 원주민이다!"

"위치는?" 무전기에서 지직거리는 소리가 났다.

"지하 감옥 B호실." 글로리언이 말했다. "오지랖 넓은 어린애들과 그 애들이 데려온 유령이 들끓고 있다. 퇴마사도 필요하다."

엘리는 혈액 주머니 두 개를 가지고 앨이 갇혀 있는 관으로 다시 달려갔다. 혈액 주머니 하나를 열린 틈으로 밀어 넣으며, 봉지가 터지지 않고 들어가자 안도했다.

"건배." 엘리가 말했다. "쭉 마셔."

글로리언은 팔을 휘두르며 짐승의 발톱처럼 생긴 누런 손톱으로 허공을 갈랐다. 물어뜯는 커비를 밀어내려 했다.

"날 건드리면 안 된다니까, 변태 자식아." 엘리가 말했다. "이제 넌 내 유령의 개껌이야. 그건 그렇고, 박쥐로 변하면 그 녀석이 널 통째로 삼킬걸!"

방 저편에서는 제이가 잠기지 않은 문 앞으로 서랍장을 밀어놓았다. 금속이 시멘트를 긁고 지나가며 손톱으로 칠판 긁는 소리가 났다.

"우리 직원 중에는 퇴마사가 있어." 글로리언이 비웃었다. "말했지만, 네 유령은 전혀 놀랍지 않아."

"그놈들이 커비를 지하 세계로 보내면." 엘리가 말했다. "그냥 다시 부를 거야."

"영리하기도 하네! 그 사람들이 너를 먼저 지하 세계로 보내면 어떨까? 모든 경비원에게는 총이 있어. 사실⋯⋯ 나도 있지!"

글로리언이 너무 빨리 권총을 뽑아서, 엘리는 소닉 붐(초음속 항공기에서 발생하는 시끄러운 소리−옮긴이)이 들리지 않은 게 놀라울 지경이었다. 글로리언이 그들에게 총을 겨누는 순간, 앨이 금속 관의 뚜껑을 걷어찼다. 관 뚜껑이 날아가 글로리언을 옆으로 쳐냈다. 총이 엄청나게 시끄러운 탕 소리를 내며 발사되었고, 총알은 벽에 박혔다. 엘리가 피하려고 몸을 날리는 순간에 앨이 글로리언에게 덤벼들었다. 두 남자는 권총을 차지하려고 몸 씨름을 했다. 힘이 엇비슷했다. 나이 든 뱀파이어는 매머드에게 깔린 뒤였고, 앨은 신선한 식사를 하고 기운을 차린 터였다. 게다가 글로리언의 다리에서는 피가 많이 났다. 커비가 영혼의 이빨로 고집스럽게 물고서 놓지 않았기에 회복될 수 없었던 것이다.

"다른 포로들한테도 음식을 줘!" 앨이 소리 높여 외쳤다. "그 포로들이⋯⋯ 야! 그만해! 무는 건 아니지, 나쁜 놈아!" 앨은 글로리언의 이빨을 자기 어깨에서 비틀어 떼어냈다. "서둘러, 제이! 이 빌어먹을 녀석이 사람 무는 거북이처럼 굴잖아!"

엘리와 제이는 서둘러 옆 관의 나사를 풀었다. 뚜껑을 밀 필요도 없었다. 그 포로는 앨보다 힘이 셌고, 나사가 풀리자마자 알아서 나와 게걸스럽게 혈액 한 주머니를 마시더니 글로리언과 앨, 커비가 벌이는 몸싸움 현장으로 성큼성큼 다가갔다. 풀려난 뱀파이어는 흑인이었고 머리가 짧았으며, 박쥐 모양 황금 귀고리를 양쪽 귓불에 달고 있었다. 코와 두 뺨에 주근깨가 흩뿌려져 있었다. 그녀가 총을 잡아 글로리언에게서 홱 빼내더니, 약실을 비웠다. 확실히 총을 다뤄본 사람이었다.

"애들이 있으니까." 그녀가 말했다. "이 녀석은 관에 가둬두자. 전체 관람가를 지켜야지. 오해하지 마, 글로리언. 나는 네 머리를 자르고 네 피로 분노의 시를 쓰고 싶은 마음이니까."

"지금도 최소한 15세 이상 관람가예요." 엘리가 말했다. "*최소한*요. 하지만 배려해주신 건 고마워요. 더 이상 죽는 사람 없이 이 밤을 보낼 수 있으면 참 좋겠네요. 커비, 이리 와!"

커비는 글로리언의 다리를 마지막으로 한 번 흔든 뒤 물던 것을 그만두었다. 그러곤 신이 나서 엘리와 제이 주위를 빙빙 돌며 달렸다. 아른거리는 녀석의 꼬리가 양쪽으로 격렬하게 흔들렸다. 앨과 앨의 새로운 동맹이 몸 씨름을 하며 글로리언을 관에 집어넣고 뚜껑을 봉해버렸다.

"날 죽였어야지." 글로리언이 조롱했다. 8센티미터 두께의 금속에 목소리가 멀게만 들렸다. "난 시작한 일은 반드시 끝낸다고."

"뭘 시작했는데?" 앨이 관을 쾅 치며 짓씹어 뱉었다. "응? 한심하다. 위험할 것도 없는 오타쿠 두 명을 공격해놓고 자랑하는 꼬라지라니."

"오타쿠라고?" 제이가 물었다. "형!"

"난 오타쿠 인정." 엘리가 말했다. "근데 우리가 위험하지 않은 건 아니야. 괜찮아?"

검은 바지와 흰 내복 상의로 이루어진 앨의 옷은 주름져 있었다.

머리는 당장이라도 깨끗하게 감아 스프레이를 뿌려야 할 것 같았다. 머리카락이 이마 위로 늘어져 있었다.

"응." 앨이 말했다. "너희 덕분이지. 죽을 뻔했어! 앨러턴 박사가 무슨 짓을 하는 줄 알아?"

"오래된 뱀파이어들의 심각해진 저주를 젊은 뱀파이어들의 건강과 바꿔서 고쳐주겠지?" 엘리가 물었다. "우리도 알아."

박쥐 모양 귀고리를 찬 여자가 놀랐다는 듯 휘파람을 불었다.

"음, 어, 맞아. 정확해." 앨이 말했다.

"괜찮다니 다행이다. 전부 다 미안해. 우리 부모님이 결혼식 때문에 난리 피우신 것도 미안하고. 로니는 형을 사랑해. 그게 중요한 거지. 그리고 나는, 음, 나는……." 제이가 양손 엄지를 획 들어 보였다. "난 형이 쩐다고 생각해."

"결혼식에서 내 들러리가 되어주겠다는 뜻이야, 동생?"

"어……."

"총각 파티 때 모두를 오락실에 데려가게 해줄게."

"그럼 좋아." 제이가 말했다. "그래, 할게."

둘은 힘주어 어깨동무하는 것으로 거래를 마무리했다.

"여기서 나가." 박쥐 귀고리 여자가 말했다. "다른 경비원들이 도착하기 전에. 남은 포로는 내가 풀어주면 돼."

"알았어, 릴리." 앨은 바리케이드를 쳐놓지 않은 문으로 달려가 데드볼트를 풀었다. "가자."

"우리 엄마를 두고 갈 수는 없어." 엘리가 말했다.

"로니도." 제이가 덧붙였다.

"로니?" 앨은 목이 꺾일 정도로 빠르게 어깨 너머를 돌아보았다.
"어디에 있는데?"

"위층에." 엘리가 말했다. "벽에 화려한 거울이 달린 초록색 방이야."

"알았어." 앨이 말했다. "계획 변경이다, 꼬맹이들아. 위층으로 가서 가족들을 데리고 도망치는 거야!"

"조심해." 엘리가 말했다. "이 저택에는……."

앨이 문을 열었다.

층계참에 누군가가 누워 있었다. 시체였다. 확실한 시체. 심장 박동을 확인해볼 필요도 없었다. 시신의 머리가 180도 돌아가 있었으니까.

"귀신이 나와." 엘리가 말을 마쳤다.

혹시 몰라 엘리는 시신에서 살아 있는 징후를 확인했다. 예상할 만한 일이지만, 그런 징후는 없었다. 맥박도, 호흡도. 피부는 아직 따뜻하게 느껴졌지만, 밀랍 인형처럼 창백했다.

"추락한 거야?" 제이가 물었다. "사고였을까?"

"그런 것 같지는 않아." 엘리가 말했다. "추락한다고 머리가…… 이건 꼭……. 포로들은 괜찮아? 서둘러야 해."

"모두에게 먹을 걸 주고 풀어줬어." 릴리가 말했다. "대체 무슨 일이야?"

릴리를 비롯한 네 사람이 문 앞에 모여 있었다.

"글로리언이 지원군을 불렀어." 엘리가 말했다. "그 사람들이 살아서 지하 감옥 B호실에 도착하지 못한 것 같아."

엘리는 시신에서 멀어져가며, 그 피부의 감촉을 잊으려 애썼다.

너무도 정적이었다. 꼭 따뜻하고 부드러운 마네킹을 만지는 것 같았다.

"내 뒤에 있어. 기습당하기 전에 커비가 경고해줄 거야."

"저 사람 총을 가져가야 할까?" 앨이 권총집에 들어 있는 죽은 사람의 총을 가리키며 물었다.

"안 돼!" 제이가 말했다. "안 돼. 그건…… 그냥 안 돼."

"총알은 도움이 되지 않을 거야." 엘리가 계단을 올라가며 말했다. "저 사람한테도 도움이 안 됐잖아."

불빛이 한 번 깜빡였다. 엘리의 말에 동의하며 윙크하는 듯했다. 엘리는 한번에 두 단씩 계단을 올랐다. 난간에 피가 튀어 있었고 벽에는 붉은 손자국이 찍혀 있었다. 무전기 호출에 몇 사람이나 응답했을까? 한 명뿐이면 좋을 텐데. 그 한 명이 퇴마사이고. 하지만 퇴마사들은 보통 특수 작업복을 입고 다녔다. 방법에 따라 작업복의 생김새는 다양했다. 일부 퇴마사들은 뼈와 머리카락을 풍성한 망토에 엮어 넣었다. 다른 퇴마사들은 사해에서 응결된 광물 결정을 주렁주렁 걸쳤다. 층계참의 남자는, 그 *시신*은 그냥 검은 정장만 입고 있었다. 평범한 경비원처럼 말이다. 경비원이 혼자서 다닐 확률은 얼마나 될까?

엘리가 제이, 앨, 릴리, 풀려난 포로들과 함께 계단 꼭대기에 이르렀을 때 커비가 소심하게 낑낑대는 소리를 냈다.

"무슨 문제 있어?" 릴리가 은밀하게 속삭이는 목소리로 물었다.

"모르겠어." 엘리는 인정했다. "무슨 일이 일어날지 모르니까 각오해."

엘리는 조심스럽게 문을 열었다. 공포영화에서 갑자기 뭐가 튀어나와 놀랄 때를 대비하듯 한 손으로 눈을 가리고 손가락 사이로 밖을 보았다.

복도에 폭력의 흔적이 남아 있었다.

망가진 몸뚱이들이 벽에 기대 축 늘어져 있고, 조각조각 나뉘어 바닥 전체에 흩어져 있었다. 엘리는 사람 여섯을 헤아렸다. 한 명은 붉은 로브를 입고 있었고, 다른 사람들은 정장 차림이었다. 아무도 총을 쏘지 않았다. 아마 총알로는 죽은 자를 막을 수 없다는 걸 알았을 것이다. 총을 쏠 기회가 없었거나.

"죽일 필요는 없잖아." 엘리는 문 앞에 서서 머뭇거리며 말했다. "다른 방법이 있어."

가장 가까운 시신의 무전기에서 지직거리는 소리가 나더니 트레버가 식식댔다. "퇴마사가 우리의 즐거운 오늘 밤을 망치게 둘 수는 없지, 사촌."

"오빠는 강하잖아. 그 사람은 오빠한테 전혀 위협적이지 않았어."

"너는 위협적이야?" 무전기에서 나오는 목소리가 물었다. "아니면 아군이야?"

"우린 그냥 집에 가고 싶어. 지나가게 해줄래?" 엘리는 머뭇거리며 복도로 한 발 내디뎠다. "트레버, 오빠의 동정심에 호소하지는 않을게. 그 마음은 멀리 있으니까. 하지만 대가를 생각해봐. 우리한테 그런 수고를 들일 가치가 있어?"

무전기 여섯 개가 전부 동시에 대답했다. "가."

앞에서 문이 폭발하듯 열리며, 벽돌이 푹 파일 정도의 힘으로 바깥쪽 벽에 쾅 부딪혔다. 바깥은 태양이 퇴근하기라도 한 것처럼 어두웠다. 먹구름이 맑고 푸른 하늘을 뒤덮은 걸까? 텍사스의 날씨는 번개가 치는 짧은 순간에도 변덕스럽게 변할 수 있었다. 어떤 일기 예보에서도 이런 현상을 예보하지는 않았고, 엘리의 핸드폰에 뜬 날씨 아이콘은 여전히 만화로 그려진 태양을 보여주었다.

"가세요." 엘리가 말했다. "뛰어요! 곧바로 따라갈게요. 뭔가 공격하면, 내가 매머드를 보낼 거예요."

엘리는 탈출하는 사람들에게 앞을 가리켰다. 앨과 릴리, 그 외의 네 포로는 재빨리 출구로 향했다. 엘리는 경계하며 시신에서 눈을 떼지 않았다. 총이 허공으로 날아올라, 복도에 어지러이 총알을 쏘아댈 거라는 절반의 확신이 들었다. 엘리와 트레버는 인디애나 존스 3부작을 함께 보았다. 트레버에게는 치명적인 함정을 설치할 만한 아이디어가 충분히 있었다.

다행히 시신은 덤벼들지 않았고 총도 침묵을 지켰다. 제이와 엘리를 뺀 모두가 출구에 안전하게 도착했다.

"꼬맹이들, 빨리 와!" 앨이 소리쳤다.

그는 문을 손으로 잡고 있었다. 엘리는 두려운 생각이 떠올랐다. 트레버가 문을 쾅 닫아 앨의 손가락을 잘라버리는 생각이었다. 뱀파이어는 손가락도 다시 자라게 할 수 있을까? 오래된 뱀파이어라면 그럴 수 있을지도 몰랐다. 앨 같은 새 뱀파이어들은 아니었다.

"공간이 없어!" 엘리가 속삭였다. "앨, 물러나! 우리가 달려나갈게. 좋아, 제이. 네 차례야. 마라톤 결승점에 거의 다 왔다고 생각하고 달려."

제이는 엘리의 손을 잡으려 했지만, 엘리가 가만히 그 손을 쳐냈다. 트레버가 엘리를 저택으로 꾀어 들인 데에는 이유가 있었다. 엘리가 이렇게 일찍 떠나는 걸 원하지 않을지도 몰랐다. 어쩌면 엘리가 떠나는 것 자체를 싫어할 수도 있었다. 하지만 제이라면 도망칠 수 있을 것이다.

"같이 가." 제이가 미소 지으며 말했다.

제이는 치어리더로서 하는 모든 응원을 진심으로 믿는 낙관적인 녀석이었으니까. 시신으로 둘러싸인 지금도 그에게는 컵이 반쯤 차 있다고 생각하는 대담성이 있었다. 어쩌면 그의 낙관주의도 그 미소만큼이나 전염력이 있을지도 몰랐다. 왜냐하면⋯⋯.

제이의 셔츠 뒤쪽이 뭉쳐졌다. 보이지 않는 손이 셔츠를 움켜쥔 것만 같았다. 제이는 헉 소리를 지르며 넘어지더니, 셔츠를 잡힌 채 복도에서 끌려갔다.

"놔!" 제이가 소리쳤다.

제이는 몸부림치고 발길질을 해댔지만 제이를 끌고 가는 힘은 살아 있는 어느 인간보다 강했다. 트레버가 제이를 문밖으로 내던졌고, 문이 쾅 하며 닫히는 바람에 엘리는 앨이 제이를 받았는지 보지 못했다.

"커비." 엘리가 말했다. "이리 와."

시신들 사이에 떨림이 번졌다. 시체가 하나씩 하나씩, 물 밖으로 나온 물고기처럼 떨리다가 뒤집혔다. 엘리는 눈을 감았다. 아무리 악당이었대도 엘리는 그들의 몸이 인형처럼 다뤄지는 꼴을 보고 싶지 않았다.

움직이는 소리가 멈추었다. 천이 쓸리는 아주 작은 소리만 남았다. 엘리는 주변의 공기가 움직이는 것을 느꼈다. 누군가가 가까이 고개를 숙이는 것만 같았다. 시큼한 냄새가 공기를 더럽혔다.

엘리는 눈을 떴다. 그녀는 퇴마사의 시체와 마주 보고 있었다. 퇴마사가 입을 쩍 벌리고 있었다. 끝나지 않는 하품을 강제로 하는 듯했다. 피부는 밀랍처럼 보였고, 발치에 피가 고여 있었다. 하지만 무서운 건 시체가 아니었다. 시체는 그저 빈 껍데기일 뿐이었다.

무서운 건 트레버였다.

퇴마사의 망토에 들어 있던 무전기가 쉭 하며 지직거렸다. 그 너머에서 트레버가 말했다. "그 녀석이 틀렸어."

"누구 말이야?" 엘리가 물었다.

"새뮤얼 태너. 6학년 때 너희 반에 있던, 뭐든 다 아는 척하던 그 참아주기 힘든 녀석. 그 녀석이 틀렸어. 우리는 부정적인 에너지로만 이루어진 덩어리가 아니야."

"그럼 뭔데? 솔직히 말해줘. 넌 내 사촌이 아니야. 내 사촌이라면 절대로⋯⋯." 엘리는 그 말에 숨겨진 뜻이 분명하다고 생각했지만, 혹시 몰라 시신 중 하나를 가리켰다. "절대로 저런 짓을 하지 않았을 거야."

"네 말이 맞아. 난 네 사촌이 아니야."

엘리는 트레버 아닌 자가 말을 잇길 기다렸다.

"나는 트레버가 남긴 인상이야. 나는 트레버가 지상에 남긴 영혼의 발자국이야. 나는, 엘리, 살해당한 사람의 사자(使者)야. 끔찍한 잘못을 바로잡기 위해 풀려난 존재지. 트레버의 고통이 숨결처럼 나를 가득 채웠고, 이제 내게는 목적이 생겼어. 내가 오늘 밤에 할 모든 일은 트레버를 위한 거야. 정의를 위한 것."

퇴마사 시체의 머리가 한쪽으로 푹 꺾였다. 꼭 흐릿한 눈으로 엘리를 살펴보려는 것 같았다.

"트레버는 널 사랑했어." 사자가 말했다. "모든 가족을 사랑했지."

"나도 트레버를 사랑해." 엘리가 말했다. "언제나 사랑할 거야."

"언젠가는 너희 둘이 다시 만나겠지." 사자가 약속했다. "그날이 더 빨리 오기를 바란다면 내 복수를 방해하면 돼."

"복수라고?" 엘리가 물었다. "방금은 '정의'라고 하지 않았어?"

"이 경우에는 둘이 같은 거야."

"아니." 엘리가 말했다. "이미 정도를 지나쳤어."

"그렇게까지 지나친 건 아니지." 사자가 말했다. "윌로비에 그 주민들의 피가 뿌려지기 전까지는 말이야. 놈들은 경멸스러운 거머리야. 젊은 놈이나 늙은 놈이나. 수백 년 동안 고통을 빨아먹고 살았지." 시신 인형이 벽에 묻은 붉은 자국을 만졌다. 식식대는 무전기 목소리는 슬픈 기색을 담아 말을 이었다. "뱀파이어보다 나빠, 엘리. 저 주받은 인간은 무차별적으로 피를 마시지만, 윌로비는 원주민과 가난한 사람들, 약한 사람들을 희생자로 삼아. 윌로비에서 대대로 가문을 이어온 의사들은 부자들을 배불리 먹이려고 건강을 도둑질했어. 윌로비를 세운 너새니얼 그레이스의 영향력이 지금까지도 우리의 몸과 우리의 유산을 끔찍한 마법으로 더럽히고 있어. 이 마을 사람들이 모를 거라고 생각해? 하, 그렇지 않아. 그냥 관심이 없는 거야. 내가 관심을 둘 수밖에 없도록 만들어주지. 무력해진다는 게, 애도한다는 게 어떤 기분인지 내가 가르쳐주겠어."

"가르친다고? 내 말 좀 들어봐. 이 파티에는 트레버가 가르친 아이들도 와 있어! 트레버는 그 애들도 신경 써! 그 애들은 트레버의 두 번째 가족이나 마찬가지야. 트레버라면 절대로……."

"엘리!" 복도의 모든 스피커가 소리 질렀다. "내가 **네! 사촌이! 아니라는 건!** 이미 확인한 줄 알았는데?"

사자의 목소리는 높게 울리는 소리로 바뀌어 조명을 박살 냈다. 어둠 속에 침묵이 깔렸다. 옆에서 고깃덩어리가 툭 떨어지는 소리가 들리는 걸 보아, 퇴마사의 시신은 인형사의 실이 끊어지면서 쓰러진 것 같았다. 엘리는 손바닥에 유리 조각이 찔리는 것을 느끼고 움찔했다. 머리카락과 어깨에서 더 많은 파편이 느껴졌다.

사자가 말을 이었다. "우리는 어떤 이유가 있어서 존재하는 게 틀림없어."

"우리가 누군데?" 엘리가 두 팔을 흔들며 물었다.

소매에서 유리가 비처럼 쏟아지며 *쨍그랑, 쨍그랑* 소리가 났다.

"나." 사자가 말했다. "나와 비슷한 자들. 그런 자들이 아주 많아. 너무도 많은 복수의 사자들이 이 세계와 아래쪽 세계 사이에 갇혀 있어. 네가 노력한다면 우리를 풀어줄 수 있을까? 우리도 동물 유령과 *그렇게 다르지는* 않아."

공기가 울리는 소리가 났다. 유리 파편이 떠다니며 부딪히고 있었다. 엘리는 그 조각들을 볼 수 없었지만, 쨍그랑거리는 소리가 너무 가깝게 들려 마음이 놓이지 않았다.

"무슨 이유가 있어서 존재하는 게 있긴 있어?" 엘리가 신경질적인 웃음을 삼키며 물었다. "철학자들로 가득한 방에 그 질문을 던지면 싸움이 날걸."

"다음에 한번 해보지." 사자가 말했다. "지금은 너한테 묻는 거야."

"넌 군대가 없어도 충분히 강하잖아."

"어림도 없어. 이 파티는 잘근잘근 밟아놓겠지만, 해야 할 일이 더 많아. 윌로비는 그저 한 마을일 뿐이야."

"난 못 도와줘."

엘리는 면도칼처럼 날카로운 날이 위팔을 가르는 것을 느꼈다. 너무 빨리 일어난 일이라 처음에는 고통이 느껴지지 않았다. 그러다가 찌르는 듯한 날카로운 통증이 욱신거리며 상처에 번졌다.

"커비." 엘리가 귀를 손가락으로 막으며 말했다. "크게 울어."

커비의 목소리가 삼엽충으로 이루어진 강을 흩어지게 할 수 있다면, 유리 토네이도 속에서 엘리가 죽는 것도 막을 수 있을지 몰랐다. 커비의 울음소리가 복도에 메아리치며 떨어지는 유리의 소리를 눌러버렸다. 엘리는 출구로 달려갔다. 두 차례나 발에 시신이 걸려 비틀거렸다. 그들도 비명을 지르고 있을까? 아니면 커비의 울음소리가 10여 개의 목소리로 나뉘어, 그 하나하나가 서로 다른 고통의 음으로 울리는 걸까? 눈앞에서 문이 열리며, 엘리를 창백한 직사각형 빛으로 적셨다. 엘리는 밖으로 몸을 날렸다. 오른쪽 콧구멍에서 피가 뚝뚝 떨어졌다. 그녀는 문을 꽉 닫았다. 옆에서 제이와 앨이 귀를 틀어막고 허리를 숙였다. 그들은 문을 열었을 때 복도에서 흘러나온 소리 폭탄으로 고통스러워하고 있었다.

"구중 지옥도 아니고 저게 뭔 소리야?" 앨이 물었다.

"우리 개 소리야." 엘리가 코를 문질러 닦으며 말했다.

다행히도 조용해진 커비가 엘리 옆에 나타났다. 엘리는 애정을 담아 커비의 아른거리는 형상을 쓰다듬었다.

"하울링 사건 때 커비가 한 게 저거야?" 제이가 물었다. "6학년 때 말이야?"

"응. 우리 반 애들 전부 코피가 터졌어. 사방에 유리가 비처럼 내렸고. 여긴 왜 이렇게 어두워?" 엘리가 고개를 들었다. 머리 위에 별이 떠 있었다. 해 질 녘에 뜨는 가장 밝은 별이었다. "밤이야? 어떻게? 우리 방금…… 우린 겨우……."

"이걸 봐." 제이가 손목을 들며 말했다. 그는 뜨개질한 파란색 끈이 달린 손목시계를 차고 있었다. "손목시계를 보면 정오야. 그런데 핸드폰은 내가 밖에 나오니까 오후 8시로 뛰어넘었어. 우린 무슨 소름 끼치는 유령의 시공간에 갇혔다고!"

"그럼 가면무도회가 시작했다는 거네." 엘리가 말했다. "모두가 앨러턴 박사의 저택에 모여 있고. 그 사람들은 나무통에 가둬놓은 물고기나 마찬가지야!"

"릴리랑 다른 뱀파이어들이 도움을 청하러 갔어." 앨이 인상을 찡그리며 말했다. "우린 이제 뭘 하지?"

"우리가 오늘 하루를 구해야지, 그러니까 오늘 밤을. 서둘러. 그 복수심 많은 존재가 오랫동안 자리를 비우진 않을 거야." 엘리는 그때까지도 떨어지지 않은 유리 파편 몇 개를 머리카락에서 털어내고 저택을 가리켰다. "준비됐어?"

"가자!" 제이가 말했다.

그들은 웅장한 기둥이 받치고 있는 현관으로 달려갔다. 광대들은 사라지고 없었다. 사실, 밖에서는 아무도 보이지 않았다. 가면을 쓴 우아한 사람들 무리는 창문 너머에 뒤얽혀 있었다. 최소한 파티 참가자들은 기분이 좋아 보였고, 복수의 사자 때문에 다치지도 않았다. 엘리는 현관을 열어보았다. 문은 움직이지 않았다.

"잠겼어." 엘리가 말했다. "물리적으로 잠긴 건지, 그냥 사자의 폴터가이스트 능력으로 막힌 건지는 모르겠지만. 누가 창문 좀 깰래? 벽돌 보여?"

"아! 아! 다른 방법이 있어!" 제이가 2층 발코니를 가리키며 말했다.

파티를 하던 사람들이 밖으로 흘러나와 있었다. 종이 반죽 가면을 쓴 두 아이가 비눗방울 총으로 발코니 난간 너머에 비눗물 총알을 쏘고 있었다.

"저게 다리보다 기어오르기 쉽지." 앨이 말했다.

앨은 거미처럼 벽돌 벽을 기어올라 발코니로 뛰어내리며, 발밑의 비눗방울을 밟아 터뜨렸다. 아이들이 비명을 지르며 안으로 달려갔다.

"미안!" 앨이 아이들의 등 뒤에 소리쳤다.

"우린 어떻게 올라가?" 엘리가 물었다. "혹시 뭘 좀 내려줄…… 제이, 안 돼."

제이는 발코니 근처에 무릎을 꿇고 두 손을 내밀고 있었다. 엘리가 그 위로 올라오기를 바라는 것 같았다. 엘리는 제이가 단합 대회 때 비슷한 동작을 하는 걸 본 적이 있었다. 이 곡예는 보통 제이가 머리 위로 손을 들고, 그 위에 치어리더가 균형을 잡고 서 있는 동작으로 끝났다.

"날 믿어." 제이가 말했다. "나는 엄청나게 무거운 플라이어들을 혼자서 떠받친 적이 있다고."

"플라이어가 뭔데? 새야?"

"엄청나게 많은 사람을 던지고 들어 올렸다는 말이야." 제이가 고쳐 말했다. "앨이 널 받아줄 거야! 맞지, 앨?"

앨이 놓치더라도 커비가 엘리를 잡아줄지 몰랐다. 그 녀석은 공 가져오기를 잘했으니까. 엘리는 테니스 신발이 더러워 미안하다고 웅얼웅얼 사과하며 제이의 손바닥을 밟고 섰다.

"네가 지금 뭘 하는 건지 알고 있었으면 좋겠다." 엘리가 말했다. "난 모르겠거든."

"턱을 바짝 당겨." 제이가 말했다. "그러면 목 부상 위험이 줄어들거든. 좋아. 셋! 둘!"

"목 부상이라니?" 엘리가 물었다.

"하나!"

제이가 일어서며 단 한 번의 빠른 동작으로 엘리를 던졌다. 앨이 팔을 잡지 않았다면, 엘리는 비틀거리다가 풀밭으로 곤두박질쳤을 것이다.

"진짜 해냈어!" 엘리가 환호성을 내질렀다.

엘리는 앨의 손아귀에 잡혀 허공에 대롱대롱 매달린 채 다리는 자전거 페달이라도 밟는 것처럼 움직이고 있었다.

"내년에 너도 치어리더가 될 수 있겠다!" 제이가 말했다. "타고난 플라이어야."

"야, 꼬맹이들." 앨이 말했다. "아직 안 끝났어. 엘리, 네가 올라와야 해. 철창 사이로 널 끌어당길 수는 없어."

앨은 엘리에게 닿으려고 두 팔을 난간 사이의 틈새로 뻗은 상태였다.

"조금만 올려줘."

앨이 엘리의 말을 그대로 따랐다. 손에 금속 막대가 닿는 것이 느껴지자 엘리는 그 막대를 잡고, 몸을 튕겨 건물을 마주 본 채 온 힘으로 당겼다. 이제 자유롭게 움직일 수 있게 된 앨이 엘리가 난간을 넘을 수 있도록 도와주었다.

"이제 내 차례야!" 제이가 소리쳤다. "밧줄을 내려줘!"

"밧줄 없어." 앨이 말했다.

"네가 업고 오면 안 돼?" 엘리가 제안했다. "넌 엄청나게 힘이 세잖아, 앨."

"흠." 앨이 팔짱을 꼈다. "생각해보니까 너도 업고 올라올 수 있었겠다. 아니면…… 너희 둘 다. 동시에 말이야."

"그러게." 엘리는 목소리를 낮추며 말했다. "하지만 제이가 방금한 던지기를 너무 자랑스러워하고 있는걸. 웃는 것 좀 봐. 그러니까 얘기하지 말아줘, 알았지?"

앨은 윙크하고 입술에 지퍼 채우는 시늉을 했다.

일행이 발코니에서 다시 만나기까지는 조금 시간이 걸렸다. 그들은 웃는 소리와 수다 떠는 소리를 따라서, 빈 손님방과 복도를 지났다. 악마 가면을 쓴 여자가 그들에게 무도회장 있는 쪽을 가리켜

보였다. 엘리가 "다들 살아 있어요?"라고 묻자 그 여자가 낄낄댔다.

"무슨 말인지 모르겠지만, 좀비 옷을 입은 사람은 못 봤어." 여자는 거품이 나는 액체를 길고 가는 와인 잔으로 홀짝이며 말했다.

"서둘러, 어서! 당첨자 발표를 놓치면 안 되지. 누군가 하와이 여행에 당첨될 거라고!"

"근데 어디 가세요?" 엘리가 물었다. "멋진 밤이잖아요. 밖으로 한 번 나가보세요."

딴건 몰라도, 사자의 폭력에서 한 사람이라도 지키고 싶었다.

"화장실에 볼일이 있어서!" 악마 여자가 잔을 들어 올리며 말했다. "오늘 밤만 두 번째야. 마실 게 너무 많네."

"돌아다니다가 초록색 거실 본 적 있으세요?" 제이가 물었다. "아니면 비슷한 옷을 입은 여자들이라든지요."

여자는 눈을 감고 턱을 톡톡 두드렸다. 복잡한 수학 공식이라도 떠올리려는 듯한 표정이었다.

"맞네. 봄꽃 점심을 먹을 때, 초록색 방에서 오이 샌드위치를 먹었어." 여자가 복도를 따라 저쪽을 가리켰다. "저기야. 저기 어딘가. 아무튼, 괜찮으면 난 이걸 마실 공간을 좀 더 마련해야 해서."

여자는 거품 나는 음료를 마저 마시더니 뽐내듯 모퉁이를 돌아 갔다.

"무도회장은 화약고나 마찬가지야." 엘리가 말했다. "더 이상 시간을 낭비할 수 없어."

"너희 둘이 가." 앨이 말했다. "내가 초록색 방을 찾아볼게."

"행운을 빌어, 형." 제이가 말했다.

앨은 한 번 고개를 끄덕였고, 일행은 나뉘어 각자 길을 나섰다. 무도회장 입구에 이르자 제이와 엘리는 망설였다. 그들은 뒤를 돌아보았다. 앨은 떠나고 없었다.

"앨이 찾아낼 거야." 제이가 말했다.

두 친구는 팔짱을 끼고 무도회장에 들어갔다. 수천 명은 아니라도 수백 명의 손님을 맞을 수 있도록 설계된 그 공간은 화려함 그 자체였다. 적갈색 나무 마루가 반짝거렸고, 누군가가 르네상스 시대에서 영감을 받은 프레스코화를 천장에 그려두었으며, 금장식으로 강조한 으리으리한 대리석 아치가 무도회장 주변에 높이 솟아 있었다. 첼로와 북, 작은 그랜드피아노, 전기 기타가 낮은 무대에 마련되어 있었다. 연주자들은 쉬고 있었다. 음악이 나오지 않았기에 손님들은 전기 샹들리에의 황금빛 불 아래에 뒤섞여 있었다. 뒤섞여 울리는 그들의 목소리는 고등학교 급식실 점심시간에 나는 소리도 눌러버릴 만큼 시끄러웠다.

엘리는 아는 사람을 찾아 군중을 훑어보았다. 대부분의 참가자가 얼굴을 드러낸 걸 보면 가면은 선택사항인 듯했다. 한 사람이 으스스할 정도로 낯익어 보였다. 밝은 빨간색 머리의 여자였다. 윌로비 식당에서 본 종업원인가?

"엄마한테 전화해볼게." 엘리가 말했다.

엘리는 비비언에게 전화를 걸었다. 이번에는 사자가 방해하지 않았다. 어쨌든, 엘리는 사자가 원하는 바로 그곳에 와 있었으니까. 귀신의 집에 말이다.

"엄마?" 엘리가 물었다. "들려요?"

"응, 엘리. 왜 그러니?"

"있잖아요. 우리가 앨을 풀어줬는데, 트레버가 죽을 때 생겨난 복수의 영혼이 『캐리』(스티븐 킹의 공포소설-옮긴이)에 나오는 피의 졸업 무도회 장면을 재현하고 싶어 해요."

"천천히 말해봐. 벌써 앨을 찾았다고? 어떻게?"

"지금은 밤이에요! 엄마가 그 방에 몇 *시간이나* 있었다고요. 지금 대피해야 해요!"

엘리는 엄마가 핸드폰 마이크를 막고 대화를 나누는 소리를 들었다.

"갈게." 비비언이 말했다. "엘리, 엄마가 너한테 바라는 건……."

무도회에 침묵이 내려앉으며 전화도 끊겼다. 엘리가 있는, 인파의 가장자리에서는 에이브 앨러턴 박사가 품에 라탄 바구니를 안고 무대로 올라가는 모습이 보였다. 그는 빨간색, 흰색, 파란색 줄무늬가 들어간 바지에 별이 박힌 정장 재킷을 입고 있어서 엉클 샘(미국을 상징하는, 흰 수염에 높은 중절모를 쓴 남자-옮긴이)처럼 보였다. 앨러턴은 파란색 중절모를 살짝 벗으며 군중에게 인사했다. 그는 미소를 지으며 옆 걸음질로 마이크에 다가가, 마이크를 두 차례 톡톡 두드렸다.

"생일 축하합니다, 월로비!" 앨러턴이 말했다. 그의 목소리가 갈채에 가려졌다. "신사 숙녀 여러분, 그리고 스펠링 대회 우승자 여러분. 지금은 여러분 모두가 기다려온……."

피아노 건반에서 D 단조의 모든 음계가 차례로 섬세하게 눌렸다. 의사가 한쪽 눈썹을 치켜올린 채 돌아보았고, 무도회장에는 기분 좋은 웃음이 한 차례 터져 나왔다.

"우리 중에 장난꾸러기가 있나 보군요." 앨러턴이 말했다. "누군
지는……."

그 순간 쾅 하는 불협화음을 일으키며, 피아노의 모든 건반이 세
게 눌렸다.

"도망쳐!" 엘리가 소리쳤다. "여기서 나가!"

엘리의 경고는 생각했던 효과를 내지 못했다. 무도회장에서 거의
모든 사람이 고개를 돌려 엘리를 보았다. 어떤 사람들은 혼란스러워
하는 듯했다. 엘리를 공연자로, 그저 앨러턴이 고용한 또 한 명의 광
대로 착각한 듯 미소 짓는 사람들도 있었다. 빨간 머리의 종업원을
포함해 또 다른 사람들은 매섭게, 조심스러운 얼굴로 엘리를 보았다.
100만 달러를 준대도 엘리가 시키는 일은 하지 않겠다는 듯했다. 그
순간, 손님들이 정신을 팔고 있을 때 그 일이 일어났다.

피아노가 토네이도에 실려 가기라도 하듯 날아오르더니 앨러턴
박사 위로 날아갔다가, 이제는 비명을 지르는 사람들을 향해 곤두
박질쳤다.

⫸⫸⫸ 31 ⫷⫷⫷

비비언은 엘리를 파티에 데려온 것이 맞는 결정인지 궁금해졌다. 딸의 용기는 높이 샀다. 당연한 일이었다! 하지만 세상은 용감한 사람들이 목숨을 걸 만한 기회를 너무 많이 제공했다. 지혜는 그런 위험을 줄여주었고, 젊은 시절의 미숙함은 그 위험을 늘렸다.

엘리가 비비언의 관점에서 상황을 볼 수만 있다면.

"얼마나 됐어요?" 로니가 툴툴댔다.

로니는 집사가 떠난 이후로 트렌치코트 주머니 깊이 두 손을 집어넣은 채 초록색 방을 어슬렁거리고 있었다.

"10분." 비비언이 핸드폰을 힐끗 보며 말했다. "뭔가 부수기 전에 5분만 더 기다려보자."

"앉아." 앨리스가 자기 옆 소파 쿠션을 두드리며 말했다. "에너지를 아껴야지."

비비언은 로니와 친구들이 무슨 일이 일어나리라고 예상하는 건 지 알 수 없었다. 무도회장 공습?

"옷은 왜 맞춰 입고 온 거야?" 비비언이 물었다. "트렌치코트를 입은 아이들을 보면 긴장하는 게 내 본능이나 마찬가지라는 걸 알 아줬으면 좋겠구나. 나는 교사니까. 너희가 뭘 숨겼을지 모르거든."

아무리 여러 번 스마트폰을 압수해도, 학생들은 비비언이 화이 트보드로 관심을 돌리자마자 새 스마트폰을 꺼냈다. 공정하게 말하 자면, 비비언도 전 세계와 소통하고 인터넷의 모든 구석에서 지식 을 빼낼 수 있는 장치의 유용성은 알고 있었다. 하지만 그런 기계를 꼭 그렇게까지 작게 만들어야 할까? 핸드백과 주머니에 너무도 쉽 게 숨겨지도록?

농구 팀원들이 음흉하게 눈짓을 주고받더니 로니가 코트를 열었 다. 비비언은 어두운 골목에서 위조 롤렉스 시계를 획획 보여주는 길거리 판매상이 문득 떠올랐다. 하지만 로니는 가짜 금 5킬로그램 을 들고 다니는 게 아니었다. 텐트를 고정할 때 쓰는 것과 비슷한 가 느다란 금속 막대 여러 개가 로니의 트렌치코트 안감에 달린 고리에 걸려 있었다. 양쪽에 각기 열 개씩은 있는 게 틀림없었다.

"그걸로 뭘 어쩌려고 그래?" 비비언이 물었다. "너희 모두 가져 온 거니?"

"은으로 도금한 말뚝이에요." 로니가 말했다.

"중요하죠." 마샤가 말했다. "여기가 어딘지 아세요?"

제스가 끼어들었다. "앨이 사라지기 전에, 킹이라는 사람이…… 아시죠? 샌안토니오 근처에 있는 킹스 목장 주인이에요. 저주받은 사람이죠. 앨은 그 사람이 몇 년에 한 번씩 윌로비를 방문한다는 사실과 그렇게 하는 거물이 킹뿐만이 아니라는 걸 알아냈어요."

비비언은 석유 재벌이자 일종의 소 장사꾼인 킹 씨가 이 나라에서 가장 나이 많은 뱀파이어 중 한 명이라는 사실을 어렴풋이 알고 있었다. 그러나 떠도는 말로는, 킹 씨가 목장의 무쇠 대문 바깥으로 나가 사람들을 만나는 일은 없다고 했다. 비비언은 킹 씨가 피에 대한 굶주림에 심하게 시달리고 빛에 너무 민감한 모양이라고 늘 생각해왔다. 그러나 그가 윌로비를 정기적으로 방문했다면 그럴 리는 없었다.

"그렇구나." 비비언이 말했다. "그런데 무기는 왜? 킹 씨한테 쓰려고?"

"사실 누구한테든 써야죠." 로니가 말했다. "강력한 뱀파이어들은 수행원을 거느리고 다니니까요. 거물들 말이죠. 선생님도 어떤 모임을 보셨다면서요. 탈출하신 게 다행이죠. 이 저택 밖으로 나가려면 싸워서 길을 뚫어야 할지도 몰라요."

"은 말뚝이라." 비비언은 생각에 잠겨, 소파 팔걸이를 손가락으로 톡톡 두드리며 수많은 거울 중 하나에 비친 자기 모습을 바라보았다. "너희들, 누구 죽여본 적 있니?"

앨리스는 긴장해서 억지웃음을 웃었다. 끔찍한 농담에 예의 바르게 반응을 보이는 것처럼 말이다.

"진지하게 묻는 거야." 비비언이 말했다. "은이 순은이라면, 그 말뚝으로는 사람을 죽일 수 있어. 네가 방금 설명한 상황에서는 그걸로 사람을 죽일 수 *있어야만* 해."

"전 없어요." 로니가 말했다. "선생님은요?"

"난 있어."

이제는 모두가 비비언을 보고 있었지만, 비비언은 계속 거울 속 자기 모습만 보았다. 비비언의 머리카락은 흰색과 검은색 머리카락이 고루 섞여 있을 때 나타나는, 희미하게 빛나는 가벼운 잿빛이었다. 로니와 친구들이 가슴에 품고 온 은색과도 다르지 않았다.

"내 혈통에 전해지는 힘에 대해서 아니?" 비비언이 물었다. "우리는 죽은 자들을 깨울 수 있어."

"그건 죽이는 것의 반대잖아요." 앨리스가 미소 지으며 말했다.

비비언은 앨리스가 긴장을 깨뜨리기 위해 농담을 하지 않으면 진지한 상황을 견디지 못하는 사람일 거라고 생각했다.

"그 힘은 알고 있었어요." 마샤가 말했다.

"내 어머니는." 비비언이 말을 이었다. "개 알레르기가 있었어. 고양이한테도. 그래서 우리는 어렸을 때 개나 고양이를 키우지 못했지. 난 상관없었단다. 우린 뉴멕시코에 살았어. 난 텍사스를 무척 좋아하지만, 아버지가 살던 땅이 왠지 항상 더 집처럼 느껴진단다. 그 고원의 아름다움은 설명하기조차 어려워. 수백만 개의 오래된 뼈로 가득한 산 위에 서 있을 때 하늘이 얼마나 광활하고 맑게 느껴지는지도. 그런 뼈는 대부분 화석이지. 우리 어머니께서 멸종된 동물을 자기 반려동물로 삼겠다고 생각하신 것도 그래서인 것 같아."

"공룡 말씀하시는 거예요?" 로니가 물었다. 로니는 더 이상 어슬렁거리지 않고, 비비언 앞에 책상다리를 하고 앉았다. "아! 선생님이 공룡 군대를 깨워서 우리를 도와주실 수 있는 거군요!"

"매머드였어." 비비언은 로니의 아이디어를 새싹 단계에서 잘라 버리며 말했다. "너희가 아는 일반적인 코끼리와 크게 다르지는 않아. 엄니가 있다는 점만 빼면 말이지. 훨씬 덩치가 크기도 하고. 더 북슬북슬하기도 해."

"와." 앨리스가 말했다. "선생님은 매머드를 볼 수 있으세요?"

"가끔은. 보통 그 매머드는 우리 집 뒤의 사막을 우르릉대며 지나가는 거대하고 아른아른한 불도저일 뿐이었어. 엄마는 방과 후에 그 녀석을 훈련시키며 많은 시간을 보내셨지. 처음에는 우리 집에서 몇 킬로미터나 떨어진 황무지에서 시작하셨어. 혹시 그 짐승을 통제할 수 없게 될까 봐서. 몇 년 뒤에는 둘의 신뢰가 무척 강해져서, 엄마가 내 놀이 집 근처에서 훈련을 하셨단다. 사실, 내 놀이 집은 낡은 자동차였어. 망가지고 타이어가 없는 자동차였지. 내가 하도 졸라대서 아빠가 그 안에서 놀도록 해주신 거야. 그 차가 필요한 사람이 있는 것도 아니었고. 부품을 가져가려는 사람조차 없었지. 학교가 끝나면, 나는 내 자동차 꼭대기에 앉아서 우산으로 그늘을 드리워놓고, 어머니가 아른거리는 형체에 큰 소리로 명령을 내리는 모습을 지켜보았어. 내가 나이가 되자 어머니는 나한테도 명령을 외치는 방법을 가르쳐주셨지. 그때쯤 매머드는 품행이 발랐고, 내 생각에는 우리 둘을 모두 사랑했던 것 같아. 그런 면에서도 매머드는 코끼리와 무척 비슷하단다. 애정을 줄 줄 알지. 머리가 좋아." 비비언은 코로 한숨을 내쉬며, 불만스럽다는 듯 휴 소리를 냈다. "때로 사람들은 동물들에게 너무 짜게 점수를 준단다. 아니면, 동물들이 인간에게 너무 후하게 점수를 주는 걸지도 몰라."

비비언은 다시 핸드폰을 확인했다. 엄지 지문이 묻은 화면을 마지막으로 본 뒤로 겨우 3분밖에 지나지 않았다. 3분이라니? 그게 다란 말이야? 비비언은 시간이 더 오래 지난 줄 알았다.

"그래서 어떻게 됐는데요?" 로니가 물었다. "누굴 죽이셨어요?"

"이야기를 재촉하지 말거라." 비비언이 꾸짖었다. "그건 신성모독이야."

"죄송해요. 전 그냥……." 로니는 얼굴을 문지르며 끙 소리를 냈다. "화가 나서요."

"나도 알아. 나도 그렇거든. 하지만 이건 중요한 이야기야. 하필 지금 이 이야기를 나누는 것도 그래서이고." 비비언은 거울에 비친 자기 모습을 다시 보았다. "나는 그 땅을 무척 사랑했단다. 때로는 사막을 가로질러 오랫동안 산책하며 도마뱀과 벌레를 찾곤 했지. 내가 가장 좋아했던 산책 시간은 늦은 오후였어. 태양이 충분히 낮아져서, 고원에서 길고 차가운 그림자들이 늘어지는 시간 말이지. 꼭 거인들 사이를 걷는 것 같았거든. 나는 그 그림자들 사이에 난 붉은 모래투성이 길을 따라갔단다. 보통은 그 지역 사람들이 쓰는 길이었어. 외부인들은 우리 길에 어울리지 않는 차를 타고 오는 경우가 많았지. 그 길을 가려면 좋은 타이어에 달렸지만 무게는 가벼운 차가 필요하거든. 때때로 관광객들이 길을 잃고 고운 붉은색 모래에 빠지고 말았어. 우리 아버지는 공짜로 그 사람들을 견인해주고, 가장 가까운 포장도로로 가는 길을 알려주셨단다. 관광객들은 호의의 대가로 아버지에게 돈을 주려 했지만 아버지가 거절하셨지. 어머니는 아버지에게 자존심을 버리라고 하셨어. 우리한테는 돈이 필요하다고 말이야. 그때는 가진 게 별로 없었거든, 서로밖에는.

아무튼, 그 픽업트럭을 봤을 때 나는 관광객이 길을 잘못 들어서 빙빙 돌며 집으로 가는 길을 찾으려나 보다고 생각했어. 당시에 나는 열세 살이었단다. 하지만 열세 살치고는 덩치가 작았지. 그해, 더 나중이 되어서야 키가 불쑥 컸거든. 그래서 모르는 사람은 나를 열 살이나 열한 살쯤으로 생각했을 거야.

그 트럭이 다가오길래 나는 도롯가 가까이 갔단다. 그래, 순진했지. 나도 알아. 하지만 엄마가 죽은 자들을 깨우는 방법을 가르쳐주신 뒤로, 나는 낯선 이들이 두렵지 않았단다. 그 힘이 곧장 내 머릿속에 들어간 거야.

순식간에 일어난 일이었어. 트럭이 도로 한가운데에 우뚝 멈춰 서더구나. 몇 킬로미터 안에 사람은 아무도 없었으니, 운전자가 사고를 낼까 봐 걱정한 건 아니었어. 한 남자가 내렸지. 키가 컸어. 아마 마흔 몇 살쯤 됐을 거야. 아이들에게 어른들은 나이가 많아 보이지. 그래서 서른 살짜리를 마흔 살이나, 쉰 살과 구별하기가 힘들단다. 나는 그 사람의 몸짓에 겁을 먹었던 게 기억나. 공격적이고 자신감 있는 동작이었어. 그는 성큼성큼 자동차를 돌아왔단다. 한 손에는 칼을 들고 있었고, 다른 손으로는 나를 잡으려 했지. 칼날은 이 정도 크기로 보였는데……." 비비언은 방금 잡은 물고기를 설명하는 사람처럼 두 손을 60센티미터 정도 벌렸다. "……그건 내가 그때 겁을 먹었기 때문이야. 아마 작은 사냥용 칼이나 맥가이버 칼이었을 거다. 사람들이 비상시를 대비해서 들고 다니는 칼 말이지."

비비언은 잠시 트레버가 가지고 다니던 주머니칼이 떠올라 생각의 흐름을 놓쳤다. 트레버는 접이식 도구가 그토록 많이 들어 있는 그 주머니칼이 인생에 닥칠 예상치 못한 위기에서 자기를 지켜줄 거라고 무척 자신했었다.

지금은 엘리가 그 칼을 가지고 있었다. 현명한 일일까? 어쩌면 그 칼은 트레버의 시신과 함께 땅속에 묻혔어야 하는 걸지도 몰랐다. 아니면, 실용적으로 가치가 있는 물건을 매장하는 것이야말로 최악의 운명이 아닐까.

"아는 사람이었어요?" 마샤가 물었다. 30년 전이 아니라 방금 공격이 일어났다는 듯 격분한 목소리였다. "누가 그런 짓을 해요?"

"아니, 한 번도 본 적 없는 사람이었어. 그 사람이 우리가 사는 사막 길목을 지나간 건 그때가 아마 처음이었을 거야. 말했지만, 외진 곳이었거든." 비비언은 팔짱을 꼈다. "그 당시에 나는 아는 백인이 별로 없었단다. 대부분 가족과 함께 플래그스태프 같은 도시에 갔을 때 본 사람들이었지. 전에 만난 적이 있다면, 내가 분명 기억했을 거야."

비비언은 오직 로니만이 그 말을 듣고 재미있어한다는 걸 눈치 챘다.

"그때가…… 그리우세요?" 로니가 물었다.

"그냥 가족과 함께 있었던 게 그리워." 비비언이 말했다. "내가 가끔 우리끼리만 하는 농담을 해도 알아듣는 사람들과 함께 있었던 시절이 말이야. 내가 뉴멕시코에서 살았던 건 오래전 일이야. 내가 열다섯 살 때 부모님이 이혼하셨고, 엄마가 나를 텍사스로 데려오셨거든."

"그럼 그 남자는 어떻게 됐어요?" 제스가 물었다. "어떻게 죽이셨어요?"

"이런, 죽은 사람이 그 사람인지는 어떻게 알고?" 비비언이 물었다.

"그냥 그게 좋을 것 같아서요."

비비언은 그 말에 빙그레 웃었다. 미소는 빠르게 사라졌다. "내 생각에 그자는 차를 타고 돌아다니면서⋯⋯ 기회를 찾는 그런 괴물이었던 것 같다. 내가 그곳에 있었다는 게 놈에게는 행운이었지. 그 사람은 한마디를 했어. '차에 타'라고 말이야. 비명을 지르고 싶었지만, 내가 내는 모든 소리가 주변의 광활함에 삼켜지고 말리라는 걸 깨달았던 게 생각나는구나. 도망치고도 싶었지만, 그자가 내 등을 찌를까 봐 겁이 났어. 그래서 매머드를 불렀지.

매머드는 내 옆에 아지랑이처럼 나타났단다. 남자는 눈치채지 못한 것 같았어. 하긴, 알았더라도 반응할 기회는 없었겠지만. 매머드는 내가 곤란한 상황이라는 걸 깨달은 게 분명했단다. 똑똑하거든. 보호 본능도 강하고. 내가 무슨 명령을 내리기도 전에 매머드가 반응했지. 뱀이 공격할 때처럼 빠르게 벌어진 일이었어. 한순간에는 그 남자가 내 팔을 잡으려고 손을 뻗고 있었는데, 다음 순간에는?" 비비언이 손뼉을 쳤다. "헝겊 인형처럼 허공을 가르며 날아가고 있더구나. 거꾸로 뒤집혀서 말이야. 그러는 내내 그 칼을 꽉 쥐고 있었지. 남자는 트럭 뒤 6미터쯤 되는 곳, 길 한복판에 떨어졌어. 산 채로 말이야.

대학에 다닐 때, 나는 친구들과 함께 로데오 경기를 보러 갔단다. 거기서 성난 황소가 기수를 바로 떨어뜨리는 걸 봤지. 하지만 그걸로는 충분하지 않았어. 그 1톤짜리 동물은 돌아서서 그 카우보이를 보더니, 카우보이를 짓밟아 피 곤죽으로 만들어 죽이려고 했어. 다행히 서커스 광대가 가까스로 그런 일을 막았지만 말이야.

나를 납치하려 했던 놈에게 매머드도 똑같이 했단다. 짓밟고, 엄니로 찔렀지. 하지만 매머드는 황소보다 여섯 배는 무거웠어. 더 화가 나 있기도 했고. 나는 매머드의 투명한 발이 놈의 팔다리를 하나씩 하나씩 납작하게 눌러놓는 걸 지켜봤단다. 매머드는 그게 사람인지 더 이상 알아볼 수 없을 때까지 놈을 짓밟았어. 그자의 뼈가 으깬 덩어리가 되고, 피는 땅을 더욱 짙은 붉은색으로 물들일 때까지 말이야. 이 말은 믿어주렴, 그 매머드는 내 목숨을 구했어. 그 남자가 무슨 짓을 할 생각이었는지, 또 다른 사람들에게 무슨 짓을 해왔는지는 모르지만 그 트럭이 내 관이었다는 건 확실해.

그렇기는 하지만, 그자의 죽음은 내가 본 것 중 가장 끔찍한 일이었어. 죄책감이 느껴지지는 않지만, 조금만 더 내 순수함을 간직할 수 있었으면 좋았겠다는 생각이 들어. 운이 좋은 사람들은 그런 폭력을 볼 일 없이 평생을 살아간단다. 그런 경험은 불쾌한 방식으로 사람을 바꿔놓거든. 알겠니?"

비비언은 젊은 여자들을 한 명 한 명 바라보았다. 비비언이 보기에 그들은 아직 어린애였다. 비비언이 가르치는 학생들보다 몇 살 많지도 않았다. 비비언은 모두가 동의한다는 뜻으로 고개를 끄덕이는 걸 보고 기뻤다.

"선생님." 마샤가 말했다. "지금도 매머드랑 산책을 다니세요?"

"아니, 매머드를 본 지 오래됐어. 예전처럼 죽은 자들을 깨울 수가 없거든.” 비비언은 시간을 확인하려고 핸드폰을 보았다. “이런! 내가 이야기를 끄는 습관이 있다는 건 알지만, 이건 아니지.”

화면에 뜬 아날로그 시계에 따르면, 밤 9시가 한참 지난 시간이었다. 어쩌면 비비언의 핸드폰 시간대가 엉뚱하게 바뀐 걸지도 몰랐다. 유령이 나타나면 이런 식의 오류가 생기곤 했다. 비비언은 일어서서 문을 열려고 했다.

하지만 그럴 겨를도 없이 문이 활짝 열리며, 비비언이 내민 손을 가까스로 비켜나갔다. 후줄근해진 앨이 문 앞에 서 있었다. 그는 눈을 휘둥그렇게 뜬 채 주위를 둘러보다가, 마침내 로니에게 시선이 닿았다.

“자기야!” 로니가 소리쳤다.

“자기야!” 앨도 똑같이 소리쳤다.

둘은 앞으로 펄쩍 뛰며, 부딪치다시피 끌어안았다.

“탈출했구나!” 로니가 말했다.

“제이랑 엘리가 도와줬어. 서둘러. 여기서 나가야 해. 트레버의 유령이 싸움을 일으키려 해.”

비비언이 목을 가다듬었다. “트레버가 깨어났다는 말이니?” 비비언은 다시 고쳐 물었다. “내 딸은 어디 있어?”

“우린 길을 나섰어요. 엘리랑 제이는 무도회장 사람들을 대피시키고 있어요. 무도회장은 나가는 길에 있고요.”

어떻게 그럴 수가 있지? 무도회는 저녁에야 시작하기로 되어 있었다. 비비언은 나머지 일행과 함께 복도로 달려가면서, 창문 너머로 그 질문에 대한 답을 알아낼 수 있었다. 바깥이 어두웠다. 지붕에 톡톡 떨어지는 빗소리가 들렸다. 비비언과 선발 선수들이 일종의 시간대에 갇혀 있는 동안 폭풍이 불어닥친 것만 같았다.

비비언의 핸드폰이 네 차례 울렸다.

팻의 부재중 전화, 오후 4:48
팻의 부재중 전화, 오후 7:00
팻의 부재중 전화, 오후 7:15
팻의 부재중 전화, 오후 8:50

동관을 중앙의 무도회장과 연결하는 이중문은 닫혀 있었지만, 비비언은 그 문 뒤에서 어마어마한 소동이 일어나는 소리를 들을 수 있었다. 파티에서 들릴 법한 소음이 아니었다. 목소리가 겁에 질려 있었다. 불협화음을 이루는 전반적인 웅성거림 속에서 도와달라는 몇몇 사람의 비명이 선명하게 솟아올랐다.

"도와주세요! 아, 하느님!"

"밀지 마!"

"안 통해요. 뭐라도 해보라고요!"

비비언이 빗소리로 오해했던 소리는 사실 수십 개의 주먹이 나무 문을 두들기는 소리였다. 문에 가로막혀 들리는 그 노크 소리에 벽까지 흔들렸다. 무도회장 전체가 풀려나려고 애쓰는 것 같았다.

비비언은 청동 문손잡이를 잡고 당겼다. 그 방법이 통하지 않자 온몸의 무게를 실어 문을 밀었다. 문은 꿈쩍도 하지 않았다.

"엘리!" 비비언이 소리쳤다. "내 말 들리니? 거기 있어?"

다른 사람들도 도와주려 했다. 일행은 문을 걷어찼고, 로니는 한 쌍의 은 말뚝으로 그 문을 두들겨대기까지 했다. 하지만 불행히도 그들이 힘을 합쳐봐야 오래된 페인트 가루가 조금 떨어지며, 그 아래의 자재가 드러날 뿐이었다. 문은 밀도가 높은 잿빛 나무로 만들어져 있었는데, 가느다란 나뭇개비만 조금씩 떨어져나왔다.

문 뒤에서 두려움으로 커진 목소리들이 점점 부풀어 올랐다. 무도회장 상황이 나아지지 않고 있다는 뜻이었다.

"물러서!" 비비언이 문 맞은편 벽으로 물러나며 소리쳤다. "문이 초자연적 장벽으로 막혀 있어!"

비비언은 그렇게 엄청난 힘을 휘두를 수 있는 것이 무엇인지 알 수 없었다. 트레버의 유령? 앨러턴의 마법? 뭐든 간에, 비비언은 텍사스 최고의 철거용 해머를 알고 있었다.

그냥 그녀를, 매머드를 부르기만 하면 됐다.

순수함은 어떤 느낌이더라? 비비언은 놀이 집으로 쓰던 자동차 지붕에 앉아서, 저쪽 노간주나무와 세이지 사이에서 매머드가 놀면서 먼지구름을 피워올리는 모습을 지켜보던 기억을 떠올렸다. 빙하 시대의 생명체인 매머드는 무더운 사막이 이상하고도 끝없이 놀라운 곳이라고 느꼈을 게 틀림없었다.

느릿느릿 산책하고 다니며 예쁜 돌이나 벌레와 마주칠 때마다 경탄하던 어린 시절의 비비언이 그랬듯이. 당시에 비비언은 칠대조 할머니 이야기에 용기를 얻어 모험을 떠나는 척하곤 했다. 목숨을 구하고, 괴물들을 죽이고, 새로운 사람들을 만나고. 비비언과 비비언의 가장 친한 친구인 매머드 아가씨가 새로운 영웅이 될 터였다.

깨어나. 비비언은 마음을 휑뎅그렁한 아래쪽 세상으로 뻗으며 생각했다. *네가 필요해, 매머드 아가씨.*

속삭이는 소리가 대답 대신 들려왔다. 매머드가 오고 있었다. 매머드가 그들을 구해줄 것이다.

아니, 매머드는 크기가 너무 컸다. 너무 위험했다! 매머드가 그들을 죽일 것이다.

비비언은 마음의 눈으로 문이 안쪽으로 터지듯 열리는 모습을 보았다. 나뭇개비가 터져나가는 모습, 두려워하는 사람들을 목재 파편이 꿰뚫는 모습. 매머드의 돌격은 발밑의 사람들을 뭉개버릴 것이다. 비비언은 피바다를 부르고 말 것이다!

혹은 매머드가 죽을 게 확실한 방에 엘리를 가둔 초자연적 장벽만을 부술 수도 있었다.

비비언은 위험을 무릅써야 했다. 하지만 아래쪽 세상의 속삭임은 더 이상 들려오지 않았다. 비비언의 귀에 들리는 소리라고는 벽 너머의 비명뿐이었다. 탈출하게 해달라고 애원하는 소리. 비비언은 두 눈을 꽉 감고 두 주먹을 불끈 쥔 채 내면의 목소리를 증폭시키는 침착한 느낌을 찾았다. 보통은 명상이 도움이 됐지만, 그럴 시간이 없었다.

깨어나. 비비언이 생각했다. *깨어나!*

아무 일도 일어나지 않았다.

제발! 깨어나! 엘리한테 네가 필요해! 제발, 깨어나!

"브라이드 선생님." 로니가 말했다. "뭐하세요?"

로니와 친구들은 벽에 등을 기댄 채 서서 기다리고 있었다.

"저 문을 열려는 거야." 비비언이 말했다. "노력하고 있어!"

"들어갈 다른 방법이 있을지도 몰라요." 로니가 말했다. "지하의 통로라든지요! 시도는 해봐야죠."

비비언은 답답한 마음에 비명을 지르며 문을 몸으로 들이박고 손잡이를 비틀어댔다.

"엘리!" 비비언이 소리쳤다. "내 목소리 들려? 매머드를 깨워! 문을 넘어뜨려! 거기서 나와, 엘리! *엘랏소에!* 엄마가 갈게!"

비비언은 문에서 물러나 로니 일행을 따라 복도로 향하며, 공포에 질린 비명으로 가득한 무도회장에서 누군가 그녀의 말을 들을 수 있을지 궁금해졌다.

32

피아노는 옆으로 떨어져 부서졌다. 단단한 나무로 되어 있던 테두리와 뚜껑의 파편이 바깥으로 튀어나왔다. 건반이 바닥 전체에 달그락거리며 흩어졌고, 와이어는 끊겨서 풀려나며 탱 소리를 냈다. 엘리와 제이는 비명을 지르며 물러나는 사람들의 홍수를 거슬러 올라, 사고 현장으로 가려고 했다. 누군가가 엘리의 갈비뼈를 팔꿈치로 쳤다. 또 다른 손님은 제이를 바닥에 쓰러뜨릴 뻔했다. 커비가 짖었지만, 아무도 눈치채지 못하는 듯했다.

"누가 맞았어요?" 마침내 피아노에 이른 엘리가 물었다.

한 무리의 착한 사마리아인들이 피아노 주변으로 달려왔다.

"응!" 한 남자가 말했다. "조심해, 아가씨. 물러나."

그를 비롯한 몇몇 남자들이 피아노의 몸체를 안쪽의 금속판까지 통째로 들어 올려 한쪽으로 치웠다. 박살이 난 채 피를 흘리는 시신이 남은 피아노 조각 사이에 누워 있었다. 엘리는 헛숨을 들이켜며 떨리는 손으로 입을 틀어막았다.

"앨러턴 박사님!" 누군가가 무도회장의 시끄러운 소리를 누르고 외쳤다. "저 사람 좀 도와주세요!"

앨러턴 박사는 무대에 남아 있었다. 읽을 수 없는 표정이었다. 오만하게 씩 웃는 표정보다는 그 무표정이 그나마 나았다. 하지만 엘리는 살인자가 최소한 두려움이나 분노의 흔적을 보이리라고 생각했다.

피해자가 돌아왔으니까.

피아노의 잔해 속에 있는 시신은 트레버의 것이었다. 멍이 들고 피를 흘리며 죽어가는 트레버. 꿈속에서 엘리를 처음 찾아왔던 트레버였다. 그가 돌아왔다. 사자가 그동안 내내 무도회에 있었던 걸까? 모습을 감춘 채 자신의 분노를 드러낼 완벽한 기회를 노린 걸까?

"오늘 밤." 트레버의 시신이 속삭였다. 정말로 속삭임이었지만, 엘리에게는 너무 선명하게 들려 사자가 머릿속으로 직접 목소리를 전할 수 있는 건지 궁금해졌다. "너는 그날 메르세데스 벤츠를 타고 죽었기를 바라게 될 거다. 살인자야."

엘리는 등 뒤에서 벌어지는 소란을, 열리지 않는 문에 몸을 던져대는 사람들을, 금이 가기만 할 뿐 깨지지 않는 창문을 두드려대는 주먹들을 어렴풋이 의식하고 있었다. 하지만 엘리의 시선은 앨러턴 박사의 얼굴에, 그의 눈에 고정시킨 채 움직이지 않았다. 앨러턴 박사는 무도회장 사람들을 내려다보았다. 트레버를. 엘리를. 탈출하지 못하는, 두려워하는 손님들을.

"너는 뭐지?" 앨러턴 박사가 물었다. "나의 붉은 가면무도회에 나타난 죽음? 프로스페로에게 그 잘못을 알려주러 온 거냐?(미국 소설가 에드거 앨런 포의 단편소설「붉은 죽음의 가면무도회」에서는 '붉은 죽음'이라는 역병이 돌자 백성들을 내버려두고 귀족들과 함께 수도원으로 도망쳤던 왕자 프로스페로가 가면무도회를 여는데, 무도회 참가자처럼 꾸미고 온 '붉은 죽음'이 결국 왕자를 포함한 모두를 죽이게 된다-옮긴이)"

"당신은 내 사촌을 살해했어!" 엘리가 성큼성큼 무대로 다가가며 소리쳤다. "트레버는 그냥 선의를 베풀었을 뿐이야! 그저 도와주려는 것뿐이었다고! 그런데 당신이 *살해했어!*"

"프랭크!" 앨러턴 박사는 엘리의 말을 못 들은 척하고 외쳤다. 심지어 더 이상 엘리를 보지도 않았다. "프랭크! 프랭크, 여기 도움이 필요해!"

"프랭크가 당신 퇴마사라면, 이미 죽었어." 엘리가 말했다. "복수가 그 사람을 죽였어. 모두에게 내 사촌이 죽은 날 밤에 대해서 얘기해! 당신이 부자들을 고쳐주려고 가난한 사람들을 죽인다고 말하라고. 고백해!"

앨러턴 박사는 마이크 쪽으로 몸을 숙였다. "다들 진정해주시기 바랍니다! 저희 퇴마사 팀이 우리 집을 공격한 악마를 빠르게 처리할 겁니다!"

유령은 한 쌍의 손이 되더니 무대 바닥에서 튀어나와 앨러턴 박사의 발목을 움켜잡았다. 손가락이 썩어가는 것처럼 보여서 엘리는 B급 좀비 영화를 떠올릴 수밖에 없었다. 무덤에서 손부터 나온 죽은 자들이 뇌를 먹는 잔치를 벌이는 모습 말이다. 트레버는 그런 영화를 무척 좋아했다. 팝콘 한 그릇을 들고 앉아 그런 영화를 보면서 TV 속 등장인물에게 이래라저래라 소리치곤 했다.

"묘지에 들어가지 마! 서로 떨어지지 마! 핸드폰 잊지 말아야지!"

진짜 트레버라면 엘리에게 뭐라고 소리칠까? 지금은 뭘 하라고 할까? 알고 싶었다.

"저자는 고백하지 않을 거야!" 사자가 쩌렁쩌렁하게 외쳤다.

사자의 목소리는 음량이 최대로 높아져 있던 스피커를 통해 더욱 증폭되었다. 엘리는 천둥 같은 그 소리에 웅크리고 귀를 틀어막았다. 거의 커비가 울부짖을 때만큼 시끄러웠다.

"저자는 고백하지 않을 겁니다. 신사 숙녀 여러분, 그리고 스펠링 대회 우승자 여러분." 사자가 말을 이었다. "그럼 직접 보여주는 건 어떨까요? 에이브 앨러턴이 마지막으로 심각한 부상을 입었을 때……. 그건 그렇고, 얼마나 빠르게 차를 몰고 있었지, 앨러턴? 제한 속도의 두 배는 됐나? 그보다 더 빨랐나? 더 빨랐지! 그때 저자는 이 지역의 교사인 트레버 레예스에게, 헌신적인 아버지이자 남편에게 자기 부상을 옮겼습니다. 트레버는 원치 않는 희생을 했죠. 하지만 당신들 대부분은 이미 알고 있는 이야기일 겁니다. 그럼 말해보시죠. 오늘 밤 에이브 앨러턴의 희생자가 될 사람은 누구일까요?"

보이지 않는 손이 윤이 나는 댄스플로어를 가로질러 한 아이를 무대 쪽으로 끌고 왔다.

"엄마!" 아이가 소리쳤다. "엄마, 도와줘요!"

한 여자가 아이의 손을 잡으려 했지만, 사자가 그 여자를 무도회 참석자들에게 다시 내던졌다.

"자원자는." 스피커가 쩌렁쩌렁 울렸다. "브렛이라는 이름의 용감한 아이입니다. 내기하시죠. 에이브 앨러턴이 자기 아들을 죽일 거라고 생각하시는 분?"

"저놈을 멈춰!" 앨러턴 박사가 소리쳤다. "제발! 서둘러! 직접 보여줄 필요는 없어. 저 사람들은 *이미 안다고!*"

군중은 무도회장 주변에서 밖으로 도망치려 하는 사람들과 넋이 빠진 채 앨러턴 박사와 사자의 대결을 지켜보는 사람들로 반씩 나뉘어 있었다. 구경꾼 중 브렛을 도우려고 움직인 사람은 아무도 없었다. 발을 붙들고 있는 유령의 손이 없는데도 그들은 그 자리에 뿌리 박힌 것만 같았다. 그러다가 붉은 망토를 입은 사람 열두 명이 군중 사이에서 뛰쳐나왔다.

엘리는 그들의 복장을 알아보았다. 죽은 퇴마사도 비슷한 옷을 입고 있었다. 당연히, 앨러턴 같은 사람이라면 귀신이 출몰하는 경우에 충분히 대비했을 것이다. 무덤을 도굴한 뒤였으니 더더욱. 엘리는 하마터면 '사촌, 뒤를 조심해!'라고 소리칠 뻔했다. 그러나 겁에 질린 브렛의 조그만 얼굴을 보는 순간 그 충동은 사라지고 말았다.

저건 어쨌든 트레버가 아니었다. 엘리의 사촌은 그 누구도 고통받기를 바라지 않을 것이다. 전에 가르친 학생이라면 더더욱. 아마 트레버의 죽음에서 가장 나쁜 부분이 그것일 터였다. 트레버가 남겨 놓은 틈을 너무도 큰 잔인함과 고통이 메워버렸다는 것.

"저 사람들은 내가 뭘 할 수 있는지 이미 알아." 앨러턴이 말했다. "안다고."

"아." 사자가 말했다. "내기가 불공평한가? 전에도 다른 아들을 죽여본 적이……."

"그만." 앨러턴이 말을 끊었다. 천둥처럼 시끄러운 그의 목소리에 하마터면 스피커가 나갈 뻔했다. "고백할게. 나는 너새니얼 그레이스의 후손이야. 그보다 훌륭한 마법사는 존재한 적이 없고, 나는 그의 지혜와 마법, 책임감, 그가 세운 마을을 물려받았어. 내가 죽으면 윌로비도 나와 함께 썩는 거야." 앨러턴이 두 팔을 활짝 벌렸다. "이 무도회장의 사람들은 네 죽음이 왜 *필요했는지* 알아. 나는 내 사람들에게 비밀을 두지 않는다고."

엘리는 주변 사람들을 보았다. 대부분이 혼란 중에 가면을 벗고 평범한 얼굴을 드러내고 있었다.

"어떻게 그럴 수가 있어요?" 엘리가 속삭였다.

피아노의 파편이 떠올라 사자의 망가진 몸 주변을 빙빙 돌기 시작했다. 와인 잔과 주인 잃은 보석, 식기, 핸드폰을 비롯해 무도회장에 있던 온갖 잡스러운 날카롭거나 딱딱한 탄환이 빙빙 도는 아수라장으로 흘러 들어갔다. 자질구레한 것들의 은하수는 당밀에 빠진 것처럼 느릿느릿 움직였다.

"제이." 엘리가 말했다. "숨을 곳을 찾아야 해."

엘리는 숨을 만한 곳이 하나도 보이지 않았다.

무도회장 조명이 지직거리고 깜빡이며 더 큰 말썽이 일어날 것을 예고했다. 퇴마사들을 제외한 사람들이 몸을 지키려고 웅크리고, 토네이도가 불어닥치기를 기다렸다. 그들은 핸드백과 두 팔로 머리를 가렸다. 많은 어른들은 몸으로 아이들과 배우자들을 가렸다.

"너희가 골라봐라, 제다이 흉내나 내는 괴물들아." 사자가 가장 가까이에 있는 퇴마사를 고갯짓하며 말했다. "너희가 먼저 움직일래? 아니면 내가 움직일까?"

"이제 어쩌지?" 제이는 엘리와 함께 무릎을 꿇고 속삭였다.

커비가 주위를 어슬렁거렸다.

"내가 지하 세계로 사자를 보내는 걸 도울 수 있어." 엘리가 말했다. "하지만 퇴마사들도 행동해야 해."

무도회장의 모든 핸드폰이 울렸다. *따르릉 따르릉 따르릉* 하는 전자음, 테크노 음악, 클래식 멜로디, 부담스럽게 딸랑거리는 소리가 어울리지 않게 합창했다. 곧 그 소리는 음악에서 목소리로 바뀌었다. 엘리는 엄마가 흐느끼며 비명 지르는 소리를 들었다. 엘리의 주머니 속 핸드폰에서 나오는 소리였다. 스마트폰(그리고 몇 개의 플립 핸드폰)이 독이 있는 전갈이라도 되는 것처럼 내동댕이쳐져 윤 나는 바닥을 단체로 미끄러지고 있는 걸 보면 다른 사람들도 개인적으로 두려워하는 소리를 듣고 있는 게 틀림없었다. 일부 핸드폰은 발로 짓밟혔다. 망가진 전자 장치는 사자 주위를 빙빙 도는 쓰레기 토네이도에 섞여 들어갔다.

떠다니는 핸드폰들은 계속해서 말을 했다. 엘리는 한 핸드폰이 아이의 목소리로 "언제쯤 머리가 안 아파요?"라고 묻는 소리를 들었다. 다른 핸드폰은 "그만! 제발! 아, 제발요! 왜 그만두지 않는 거예요?"라고 애원했다.

퇴마사들은 동시에 움직여, 망토에서 칼을 획 꺼내더니 각자의 손바닥을 약지에서 엄지까지 그었다. 그들은 피가 흐르는 손을 앞으로 내민 채 사자에게 돌격했다.

"젠장!" 엘리가 말했다. 물러날 시간이 없었다. 엘리는 몸을 날려 제이를 가렸다. "커비, 우리가 죽게 놔두지 마!"

커비가 모르는 명령이었다. 엘리는 커비가 날아다니는 물건이 주인을 다치게 할 수 있다는 걸 어느 정도 이해하기를 바랐다.

나무와 유리, 금속, 돌이 양자 에너지 폭발을 타고 바깥쪽으로 터져 나왔다. 공 가져오기 놀이의 달인답게, 커비는 엘리와 제이에게 날아오는 쓰레기를 쉽사리 막아냈다. 보이지 않는 벽이 두 사람의 등을 쳤지만, 아프지는 않았다. 무도회장 가장자리에서 겁을 먹고 있던 사람들은 볼링핀처럼 쓰러졌다.

조명이 나갔다. 모든 핸드폰이 끼익하는 소리와 쾅 소리를 냈다. 자동차 사고 소리였다. 엘리는 발밑의 나무 바닥이 우그러지는 것을 느꼈다.

떨림이 저택을 뒤흔들었다.

"크게 울어, 커비!"

엘리는 커비의 울음소리로 퇴마사들보다는 사자의 집중력을 더 흐트릴 수 있기를 바라며 외쳤다. 무도회장이 대규모 무덤이 되는 건 바라지 않았다. 커비가 울부짖자 바닥이 일그러지기를 멈췄고, 비상등이 켜졌다. 그때까지 서 있던 퇴마사는 오직 세 명뿐이었다. 그들은 붉게 번들거리는 손바닥을 내민 채 사자를 덮쳤다.

"배신자." 핸드폰과 스피커가 울부짖었다. "엘랏소에, 너는 *배신자다!*"

엘리 발밑의 바닥이 푹 꺼졌다. 아니, 엘리는 떨어지는 게 아니었다. 떠오르고 있었다. 무도회장의 모두가 떠올랐다. 사자는 그들을 돔 천장으로 들어 올리고 싶어 했다. 그들이 프레스코화에 그려진 천사와 구름을 만져본 이후에, 3층 높이 아래로 곤두박질치기를 바랐다. 그런 식의 추락으로는 죽을 수도 있었다. 살아남은 사람들, 용케 제대로 떨어진 사람과 다른 사람의 몸 때문에 충격이 흡수된 행운아들도 심한 부상을 입을 것이다. 뼈가 부러지고, 내장이 찢어지고, 영원히 고통받으며 시련을 겪게 될 것이다.

다행히 한 퇴마사가 사자에게 닿았다. 퇴마사는 사자의 등을 후려쳐 핏빛 손자국을 남겼다. 그 자국은 비상구를 표시하는 붉은 등처럼 빛나며 점점 커져 거대한 3차원 손으로 바뀌었다. 그 손가락이 트레버가 아닌 자의 가슴을 감싸고 힘을 주었다. 사자는 욕설을 내뱉었다. 집중력이 흐려진 게 틀림없었다. 엘리가 갑자기 더 이상 떠오르지 않았던 것이다. 방향감각을 잃은 한순간에, 엘리는 그냥 떠 있었다.

그런 다음, 엘리는 떨어졌다. 1미터를 떨어져 옆구리를 바닥에 부딪혔다. 잠깐 숨이 쉬어지지 않았다. 눈앞에서는 사자가 거미줄에 붙들린 파리처럼 몸부림쳤다. 빛나는 손이 내려앉으며, 그를 마루의 널빤지 밑으로 끌어당겼다. 트레버 아닌 자는 풀려나지 못하는 듯했다.

"그냥 가." 엘리가 말했다. "부탁이야."

복수의 사자는 고통스럽게 인상을 쓰며 엘리를 보았다. 그의 두 눈에서 분노가 흘러나왔다. 남은 것은 아무것도 없었다. 이 세상에서 사라지기 전에 그가 한 마지막 말은 "왜?"라는 조용한 질문이었다.

"아야!" 제이가 말했다. "아아, 아야! 아야!"

"너 괜찮아?" 엘리는 트레버 아닌 자가 사라진 공간에서 눈을 돌리며 물었다.

주요 조명은 다시 켜지지 않았지만, 비상등이 환해서 모든 것에 어슴푸레하지만 안도감을 주는 빛을 드리웠다. 엘리는 무도회장 건너편의 모습이 자세히 보이지는 않았으나 고통으로 일그러진 제이의 얼굴은 보였다. 제이의 윗입술에 피가 말라붙어 있었다.

"꼬리뼈 때문이야." 제이가 말했다. "전에도 이런 적 있어. 그냥 멍든 거야."

제이는 엘리 가까이 기어 오더니, 얼굴을 아래로 해서 일그러진 바닥에 털썩 쓰러졌다. 단단한 나무로 된 널빤지는 파도가 굳어진 것 같은 모습이었다. 아무도 다시는 이곳에서 춤을 추지 않겠지만, 무도회장을 난도 높은 스케이트 공원으로 바꿀 수는 있을 듯했다.

"끝난 거야?" 제이가 신음했다.

엘리는 앨러턴 박사가 이끄는 윌로비 마을 사람들이 비틀거리고 절뚝거리며 다가오자 머리를 다시 올렸다. 기다란 나무 조각이 앨러턴의 가슴에서 튀어나와 있었다. 그는 폐 한쪽이나 양쪽에 상처가 난 듯 쌕쌕거렸다.

"아직 아니야, 제이." 엘리가 말했다. "저 사람이 널 못 만지게 해."

앨러턴 박사는 말뚝을 몸통에서 뽑아 옆으로 던져버리더니 옆에 있던 남자와 악수했다. 앨러턴 박사의 몸에 난 구멍이 아물고, 동시에 앨러턴의 동맹이 입고 있던 셔츠에서 붉은 점이 피어났다.

"고맙습니다, 선생." 박사가 말했다. "희생에 감사합니다."

"누구든 사냥감이다, 이거야?" 엘리가 말했다. "누가 죽는지는 관심 없구나. 당신 쪽 사람이라도."

"저 사람은 괜찮아." 앨러턴이 말했다. "저 관통상은 내 치료가 없어도 살아남을 수 있는 상처야."

"그럼 당신이 그 상처를 달고 있지그래?" 엘리가 물었다.

"이 난장판을 정리하려면 내겐 힘이 필요해." 앨러턴은 얼굴을 문지르더니 한숨을 쉬었다. 매우 피곤하다는 투였다. "내가 열었던 무도회 중 최고라고 할 수는 없겠군."

"무슨 상관이야?" 엘리가 물었다. "오늘 밤이 지나면 윌로비의 비밀을 아는 건 네 하수인들만이 아니게 될 텐데. 네 비밀 말이야. 여기온 손님 중에는 다른 도시에서 온 사람들도 있어."

사자가 사라지자, 아무것도 모르는 몇 안 되는 손님들은 저택을 떠날 수 있게 되었다. 그들은 빠르게 대피하고 있었다. 도와달라며 전화를 거는 사람은 보이지 않았다. 초자연적 에너지 때문에 핸드폰 속이 다 타버린 게 틀림없었다. 하지만 수십 명의 증인이 부패하지 않은 경찰과 기자, 변호사, SNS에 경험담을 공유하는 건 시간문제였다.

"설마 했는데." 앨러턴이 말했다. "내가 한 가지 재주만 부릴 줄 아는 조랑말인 줄 아는 모양이지? 우리가, 너새니얼 그레이스의 자녀들이 단지 운이 좋아서 수백 년 동안 박해를 피해왔다고 생각하는 건가?"

"박해라고?"제이가 일어서며 물었다. 한 가지 인정해줄 점은, 그 움직임으로 멍든 꼬리뼈가 자극이 됐을 텐데도 움찔거리지조차 않았다는 것이다. "사람들은 당신한테 죽기 싫어하는 것뿐이야. 그건 정당방위라고!"

앨러턴 박사 뒤에서 윌로비의 하수인들이 기도하듯 눈을 감고 고개를 숙였다. 정전기가 그들 사이에서 지직거리며 가느다란 머리카락들을 뻗치게 했다. 꼭 그들이 풍선으로 두피를 문질러댄 것만 같았다. 이 마을에는 강력한 마법 사용자들이 많이 있었다. 평범하지 않은 일이었다. 윌로비는 요정 왕국과 밀접하게 연관되어 있는 게 틀림없었다.

"나는 중립적인 힘이야." 앨러턴 박사가 말했다. "나의 치유력으로 내가 끼친 피해를 중화하지. 엘리, 나는 너와 네 가족을 도우려 했어. 내가 트레버의 아이에게 줄 장학금을 모금했다는 걸 아니? 응? 대학까지 갈 수 있는 돈이었어! 대학원까지! 그런데 네가 도저히 물러나려 하지 않았지. 이제 모든 게 엉망이 됐어."

"닥쳐." 엘리가 말했다. "세상의 모든 장학금을 준다 해도 그 돈이 그레고리의 아빠가 될 순 없어."

"그럼 그날 밤에 내가 대신 죽었어야 한다는 거냐? 너새니얼 그레이스의 가장 강력한 마법을 가지고서? *내 아들을 아빠 없이 남겨졌어야 한다는 거야?*"

엘리가 말했다. "당연한 거 아냐? 뭘 그런 걸 물어봐?"

앨러턴은 뻔뻔하게도 모욕당한 표정을 지었다.

"그냥 그만해." 엘리가 말했다. "우릴 보내줘. 세상 모든 마법으로

도 깔개 밑에 숨겨놓은 이 아수라장을 쓸어버릴 수는 없어."

"네가 틀렸어." 앨러턴이 말했다. "우리는 이보다 상황이 나쁠 때도 회복했다. 마법이 없어도 역사는 본래 얼마든지 주무를 수 있는 거야. 역사는 우리 머릿속에서, 기록을 통해 전해져. 마법에 걸린 혀가 설득력 있는 거짓말을 자아내지. 거기에 마법까지 있으면, 우리는 온 세상에 이날 밤을 잊으라고 설득할 수 있어. 너와 네 가족까지 잊으라고 말이야. 이 마을은…… 다시 이사해야겠지. 이제 어디로 가지? 서부 해안으로 가야 하나?"

"바닷가로 가죠." 윌로비의 하수인 하나가 말했다. 그는 북슬북슬한 검은 눈썹에, 약간 큰 정장을 걸친 40대 정도의 남자였다.

"공간이 부족해." 60대의 어느 여자가 말했다. 그녀는 소매가 길고 스팽글이 달린 검은색 원피스 차림이었다. "해안 지역에는 사람이 많아."

"사막에 또 한 번 살라니 못 버티겠군." 세 번째 사람이 코웃음 쳤다. 턱수염을 뾰족하게 잘 다듬은, 머리가 흰 남자였다.

"잠깐, 윌로비를 *옮긴다고?*" 제이가 물었다. "이동식 마을이라도 돼? 어떻게?"

"유감이지만, 그건 너새니얼 그레이스의 비밀이라." 앨러턴이 말했다. "윌로비는 매사추세츠에서 처음 세워졌어. 우리가 텍사스에 온 건, 글쎄. 한 30년밖에 되지 않았지. 모든 땅이 우리 것이고, 그 어떤 땅도 우리 것이 아니야."

그 말은 확실히 윌로비에서 자라는 이상한 식물과 뉴잉글랜드식 건축물에 대해 충분한 설명이 되었다. 이 빌어먹을 마을 전체가 불길한 마법 덩어리로, 자기가 저지른 죄악에서 탈출하려고 이곳저곳을 미끄러지듯 다니고 있었다. 엘리는 월로비가 어떤 형태로든 1700년대 이전에도 존재해왔다고 해도 놀라지 않을 것 같았다. 너새니얼 그레이스가 고국 사람들의 심한 분노를 자아낸 뒤 대서양을 건너 여기까지 왔다고 해도. 엘리는 월로비의 이주가 화려한 무도회를 먹고 자라는 이상한 종류의 요정 고리 버섯에서 그 동력을 얻는다고 추측했다.

"넌 나를 구석으로 몰아넣었어." 앨러턴이 말했다. 그걸로 자신의 모든 죄가 사면된다는 투였다. "준비됐나, 형제들?"

앨러턴의 소위 형제들은 두 손을 들어 올리고, 기괴하게도 황홀경에 빠진 합창단을 흉내 냈다. 전류가 흐르는 빛의 호선이 윙윙대며 그들의 손가락 사이를 빠르게 오갔다. 그들의 손가락은 야곱의 사다리의 가로대를 닮아 있었다.

공기가 마법으로 번쩍일 때, 엘리는 앨러턴 박사가 이 모든 일을 저지르고도 *또다시* 빠져나가려 한다는 것을 깨달았다. 앨러턴 박사는 자기가 저지른 범죄의 모든 증거를 삭제하고 역사를 다시 발명하고, 다른 어딘가로 이동해 다른 이들의 비극으로 계속 이익을 올릴 것이다. 트레버에게 정의는 실현되지 않을 것이다. 월로비의 그 어떤 피해자에게도 정의는 실현되지 않을 것이다.

아니.

에이브러햄 앨러턴 박사는 *그 무엇으로부터도* 빠져나갈 수 없었다. 그를 막기 위해 엘리가 태양으로 날아들어야 한다면, 그러라지. 엘리는 태양 속으로 날아들기로 했다. 그녀는 이카로스가 아니었다. 그녀는 비비언과 팻, 그리고 쿠네타이의 딸인 엘랏소였다. 자신의 민족을 지킨 벌새 여인의 팔대 손녀.

"제이." 엘리가 말했다. "우리 가족한테 사랑한다고 전해줘. 너도 사랑해. 잘 지내."

엘리는 눈을 감고 천천히 숨을 내쉰 뒤 조상들의 개를 불렀다. 그 개들 전부를.

33

엘리의 족보를 태곳적 뿌리까지 거슬러 올라간다 해도, 우정이나 보호, 노동을 위해 한 마리 이상의 동물에게 의지하지 않은 사람은 거의 발견되지 않을 것이다. 조상들의 개는 자기들만의 지하 나라를 다스릴 수 있을 만큼 수가 많았다. 엘리는 그들의 존재를 느낀 적이 있었다. 엘리를 자신의 친척으로 인식하는 그 놀라운 개들을 말이다. 엘리는 온 힘을 다해 개들의 무리를 소환했다. 엘리는 그들이 알아들을 만한 모든 언어로 그들에게 소리쳤다. 영어로, 스페인어로, 리판어로.

도그! 페로! 네 테 스틀레!

그들은 일그러진 마루에서 솟아났고, 벽을 통과해 뛰어들었으며, 천장에서 비처럼 내렸다. 수백 마리의 개들이 짖고 낑낑대고 컹컹댔다. 불안해하기는 했지만, 아직 공격적이지는 않았다. 그들의 보이지 않는 몸은 윌로비 사람들을 덮치는 쓰나미의 신기루처럼 보였다. 마법 사용자들은 균형을 잃고서, 겹겹이 꿈틀대는 유령들 밑으로 가라앉았다. 엘리는 그들이 허우적대는 모습을 보고 있자니 웃음이 나올 지경이었다. 유령 속에서 헤엄치려 하다니! 퇴마사들이 개 한 마리를 지하 세계로 보낼 때마다 그 개는 다른 개로 즉시 대체되었다. 오직 엘리와 제이만이 당황스러운 꼴을 면했다. 착한 개들은 인간의 개인적 공간을 존중할 만큼 사려 깊었다.

"아름답다!" 제이가 말했다.

그는 머뭇거리며 가장 가까이에서 아른거리는 존재로 손을 뻗어, 만져지지 않는 녀석의 머리를 쓰다듬었다. 유령은 만족스러운 소리를 냈다. 한숨과 짖음 사이의 어떤 소리였다.

"내 개들이야." 엘리가 말했다. "애들을 전부 눈에 보이게 만든 방법을 알았으면 좋겠다."

엘리는 앨러턴 박사에게 걸어갔다. 모순적이지만, 그는 무거운 유령들의 몸에 눌려 무릎을 꿇고 있었다. 그 자세가 퍽 한심했으나 엘리에게는 고소해할 시간이 없었다.

"이봐요, 의사 선생님." 엘리가 그의 어깨에 손을 얹으며 말했다. "당신은 나랑 같이 가시죠."

앨러턴 박사는 엘리의 손아귀에서 벗어나려고 몸을 뒤로 뺐지만, 개들의 더미를 뿌리칠 수 없었다.

"정확히 어딜 가자는 거지?" 앨러턴이 긴장해서 물었다.

"보면 알죠."

엘리는 죽은 바다로 자신을 이끌었던 그 감정, 친숙함으로 돌아갔다. 가슴이 슬픔으로 넘칠 듯했기에, 엘리는 슬픔에서 비슷한 점들을 찾았다. 지하 세계는 광활하고도 두려운 곳 아닌가? 지구도 광활하고 두려운 곳 아닌가? 위쪽 세계와 아래쪽 세계는 같은 동전의 양면이었고, 엘리는 두 세계 모두에서 상처와 상실을 느낄 수 있었다.

개들이 조금씩, 조각조각 모습을 드러냈다. 그들은 둥둥 떠다니는 검은 코와 흔들어대는 꼬리, 주의력이 강한 갈색 눈이 되어서 함께 밀려들었다. 강아지가 엘리의 손을 스쳤다. 엘리는 녀석의 등을 볼 수 없었지만, 뻣뻣한 그 털은 느낄 수 있었다.

"제이." 엘리는 자신이 연 문으로 제이도 떨어졌는지 궁금해 뒤를 돌아보았다.

제이 모양의 그림자가 나무 널빤지에 어둑하게 자리 잡고 있기는 했지만, 제이는 없었다. 제이의 그림자는 이리저리 뛰어다니다가, 어느 순간에는 엘리를 뚫고 지나갔다. 제이가 엘리의 이름을 불렀다. 그의 목소리가 멀리서, 점점 희미하게 들렸다.

"엘리! 엘리! 제발, 엘리!"

제이의 그림자조차 희미해지며 천천히 사라졌다. 눈에 보이는 인간은 엘리와 앨러턴 박사뿐이었다. 앨러턴은 이제 털북숭이 몸뚱이들에 일부 가려져 있었다.

"우리가 꼭 강아지 무도회에 불시착한 것 같다, 커비." 엘리가 말했다. "나랑 춤출래?"

커비의 축 늘어진 귀가 쫑긋 섰다. 엘리는 기분 좋게 환호성을 지르며 커비를 두 팔로 끌어안고, 녀석이 자기 신부라도 되는 것처럼 들어 올렸다.

"너무 무거워!" 엘리는 커비의 이마에 한껏 입을 맞추며 말했다.

커비는 엘리가 놔줄 때까지 버둥거렸다. 녀석은 날카롭게 한 번 짖었다. '놀자!'라는 뜻이었다. 그러더니 녀석은 엘리의 다리 주위를 빠르게 뛰어다니며, 엉덩이 전체가 같이 흔들릴 정도로 신나게 꼬리를 쳤다.

"내일 공원에 가자." 엘리가 말했다. "원반을 가지고 말이야. 눈알을 부라리는 해골은 안 가져갈게. 다시는 안 가져가. 약속해, 요 착한 녀석."

앨러턴 박사가 개들의 더미에서 탈출했을 때쯤에는 유령과 산 자를 구별할 수가 없었다.

"이제 가도 돼요, 박사님." 엘리가 말했다.

"어디로 가라는 거야?"

앨러턴 박사는 갑자기 움직이면 폭력적인 일을 당하게 될까 봐 무서운지 꼼짝도 하지 않고 서 있었다. 그러나 개들은 그에게 별 관심이 없었다. 엘리가 안전해지자 그 녀석들은 만족한 듯 흩어졌다. 몇 마리는 무도회장의 깨진 창문을 뛰어넘었다. 다른 녀석들은 세부 사항에 별 관심이 없다는 듯 종종걸음으로 벽을 곧장 통과했다.

"모르죠." 엘리가 어깨를 으쓱하며 말했다. "방향을 골라서 걸어가요."

앨러턴은 가장 가까운 창문으로 옆걸음쳤다. 한 번도 엘리에게 등을 보이지 않았다. 그러곤 벽에 등을 기대고 서서 밖을 내다보았다.

"내 집을 옮기다니!" 앨러턴 박사가 외쳤다. "어떻게?"

그는 정말이지 배신이라도 당한 듯한 목소리였다. 엘리가 윌로비의 공간적 자율성을 존중하겠다는 약속을 어기기라도 한 것처럼.

"비밀이에요." 엘리가 말했다. "당신의 수법보다 훨씬 강력한 비밀이죠. 뭐가 보여요?"

엘리는 감히 벽으로 다가가지 않았다.

"메스키트 나무." 앨러턴이 말했다. "그게 전부야. 허공인걸."

"잘됐네요. 안녕히 계세요."

엘리는 돌아갈 준비를 하며 집에 관해 명상했지만, 앨러턴 박사가 지껄이는 소리에 집중이 깨졌다.

"저게 누구지? 어이 거기! 이봐요?" 앨러턴은 이마를 찌푸린 채 바깥쪽으로 몸을 기울이더니, 창문에서 펄쩍 뛰어 물러났다. "세상에! 아, 이런, 안 돼! 엘리, 나를 여기 남겨두지 마라! 부탁이야!"

엘리는 손가락으로 귀를 틀어막고 그의 말을 무시하려 애썼다. 집. 집을 생각해. 엄마랑 아빠랑 너의 치어리더를 생각해. 네 집 뒤에 있는, 유독한 강을 생각해. 그리울 것도 같은 고등학교를 생각해. 영화관과 여름의 블록버스터를……

"내가 네 대학 등록금을 내주마." 앨러턴이 말했다. "목숨을 걸고 맹세할게."

……영화표보다도 비싼 팝콘과…….

"놈들이 나무 사이에 있어! 사방에 있다! 내 말 좀 들어!"

앨러턴은 엘리 쪽으로 펄쩍 뛰어오더니 엘리의 팔꿈치를 잡으려 했다. 그러나 커비가 이빨을 드러내며 둘 사이에 끼어들었다.

"놈들이 내 집에 들어오고 있어." 앨러턴이 두 손을 들었다가, 반성하듯이 꽉 잡으며 말했다.

그러니까 저 사람도 후회하는 것처럼 보이는 게 *가능하구나.*

"그러지 못하게 해라. 부탁이야."

얼굴들이 창문을 들여다보았다. 사람 얼굴처럼 생겼지만 엘리는 그렇지 않을 거라 생각했다. 그들의 아래턱은 분노로 딱딱하게 굳어 있었고, 그들의 눈은 즐거워 휘둥그레져 있었다. 복수의 사자는 엘리에게 자신을 비롯한 사자들에게 목적이 있느냐고 물었다. 엘리는 지금도 그 질문에 답할 수 없었다.

"아는 사람들이에요?" 엘리는 뒤로 물러나 무도회장의 반대쪽 끝으로 움직이며 물었다. 반대쪽은 화난 사람들로 가득 차기 시작했으니까. "당신의 피해자들인가요, 박사님?"

"나는 네 피해자이고?" 앨러턴이 마주 내뱉었다.

"당신이 날 죽이려 했잖아요."

"원하는 게 뭐냐?"

"당신이 내 친구들과 가족을 죽이려 했어요."

"*원하는 게 뭐야?*"

"당신이 죽인 건……."

"자비를 베풀어다오. 제발."

사자들은 더 이상 창문을 기어서 통과하지 않고 벽을 뚫고 걸어왔다. 천천히, 그러나 신중하게 다가왔다. 그들의 걸음은 끔찍한 행진과 닮아 있었다.

"트레버가 당신을 도와주려 했었죠." 엘리가 말했다.

앨러턴 박사의 피해자들은 그 수가 너무 많아서 무도회장에도 다 들어오지 못했다.

"이건." 엘리는 무너질 것 같은 마음으로 말했다. "당신이 사라진 지금에야 비로소 살게 된 사람들에게 보여주는 자비예요."

앨러턴 박사의 충격받은 침묵 속에서, 엘리는 커비의 머리에 손을 얹고 집을 생각했다.

사자들이 돌격했다.

앨러턴 박사도 돌격했다.

그는 엘리와 부딪쳤고, 엘리는 뒤로 넘어졌다. 앨러턴 박사가 엘리의 목을 두 손으로 조르려고 했다. 엘리는 그가 쌕쌕거릴 정도로 세게 그의 배를 걷어차고 허둥지둥 도망치는 와중에, 머리 뒤쪽이 세게 당겨지는 것을 느꼈다. 앨러턴 박사가 엘리의 땋은 머리를 움켜쥔 것이다.

지금 집으로 돌아가려 하면, 앨러턴 박사가 따라붙을 것이다. 진드기처럼. *거머리처럼.*

엘리가 곧 돌아가지 않는다면, 사자들이 엘리와 앨러턴을 둘 다 죽일지 몰랐다.

엘리는 커비의 목덜미를 잡고 트레버의 맥가이버 칼을 꺼냈다. 그녀는 5센티미터짜리 칼날을 한 차례 세게 휘둘러 땋은 머리를 잘라버렸다.

집. 엘리가 생각했다. *드디어, 집.*

앨러턴 박사는 다시 엘리를 붙잡으려 했으나, 그의 손이 엘리에게 닿기 전에 커비가 풀려나 공격했다. 개가 인간을 물었다. 개가 인간을 흔들었다. 앨러턴 박사를 헝겊 인형처럼 양옆으로 흔들어댔다. 지하 세계가 희미해질 때 엘리가 커비를 불렀다.

"이리 와, 커비! 이리 와!"

커비가 주의를 기울이며 귀를 쫑긋 세웠다.

"나쁜 사람은 놔둬!" 엘리가 재촉했다. "이리 와!"

커비는 돌아서서 그 반짝이는 검은 눈으로 엘리를 보았다. 그러더니 기분 좋은 듯 헥헥거리며 달리기 시작했다.

"잘했어!" 엘리가 칭찬했다.

커비가 한 번만 더 뛰어오르면 둘은 함께하게 된다. 세계가 아른거리는 것 같았다. 물웅덩이에 비친 모습과 별로 다르지 않은 것처럼. 엘리는 자기 개에게 손을 뻗으며, 손가락에 그 녀석의 부드러운 머리가 만져지기를 기대했다.

대신, 엘리는 엄마의 손을 잡았다.

"엘랏소에!" 비비언이 말했다. "내 아가."

엘리는 주위를 둘러보며, 누군가가 자신을 무쇠처럼 단단히 끌어안는 것을 느꼈다. 그들을 비롯한 파티의 생존자들은 앨러턴 저택 바깥에 앉아 있었다. 위쪽에서는 앨러턴이나 사자들의 흔적이 전혀 보이지 않았다. 월로비에서 본 사람들 또한 하나도 보이지 않았다. 아마 지도자가 없어져 길을 잃고 모두 도망친 모양이었다.

"의사는요?" 엘리가 물었다. "앨러턴은…… 제가 혹시……."

"그 망할 자식은 사라졌어. 놈이 어디로 갔는지 알 방법은 전혀 없구나."

"그 사람이 어디로 갔는지는 제가 *정확히* 알아요, 엄마." 엘리가 말했다. "제이는 어디 있어요?"

"나 여기 있어!" 제이가 비비언 뒤에서 고개를 내밀었다. "하지만 넌 우리를 *떠났어!*"

제이는 무릎을 꿇고 엘리의 손을 잡더니 두 차례 톡톡 두드렸다. 엘리가 진짜라는 걸 확인하려는 듯했다. 최소한 이번에는 엘리의 이마를 쿡 찌르지는 않았다.

"이제 괜찮아." 엘리는 제이의 멍든 자리를 자극하지 않으려고 신경 쓰며 그를 가만히 끌어안았다. "로니는 괜찮아?"

"괜찮아." 제이가 말했다. "앨도. 신부 들러리들도."

"설 수 있겠니?" 비비언이 물었다. "병원까지 차를 타고 가야 해. 너희 아빠가 몇 분 뒤에 도착하실 거야."

"아빠가 오셨어요?"

"내가 200주년 얘기를 하니까, 바로 비행기를 잡아타고 오셨어."

"그럼 다들 안전한 거네요. 근데……."

엘리는 커비를 불렀다. 기다렸다.

아무 반응이 없었다.

보통 커비를 깨우는 건 무척 쉬운 일이었다. 키보드를 입력하거나 자전거를 타는 것처럼 몸에 밴 제2의 본능이었다. 커비가 왜 대답하지 않는 걸까? 복수심에 찬 그 사자들이 개까지 다치게 하지는 않겠지? 엘리는 머릿속으로 커비의 이름을 소리쳐 불렀고, 그 방법이 통하지 않자 소리 내서 다시 외쳤다.

"커비, 이리 와! 이리 와, 커비! *커비!*"

커비는 응답하지 않았다.

그제야 엘리는 울었다.

⫸ 34 ⫷

몇 시간 뒤, 엘리와 부모님은 렌트카를 타고 윌로비를 떠나 레노어의 집으로 갔다. 제이와 로니, 앨, 신부 들러리 삼총사가 비비언의 밴을 썼다. 엘리는 사람이 적은 차에 탄 게 고마웠다. 슬픔이 배속에 들어 있는 돌덩이처럼 느껴졌고, 엘리는 그 무게가 조용한 괴로움만으로 이루어진 깊은 바다로 자신을 끌고 들어가기를 바랐다.

"집으로 돌아올 거야." 비비언이 말했다. "걔들은 언제나 길을 찾아내거든."

혼자 뒷자리에 앉아 있던 엘리는 시무룩하게 고개를 끄덕였다. 엄마의 말이 맞을 수도 있겠지만 영웅적인 팔대조의 죽음이 어쩔 수없이 생각났다. 세계에서 가장 훌륭한 모험가 중 한 사람이 지하 세계에 발을 들였다가 영영 빠져나오지 못했다. 커비에게도 같은 일이 일어났다면?

엘리는 맥이 풀린 채 창문 너머로 흘러가는 풍경을 바라보았다. 엘리와 부모님, 친구들은 앨러턴의 대실패를 처리하느라 밤을 지새웠다. 저택에는 연방 요원들이 밀려들었다. 어떻게 그토록 빨리 윌로비에 도착했는지는 모르겠지만, 최소한 그들은 지역 경찰 같은 사악한 마법사들이 아니었다.

"1.5킬로미터 뒤 우회전입니다." 탑재된 GPS가 말했다.

엘리는 자리에 앉아 있다가, 그 나지막한 로봇 목소리에 놀라 움찔했다. 그 소리가 특히 불안하게 들린 건 뒷좌석 스피커가 엘리의 머리 바로 뒤에 있었기 때문이다. 잠시 엘리는 어떤 유령이 저택에서부터 따라온 건지도 모른다는 생각이 들었다.

엘리의 아빠가 고속도로에서 나와, 윌로비 바깥의 황야 비슷한 곳을 가로지르는 도로를 탔다. 너무 익숙하게 보였다. 다리도, 도랑도, 노간주나무와 메스키트 나무도.

차가운 깨달음. 이곳은 트레버가 죽은 도로였다.

"아빠, 뭐하는 거예요?" 엘리가 물었다.

"응? 뭐가? 너 괜찮니?"

"여기 왜 왔어요?"

"여기가 집으로 가는 가장 빠른 길인 것 같은데. 로봇이 하는 얘기를 믿는다면 말이지."

아빠가 알아듣지 못한 것도 당연했다. 아빠는 엘리와 제이가 진짜 사고 현장을 발견했을 때 수백 킬로미터 떨어진 곳에 있었다. 게다가 황야는 대부분의 피해 상황을 숨기기 시작한 터였다. 연한 잎사귀들이 반쯤 뭉개진 덤불에서 돋아났고, 새로운 잡초들이 타이어

때문에 줄무늬가 생겼던 풀밭에 깔렸다.

땅의 상처가 나으려면 얼마나 걸릴까? 금속으로 흉터가 생긴 나무의 수액이 단단해져 호박이 되는 건 언제일까? 그토록 폭력적이고 잔인한 행위가 지나간 자리에 보석이 남는다니 이상하게 느껴졌다.

사고 현장을 지나고 얼마 지나지 않았을 때, 청바지에 닳아빠진 회색 티셔츠를 입은 한 여자가 근처에 늘어선 나무들 사이에서 나와 엄지를 내밀었다. 여자는 갈색 머리카락을 북슬북슬하게 포니테일로 묶었으며, 와플 로고가 박힌 종이가방을 들고 있었다.

"세울까?" 팻이 물었다.

"세우지 마." 비비언이 말했다. "도를 아십니까, 일지도 몰라."

자동차가 지나가자 히치하이커는 "저기, 잠깐만! 저기요?"처럼 들리는 무슨 말을 외쳤다. 엘리는 반사적으로 고개를 돌려 뒤쪽 창문을 내다보았다.

"아빠!" 엘리가 외쳤다. "멈춰요!"

아빠는 브레이크를 꽉 밟으며 말했다. "왜 그래? 도로에 다람쥐라도 있니?"

"아뇨. *보세요.*"

히치하이크를 하려던 여자는 사라지고 없었다. 아니, 더 구체적으로 말하면 그 여자의 인간 형태가 사라졌다. 여자가 있던 자리에는 코요테가 있었다. 와플 가게에서 가져온 포장용 가방이 이빨이 드러난 그녀의 입에서 대롱거렸다.

"코요테 사람인가요?" 엘리가 물었다. "저는 한 번도 못 봤어요. 후진하든지 해보세요. 태워줘야죠!"

동물 사람들은 너무 오랫동안 숨어 있어서, 한 명이라도 만난다는 건 행운 그 이상의 일이었다. 사실, 축복이었다.

"뭐." 팻이 말했다. "나는 도움이 필요한 모든 생물을 도울 의무가 있으니까. 수의사의 히포크라테스 선서야."

"엘리랑 같이 뒤에 타면 되겠네." 비비언이 말했다.

별로 신난 목소리는 아니었지만, 엄마도 긴 하루를 보냈으니 그 정도는 이해할 수 있었다.

엘리는 창문을 내리고 손짓했다. 대답 대신, 코요테는 종종걸음으로 자동차에 다가오더니 신기루처럼 아른거리며 다시 인간의 형태가 되었다. 햇볕에 타 가무잡잡하고, 묶은 게 거의 소용없어 보이는 산발한 엷은 갈색 머리에 나이는 알기 어려우며, 눈가에는 웃어서 생긴 주름이 있고, 기대감에 찬 듯 미소 짓는 여자였다.

"태워줄래?" 여자가 물었다.

"어디 가세요?" 팻이 물었다.

"어디든지." 코요테가 말했다. "상관없어."

"흠! 그럼 왜 태워줬으면 하는 거예요, 아주머니?" 비비언이 물었다.

"그러고 싶으니까." 코요테가 고개를 들었다. 그녀가 공기 냄새를 맡자 인간처럼 생긴 코의 콧구멍이 넓어지며 콧잔등에 주름이 잡혔다. "어젯밤에 뭔가 바뀌었어. 더 안전해졌구나."

"타세요." 엘리가 말했다. "우린 어디든지 가거든요."

엘리는 문을 열어주고 물러났다. 코요테 여인은 고맙다는 뜻으로 고개를 끄덕이고, 차에 타 포장용 종이가방을 둘 사이의 좁은 가운데 자리에 놓았다. 가방에서 아침 식사용 소시지 냄새가 났다. 기름과 향신료로 이루어진 그 군침 도는 향이 안에 고여 있던 새 자동차 냄새를 빠르게 눌러버렸다. 훨씬 나았다.

잠깐은.

싸구려 소시지 냄새를 맡자 엘리는 커비가 생각났다. 살아 있을 때, 커비는 매일 아침 식탁 옆에 앉아서 베이컨이나 달걀 조각을 달라고 졸랐다. 눈물 아지랑이로 세상이 흐려졌을 때, 엘리는 코요테가 깡마른 갯과 동물의 모습으로 변하는 것을 본 것만 같았다. 엘리는 눈물을 닦고, 그게 착시가 아니었다는 걸 알았다. 코요테는 인간의 모습을 버렸다. 그녀는 중형견 정도 크기였지만 대부분의 개보다 더 빼빼 마르고 지저분했다. 엘리의 놀란 눈길을 배고프다는 뜻으로 잘못 이해했는지, 코요테는 앞발로 종이가방을 쿡 찔러 밀어놓으며 말했다. *하나 먹어도 돼.*

동물 사람들이 그러듯, 코요테 여인은 입으로 말하는 대신 모든 생명체가 이해할 수 있는 언어를 썼다. 그 언어는 엘리의 머릿속에 꿈처럼 피어났다. 의식적으로 통제하지 않는 일련의 생각처럼.

"괜찮아요, 감사합니다." 엘리가 말했다. "아까 도넛으로 배를 채웠거든요."

그럼 왜 슬픈 거야?

"친구가 떠났어요."

어디로?

"아래쪽 세계로요." 엘리가 말했다.

아. 그래, 그렇구나. 내 친구들도 많이 많이 그리로 갔어.

코요테는 노란 눈을 내리깔며 한숨을 쉬었다. 분명히 갯과 동물이 쉬는 한숨이었다. 검은 코로 너무 빠르게 공기가 훅 빠져나가는 소리.

여기보다 거기에 더 많아. 우리 만난 적 있니? 난 사람들을 너무 많이 만나서 모두의 얼굴을 기억하기가 힘들어. 어떨 때는, 처음 보는 사람인데 뭔가 느껴지기도 해. 그래서 이런 생각이 들어. 어쩌면 이 사람은 진짜로 처음 보는 사람이 아닐지도 몰라, 하고 말이야.

"제 얼굴을 보면 뭐가 느껴져요?" 엘리가 물었다.

우정. 걱정도 느껴지고.

"몇 살이에요?" 엘리는 그렇게 묻고 인상을 찌푸렸다. "무례한 질문인가요? 그랬다면 죄송해요."

안 무례해. 코요테는 고개를 기울였다. *왜 무례하겠어? 너보다는 많아. 한참. 나는 햇수를 헤아리지 않거든.*

"어쩌면 제 팔대조 할머니를 아실지도 모르겠어요. 팔대조 할머니도 있고, 칠대조 할머니도 있고, 육대조 할머니, 오대조 할머니, 고조할머니, 증조할머니, 우리 할머니도 있어요. 모두 사람들을 걱정시키는 삶을 사셨죠. 특히 친구들을요."

흐으음. 코요테가 말했다. *그럴지도 몰라. 생각해볼게.*

코요테는 눈을 감았다. 코요테의 귀는 라디오 전파라도 찾듯이 머리 위에서 빙글빙글 돌았다. 1분이 흘렀다. 침묵을 깬 건 비비언이었다.

"위험이라는 면에서는 너희 팔대조 할머니가 너무 고집스러우셨다고 말한 적이 있지." 비비언은 앉은 자리에서 고개를 돌려 엘리와 눈을 마주치며 말했다. "개인적으로 나는 팔대조 할머니의 그런 면이 성격의 결함이라고 생각했어."

"알아요." 엘리가 살짝 미소 지으며 말했다.

"내가 틀렸을지도 몰라."

"뭐라고?" 팻이 불쑥 소리쳤다. "당신 어디 아파? 가다가 병원에 들러서……."

"그만해." 비비언이 말했다. "할 말이 있어서 얘기하는 거잖아."

"하지만 치료가 필요하면……."

"필요 없어."

"……생각 바뀌면 말해."

"너그러운 제안인걸." 비비언이 말했다.

"이 정도로 뭘."

"무슨 얘기 하려고 하셨어요?" 엘리는 안전벨트가 당겨질 때까지 몸을 앞으로 내밀며 물었다. 잠시 코요테도 안전벨트를 차야 하는지 궁금해졌다. 커비는 차에 탈 때 하네스를 사용했다. 살아 있고, 엘리와 함께 있을 때 말이다.

엘리는 커비의 기억에 집중하며 녀석에게 손을 뻗으려 했다. 모든 살아 있는 존재의 언어로 노래를 부르는, 영혼의 한 부분으로 녀석의 이름을 불렀다.

답은 없었다.

"팔대조 할머니는 자신을 잘 아셨던 거야." 비비언이 말했다. "그리고 자신이 아는 걸 한 번도 의심하지 않으셨어. 사람들이 아무리 여러 번 '너무 위험해, 하지 마'라고 말해도. 네 팔대조 할머니는 자신이 놀랍고도 위험한 일들을 해낼 수 있다는 걸 *아셨어*. 그건 결함이 아니야. 그건…… 부러운 점이지."

"하지만 팔대조 할머니는 실수하셨어요, 엄마. 마지막에요."

"아니, 할머니는 사랑 때문에 위험을 무릅쓰셨던 거야. 그건 실수가 아니야. 심지어 나쁜 결정도 아니지."

"나는 한발 더 나가서." 팻이 말했다. "그게 좋은 결정이었다고 하겠어."

나도. 코요테가 동의했다. 코요테는 쩍 하품을 하더니 둥글게 몸을 말고, 코를 꼬리 밑에 집어넣었다. 슬픔에 젖은 노란 눈이 엘리를 올려다보았다. 어젯밤에 무슨 일이 일어난 거야? 공기가…… 팽팽하게 느껴졌어. 공기의 실이 풀려날 준비가 된 것처럼.

자동차는 방향을 틀었고, 햇빛이 동쪽을 바라보는 엘리 쪽 창문으로 흘러들어 얼굴을 덮쳤다.

"처음부터 말씀드려야겠네요." 엘리가 말했다. "어렸을 때, 부모님이 저를 동물보호소로 데려가곤 하셨어요. 거기서 어떤 개를 만났는데……."

엘리는 커비의 이름을 말하고 커비의 이야기를 전할 생각이었다. 어쩌면, 언젠가는 커비가 그 이야기를 따라 집으로 돌아올지 모르니까.

⋙ 35 ⋘

며칠 뒤, 엘리가 갠 옷을 배낭에 넣고 집으로 돌아갈 채비를 하고 있는데 핸드폰이 울렸다. 레노어가 보낸 메시지가 직사각형 화면에 떴다.

공원에서 보자.

엘리는 본능적으로 커비를 만지려 하면서 말했다. "산책 가자, 커비!"

5분 뒤, 엘리는 혼자 집을 나섰다.

목 뒤에 닿는 햇빛의 느낌이 이상했다. 엘리는 차분한 동네를 걸어가며, 머리카락이 허리까지 자라는 데 얼마나 걸릴지 궁금해졌다. 애도가 끝날 때까지 머리를 짧게 유지하고 싶은 마음이 들었다.

애도가 끝나기까지는 얼마나 걸릴까?

레노어는 공원 벤치에 앉아 있었다. 그레고리가 그 옆의 덮개 씌워진 유모차에서 졸고 있었다. 레노어는 둥근 선글라스를 꼈고, 짧은 흰색 원피스를 입은 차림이었다. 바닥에 작은 종이 상자가 놓여 있었다.

"안녕." 엘리가 레노어 옆에 앉으며 말했다. "웃긴 얘기인데, 여기가 내가 삼엽충 떼를 만난 곳이에요."

"엑." 레노어는 조심스럽게 발을 들어 올렸다. 꼭 바퀴벌레한테서 발을 보호하려는 것처럼 말이다. "딴 데로 갈까?"

"괜찮아요. 그때 한 번 실수한 거예요."

"네가 보고 싶을 거야. 꼭 만나러 와. 알았지?"

레노어는 리오그란데의 집을 팔고, 좋은 친구들과 함께 살기로 했다. 친구들은 결혼한 부부로 둘 다 여자였는데, 모하비 사막 주변에 살면서 커다란 게스트하우스를 운영했다.

"약속할게요." 엘리가 말했다.

"너라면 언제나 환영이야. 언제나. 아! 너한테 줄 선물이 있어." 레노어는 한쪽 발로 종이 상자를 툭 밀었다. 은색 굽이 달린, 반짝이는 빨간 펌프스를 신고 있었다. "내가 만화방에서 일했던 거 알아?"

"설마!" 엘리가 말했다.

엘리는 트레버의 맥가이버 칼로 종이 상자를 감고 있던 테이프를 끊었다. 그래픽노블 여러 더미가 나왔다. 그중에는 엘리가 한 번도 본 적 없는 독립 출판물도 있었다. 애인한테 차인 사이렌(여자의 모습을 하고 아름다운 노랫소리로 선원들을 유혹해 위험에 빠뜨렸다는 고대 그리스 신화 속 존재-옮긴이)과 불행한 영매, 운 나쁜 신인 여배우들이 나오는 희귀하고 독특한 책들도 있었다. 모두 레노어 무어 자신이 그렇듯 매우 우아하고 우울한 책이었다.

"대학에 다닐 때 만화방 아르바이트로 학비를 벌었어. 만화방에서 주는 특전도 마음에 들었지. 직원 전용 20퍼센트 할인이라든가."

"그럼 이게 전부 언니 거예요?" 엘리가 물었다.

"맞아. 전엔 그랬어." 레노어는 시선을 돌렸다. 엘리의 시선을 의식하고 일부러 그러는 것처럼 보일 정도였다. "트레버 말로는 너도 만화책을 좋아한다던데."

"맞아요!"

"이젠 네 거야." 레노어는 엘리의 어깨에 한 손을 얹었다. "집으로 가는 길이 먼데, 그때 읽을 만할 거야. 언제 떠나니?"

"내일 아침요."

"마지막 저녁 식사가 되겠네."

둘은 침묵에 잠긴 채, 한 아버지가 공원에서 딸이 탄 그네를 밀어주는 모습을 지켜보았다. 아이는 "더, 더 높이!"라며 웃었다.

"좋은 아빠였어." 레노어가 말했다. "좋은 사람이었고."

엘리는 레노어가 누구를 말하는지 정확히 알았다. 이름은 필요하지 않았다.

"스니커스." 엘리가 말했다. "죽은 척!"

갈색 래브라두들(래브라도 레트리버와 푸들을 교배한 개-옮긴이)이 드러누웠다.

"죽어." 엘리가 다시 말했다.

스니커스가 분홍색 혀를 쭉 늘어뜨렸다.

제이가 인상 깊은지 휘파람을 불었다. "스니커스는 어떻게 저걸 일주일 만에 배운 거지?"

아빠가 이 개를 집에 데려온 게 정말 겨우 7일 전이었나? 엘리는 스니커스를 몇 년이나 알아온 것만 같았다. 물론, 스니커스는 커비가 아니었다. 그래도 괜찮았다. 엘리는 커비를 대신할 존재를 원한 게 아니니까.

"내가 만난 개 중에 음식으로 훈련시키기 가장 좋은 개야." 엘리가 말했다.

엘리는 스니커스에게 완두콩 크기의 간식을 주었다. 스니커스는 눈 깜짝할 사이에 살아나 간식을 통째로 삼켰다.

"베이컨 한 조각만 있으면, 내 방에 청소기를 돌리게 할 수도 있을걸."

"아무도 이 녀석을 데려가려 하지 않았다니 놀랍다." 제이가 말했다.

"슬픈 일이지만, 난 놀랍진 않아." 엘리는 스니커스를 꼭 한 번 끌어안았다. 녀석은 엘리의 품에 기대며 축 늘어진 귀로 엘리의 뺨을 간질였다. "사람들은 여덟 살 먹은 개를 찾으러 동물보호소에 가는 게 아니니까. 다들 어린 개나 새끼 강아지를 원해. 아빠가 스니커스를 임시 보호하기로 하지 않았으면……"

지하 세계에는 사람들이 원하지 않은 반려동물들이 넘쳐날 게 틀림없었다. 엘리는 그 동물들이 죽고 나서라도 사랑을 찾았기를 바랐다. 어쩌면 커비가 아래쪽 세계의 미로에서 그런 동물들과 한 무리가 되었을지도 몰랐다. 엘리는 자기가 죽는 날이 와야만 커비를 다시 만날 수 있을지 궁금해졌다. 혹시 아예 만날 수 없는 건 아닐까? 한 번 더 지하 세계에 가보는 위험을 무릅써야 할까? 커비의 이름을 불러볼 수 있을 만큼만 돌아가볼까?

"임시 보호만 하는 거야?" 제이가 물었다. "잘됐다! 내가 입양할래! 오예, 이제 나도 개 집사다."

"꿈을 박살 내서 미안한데." 엘리가 말했다. "스니커스는 우리 가족이 될 거야. 하지만 언제든지 와도 돼."

엘리는 윙크하고, 자기 방 한가운데로 돌아갔다. 거기에 펼쳐놓은 신문 위에는 발사나무(모형을 만드는 데 자주 쓰는 가벼운 열대 아메리카산 나무-옮긴이)와 페인트, 강력 접착제가 흩어져 있었다. 반쯤 완성된 다리가 펼쳐놓은 만화책 위에서 말라가고 있었다. 방금 학기가 시작되었는데, 엘리는 이미 팀 과제를 하고 있었다. 다행히 엘리와 제이가 같은 구조 물리학 수업을 들었다. 제이 같은 파트너가 있으니, 이제야 팀 작업이 재미있었다.

"하나 더 있다!" 제이가 깔아놓은 매트에서 한 페이지를 뜯어내며 말했다. "흠. '윌로비에 연루된 상원의원 사퇴.' 텍사캐나 사람이야! 내 여름 스크랩북에 쓰고 싶은데, 가져가도 돼?"

"마음대로." 엘리는 조심스레 다리를 쿡 찔러보았다. "몇 분 더 있어야겠다."

"윌로비 사건이 너무 커졌어." 제이는 신문을 접어 깔끔하게 정사각형으로 만들며 말을 이었다. "신문 스크랩북 2권을 만들어야 했다니까. 엄마는 우리가 유명해진 김에 장학금을 받을 수 있을 것 같대. 넌…… 지금도 가고 싶은 거 맞지? 대학 말이야."

윌로비 사건에서 했던 역할을 생각해보면, 엘리는 고등학교를 졸업하고 쉽게 사업을 시작할 수 있었다. 부모님이 알고 있는 모든 수단을 동원해 엘리의 사생활을 지켜주었는데도, 이따금 인터뷰 요청과 팬레터, 분노가 담긴 장문의 편지가 그 장벽을 뚫고 들어오는 건 막을 수 없었다. 연락해온 사람들 중에서 3분의 1이라도 진심인 사람이 있다고 치면 몇 년 동안 스케줄이 꽉 찰 만큼 엘리에게는 잠재 고객이 있는 셈이었다.

엘리 브라이드에게

우리 아들이 최근 이상하게 행동하고 있어요. 벽에서 쥐 소리가 난다는데, 쥐가 없거든요! 우리 집에 귀신이 붙은 걸까요? 다른 이상한 일로는······.

엘리에게

저는 엘 세멘테리오 델 바리오 데 로스 리파네스('리판족 거주 구역 묘지'라는 뜻의 스페인어-옮긴이) 근처의 아파트에 살아요. 여자친구는 원래 묘지가 더 컸는데, 개발자들이 그 묘지 위에 아파트를 지은 거래요. 돌아가신 부족분들한테 그분들 무덤 위에 살아서 죄송하다고 말해주세요. 지금은 더 나은 곳으로 이사 갈 여유가 없어요. 여자친구는 제가 뭐라도 하기 전에는 우리 집에서 안 자겠대요. 사귄지 3년인데······.

안녕하세요, 브라이드 씨.

외계인 납치에 대해 어떻게 생각하세요? 그러니까, 외계인 유령이 인간 유령을 납치할 수 있을까요? 답장 부탁드려요······.

엘리 브라이드에게

에이브러햄 앨러턴은 혼자가 아닙니다. 우리 땅에는 다른 마법사들이 있어요. 현실 자체를 오염시키며 자기 자신을 숭배하는 사람들입니다. 조심하세요.

"난 배우고 싶은 게 많아." 엘리가 말했다. "엄마랑 엄마의 엄마, 할머니의 엄마가 우리 땅과 우리의 죽은 자들, 우리 괴물들의 방식에 대해서 많은 걸 알려주셨지만 시대가 변했잖아. 다음번 윌로비에 대비하려면 대학에 가야 해."

엘리는 고미고미 인형을 방 저편으로 던졌다. 스니커스가 공중에서 녀석을 잡아 침대 밑으로 기어 들어가더니, 이빨로 장난감을 비틀어 삑삑 소리를 냈다. 커비와 달리 스니커스는 공 던지기를 '나 잡아봐라'처럼 하는 녀석이었다. 그 습관을 고치려면 일주일 이상이 필요했다.

"다음번 윌로비가 있을까?" 제이가 물었다.

"당연하지."

엘리는 무릎을 꿇고 고미고미를 가져오려 했지만, 스니커스는 움찔거리며 더 물러나기만 했다. 엘리는 약간 짜증이 나서 끙 소리를 내고, 납작 엎드려 팔꿈치로 기면서 침대 밑으로 절반쯤 들어갔다.

"최소한 우리는 준비가…… **아아아아! 대체 뭐야! 도망쳐!**"

엘리는 제이가 자기 발을 잡아당기는 것을 느꼈다. 오버올 작업복에 긴 소매 옷을 입고 있지 않았다면, 그 동작 때문에 팔이 카펫에 쓸려 심한 화상을 입을 뻔했다.

"왜 그래?" 엘리가 소리쳤다.

"저거!" 제이가 손가락으로 가리키며 말했다.

눈이 부리부리한 해골이 방을 깐닥거리며 가로질렀다. 보이지 않는 개의 입에 물린 채로 말이다.

엘리는 잠깐 뒤에야 말을 되찾았다. "나타나, 커비! 나타나!"

순식간에 커비는 모습을 드러냈다. 거기에, 커비가 축 늘어진 귀와 깃털같이 생긴 꼬리를 뽐내며 서 있었다. 엘리는 비명과 울부짖음이 뒤섞인 듯한 기쁨의 소리를 질렀다. 엘리는 커비에게 몸을 던지며, 만져지지 않는 녀석의 몸을 꼭 끌어안았다. 커비가 폴터가이스트 꼬리를 너무 신나게 흔드는 바람에 발사나무 조각이 초자연적인 바람으로 흩어질 정도였다.

　"이제 그거 안 무섭구나." 엘리가 말했다.

　스니커스가 흥미를 느꼈는지 탁 트인 곳으로 코를 내밀었다.

　"얘가 네 형이야." 엘리가 말했다. "유령이지."

　개들은 두 차례 서로를 돌아보았다. 산 개도, 죽은 개도 삶이나 죽음에는 관심이 없어 보였다. 조용히 소개를 마친 개들은 방을 이리저리 뛰어다녔고, 제이는 과제로 만든 다리를 망가지기 직전에 구해냈다. 결국, 스니커스가 놀이에 지치자 녀석과 커비는 개 침대 위에 나란히 웅크렸다. 엘리는 잠든 둘의 모습을 지켜보고 싶은 마음과, 두 개를 모두 기쁜 마음으로 꼭 끌어안고 싶은 마음 사이에서 갈피를 잡지 못했다.

　"난 커비가 집으로 오는 길을 찾을 줄 알고 있었어." 제이가 말했다. "개들은 늘 그러니까. 흠, 저게 뭐지?"

　제이는 허리를 숙이더니 바닥에서 지저분하고 너덜너덜해진 가죽 인형을 집어 들었다. 제이가 방 건너편에서 손을 뻗고 있던 엘리에게 던지자 잘각거리는 소리가 났다. 커비와 스니커스가 고개를 반짝 들었다. 눈이 장난감에 고정되어 있었다.

　"이건 본 적이 없는데." 엘리가 말했다.

딱히 솜씨 좋게 만들어진 인형은 아니었다. 그저 양말처럼 생긴 가죽 주머니 한쪽에 웃는 얼굴을 그려놓은 것뿐이었다. 길게 땋은 섬유 재질의 무언가가 인형의 정수리에서 늘어져 있었다. 깍지 안의 마른 메스키트 씨앗을 떠올리게 하는 잘각거리는 소리는 인형의 배에서 나는 것이었다.

"강아지 장난감 같은데. 커비가 가져왔나 봐."

"아래쪽 세계에서?" 제이가 물었다. "넌…… 넌 그게 저주받은 인형이라고 생각해?"

"커비는 저기 있는 해골 친구랑 친해지는 데 한세월이 걸렸어." 엘리가 말했다. "커비가 저주받은 인형이랑 같은 방에 있을 거라는 생각은 *진짜* 안 들어. 흠, 내 생각엔……."

엘리는 자신의 행복에서 날개 한 쌍이 돋아나는 모습을 떠올렸다. 그 행복이 창문을 넘어 집 위로, '그' 부엉이보다 높은 곳으로, 태양보다 높은 곳으로 날아가리라 생각했다. 땅이 사라지고 떨어질 곳조차 없어질 만큼 높은 곳으로.

그날 밤, 엘리와 제이는 함께 다리를 완성했다. 접착제가 마르자마자 둘은 다리의 들보를 아크릴 페인트로 장식했다. 누구의 심장도 찢어지지 않았다.

감사의 말

나는 1학년 때 '소설'을 썼다. 다락방에서 오팔 한 상자와 수수께 끼를 발견한 여자아이에 관한 40페이지짜리 미스터리 소설이었다. 줄거리는 조금씩밖에 기억나지 않는다. 누군가가 동네 공원의 나비 정원에 독을 풀었고, 주인공이 사건을 해결했다. (어떻게 해결했는지 는 모르겠다. 오팔로 어떻게 했을 것이다. 아마도.)

그게 나였다, 완성된 원고를 가진 일곱 살짜리 작가. 나는 그 원 고를 내가 아는 유일한 베타 독자인 부모님께 드렸다. 다행히도 영문학 교수이자 문예 창작 교수로서 셰익스피어 시대의 문학에 강 했던 우리 아빠는 그 책을 읽으셨을 뿐만 아니라(내 글을 칭찬해주기 도 하셨다!) 40페이지 전체를 교정해주셨다.

당시 우리 반에서는 아직 알파벳을 배우는 중이었다는 걸 기억 해주기 바란다. 가볍게 말해, 나는 영문법을 그다지 잘 이해하지 못 했다.

아빠는 교정한 부분을 설명해주셨고, 나는 타자 치기와 테트리스 라는 두 가지만 잘할 수 있었던 1990년대 컴퓨터로 원고를 고쳤다. 그런 다음, 아빠는 내게 투고 편지를 쓰는 방법을 가르쳐주셨고(간결 하고 예의 바르게!), 나는 원고를 진짜 출판사에 보냈다.

출판사 쪽 반응은 추측할 수 있을 것이다. 난 그때의 거절 편지를 아직도 가지고 있다. 아빠는 그 편지를 액자에 넣어주셨다. 내 끈기와 큰 포부가 자랑스러우셨단다. 내가 자랑스러우셨다는 것이다. 아빠는 그 편지를 내가 받은 첫 번째 출판 제의 수락 편지 옆에 걸어놓으면 되겠다고 하셨다. 내가 지나온 길을 떠올릴 수 있도록.

글쓰기에 있어서, 아빠는 늘 내게 가장 큰 선생님이자 응원자이자 후원자셨다. 아빠가 평생 지도해주지 않으셨다면 이 책은 존재하지 않았을 것이다.

'카페'에서 열리는 글쓰기 모임의 친구들에게도, 데이비드 고어의 언어학적 조언에 대해서도, 로비나 카이의 숨 막히는 그림과, 『엘랏소에』에게 집을 찾아주었을 뿐 아니라 이 책이 더욱 풍부하고 일관적인 작품이 될 수 있도록 조언을 해준 나의 에이전트 마이클 커리에게도 고맙다.

마지막으로, 나는 르빈 쿼리도의 멋진 팀(아서 A. 르빈, 알렉산드라 헤르난데스, 안토니오 곤잘레스 세르나, 메건 마리아 맥컬러프, 닉 토머스)에게 감사를 전하고 싶다. 이들은 믿을 수 없을 만큼 『엘랏소에』에게 큰 힘이 되어주었다. 특히, 나는 편집자인 닉 토머스에게 무척 고맙다. 그의 예리한 편집자적 통찰력은 『엘랏소에』가 빛을 내도록 도와주었다.

닉, 당신과 함께 일한 건 내게 특권이었어요.

독자들에게도, 아스테요.

옮긴이의 말

번역을 하기 위해 『엘랏소에』의 첫 장을 읽는 순간, 개인적인 이유로 가슴이 찌릿했습니다. 작년 말에 10년 정도 저와 함께했던 반려견이 세상을 떠났거든요. 요즘엔 훨씬 오래 사는 개들이 많은데, 그 녀석이 떠나고 나서 잘해주지 못한 것들이 많이 생각나 몹시 후회가 되었고 녀석을 꿈에서라도 무척 보고 싶었습니다.

그래서 엘리가 많이 부러웠습니다. 엘리의 반려견 커비는 이미 이 땅에서의 시간을 다 보낸 뒤에도 유령의 형태로 엘리 곁에 남았고, 엘리에게는 그 녀석을 보고 그 녀석과 장난까지 칠 수 있는 능력이 있었으니까요. 엘리가 가진 능력은 어쩌면 반려동물을 떠나보낸 모든 사람, 더 나아가 돌이킬 수 없는 상실을 경험한 모든 사람의 꿈일지도 모릅니다.

하긴, 세상을 떠난 존재들과 소통하는 능력이 가장 필요한 사람은 다름 아닌 엘리일지 모릅니다. 이 책을 번역하면서 가장 어려웠던 점 중 하나는 본문에 사용된 리판 아파치어의 뜻을 찾는 것이었습니다. 다른 작품을 번역할 때도 인터넷 검색을 활용해 영어가 아닌 소수민족의 언어로 쓰인 문장들을 옮긴 적이 있지만, 리판 아파치어는 자료가 적어 검색하기가 몹시 힘들었습니다. 아무리 소수라지만 여전히 하나의 민족으로서 존재하는 경우와 달리, 리판 아파치족은 수백 년 전에 '멸족'을 당했기 때문일까요? 언어만이 아닙니다. 리판 아파치족과 함께, 그들의 곁에서 같이 살아가던 수많은 존재(코요테나 박쥐 등등)나 그들과 소통하던 리판 아파치만의 방식도 희미해져버 렸습니다. 내가 쓰는 언어가, 내가 속한 공동체가, 나의 '세계'가 절멸 하다시피 사라진 상실감이라니 감히 상상조차 하기 어렵습니다. 엘 리는 바로 그 리판 아파치족의 소녀인 동시에, 사촌 트레버의 죽음이 라는 개인적 상실도 경험한 인물이죠. 그런 의미에서 상실된 존재들 과 소통하는 능력이 꼭 필요한 사람이 있다면 아마 엘리일 것입니다.

엘리가 이 작품에서 하는 일은 바로 그 상실을 복원하는 일입니 다. 세상을 떠난 커비와 교감함으로써, 팔대조 할머니의 이야기 속 에 등장하는 옛 리판 아파치의 전설적 존재들을 기억함으로써, 또한 산 자들의 세계로 돌아오려는 사촌 트레버의 말에 귀 기울이고 그와 더 많은 사람들이 빼앗긴 것들을 되찾아주는 한편 그의 복수심을 떠 나보내는 건강한 애도를 함으로써, 엘리는 세계에 난 커다란 상처와 깊은 구덩이를 조금씩 메워갑니다.

그리고 비록 리판 아파치족은 아니지만, 대한민국의 우리도 엘리 와 함께 모험한다면 우리가 잃어버린 것들(예컨대, 세상을 떠난 반려 견)과 잃어버렸다는 사실조차 몰랐던 것들(예컨대, 리판 아파치족의 흥 미진진한 세계관)을 회복하며 마음에 난 구멍을 메우게 될 것입니다.

가장 좋은 점은, 이 모든 '힐링'이 수많은 힐링 콘텐츠의 잔잔하고 평온하기만 한 분위기가 아니라 스릴 넘치고 흥미진진한 이야기와 한 번 읽기 시작하면 책을 내려놓기 어려울 만큼 흡인력 강한 모험담을 통해 이루어진다는 점입니다. 이 작품은 소름 끼치는 서스펜스와 피식 웃게 되는 코미디, 웅장한 스케일의 액션에 이르는 수많은 감정을 자극하거든요.

요즘 '재미도 없고, 감동도 없고'라는 말이 유행하죠. 『엘랏소에』에 대해서 저는 정반대의 말을 하고 싶습니다. 재미도 있습니다. 감동도 있습니다. 일독을 권합니다.

열렛소에

1판 1쇄 인쇄 2023년 1월 13일
1판 1쇄 발행 2023년 1월 30일

지은이 달시 리틀 배저 **옮긴이** 강동혁
그림 로비나 카이
펴낸이 김영곤 **펴낸곳** (주)북이십일 아르테

책임편집 원보람 **디자인** 김미정 임민지
아르테출판사업본부 문학팀 김지연 임정우
해외기획실 최연순 이윤경
출판마케팅영업본부 본부장 민안기
출판영업팀 최명열 김다운
마케팅2팀 나은경 정유진 박보미 백다희
제작팀 이영민 권경민

출판등록 2000년 5월 6일 제406-2003-061호
주소 (우 10881) 경기도 파주시 회동길 201(문발동)
대표전화 031-955-2100 **팩스** 031-955-2151

아르테는 (주)북이십일의 문학 브랜드 입니다.

ISBN 978-89-509-9133-3 (03840)